知音动漫图书 · 新阅坊
ZHI YIN COMIC BOOK 以梦想之名点燃阅读

青春奇妙物语

5 PARTFIVE

两色风景 著

Tales Of The Unusual Youth

知音动漫图书 · 新阅坊荣誉出品
《漫客小说绘》书系

目录
CONTENTS

Chapter 1
落叶归根事件

车子就要开了，教官不耐烦地吼道：“那家伙不想回去了是吧？！”

“啊啊教官，我要拉肚子，请让我下车！”八达捂着肚子叫道。

“我也是！麻烦让让，要出来了！”“我怎么就管不住我这大肠呢？！”金氏、大卫的肠道争相蠕动。

“你们玩我啊？！”教官气急败坏，却不能阻挡他们下车，这要是释放在车上……

嬷嬷感动地目送这群屎壳郎的背影，同时不安地频频向车窗外张望。隐隐约约，有个气喘吁吁的人影向这里跑来……

【你好，大三】

八月三十一日，报道的日子。

排长走进大学校门时，见到了许多青涩的面孔，都是大一新生。有些是学渣，费尽九牛二虎之力考进来，脸上带着兴奋与新鲜，对未来三年充满期待；有些是学霸，发挥失常，虎落平阳，又没有复读或出国留学，此刻一脸生无可恋，殊不知现在绝望还太早，人生才是真正的大魔王，而高考不过是一只小爪牙。

“好好享受吧，小崽子们。”排长自言自语，“这所学校屁都没有，但至少还是很自由的。”

这时有个学生家长拦住他：“请问，知道宿舍区怎么走吗？”

“那边。”排长随手一指。

“谢谢。”那家长擦擦汗，递给排长一根烟，“你也是送孩子来上学的吧？”

“……是的啊，那小子第一次出远门，还真让人不放心呢。”排长微笑着谢绝了。

“哈哈没办法呀，可怜天下父母心！”那家长谅解地笑了。

他转过身后，排长冲他的背影猛竖中指。

身后传来了一声大爆笑，排长回头，视线立刻被塞满了——那是金氏，号称能把任何辽阔的视野都变得狭隘的男人。他本来胖得像个球，经过了暑假两个月的调养，此刻更是胖得像个地球，他提着大包小包，显然也刚到，来得早不如来得巧，及时目睹了基友被羞辱的美景。

“别往心里去。”金氏安慰排长，“再忍个七八十年，当你的年龄终于跟长相匹配了，你就不介意了。”

“这么久没见，你的猪舌头真是越来越会说话了。”排长捏着金氏的脸说。

“不，我忘了，七八十年后你都一百多岁了，早挂了吧？”金氏不安地问。

“比你命长就行，年底你就该被宰了吧？”

二人斗着嘴，往415走去。换了平常，早就直接开打了。不知是顾虑大庭广众，还是多少成熟了一些。

穿过小花园，经过图书馆，穿过操场，经过体育馆，就进入了生活区。走过铁门，映入眼帘的是110宿舍，岩班长正赤着膊叉着腰站在门口，茂密的胸毛迎风飘扬，一派“乱毛”渐欲迷人眼的诗情画意。看到排长与金氏，他举起手挥了挥，却更像是在展示他同样茂密的腋毛。

终于来到熟悉的415，里面已经有了四人：烂操、锅炉工、容嬷嬷、八达。亲热的招呼立刻响成一片。

“你们可回来了！快把行李放下，我要打劫……啊不，我帮你们收拾。”八达说。

“烂操！天呐！你的痘已经多到让我看不清五官了！这是眼睛对吗？！”排长说。

“这是鼻孔谢谢。看在你这老家伙见一面少一面的份上，我就不跟你计较了。”烂操说。

“嬷嬷，怎么搞的，肚子还是这么扁？都开放二胎了，你却连一胎都没着落！”金氏说。

“呵呵，阿金真是幽默。让我来听听你的肚子，里面至少是五胞胎吧？”嬷嬷说。

期间锅炉工端来了刚烧好的开水，大家捧起杯子轻轻一嗅，感叹：“有家的味道呢！”

这群家伙，一点儿进步也没有呢。

大家边聊边收拾行李，尘封了两个月的宿舍落了不少灰，但臭男人们会想到把床铺擦一擦就已经难能可贵了，根本顾不上公共卫生。好在有嬷嬷帮着擦了桌子和窗户，大家感动地说：“窗台上落了好多鸟屎，你也给抠抠吧。”

嬷嬷作势要把抹布丢丫们脸上。

“话说，你们在外面租的那房子，暑假就空着？”排长问。

“没办法。”嬷嬷苦笑。

“太浪费了！”八达心疼得好像那是他出的钱，“你们今年还打算继续租吗？”

“看看吧。”嬷嬷含糊，“而且我们搬回来，大反派住哪里？”

大反派本是110宿舍的一员，后来跟一位室友闹矛盾，就“乔迁”到了我们这儿，凭借那张凶悍得仿佛吃过牢饭的脸顺利融入415。但后来他与110关系回暖了，我们都觉得他早晚得搬回去。但大反派似乎觉得说来就来说走就走，太不尊重我们了，所以直到上学期结束都没挪窝，还是挺面恶心善的。

说曹操曹操到，大反派进门了。

“呜哇——请不要把我卖去夜总会——”“恭迎大哥出狱！”“砍谁？老板您说！”……415式的热烈欢迎此起彼伏。大反派露出了标志性的憨厚微笑，那笑容也不出意外地被他凶悍的五官扭曲成了淫笑。

“一灿、大卫、老蜗都来了吗？”大反派问。

“大卫傍晚到，一灿和老蜗见朋友去了。”嬷嬷说，“小苹果她们倒是都到了。”

“就差段段下落不明了，给他留言居然没回我。”排长说。

“段段要是来了，刚才的吐槽就要激烈一倍了，”烂操说，“他应该会吐得更有文采，比如‘嬷嬷，退学吧，念再多书万岁爷也不会看你一眼的，你对他来说就是个尿壶’什么的。”

“啊靠。”嬷嬷说。

“快到了应该。三点多的时候我在来的路上，看到他坐在一个卡车里，但不知为什么是开往相反的方向。”大反派说。

“卡车？熟人送他吧，大概是走另外一条路。”排长说，“话说，你的行李呢？”

是的，大反派并没提着行李。然而回宿舍是该提着行李的，好比蹲完坑必须提着裤子。

“行李在110。”大反派说，“我想搬回去了。”

该来的果然还是要来。大反派注定是415的一个过客，虽然大家对他不是没感情，却也没到嬷嬷们搬走时那种依依不舍的程度。只是这个优柔寡断的家伙会如此痛快地说出他的决定，还是有点一反常态。

“这样啊。”大家长老排代表大家说，“挺好的，落叶归根嘛。”真是老气横秋的总结。

“对不起啊……”大反派无地自容。

“对不起个毛！进去好好改造！”“下次见面，你必须已经坐上黑道帝王的宝座！”“叫一声大哥，一辈子都是我们大哥！”……大家立刻送上415式的宽慰方式。

“这种时候应该唱一首《祝你一路顺风》。”锅炉工忽然说。

大家惊讶地看着锅炉工，比起大反派的突然爽快，锅炉工提议唱歌才是千载难逢好吗！却说这人是本宿舍唯一不听歌的，组团去K歌他也从来不唱，哪怕大家要求他唱的是《生日快乐》或者《少先队队歌》，丫也坚决闭嘴。总之就是来凑份子。大家因此很过意不去，就会使唤他点歌切歌，物尽其用。我们都以为锅炉工这辈子听水烧开的咕嘟声就够了，现在丫主动提出了唱歌，并且真就清清嗓子，唱上了！

“那一天，知道你要走，我们一句话也没有说……”

很早的歌了，但让人百听不厌，不过这跟锅炉工没关系，丫五音不全，除了歌词，其他简直是原创啊！

一曲唱罢，大家纷纷为锅炉工的勇气鼓掌。而锅炉工已然尴尬到恨不能钻进热水瓶了。

“既然要搬出去了，大家来聚个餐吧。”八达拍拍手说，“我请客。”

“啥？！”锅炉工唱歌带来的震撼瞬间被淹没了，八达说要请客？！这简直跟巨石强森说“我是GAY”一样惊天地泣鬼神啊！

“正好也快吃晚饭了，走吧走吧，挑个地方！”八达是认真的，他甚至第一个推开了门。

此情此景，有太多的槽点，但每个人都迫不及待地跟了上去。这种事直到世界末日都很难再发生一次了！趁他还没有反悔，必须马上去吃吃吃啊！

【不一样的美男子】

足以载入史册的“八达请客”事件后，历史的见证人们打着饱嗝走出饭馆，表情满足而又神圣。

其实也不是什么好馆子，菜也就是那几盘，而且人来得不齐（嬷嬷曾建议：“要不等大家到齐再撮”，迅速被所有人反对：“过了这个村就没这个店！现在请客的可是八达！”嬷嬷顿时无言以对……），总共就花了一百出头，但每个人都吃出了国宴的感觉。

至于八达为什么变性……不，转性了，没人知道。只知道那顿数他吃得最多，有一股“请都请了，不吃回本更亏”的气魄。每个盘子里的葱姜蒜都被一扫而空，还舔得亮洁如新，偷懒的服务员说不定会直接拿去给下一批客人用。

吃完嬷嬷就先回415分舵了，大反派也正式回归110，临走时哽咽地感谢415在他最需要的时候提供避风港，更感谢八达为了欢送他而如此破费，这简直能拿来跟人吹一辈子牛了。

又只剩八达他们五人了，他们边逛学生街边往415走，来到门口，排长忽然站定。

“我觉得，还是应该买那身衣服。”

“啥？”

排长没有回答，掉头就跑回了学生街，再出现时已是全新造型：丫竟穿上了一件十分花哨浮夸的衬衫！那颜色鲜艳得啊，跟调色盘成了精似的，甚至还缀着流苏与亮片，与略显野性的豹纹喇叭裤相映成趣。不可否认，颜值很高的艺人是可以把这一身穿出风采的，而排长这样穿只让人想自挖双目。

“老排你怎么了，今晚并没有喝很多吧？”八达瞠目结舌。

“你就算买寿衣都比买这身合适啊！”烂操的话更伤人。

“你回来的这一路，得引发多少关爱老年人的探讨……”锅炉工喃喃地说。

“呸，你们懂个毛？就因为总穿得土里土气才会显老，我也是个年轻人啊，怎么不能换个潮一点的形象？”排长冥顽不灵，对着镜子自赏一番，老年痴呆已经确诊。

“对了，阿金呢？”排长发现吐槽的声浪中少了最雄壮的分贝。

“他跟你一样吃错药了。”烂操说，“他去跑步了！”

“跑步？！”

排长忙赶去宿舍斜对面的水房，那里有窗户可以看到操场。果然，初上的华灯之下，正有一个壮硕的身影咣咚咣咚地践踏着塑胶跑道，让那些只吃过猪肉的人大饱眼福。

金氏不知道已经跑了几圈，可是并没有停止的意思。看得出他非常非常累，他可是每次体育长跑都至少要落后一圈的人啊！就算是忽然领悟了好身材的重要性，这也太拼了吧？！

果不其然，十分钟后，金氏扶着路灯柱呕吐不已，吐完瘫倒在地上。排长们赶快下去把他扛回来。这是个艰辛得犹如愚公移山的过程。

“你们觉不觉得，今天我们宿舍太反常了？”看着躺在床上欲生欲死的金氏，锅炉工说。

“绝对是！”八达说，“我怎么就请客了呢？我怎么就那么糊涂？”

“仔细想想，这身衣服其实不适合我……”排长大彻大悟。

“看起来，唯一还正常的就是我了。”烂操环视全宿舍说，“那我也该出发了。”

“你干吗？”大家问。

“当然是去女澡堂偷窥啊。”烂操一脸“少见多怪”的表情。

“……”众人震惊。虽然烂操看上谁就会勇敢地表白或调戏，但从未做过真正出格的事情。这么说吧，嬷嬷至今还是处子之身，就很能说明烂操的定力，可他现在……

“大一学妹有不少很正点啊，总之，在下先看为敬！”烂操兴奋地说。

这家伙是认真的！大家一拥而上抓住他。烂操挣扎：“放开我！你们就不想看鲜肉吗？！”

“看你妹啊！”大家把他推上金氏的床，金氏一个翻身，烂操就被五行山镇压了，差点连活命都成问题，暂时不能考虑花花世界。

“靠，每个人都疯了。”排长抓狂，“才刚开学而已，我们是被什么诅咒了吗？！”

“也不是每个人。”锅炉纠正，“段段还没来呢。”

【心动不如马上行动】

415分舵这一夜同样跌宕。

却说吃饱喝足的嬷嬷回到分舵时，老蜗、一灿和大卫都已回归，正和眼镜娘、武则天、小苹果在客厅闲聊。

“都来啦。”嬷嬷快乐地说。

“是啊，你回宿舍去了？”大卫说。

“嗯，你们绝对不敢相信我经历了什么。”嬷嬷说，“八达请客了！”

这话果然引起了不小的震动，向来镇定的一灿都吓得手一抖，烟灰落地。

“今天可不是愚人节！”大卫提醒嬷嬷。

“骗你是母猪！”嬷嬷发誓。

“我居然错过了！”老蜗很少发自肺腑地惋惜某件事。

“我吃到了喔！”嬷嬷自傲得宛如吃到了唐僧肉。

“待会儿再闲聊，先去洗个澡吧。”武则天对嬷嬷说，“衣服脱在盆里，我帮你洗去。”

“好，麻烦你了。”

嬷嬷起身要去洗澡，忽然僵在那里，整个屋子的空气都凝固了。

“……我刚才好像听错了。”嬷嬷慌乱不安地重新坐好，“我听见你说……要帮我洗衣服？”

“我就是这么说的啊！废什么话？快去洗澡！”武则天命令。

连眼镜娘都有把眼镜摔碎的冲动。

众所周知，嬷嬷喜欢武则天，很喜欢很喜欢。所以如果是嬷嬷提出要帮武则天洗衣服，哪怕是洗内衣都不奇怪，然而武则天一贯傲娇，从不主动示好。然后，大二结束前，嬷嬷得知了武则天与他若即若离的原因是一直没走出过去的阴影，她也曾为喜欢的人无底线付出，却受到很深的伤害，因此困惑着是否该接受嬷嬷。

不过那已经过去了，嬷嬷最终凭诚意感动了武则天，二人的关系迈进了一大步。但即便如此，武则天转型为贤妻良母还是太吓人了。

“有什么奇怪！”武则天豪气地对嬷嬷说，“你对我那么好，我当然也想尽量对你好一些！”

嬷嬷激动得恨不能去跳楼冷静一下。 于是他真去洗澡了，武则天也真帮他洗衣服去了，还是手洗呢！

“八辍啊（不错啊）。”一灿笑着点评，“抗奶摸摸金滴打动她了（看来嬷嬷真的打动她了）。”

“好他妹的甜啊，我都感受到他的幸福了。”老蜗也为嬷嬷高兴。

“你也去谈个恋爱呗，不要只玩GALGAME了。”大卫说。

“有道理。”老蜗点点头，转向小苹果，“喂，要当我马子吗？”

屋子再度陷入死寂。告白了？老蜗告白了？老蜗？！告白？！

如你所知，415的“苹果汁”包括大卫、烂操和八达。至于老蜗，似乎的确也对小苹果有好感，然而他为喜欢的人做过啥？啥都没。他每天就是旷课、睡觉、玩游戏，跟小苹果的对话一般也是“帮我买个便当”之类，甚至没有进一步加深关系的企图心。但这居然就告白了？还能更没预兆一点吗？！

“喂，别拿这个开玩笑。”大卫正色。

“没开玩笑啊，我是挺喜欢你的。”老蜗看着小苹果。

“呃……谢谢。”小苹果红了脸，让人食欲大增，“可……人家对你没感觉耶……”

“是喔？那就算了。”老蜗说。

……放弃了！这就放弃了！你告白是告好玩的吗？！不再争取一下吗？！

“你搞什么鬼？”大卫有点生气。

“就突然觉得有个女朋友也挺好的。”老蜗说，“可是人家也有不喜欢我的权利嘛。”

话是没错，但这么理智和豁达，反而显得这份感情对你可有可无啊。真正很喜欢的人，是绝不可能因为告白失败就轻易放下的吧？

老蜗玩游戏去了，气氛却被他搅得很古怪。一灿递给大卫一根香烟：“表你他（别理他）。”

“我不抽。”大卫开始宽衣解带。

“呀——你干吗——”小苹果捂脸。

“我有点不爽，裸奔应该有助于释放压力，我想裸奔很久了！”大卫继续脱。

一灿连忙站起来阻止他，大卫尖叫：“别拦我！让我裸！让我奔！让我装逼让我飞！”

一直冷眼旁观的眼镜娘这时说了一句：“你觉得他们现在正常吗？”

一灿抱着大卫摇头，并冲屋里的老蜗抬抬下巴：“妓少辣绝八四他费桌滴四（至少那绝不会是他会做的事）。”

“嗯，也不是她会做的。”眼镜娘朝阳台看了一眼，武则天正朴实刚健地洗着衣服呢。

“荡八代表他萌木有想过（但不代表他们没有想过）。”一灿补充。

“本来顶多只是想想，但现在变得勇于实践了？”眼镜娘说。

在他们讨论的过程里，大卫持续发出视裸如归的殷切呼唤。

【段公子不存在的灰暗世界】

阳光明媚的第二天到来了。

九月一日，按说该开始上课了，并且这是我们还有排课的最后一个学期。因为大三下学期就面临毕业了。到时大家要忙社会实习或毕业论文，再不然要考专升本和各种证书。不过大三上学期暂时还可以用大一、大二那样的节奏去度过。反正积极的人永远走在奋斗的路上，堕落的人依然把每天都当成末日去潇洒。

这天上午的主要议程是电子商务专业开会，听辅导员吹一些耳边风，领一下新课本什么的。之于正式上课，算是片头曲或者开胃菜一样的存在吧？反正大部分人都只是例行公事、逢场作戏。

散场后，415一行走出阶梯教室，一个意外的人追上了他们。

竟是春菜。她问："阿福还没来吗？"

"没，我们宿舍就他还没来。"八达说。

"我给他打电话，昨天打到现在都没人接。打给他妹妹，说是昨天中午就走了。"春菜说。

"昨天有人看到他坐在一辆卡车上。"排长说，"也许是去哪儿玩了？他不是喜欢旅行吗？"

"玩到今天都舍不得来？"春菜摇头，"他不像那么有叛逆精神。而且为什么会联系不上呢？"

"也许手机丢了。"八达说，"你找他有什么急事吗？"

"也没有，就是挺久不见了。"春菜苦笑了一下。

"段段肯定也很想你的。他来了我们告诉他。"嬷嬷说。

春菜"嗯"了一声，皱着眉头走开了。

这当口儿，大反派恰好经过，排长叫住他："喂，你昨天确实看到段段了，对吧？"

大反派点头："肯定是他啊，头发还是很长，还穿那件黄T恤。他还没来吗？"

"没有。"排长嘀咕，"不会真出什么事了吧？"

"我们昨天不都做了本来不会做的事吗？"锅炉工插话，"难不成段段也是？"

这一说，气氛有点紧张了。

"万一段段遇见某个小白脸，怦然心动，是不是有可能把持不住对他……"

烂操做出可怕而没礼貌的设想。

“然后那小白脸是霸道总裁的公子，不堪受辱，段段遭了他的毒手？！”嬷嬷花容失色。

“不是没可能啊！大反派你给我回忆清楚点！”排长用一代大佬杜月笙的气魄下令。

大反派仔细地想，谨慎地说：“我当时有回头去看那辆车……肯定没看到车牌号啦，不过车的速度好像正慢下来，前面似乎有个加油站……”

“加油站在哪里你记得不？”

大反派努力回忆，给出了一个坐标。

“那这样，来个人跟我一起去加油站打听，其他人待命。”排长运筹帷幄。每当这种时候，他就显得特别有魄力，让人想到那句著名的俗语：老而不死是为贼。

“这么大阵仗，确定他出事了？”金氏问。

“出事就晚了！”排长瞪他，“你认识段段两年来，他有几次不在宿舍过夜或怎么也联系不上的情况？”

“老排，我跟你去加油站。”嬷嬷主动说。

二人便踏上了征途。前往加油站的一路无需赘述，前后大概花了一个多小时，又因为公车在加油站不停，所以他们在下车后，还折返了几百米。

郊外的加油站生意并不兴隆，有个穿制服的小哥在看杂志，排长从手机里调出段段的照片：“请问昨天见过这个人吗？”

小哥瞥了一眼：“没有。”

“看仔细点好不？”排长不爽这态度，嬷嬷按下他，温和地说：“他是我们的一个朋友，失踪了，有人说昨天在这里见过他，麻烦你帮我们看看。”

小哥便勉为其难地又看了一遍。这照片是过去在415里拍着玩儿的，段公子头顶一个报纸折的帽子，手里拿着个拖把，COS圣僧，而排长、金氏分别站两边扮演猴子和猪，也难怪小哥不忍多看。

“他几点来的？我查查监控吧。”小哥说。

监控拍到的画面质量不是太好，但在指定的时间段，的确照到了一辆卡车，副驾窗口的人影正是段公子。更让人欣慰的是，司机的尊容也出现在了画面中，赫然是个穿迷彩服的年轻人。

“这是阿兵哥吗？”嬷嬷盯着屏幕。

“是喔，那卡车的确很像部队会开出来的嘛。”排长打个响指。

“我想起来了，那个杀马特问过阿兵哥：‘走这条路真的能到学校吗？’阿兵哥回答：‘当然，这是近路。’”小哥说。

嬷嬷与排长双双从油气中嗅到了犯罪的味道。嬷嬷掏出手机，拍下一张阿兵哥最清晰的照片，群发给415的留守儿童们：“段段跟这个人在一起！”

然后，搞不清状况的老蜗回过来一个放礼炮的表情：“喔喔，祝福他们！”

【你追我，如果你追到我……】

金氏在学校的小卖部买东西。

这是这所破学校唯一的小卖部，虽然几百米外有一家永辉超市，但学生狗常常惜步如金，再加上小卖部开通了迎合他们的外送服务，一支笔一包卫生纸也给送，因此生意一直不错。

小卖部里除了金氏，还有不少迷彩加身的学生。不必说，是正要开始军训的大一新生。

“呀。”有人对金氏叫道。

金氏转头，看到一张满是横肉的脸，心里顿时一哆嗦。

“还记得我不，小胖子？”那人叉腰，“不对，两年不见了，该叫你大胖子了吧？”

金氏本来是真对这人没印象，但他满口熟络，又是军人打扮，金氏的记忆便被唤醒了：“……教官？”

“呼呼，你总算不是胸大无脑。”

是的，这位就是大一时负责训练415所在班级的男生的教官。却说军训刚开始的时候，他对所有人都是一副赶尽杀绝的节奏，尤其是金氏吃了不少苦头。但临近分别，大家的关系却有所好转，教官给我们讲军营里流行的鬼故事，我们则给他讲网上最时尚的荤段子，化敌为友，其乐融融。

“好久不见了，最近过得怎么样啊？你那九个兄弟都还好吧？”教官一脸故人式的亲热，“说真的，后来我训练过各种人，但印象最深的还是你们宿舍，每个人都很有特色，哇哈哈。”

“都挺好。你今年也要负责训练新生吗？”金氏问。

“是啊，这就是我们一年一度的大姨妈啊。今天是来接菜鸟们的。”教官说。

军训不是在我们学校进行的，而是集体被送去山里的一个训练基地，那里封闭，没有网络，要拉练要射击都有的是场地。

正聊着，金氏收到了嬷嬷发来的照片。

"谁的短信？女朋友吗？"教官三八兮兮地凑上来，看来他的军旅生涯怪无聊的。

"不是，是我舍友走丢了……"金氏还没说完，教官奇怪地说："咦，这不是宝宝？"

"你认识他？"金氏大惊。

"跟我一个宿舍的后辈。个头小，胆子小，欺负起来很好玩的。"

"你能找到他咯？"

"那小子现在应该是在基地里。你们找他干吗？"

"他绑走了我们的兄弟！"

"啥？！"

半小时后，415的除段段以外的所有人坐在一辆卡车后，被教官浩浩荡荡地拉离学校，先去加油站接了嬷嬷与排长，然后再前往基地。金氏无心插柳地立下了大功，大家都非常肯定他的贡献，不停说一些"果然卡车跟运猪仔更配"之类的赞美。

训练基地的面貌有所改变，设施更完善，功能也更丰富了，据说现在除了承接不同学校的军训任务外，也为一些企业提供员工培训，间接给那些贩卖美白产品的商家带来商机。

站在基地门口，遍插茱萸少一人的415不禁感慨万千。

"一开学就是军训，那时咱们都还不太熟吧？"锅炉工说。

"是啊，外号都没有的说，互相叫名字。"金氏说。

"不不，你已经有了，我们私下都叫你'内胖子'。"排长说。

"还记得那时大家一起睡仓库。"大卫说。

"我特么还在被窝里吃东西来着。"烂操陷入美好回忆。

"凑烟还又偷偷么么（抽烟还要偷偷摸摸）。"一灿微笑。

"我还揍了那教官一拳呢。"老蜗回忆着久违的发威时刻。

"我守过一次夜，好困啊！"锅炉工说。

"最后一天吃得特别好，有鸡腿。"八达咽口水。

怀念的潮水忽然就席卷了大家，那是人生中的最后一次军训。

"那应该也是段段话最少、最不贱的一段时期了。"排长又说。

大家群起讨伐："想想，所有外号都是那混蛋给我们起的！""最爱演的也是他！""最欠揍的也是！""我们都是被这个贱人带坏的！"

"可是没有他，宿舍的笑声至少少一半呢。"嬷嬷说。

“那倒是。”大家纷纷点头。

教官走过来了：“我刚跟里边打好招呼了，你们可以进去了。聊啥呢？”

“聊——”排长说，“一定得找到那小子。”

“感情很好嘛。”教官说，“宝宝这会儿在宿舍，我没有告诉他你们来了。他其实挺老实的，你们别动粗。有什么误会说开就好。”

“知道了。”

一行人便前往那宿舍。

宝宝住在五层楼。巧得很，众人走到该层的楼梯口时就看见了他。教官远远喊了一声：“喂！”

宝宝看见415的人，脸色骤变，这个反应令人确信他心里有鬼。然后，他拔腿就跑！

“靠，果然就是他！追！”排长大叫。

大家立刻分开，几个人直接追上前去，几个人跑向楼下迂回包抄，显得十分专业。当然也有金氏这种不知该加入哪一方而愣在原地的，严重拉低了宿舍的默契值。

宝宝靠近楼梯口，三步两步跳过台阶，直接甩开了五楼的追求者，排长、八达他们想从二三楼绕过去截住，跑到楼梯口却都只赶得及看他的背影。

好在还有大卫心无旁骛地直奔一楼，不偏不倚地赶上与宝宝正面冲突。宝宝企图甩开大卫，可灌篮高手岂是浪得虚名？只见大卫左闪右闪，身姿利落，活用篮球场上修得的技能，顿时宝宝面前仿佛耸起一座雪白的铜墙铁壁，难以逾越。紧接着大卫又做了一个假动作，绕到了宝宝身后。

等等，为什么绕到他身后啊？！你现在不是在带球过人啊！

大卫从职业病中醒悟过来时已经晚了。宝宝跑到了宿舍区大门口，眼看就要远走高飞了！

谁知老蜗猝不及防出现，挡住了宝宝的去路。

“走开！”宝宝一把抓住老蜗的领口，是喔，毕竟是阿兵哥，总是有些身手的！

然而老蜗反握住丫的手，身子一扭，一个摔跤动作就把丫给放倒了。

大卫赶上来，协助按住宝宝，其他人也陆续赶到，大家惊喜地问老蜗：“你怎么比他还快啊？”

老蜗：“我就没上去，一直在下面等啊。”

大家：“……”

教官抓起宝宝，给了他一巴掌：“你跑什么？做贼心虚？你是真把他们的舍友怎么了？”

“不……不是我……”宝宝惊慌失措，“我只是……听她的话而已……”

“他？他是谁？”

“她……她她……不是人。”宝宝冷汗涔涔，忽然指着415咬牙切齿，“她是被他们给害死的！”

“杀人犯集中营”415大眼瞪小眼。

【小森林：惊悚篇】

找了个空房间代替审讯室，一行人把宝宝推了进去。烂操边进还边笑着解皮带，然后反应过来：错了，他们并不是要演出奇怪的戏码。

“好了，坦白从宽，抗拒从严。”排长变身警长，瞪视宝宝，“段段在哪里？”

宝宝下定决心般说：“在后山。我们基地后面那座山。”

“你把他带到山上干吗？野外PLAY？”烂操呼吸急促，立刻被大家以藐视法庭罪围殴。

“你该不是在后山把段段杀了，然后埋掉了吧……”嬷嬷不安地说。

“我埋他？你们倒是要好好想想自己埋过谁！”宝宝说。

“什么跟什么？你说清楚！”金氏拍桌子。

“从头说吧。”教官说。

宝宝深吸一口气，说：“就昨天，一早我爬山锻炼，下山却走错了路，越来越深入树林，迷路了两个多小时，不知道怎么出去了。”

“这家伙一直是路痴。”教官补充设定。

“如果段段在，他会说：‘我一直是路飞痴。’”锅炉工说，“他很爱《海贼王》。”

宝宝无视这个乱入的电波梗，继续说：“我正在绝望怎么出来，突然想起一个鬼故事，说这个山的某处，埋着一个遇害的女孩，她的灵魂一直在树林里徘徊，寻找能够将她带出去安葬的人……”宝宝看了一眼教官，“就你跟我说过的那个故事。”

“啊靠，那显然是编的！”教官翻白眼。

“是，我也这么告诉自己，可当时的气氛越来越奇怪……忽然，我听见了一个女孩子的声音！”宝宝面如土色，入戏非常，“我以为听错了，可声音越来越清楚。就是一个女的很惨地叫：‘不要走！不要走！’”

“幽灵吗？”金氏说。

“身材怎样？”烂操问。

宝宝难以置信这群家伙完全没在怕，加重口气说：“我不知道她什么样，因为我根本看不到她！只有那个难听的声音一直在耳边响，你们知道那多恐怖吗？我想走，但不知道为什么动不了，我就叫：‘你想怎么样？！’她回答：‘我要你帮我找人！找十个人！’然后她就开始跟我描述那十个人的样子。”

415面面相觑，纷纷将招惹过的奇女子在心中过了一遍，这一款却很难对号入座。

“十个人那么多，我本来是记不住的，巧的是，她说的十个人正好是我听说过的！”宝宝看着教官，“你说过好几次吧，说以前训练过一个很有特色的宿舍，高矮胖瘦帅矬穷啥啥的一个都不能少。跟害死女鬼的就是同一伙人啊！”

“屎可以乱吃话不能乱讲，我们什么时候害死她了？”排长捏着拳头说。

“我没有乱讲，都是她说的。”宝宝说，“她说：‘那些家伙太可恶了，我一定要找他们算账。’她的声音跟哭一样……我说：‘那你自己找去啊，找我干什么？’她气得尖叫：‘我在土里，能走去哪里？你敢不帮我？！’森林里刮起阵阵阴风，我吓得裤子都变黄了!”

在土里什么的，还真是蛮标准的恐怖套路啊。不过裤子吓黄了是怎样？先从吓尿开始循序渐进好不好！

“我不敢抗拒她，只能答应了。”宝宝哀叹，“我问她找不到怎么办，她说：‘那十个人应该不会分开，你找到一个就行，否则我不会放过你！’……后来我只好去你们学校，我知道你们哪个学校……结果半路就遇到那个段段了，稍微拿教官套一下近乎，他就跟我走了。”

“这个白痴！”众人齐骂，连一灿的发音都分外字正腔圆。

“女鬼把他干掉了？”教官铁青着脸问。

“不知道，我把他带到女鬼面前就跑了，我的任务已经完成了！”

“王八蛋！”排长抓住宝宝，“立刻带我们去！段段要是有个三长两短，要你陪葬！”

【世间所有相遇，都是久别重逢】

415开始进山。

一开始的山路还是人造的石阶，但从一条岔道开始，慢慢向原生态过渡，沿途杂草丛生。不好走的同时，高大的树木开始崛起，给阳光打码。气氛不动声色地发生着改变。

“为什么我也要一起去……你们一直往前走就好了……”宝宝一直在抱怨，但一灿拿着根树枝，跟赶驴一样抽打着他，让他不敢停下来。

“哎，我们真的没来过这里吧？”嬷嬷冷不丁冒出一句。

“当然啊。”大家说。

“总觉得是发生过什么跟这里有关的事。”嬷嬷敲头，“想不起来。”

“承认吧！你们就是在这里对一个女生做过什么！”宝宝烦躁。

“还敢说这种话？”排长向他踢去一块石头，“小心我们在这里对你做什么！”

“你才该承认一切都是你掰出来的吧。”烂操挖着鼻孔说。

然后，所有人神经一绷，同时听到了一个声音：“你们终于来了！”

那大概就是宝宝听过的声音吧，如他所说，凄厉又飘缈，仿佛来自梦中的磨刀声，让人非常不舒服。

与此同时，树群疯狂地摇晃起来，夏天还没过去，竟就落叶如雪，风中带着湿漉漉的凉意。

“不关我的事啊！”宝宝吓得魂飞魄散。

“你们知道我等了多久吗？！”女声越发尖厉，与此同时脚下的土地开始拱动，推得众人踉跄向前——他们要找的人映入了眼帘。段段，正以扭曲的姿势倒在一片草地上，生死不明。

“段段！！！”

大家慌里慌张地摸了石块捡了树枝捏了拳头，一灿还把打火机拿在手里，恐惧与愤怒让这背水一战不可避免了！

“我——我——”女声还在继续。

“一起上！”排长吼道。

“我——”女声爆发，“好想你们啊！”

所有人的动作猛然一顿，段段这时伸着懒腰坐起来。

哦，事到如今，是该关闭上帝视角，切换回大家熟悉喜爱的第一人称了呢。

我爬起来了，一边揉眼睛一边骂：“吵死了，知道我昨晚几点睡的吗？”

“……”大家傻眼，“那个女鬼……”

“什么女鬼，太不和谐了，你们希望这一部被禁吗？漫画的连载都正如火如荼呢。”我说，“她的本体是那个！”

顺着我指尖的方向，所有人的视线集中在了一棵只到我们腰高的树苗上。

看着大家从震惊到恍然的眼神，我想，他们应该都想起来了。

将时间倒流回两年前，我们初来这所训练基地，每天过着向左转向右转的苦逼生活。日子的无趣同时体现在人际交往上，那时十个臭男人才刚认识，连名字都记不全的生疏后藏着呼之欲出的矛盾，而我还没从高考的阴影中恢复，天是蓝色，心是灰色。

甚至宿舍生活开始后，我们还花了好一阵磨合彼此的性格棱角，在“运气盗窃事件”后才正式打成一片。

而军训时，我们连交流都很表面，更遑论乱开玩笑。哪儿像后来，嘴贱互损已成常态，因为那是只限彼此的特权。但还是点头之交的我们，却在军训结束当天一起做了一件事。

我们那时的宿舍是个摆满了床铺的大仓库。嬷嬷和我是上下铺，我们的床位靠墙。军训结束，吃过丰盛的最后一餐，准备搭车返校的当口儿，嬷嬷忽然自言自语：“不知道它能活多久？”

“什么？”收拾着背包的我随口问。

“它啊。”嬷嬷指给我看。

墙角有一星绿点。噢，是棵小苗。它从砖缝间唯一的一点泥土中生长出来，这生命力也是够顽强的。

“你说它如果继续长大，会不会被人拔掉？”嬷嬷说。

“应该会吧。”我说。

“怪可怜的……”

军训染黑了嬷嬷的皮肤，染不黑他那颗柔软的少女心，他跟我描述有天晚上睡不着，忽然就发现了这棵月光下的小苗，莫名有点感动。接着不管军训多让人寻死觅活，看看它就心生斗志，总之就是有了感情。

身为未来的儿童文学作家，我能理解嬷嬷的心情。我脱口而出：“那我们把它种去别处吧。”

嬷嬷显得很高兴，我的心情也被感染得明亮起来。

“喂，你们两个，要走咯！”排长冲我们叫道。仓库里的人正像潮水一般退去，仿佛这里马上要被轰炸。

“好，等一下！”我回答。

我们凑在墙角的样子引起了隔壁床一灿和老蜗的注意，他们晃了过来，知道我们要干啥时，颇有些哭笑不得。一灿递上个冰淇淋盒：“辣借过钻吧（拿这个装吧）。”

盒子里有焦黑的痕迹，想必是丫的临时烟灰缸，不过现在正需要个容器。关键是丫居然表现出了配合，这让我和嬷嬷有些感动。

“那接着就是怎么把它弄出来了。”嬷嬷看着砖缝说。

“哪儿那么麻烦。”老蜗把手指插进小苗旁边，粗暴一抠，砖外的混凝土就碎了，他又把砖头给挖了下来，我们大惊，随即发现丫还是注意着不伤到小苗的。

小苗就这样乔迁到了冰淇淋盒子里。嬷嬷捧着它，我们一起离开了仓库。

厕所旁有几棵被水泥座圈起来的树，我们正打算把小苗种在其中一棵旁边，锅炉工和排长从厕所出来了。

“……这不是草，是一种树的幼苗吧。”了解过我们的企图后，锅炉工抬抬眼镜，观察小苗，“你们真想让它好好活着，种这里不太好。”

“那……”基地里可选的地点不是那么多。

“要就种山里吧，到处都是地方。”排长看着后山说，“我们会帮忙打掩护的。”

于是，我捧着那个冰淇淋盒子去了后山。拜大军即将离境所赐，封闭式的军营今天门户大开，我得以不费力地闪了出去。为免两个人目标明显，我还让嬷嬷留下，刚好我对户外运动有点心得。

其实一个人上山期间我是有点困惑的，我问自己：是真的有必要做到这个地步吗？世界上一天要消失多少花花草草？我们的行为与其说浪漫热血，不如说矫情幼稚吧？

有一瞬也想着不玩了，把盒子一丢了之，却终究还是认真地选起地点来。

与其说心血来潮，不如说，我只是有点喜欢这种“明知你在做傻事，我也愿意陪着你”的感觉吧。那正是友情的奥义不是吗？虽然我也没把握，能在这破大学里收获什么程度的友情……

行动比预期花了更多时间，当我终于返回时，回校的车已经只剩一辆了。我被教官骂得狗血淋头，上车也遭遇了各种白眼，其中不乏来自415的。只是当我坐定，嬷嬷立刻告诉我：“刚才他们都有帮你拖延时间啊，比如谎称要拉肚子紧急下车什么的，那位（指指烂操），还冲对面车的女生吹口哨，转移了教官的注意力……”

“那也许就是他的兴趣，不是特地在帮我。”我失声笑。

“那，把它安顿好了是吗？”嬷嬷问。

“是的，选了个风水宝地。”我一笑，“我还跟它说，好好生活，快快长大，也许过个两年，我们会一起回来看它呢。”

“听起来真不错啊。”嬷嬷笑着说。

车子开始发动，摇晃，拉着我们告别军训生涯，前往即将揭幕的宿舍生活……

回忆至此结束。围观树苗的十个臭男人都是一脸恍若隔世。

女鬼的真相原来是一棵特异的植物，语焉不详的表达外加一个先入为主的聆听者，造成了这种可笑的误会。是植物的话，埋在土里和不能到处走就都能理解了吧？不过它的声音是真难听，但你怎么能苛求一棵树呢？话说回来，它八成也是谷歌都搜不到的超自然品种吧。

“总之整件事就是……你想见我们？”嬷嬷说。

“就是啊！”树苗的声音带上了点儿委屈的娇嗔，“不是说好要来看我吗？那之后我特别努力地成长，就希望到时候被你们夸啊。但你们说话不算话，老不来老不来，太可恶了！”

好吧，搞出一副要复仇的样子，原来本质只是小孩子在撒娇……

“对不起啊，你很寂寞吗？”嬷嬷问。

“也不会，热闹着呢。”树苗收起脾气，欢快地摇着枝叶，“还待在仓库里时，我就很希望能跟一大帮朋友感情很好地住在一起，就像你们一样！”

“军训时的我们不能算感情很好吧？”金氏回忆。

“不，我一直观察着你们，我知道你们早晚会变得很好的。”树苗认真地说，“帮我搬到这里住，也不是靠了一个人的力量吧。而且看啊，现在你们都来了，谁也没少……”

风吹过了树梢，吹来了盛大的“沙沙”声响，恢弘如海浪。

真好啊，你们都在。

【每个人心里都有一亩田】

我回到了学校，和大家一起。包括一灿那四个出走党都来故地重游了，跟树苗的接触应该让他们怀念起十个人济济一堂的时光了吧。加油啊，多怀念一点，然后搬回来呗！

树苗过得不错，我们也挺欣慰的。分开的时候，它再三警告我们下次的见面别让它等太久。而教官与宝宝也自告奋勇地表示会经常来陪它，大概是想对绑架我这件事做些补偿吧。

415的门没关，眼镜娘在里面，让我们很意外。

“昨天的事情，我还是很在意。”她轻描淡写地说，“你们这边和我们那边，应该有些什么共通之处，才会激发那种‘不顾一切’的行动力。”

“那你找出来了吗？”排长问心上人，完全忽略她的闯空门行为。

“嗯，你们的窗台上和我们的窗台上，都有鸟屎。”

“……那又怎样？”排长迷茫。

“我检查过了，鸟屎里，有一种类似种子的东西，微微发光，似乎不一般。”

“原来如此！”锅炉工开窍了，“树苗不是说过吗，在遇到那个宝宝前，她只有尝试影响鸟儿们帮它去找，可是鸟的脑子太简单了，每次都是吃了它的果实就走。但其实它们还是有在做事的，至少潜意识驱动着部分鸟儿来到了我们的窗台，鸟屎就是证明。”

“……那又怎样？！”金氏也一起迷茫。

“辽死里航咬总几，总几里航咬小速滴意恋——拉总口腕增脱速户、达层目的的意恋。”一灿说。全文翻译就是：“鸟屎里含有种子，种子含有树苗的意念——那种渴望挣脱束缚、达成目的的意念。”

大家各自消化一番，陆续理解了。原来打从一开始，我们就已经被卷入了树苗的思念之中了啊。也许只有一灿、嬷嬷这样不婆妈不自抑的行动派才能无视种子的辐射吧。

“我们也见过树苗，那个种子还是快丢掉吧。”八达后怕地说。

“是的，世上只有动作片的种子值得保存。”烂操点头。

“我会保管好的。”眼镜娘说，“再见。”

目送心上人的背影，排长欣赏地说：“小镜还是那么深不可测呢。”

“她只是有神秘情结的文青罢了，借着搜集奇怪的东西来感受世界多么大。”我说。

“好像你比我更了解她似的。”排长嗤之以鼻。

我笑笑。不打算告诉他，我亲眼领略过高中时期眼镜娘的风采。不只是她，还有他们九个人的。但按照巴蕾舞那个魔女的说法，他们会记得高中时曾有人与他们共度一段奇妙之旅，却不会记得我的具体形象与声音。

于是，除了我，没有人知道415曾分崩离析。被后悔药改变的时空，已经因为我的一一修正而重回正轨。我们得以重聚在这所大学，按部就班地经历各项传奇。放个暑假也会漂流到无人岛，看本书也会穿越去童话世界，搬个家还能邂逅屋子的灵魂……然后在某天遇到一颗后悔药。只是在旧的时空里，我用它改变春菜的初恋，引发了连锁悲剧；而修正后的新时空里，我没有吃它。故事于是照常前进，大二结束，暑假，现在，大三开幕。

这些不必告诉他们。只需知道我们将继续共度青春，就够了。

这最后一年，一定要很珍惜很珍惜才行啊。

我一边这样想，一边往闲置了两个月的抽屉里塞东西。不经意间，指肚擦过一个刻痕。

那好像是个……数字？

Chapter 2
流水有情事件

大叔看着泳装辣妹口水直流，我问："大叔你会游泳吗？"

大叔说："我会做人工呼吸。"

"……那你说说人工呼吸怎么做？"

"首先把舌头伸进对方嘴里……"

……我诅咒这人死于溺水。

【有位胖人，在水一方】

夜深人静，金氏站在泳池边。

本校游泳池又小又破，换水不勤，但是在方圆十里没有第二家竞争对手的情况下，生意好得不得了。除了本校学生，校外居民也有不少慕名而来，日日湿君又溅君，共泡一池水。有时你本着欣赏女大学生芙蓉出水的目的去泳池，一眼看见的却是阿公阿嬷皱巴巴贴着狗皮膏药的胴体，扫兴得恨不能回宿舍把排长揍一顿。（排长：关我什么事啊？！）

却说那年的夏天比较不依不饶，都快十一月了却还热气腾腾，烤煞旁人。早该关门的游泳池因此乐得延长经营时间，415也常去光顾，其中金氏的热情意外得最高。也许是意识到了这就是他最后的安逸之夏了吧，毕竟来年夏天就要忙着毕业与失业，如何还有闲情逸致享受阳光沙滩海浪仙人掌还有一位老排长？（排长：所以说关我什么事啊！）

金氏总是呼朋引伴去泳池，本意是希望我们帮他学会游泳，但我们都不想管他。虽然这人的身材宛如泰坦尼克号（相比之下排长就是个竹筏），但众所周知泰坦尼克号最后沉了啊！金氏每次沉下去时都会手忙脚乱各种乱抓，一旁的我们不是陪葬就是被扯去身上仅有的纺织物，谁乐意啊！

金氏将他的学艺不精归咎于池小人多，施展不开，我们就呛他："那你就半夜去嘛，绝对没人。"

没想到金氏还就真的这么做了。

泳池九点关门，校工赶人的时候，金氏躲在更衣室没出来，校工朝里喊了几声见无人应答，就坦然地下班了。金氏于是大摇大摆地走出来，啊，整个泳池现在都是他的了。

泳池附近有路灯，不必担心看不见，但空旷的泳池有一种瘆人的凄清，金氏感受着，哆嗦了一下，还是下了水。

金氏将一块浮板塞在他的双峰之下，借由那微弱的浮力划动肥硕的四肢，练习蛙泳。不管他的动作如何笨拙，至少体态上的确非常接近一只青蛙。划着划着，浮板忽然溜走了，金氏一惊，喝了一大口水，手舞足蹈，随即惊喜地发现，他没有像往常那样沉下去！

金氏信心大增。这是他学游泳至今效果最好的一刻。他忽然有一种感觉，今晚一定能掌握游泳技巧，从此他在泳池的存在感再不是导致水位上升，也不是胸部丰满得令妹子们自卑……

金氏用大而无当的动作在浅水区扑腾，水花四溅，但真的没有下沉。我们曾教育他："人体本身是有浮力的，你胖得像个皮筏艇，肚子又自带救生圈，整体更像泡肿了的浮尸或者海狮，理应更容易浮起来才对！"——现在，这些让金氏差点儿没把我们沉尸池底的鼓励成真了！

惬意地游了一会儿，金氏的胆子开始大起来了，他看着黝黑一片的深水区，忽然涌起了征服的冲动。他一直都没有沉下去，他觉得自己可以的！

他小心翼翼地朝深水区前进了。过程很非常顺利，甚至顺利过了头。他几乎不用划水，水也依然会托着他。这让金氏越来越安心，越来越……

浮力忽然消失了！金氏忽然就体验到了失重悬空的感觉，眼耳口鼻剧烈进水，天蓬元帅下岗在即！

"嘿嘿嘿……"

金氏的耳边响起轻轻的笑声，他也不知道是不是幻听，他简直是"如饥似渴"地在喝水，鼻腔的刺激更是直冲脑门！

就在金氏已经闻到了死神的口臭味时，一股力量牵扯着他猛然上升，他忽然就蹦出了水面，仿佛被泳池给发射到了岸上！

“咚！”

溺水加撞击，金氏直接在池边晕菜了，姿势十分妖娆。

迷迷糊糊，他听见有人在叫：“醒醒，醒醒。”金氏幽幽睁开眼睛，看到了一个只穿泳裤的清秀男生，他全身湿漉漉的，似乎刚从水里上来。

“咳咳……”金氏说，“是……你救了我吗……”

“不然还有谁？”男生说，“放心，死不了。”

男生打了个响指，金氏的肚子忽然翻江倒海，脖子一直，吐出好多水来，不，与其说那些水是他吐出来的，不如说它们仿佛透明的小龙，自己飞出了他的嘴巴，飞进了池边的出水口。金氏的眼耳口鼻很快恢复了清爽。

“好，扯平了。别怪我捉弄你，谁让你半夜来游泳，增加我的工作量？”男生说。

“你是……”金氏惊讶地说。

“嗯，就是你想的那样。”少年拂动了一把湿漉漉的秀发。

“你是海尔兄弟中的一个？”

“什么鬼！”男孩怪叫，“老子是水神！掌管这个游泳池的水神！”

“啥……游泳池还有水神哦？”

“啊，死胖子你这什么眼神？看不起我是吧？”水神，为了亲切我们还是叫他水货吧，他激动地说，“我在同行中已经算不错的了。要知道有些水神管的是蘑菇池，几乎每天都有小屁孩在里面偷偷撒尿！”

池水沸腾，似乎在附议。金氏忙说：“没没，我怎么会看不起你？你是我的救命恩人，在我快沉下去时，你……”顿了顿，金氏怪叫起来，“等等，我之前游得不错，是你干的？”

“嗯啊，看你好累，忍不住让水托你一把。”水货说。

“可我后来还是沉了！”

“这就是过分依赖别人的后果了，所以说凡事都得靠自己啊。”

“屁咧！是你在玩我吧？！你故意整我，让我浮起来又掉下去！”金氏跳了起来，全身波涛汹涌、肉光潋滟。

水货一把堵住他的嘴巴：“嘘嘘，要死，干吗叫那么大声？我不就一时兴起搞了个恶作剧嘛，觉得玩大了不就马上救你了嘛。而且谁让你半夜来啊……算了，不说啦。”

金氏瞪着他："干吗，你在怕谁知道？"

"还不是上头那些人咯。游泳的季节快过去了，最近就要进行年终绩效考核，要是我整你的事捅出去了，年终奖就泡汤啦！未来调去一些名川工作的机会也就飞了！"

伴随着水货的话，泳池水时而沸腾如火锅，时而崛起如海啸，让金氏充分感觉到，这要是不合作，绝对有苦头吃……

"我要回去了……"金氏郁闷地站起来，走向更衣室间。脚下一滑差点儿摔倒，但一股水流及时如高压水枪一样从池里喷出来扶正了他，可惜水力过猛，冲得他连滚带爬进了更衣室。

"小心点喂！"水货叮嘱。

金氏恨不能脱下泳裤勒死丫。

【FREE!】

第二天的天气依旧很热，福州这地方啊，入冬搞得跟入赘似的不甘愿。还住校外的大卫下午来到415，拉我们一起去游泳。大卫喜欢游泳，或者说，喜欢那种公然裸露的快感。只恨世俗所限，不能裸泳。但我们都不想去，排长就说："让阿金陪你去吧。"

"我今天不想去。"金氏说。

"你怎么能这样？脑子里才进了一点儿水就骄傲自满啦？"八达说。

"可以的话我们也不想贩卖注水猪肉，一切还不是为了生活？"我说。

金氏把我们放倒在床上，以巨臀碾轧一番后，说出了昨晚的遭遇。

"总之，那家伙很可恶，我才不想再见到他。"金氏说。

"瞧你说的，那可是神欸。"我却很兴奋，"走走，大家，我们去拜一拜神！"

今天的泳池依旧人多势众，我们思考着该怎么找水货，被我们硬拉来的金氏已经发现了他，指着叫道："啊！"

如金氏所说，水货的外形很不错，身材标准，肌肉结实，所穿的泳裤也显得特别高级，不少少女正偷窥他。但水货看到我们后，一个猛子扎入了水里，久久不出来。

喔喔，不愧是水神，绝没有淹死之虞呢。

但显然他不想跟我们接触，那也没办法，只好游我们自己的了。

游着游着，我们听到有人在说闲话。那是几个校外的阿叔阿伯，胡子拉碴，皮肤松弛，说人闲话的时候一点儿不知道避忌，他们点评金氏：“现在的大学生生活真好，胖成这样。”“拿着家里的钱吃喝玩乐能不胖吗？”

金氏的脸色沉了下来，我们也不太爽。平常我们对金氏的羞辱要比这激烈十倍，但还是那句老话，那是我们的专利，哪里由得他人随意侵权？正所谓肥水不流外人田！

我们正想着该怎么反击，只听“哗啦”一声，一道水浪盖在了阿叔阿伯脸上，令他们呛成了傻×：“咳咳……谁？谁干的？！”

泳池里的其他人都很莫名，我们也是，但排长趁机说：“话那么多，喝点水也不错嘛。”

“你干的？”阿叔阿伯瞪排长。

“你哪只眼睛看到了？”排长反唇相讥，唯有倚老卖老这一点绝不输给任何人，“你们的嘴巴是拿来喷粪的，血口喷人就省省吧！”

我们都觉得这样的排长帅死了，忍不住给予掌声鼓励。

中年军团非常火大，但这里毕竟是学校泳池，真冲突起来他们未必占上风。一位阿叔捅捅另一个留络腮胡的：“老炮儿，别跟小鬼一般见识。咱来游泳的不是？秀秀你的泳技呗。”

老炮儿又趾高气昂起来了，他爬上岸，我们这才看清他的体格与同龄人不太一样，显然有在锻炼，他摆了个跳水POSE，“哗啦”一声利落地浅切入水中。

老炮儿开始乘风破浪，动作大开大合，霸气而流畅，迅速吸引了整个泳池的注意。这作秀来得突然，我们都有些反应不过来，只是本能地让开一条道。而老炮儿在游过我们身边时，右腿竟无比有力地踹在了排长身上！排长“呜”地叫了一声，差点儿没昏水里，似乎是关键部位中招了。

“让开点儿！看不到他正过来吗？”老炮儿的同伴幸灾乐祸地叫道，“现在的年轻人真是没点儿眼力见！”

“我靠……”金氏刚骂了一句，忽然被一股力量扯进水里。

金氏开挂了！粗壮的双臂以并不标准的姿势划动，陀螺状的身体以绝不科学的高速前进，身后哗啦啦啦浪花翻飞，像是一群飞车党开着拖拉机粗暴地犁过田野！他迅速赶上了老炮儿，老炮儿也不能不回头关注身后的动静，一看直接喷了，如果他是鱼，金氏就是鱼雷，鱼雷朝着他轰过来了啊！

“……”老炮儿都来不及反抗，就被金氏撞得嵌进了池壁，然后金氏一百八十度凌空转身，如同丫蹬排长那样在丫身上一蹬，借由反冲力再蹿出老远，瞬间回到了起点。

给金氏这么一糟蹋，老炮儿彻底熄火了，同伴像打捞沉船一样手忙脚乱地打捞他，我们于心不忍，忙关切地说："让开点儿！看不到他正过来吗？""真是没点儿眼力见！"

"你们……"中年军团气急败坏，脚下却一起打滑，跌进泳池里，池水如狼似虎，缠绕着他们求摸索吻，在喝水喝到饱之后，他们终于意识到了，今天不宜下水！他们屁滚尿流地离开了泳池。

这一切简直太解气了！我们激动地围住金氏："你吃错什么药啦？"

"不是我。"金氏还没完全从那梦幻体验中醒悟过来，"我觉得八成是……"

"不用八成了，就是我干的。"

一个脑袋无声无息地从水里浮出来，脑袋的主人双手将湿发向后撩，宛如出水芙蓉。是的，是水货。刚才显然是他以水为媒，驱动着金氏游出突破天际的泳姿，老炮儿们被泼水落水显然也是他的杰作，反正泳池和泳客都是一片水汪汪，他有什么做不出来？！

"我本来还想把他们泳裤给扒了的，想想还是算了，伤眼。"水货轻描淡写地说。

"是啊！但是你可以扒妹子们的嘛，我们不介意！"烂操忙说，然后被我们往水里按。

"怎样，气消了？"水货挖着鼻孔问金氏，"带一大群人来兴师问罪，至于吗，肚子这么大却不能撑船！"

"哈哈，误会了，我们只是来玩的。"我忙说，"你的能力是操控水是不是？再多耍几发吧，我是超能力控啊！"

"唔，今天我心情好。"水货说着，又打了个响指。

包裹我们的水立刻有了很大浮力，我们不需要做什么也可以浮在水上，仿佛这是死海。紧接着波浪开始起伏，强行制造出了冲浪效果；一些地方形成了漩涡，牵扯着泳客，如同坐旋转木马一样……

泳池变成了游乐场，简直是太！好！玩！了！

【听说下雨天，学生狗和断水更配哟】

泳池一役，我们跟水货成为了朋友，几乎每天都去游泳，水货也不吝为我们提供各种与水有关的乐趣。我们也邀请他到415坐坐，但他说他不能擅离职守，每个水神都有自己的专属结界，除非进入枯水期，那就可以暂时放假了。看来神这一行也是不太好混。

接着几天下起雨来，全市期盼的降温终于要来了。这种天气当然不会有人去游泳。而在老天降雨各种猛的情况下，学校居然因为管道爆裂而停水了！风雨交加之下，维修进度很慢，生活开始变得如便秘患者一样，不太方便。

按道理说，现代社会又不是沙漠，纵然停水也没有什么大不了的，去超市买几箱水就能对付。问题是从415到永辉，大概得走十五分钟，就算水扛回来了，人也绝对湿到能拧出水了，这种情况下不洗澡能忍？拿什么洗？矿泉水？

在这种情况下，学校唯一的小卖部就成了兵家必争之地，我们去得晚了，只抢到最后几瓶水。管道的修复还遥遥无期，这几瓶水就是我们最后的希望。我们开始跟着八达老师学节约用水，老师把卫生纸稍微沾湿，一寸一寸地擦拭自己的脸，这就权当是洗脸了。讲究的还可以这么洗洗脚。刷牙暂时改为漱口，漱到最后还要喝下去。别嫌恶心，反正都是自己口腔里的东西嘛。实在受不了要喝干净的，也绝对不能大口灌水，而要用嘴唇与舌头轻轻地抿，温柔地舔……

八达老师的教程令我们叹为观止，受益匪浅。当我们发现丫还有一套偷喝同伴的水的隐藏教程时，我们做出了把这人痛扁一顿并瓜分丫所有水的“欺师灭祖”行为。

只是这样的日子还要过到什么时候呢？迈入第二天，我们已经开始思考着冒雨回家或者集体杀去415分舵打劫了。

“唷……”

熟悉的声音响起后，窗口出现了一个湿漉漉的泳裤男，不是水货是谁？

“你怎么来了？”大家异口同声。

“这话说的，不是你们让我有空来玩么？”水货说。

“你不是说你没法离开泳池？”

“哦，雨天例外啦。一来下雨时没人会来泳池，也就不必我蹲点看守了；二来雨把泳池和外界连接起来了，我的工作范围因此拓宽了。”水货说。

我们点点头，然后一窝蜂围上去：“水神大大！您怎么才来呀！”“您不在的日子里，八达可把乡亲们坑苦了呀，嘤嘤嘤……”

水货做法，大量雨水分离出杂质，一尘不染地流进了415，在宿舍中央形成一个悬浮水球，我们宽衣解带入内沐浴，从未如此爱干净。

水货做法，雨水灌入一个个堆满脏衣服的桶，自动揉搓不伤手，干净清透没污渍，完了衣服还瞬间甩干——因为所有水分都被排了出来。

水货做法，雨水进入了电热壶……“可以了可以了！”锅炉工大叫着跳出来按下开关，中指轻推眼镜，划过一丝锐光，总有些逼要亲自来装。

水货做法，已经淤积了两天的厕所终于解除了一级黄色警报……

“话说，我是不是被骗了？”水货像柯南一样耷拉着眼睛说，“什么让我过来玩，结果根本是在当钟点工啊！帮你们洗衣服洗澡洗厕所！我要回去了。”

“别别别！”我们忙抱住他的胳膊大腿，啊，神的身体果然很完美呢，滑溜溜的线条就像被瀑布经年冲刷的大理石，“今天有课无论如何得去上，你刚好可以跟我们一起感受一下大学课堂的乐趣。”

“说真话。”水货说。

“有了你，外出也不必打伞啦。”

“你们大爷的！”

跟水货一起走在风雨中，好比希伯来人随摩西横渡红海，那些雨点不等落到他身上就会自动弹开，身边的我们因此个个干爽，仿佛用了贴心纸尿裤似的。真好啊，拥有一个水神朋友，就仿佛同时拥有了雨具、吹风机、洗衣干衣机、水龙头、抽水马桶……“这些他妈是赞美吗？！”水神朋友怒吼道。

不仅如此，水神还具有一个陌生而熟悉的功能。这就要从我们在教学楼下遇到嬷嬷他们开始说起，当时小苹果、武则天和眼镜娘也在。看到她们，排长忍不住炫耀：“嗨，你们不会想到我们认识了谁！”

“的确是想不到。”武则天平静地看着几乎是挂在水货身上的我们，“六个男的抱着一个裸男，你们的下限可以更低一点。”

我们恍然大悟，是喔，水货一直就只穿泳裤，这么说来刚才沿途群众的目光并不是羡慕，是在围观变态集团啊！

“太久没出门都忘了社会常识了。”水货有点狼狈地拿手在身上拂了拂，迅速幻化出一身衣服。

“哇，好厉害哦！”小苹果忍不住鼓掌，一不留神，手机掉到了水洼里，“糟了！”她尖叫着弯腰去捡。

然而不等她碰到，那手机就被水托着浮起，落到水货的掌心里。水货伸出另一只手，赫然躺着一台最新款苹果手机。

“你掉的是这部手机吗？”

“不是。”小苹果摇头。

“那是这部吗？”水货又不可思议地拿出了一台最新款华为手机。

"不是。就一台很旧的小米2。"

"你很诚实。三台手机都给你吧。"水货就把手机们都塞给了小苹果。

我们大眼瞪小眼，这设定简直不要太熟好吗！八达毫不犹豫地拿出自己的钱包丢进一个水洼，"大大，我的钱包掉了！"

"那不是掉，是丢。"水货冷冷地看着他，"自己去捡。"

八达哭着去捞湿透的钱包时，我叹为观止地说："原来你还有这种能力啊！"

"脑波具象配合分子改造的原理而已，当年在一个自选课上学的。"水货说，"好久不用了。"

"这招简直实力撩妹！是非要配合一问一答才能做到吗？"我问。

水货没听见我的问题，脸上划过一丝不易察觉的惆怅。

【最美的不是下雨天，是曾和你打水仗的屋檐】

"你我之间本无缘分，全靠党的章程死撑……你建设社会主义的样子成功引起了我的注意……如果说你我之间还有什么联系，大概是我们都是社会主义接班人吧……"

毛概教授在讲台上照本宣科地讲着课，底下照例是昏昏欲睡和小动作满天飞。这本是大学最鸡肋最多人逃的课，教授自己也心知肚明。但丫大概是意识到我们读完今年就要滚蛋了，要发泄长期在冷宫守活寡的悲愤就只能趁现在。因此本学期一开始就宣布他的课谁逃谁挂，强行让教室里坐得满满当当——除了我们，甚至还多了一个神。

水货和我们一起坐在最后一排，他翻着白眼说："太无聊了。我傻了才会跟你们一起坐在这里。"

"是吧！很无聊吧！"我说，"但就是因为这样，打混起来才别具反差乐趣啊！你可以聊天、听音乐、玩手机、打瞌睡……"

"就这些？没别的事好干吗？"水货说。

"还可以说别人坏话。你看你看，那骚娘们儿屁股多翘呀。"我指着嬷嬷说。

"你妹的段段！"嬷嬷对我比中指。

"那边不要讲话！"教授中断讲课，警告我们，完全沉浸在了支配全班的乐趣之中，"尤其是那个，小心我让你挂掉！"

被点名的水货啼笑皆非，索性站起来，教授说："干吗干吗？你还跩上了，你咋不上天呢？”

“要玩的话，至少也得是这种程度啊。”水货对我们说，然后把手一翻。

窗外的雨点刷刷刷飞进教室，转眼教室里就充满了水汽，那些雨点却不落地，而是一颗颗悬在空气里，整个教室变成了一扇爬满水珠的玻璃。

“你……你干了什么？”用尽一生一世要将唯物主义供养的教授傻眼了。

“干这个！”水货坏笑着弹了一下眼前的一颗水珠，水珠立刻如子弹一样飞射出去，在教授脸上爆开，呲了他一脸的水。

我们都兴奋起来，也学着水货的样子去弹那些水珠，指头触上去的质感完全就跟儿时打弹子一样，只是那些水珠飞出去的速度都快得不可思议，打在身上却又毫无杀伤力，被我们爆头的人往往一抹脸上的水，迅速加入战团!

“兄弟们，开战了！”排长号了一嗓子，双手齐出，跟打机关枪一样飞快地弹着眼前的一大堆水珠，隔壁宿舍的阿童木猝不及防就被淋了全身，待到反击之际，排长却已经矫健若猿猴地躲到了肉盾金氏的背后!

“大家上！不要给资本主义任何机会！”岩班长画风突变，率领麾下的110宿舍在乱世中杀出一条血路，只见他与刚刚回归的大反派背靠着背，化指为掌，一大片一大片地拍出水珠，宛若霰弹枪一般将课堂纪律炸成蜂窝煤。

“数量没有意义。”眼镜娘轻轻说着，白净的手指优雅屈起，“命中率才是关键！”她准确无误地将一颗水珠射进了烂操的鼻孔里，正逮着班上所有顺眼妹子发动攻击，誓要将她们的衣服变成透视装的烂操猝不及防，仰面倒下，3W.com（520宿舍成员之一，姓康，故取此外号。后同）等根本超安全的女生一拥而上，鞭“尸”不已。

瘫痪多年的老蜗彻底疯了，这种真人版野战太适合他这种游戏狂魔了！一灿的兴致也极高，灿蜗组合再现江湖，二人索性站在桌子上，枪林弹雨若等闲，要留逼格在人间。湿身版一灿性感极了，不少女生看得忘记了这是战场，惨遭老蜗无差别狙杀……唯一让一灿感到遗憾的，大概是这种场合烟怎么都点不起来吧。

这也是我上过最嗨的一堂课，我见春菜被人射得咿咿呀呀，赶忙飞身英雄救美，两人四手联弹将围剿的阿妙、玉米、妲己等人驱散，而后躲到一张课桌下。望着彼此的一头雾水，不禁哈哈大笑，然后春菜忽然把一颗水珠弹射到我的脑门上：“对不起了，阿福。”她冷冷地说，“我、是、卧、底。”……

这是世界上任何地方都不曾有过的泼水节。嗨翻天的气氛连教授都受到感染，时而高举教案如美队之盾招架，时而以教鞭摆出打桌球战姿回击……嘴里还嚷嚷着：“不许反抗！否则我挂掉你们！”然后就被射了满嘴的水……

水货只点燃了最初的导火索，之后就不再参战，而专心为我们制造弹药，他面带笑容打开一扇扇窗，让更多的雨水能够进来。

忽然，所有受到控制的水一下散尽了魔力，砸落在地上，每个人的脚下都流过了一条河。

玩得正疯的我们面面相觑，我看向水货，只见他愣愣地站在一扇窗前，发生了什么，让他忽然没心情再控制水珠了？

窗外的雨势小了一些，校园里有一些撑伞的人。有一个妹子恰好转过头，与水货对上目光。

目光将他们焊成两座雕像。许久，水货开始抱着脑袋，露出痛苦的表情，忽然，他拔腿就跑！415的我们面面相觑，只好舍弃这个一塌糊涂的教室，追了上去。

刚才还大展神明气质的水货，落荒而逃的样子完全是个吊丝。我们在楼道里追上他。

“怎么了你到底？”

他一脸不知是汗还是水的潮湿。

【河伯之书】

大家好。我是水神。（段段：等一下！为什么忽然就变这样了啊！这是写自传还是开记者招待会的节奏啊！）

也许在愚昧的人类眼中，我是所谓的神，但只有我自己知道，我不过是一个平凡、害羞的大男孩。（段段：……敢自称羞涩的大男孩就已经很不平凡了！还有愚昧是什么意思！你这样看我们啊！）

我们活在比人间更高一等的世界，肩负着管理与帮助人类的使命。我在大学里读的是水神系江河湖海专业，主要就是管理人间不同的蓄水场所。顺便一提我们这个系还有风霜雨雪专业、生殖泌尿等专业。（段段：又是这个出现过好多次的设定！给浪漫的神话世界留点想象空间吧！还有泌尿专业是什么啊！那种水交给别的神仙啦！）

虽然预备要当个水神，但是其它专业的知识多少也要掌握一些。好比人类非英文系的学生也要考四级，水神有时要配合死神的行动，比如把人淹死；有时要配合爱神的行动，比如有些浪漫的邂逅总会发生在雨中；有时要配合瘟神，比如尿频尿急尿不尽……（段段：……你们对尿尿这种事到底有什么执着！）

虽然水神系不是热门专业，但我们的历史上也出过不少名人，什么海洋与水之王啦，四方水君啦……整个大学我过得挺快乐的。（段段：……好像乱入了什么别的角色！）

也许唯一的遗憾，就是从没交过女朋友吧。直到毕业，我依旧是那个平凡、害羞的大男孩。（段段：闭嘴！恶心死了！平凡害羞你妹！）

我们学校包分配，我被派去管理一条人间乡下的河流。那条河贯穿了一座小镇，那里山清水秀，民风淳朴，待起来挺舒服。我的成绩一般，不像一些学霸直接被大堡礁黄果树那些地方内定，所以对这种乡下单位也没啥意见。虽然是清水衙门，好歹也算铁饭碗。我以专业知识维护着河流的清澈与生态平衡，还有靠近河流的人与动物的安全。有次一个小屁孩朝河里尿尿，我直接让尿倒流，他就进医院了，呵呵呵。还有一次一个大婶的本命年红内裤让水冲走了，我给捞了回来，嘻嘻嘻。（段段：……你高兴就好。）

我的生活依旧单纯，依旧没有女朋友。直到有一天，我遇见了她。（段段：诶诶，要开始虐狗了吗？）

后来我知道，她是个大学生，小镇是她的家乡，她是回来过暑假的。最初见到她的时候，她的脸色总是不太好，看来心事重重。她喜欢到山林里河水流经的一处清涧旁坐着，看书或者发呆。而我就在水下看她，次数多了，就好像跟她认识了很久似的。那里很安静，她有时候会在岸边睡着。那时我会大着胆子从水里出来，近距离看她。（段段：我闻到了恋爱的酸臭味……）

结果有天她醒了，看到我后吓了一跳，手一甩，一本书掉水里了。她叫了一声，我忙潜入河中，轻易就帮她捡了上来。然后我忽然想起了我们业内的一个经典传说。一个樵夫的斧子掉水里了，水神问他掉的是金斧子吗？是银斧子吗？……其实那段时间比较世风日下人心不古，所以各地神明都肩负着提高人类节操的任务。诚信就是一个很重要的节操。我想起这个典故，鬼使神差地变出一本新书问她："你掉的是这本《宅男腐女神马的最讨厌了》吗？"

"……不是。"

"那是这本《睡在我上下前后左右铺的兄弟》吗？"

"不是，是《青春奇妙物语》。"

"你很诚实，这三本书都给你吧！还有作者亲笔签名噢！"（读者：……这一段绝对不可能是真实发生过的事情！）

我们就这样认识了。她对我的身份非常感兴趣。我们迅速成为了好朋友，我跟她说一些我圈子的事，她跟我说一些她圈子的事。通常是我说得多，她说得少，感觉她的日子过得不是很开心，但我却因为认识了她而非常开心。

我们每天见面，聊天玩耍。我跟她一起玩漂流，玩深潜，她累了，我帮她做水力SPA；她饿了，我就给她捞新鲜水产……

那是我执证上岗以来最愉快的一段时光。我只是一个微不足道的小神仙，在她眼里却是近乎万能的存在。

随着越来越熟，有时我看见她什么东西旧了坏了，就会想帮她换成好的。一次我悄悄把她脱在岸边的凉鞋踢下水，然后赶紧帮她捞上来，顺势送了她两双名牌鞋。她很高兴，问我："你们帮人捡东西，为什么要先拿两样更好的来诱惑人？直接还人家不就好了吗？"

我说："没办法，这是规矩，不这样就不让还。"

这种借口很掉智商，但她也信了。

日子一天天过去，暑假快结束了。一天她问我："故意丢东西下去换好的，是不是很狡猾？"

"有一点，但你只要够诚实，我也拿你没办法，规矩是这么定的嘛。"

她就不好意思地丢了十块钱下去，我还了她一百五十块。

那次之后，就不是我在送她东西，而是她向我要了。衣服、包包、化妆品……我有求必应。想到她开学后我们就见不到了，我就愿意多为她做一些，让她会想常回来看看。

开学约两个月，她回来了。带着个男的，比她大十几岁的样子，她对亲友介绍说，这是她的老师，来这里游玩的，可是我却看到他们私下有亲密动作。她没有去我们见面的老地方，我是在河边散步时无意中看到的。我有种被忽悠了的感觉。但即使那是她男朋友，我也没立场干涉。只是不知为何，她的眉头一直紧紧皱着。

一个清晨，她终于来找我了。在那个熟悉的清涧旁，她一遍遍地喊我，我正想出来，那个男人却出现了，原来他一直尾随她。然后他们吵起来，我还没搞清楚这里面的问题所在，那男人抓着她的头发，给了她一巴掌。

我的血一下涌上头顶，她也抓狂了，竟然不顾一切地把那男人推下了深潭……但那男人会游泳，眼看他要上岸了，她大声地叫着："帮我！"其实不用她说我也会的，我卷起浪头就把他压回了水里，我忍他很久了！我发狂地用水灌他！灌他！灌他！去死吧！

我没想到，那天是上头来视察的日子。我身为水神却恶意伤害人类这件事，不巧被上头全部看见了，没有任何可以狡辩的余地。那男人逃过了一劫，我却受到了惩罚，不能再管理那条河了。

连告别也没有，我离开了她。

最后一次见她，是在我们那儿的资源中心，当时已经过去几个月了。我被重新分配到一所大学去管游泳池，这是相当LOW的工作了，就比承包鱼塘好一点。讽刺的是，那是她的母校。完成交接后我遇到了当死神的同学，寒暄几句后得到一个晴天霹雳，原来她自杀了！

老同学给我看一段视频，画面上，她在那个清涧旁持续呼唤我，她不知道我已经不在了，叫到最后她忽然很绝望地一笑，跳了下去……

【谋杀似水年华】

水货结束了回忆，刚开始我还能跟在B站看剧一样同步刷弹幕吐槽，渐渐就没那个气氛和心情了。

“所以她是真挂了？”半晌，烂操问。

“没有，否则我一定会想方设法让她复活。”水货苦笑，“她得救后似乎开始了新的人生，我觉得我们不必再有交集了……但刚刚，我从窗口看见了她。世界是多么小啊……”

“要不去见见她吧？”嬷嬷擦着眼泪问。

水货呆了呆，摇摇头：“算了，我还没做好心理准备……我要回泳池了。”

这次我们没拦水货。室外的雨已从淅淅沥沥变成了滴滴答答，很快就要停了。

本以为水货会用非常奇幻的方式退场的，但心情受到影响的他，选择的是慢慢踱回泳池。我们目送他，唏嘘不已。

水货走到半路，被个大叔叫住了。大叔说：“你是雨晴的水神朋友吧？”

恍惚的水货睁大眼，雨晴是那个“她”的名字。大叔说：“不用惊讶，我是她父亲。你们的事我都知道。这些年雨晴总念叨你，我想你们该好好谈谈。”

水货激动起来，他并非不想见她的，他喃喃说：“但……我不能离开泳池太远。”

“嗯，我就近给你们找了个教室，这边走吧。”

天上飘的已经是毛毛雨了，水货不敢怠慢，跟上就走。他们进了图书馆旁的教学楼，那儿的空教室很多。

走进其中一间，水货问：“雨晴什么时候到？”

“没有雨晴，”那大叔反手关上门，冷冷一笑，“只有他前男友！”

水货一惊：“你是……”

“是我，不认得了？”

水货太吃惊了，眼前人竟是那个跟雨晴不清不楚的渣男！那个吃嫩草的老牛！接触不多外加岁月是个喂猪槽，水货根本想不起他的模样，以至于见面不相识！

“当年我被你拖下水时，就把你小子的鸟样记牢一辈子了。后来我做了一些调查工作，确定了你这个水鬼的存在。”老牛咬牙切齿，“不过你还真难找啊！好在你丫傻×，在个游泳池兴风作浪，前阵子还坑了我哥们儿，我一听描述就猜到可能是水鬼作祟，这么巧还就是你！我还在想着怎么引你现身，想不到你比想象的还笨！”

水货没想到之前在泳池协助金氏出风头的剧情竟会成为此刻的伏笔，但他不怵，他说：“你能把我怎样？”

“这样！”

老牛冷不丁从口袋里掏出一包东西砸过去，一蓬白雾扩散开来，水货忽然全身抽搐，一个踉跄倒地，正想爬起来，老牛又掏出另一包白色粉末，几乎是塞进了他的嘴里。“呜……”水货惨叫着在地上翻滚，能够做出的反击动作全体溃不成军！

……

415正在进行一场讨论。

“吓死我了，刚才的画风太不对劲了。想不到我们能遇到这么纯爱的故事。”烂操说。

“是的，金氏你赶快给我们跳个肚皮舞压压惊。还有排长，我要看你用皱纹夹死苍蝇的自傲技能！”

排长和金氏微笑着开始摩拳擦掌，眼看宿舍就要恢复正常的活力，一个人影出现在门口，竟然就是雨晴，她抬头看着415的招牌，说：“真是王八蛋住的宿舍啊。”

“喂小姐，你怎么一来就骂人？”八达不满。

“啊，抱歉，我说的‘王八蛋’是一个朋友的绰号，他以前也是415的。”雨晴忙道歉，“看来不管是过去还是现在，围绕这间宿舍的怪事从没少过。”

嬷嬷问：“你也是这里的学生吗？”

“对，比你们高个三四届吧，但半路就没读了。今天经过来转转，没想到会遇见老朋友。”雨晴学姐笑笑，“你们知道我说的是谁吧？我已经见识过‘泼水节’现场了喔，有同学告诉我，他跟415走得很近……那么，请问他在哪儿呢？”

“在这儿。”烂操提了提耷拉下来的大裤衩，张开怀抱，“我好想你。”

一灿伸脚把烂操绊倒，大家围上去狠踹他，完了后我说：“他刚刚回泳池了。”

“他刚刚和我们说了你们的事情。”嬷嬷忍不住八卦，“有些地方略模糊，你能不能解释一下啊？”

我们都有这种需求，就一起看着学姐，学姐苦笑了一下：“真是黑历史……那时人小，物欲却很强烈，刚上大学又很爱攀比……后来我找了个男朋友，大我十多岁，我是为了钱和他一起的。现在回想起来我也很看不起自己，可当时就真是那么鬼迷心窍。”

我们不语，这个真相已经猜到了。

“大一的暑假改变了我。”学姐说，“本来我并不想回老家，却很幸运因此遇见他。我们在一起的时候很开心，他人很好，明知道后来我根本是予取予求，还是尽量满足我的要求。我其实很厌恶利用他的自己，却就是停不下来。想到要回城里，我就焦虑。相比之下，有他的那个小镇真是世外桃源啊。

“回校第一天，那个老男人来找我了。我表现得很冷淡，心理上已经想离开他了。但是他不肯，认为我在老家移情别恋了，还特地杀去那里抓小三。

“我知道后赶紧追来。那真是我一辈子最屈辱的几天！我谎称他是我的老师，怕别人知道我们的关系。更怕他知道。

“后来的事情你们大概也听过了。我和老男人终于撕了，他帮了我，却没有干掉那个老男人。那条疯狗苏醒后把我们的事情都捅了出去，我在老家身败名裂，被学校退学……最绝望的时候，我就想和他说说话。可是他似乎对我彻底死心了，我叫了很久，他都没有理睬我。后来我想，每次我丢东西下去，他都会第一时间帮我捞起来，我还有什么可以丢下去呢？我就把自己丢下去了……”

雨晴学姐说完了，擦擦眼睛：“就是这样了，很蠢吧？还好没死成。应该是他救了我吧？死过一次后很多事情就想通了，这几年我靠自己也过得挺开心的。我现在就只是想见他一面……”

“我们带你去见他！”415异口同声。

【请相信有彩虹】

暗杀教室一片白茫茫。水货倒在地上，全无反抗之力。老牛拍着手，吃力地举起一张桌子，重重地砸在水货身上。

"呜——"尽管神的体质异于常人，此刻也几乎到了极限。水货痛得眼冒金星。老牛说："爽！我等这一天不知多久了，一切准备也都派上了用场，爽！"

"……住手吧……"

"住什么手？你不是人，做掉也不必负法律责任！喔，也许我应该拿你当诱饵约那婊子重温旧梦……"

"你！"水货拼尽力量抓住他，"不许你再去打扰她……"

"你说了算？干！"老牛重重踹了他一脚。

"住手！"

门猛然打开，415全员如神兵天降！

刚才我们陪雨晴学姐去游泳池，行至半路看到了一个怪现象——地上的积水全部呈箭头状指向一栋教学楼！我们停下脚步，感觉有事发生了。而当我们进入教学楼，空气中竟有若有若无的水汽飘动，指引我们找到这间教室……至于里面狼藉至此，真是万万没想到！

为什么水神会被那种人打败？难道他是火神祝融？我们目瞪口呆。锅炉工摸摸地上的白色粉末，找到了谜底："这些是石灰！"

我们明白了。高中的化学知识总算还没忘光。生石灰遇水就会放出大量热量，对于水神这种水属性的神明来说，简直是克星般的存在！水货已经严重脱水，身体多处灼伤，远离水源的环境也各种对他不利。但，他仍然尽了最后的努力，虽然无法反击，至少向我们通风报信！

"你干了什么？！"雨晴用变调的声音尖叫。

"你说呢？"老牛用脚碾着水货，"好久不见啊，你长大了呢。"

"放了他！"我们齐声警告。

"你们算老几？"老牛肆无忌惮，"别来捣乱，他可就差一口气了！"

我们并不知道Wuli（韩语：我们的）神明会不会轻易地go die，不敢轻举妄动。场面陷入胶着。

"听好了，接下来，你们先从这里滚出去……"

"啊！"锅炉工忽然大叫一声，将一个矿泉水瓶出其不意地抛了出去。聪明！我们没想到锅炉工有此奇袭，不禁在心里喝彩，水货现在最缺的就是水，锅炉工的行为无异于雪中送炭，无论水货是吸收那些水还是控制水，都将成为反败为胜的关键！

瓶子落在了离水货两米处，不等水货拿到，老牛捷足先登，踩住了它，糟糕，还是被他截下来了！

“你要丢就让我丢啊，我丢得还比较准。”大卫对锅炉说。

“不，现在正合我意。”锅炉轻声说，“准备！”

“啥？”

只听“轰”的一声巨响，瓶子爆炸了！踩着瓶子的老牛被掀了个四脚朝天！

锅炉原本真是带着一瓶水的，刚刚他不动声色将这些纯度很高的生石灰混进水内，摇晃后丢出，在密闭空间内快速放热的生石灰，那就是一个小型炸弹！

锅炉又立功了！来不及表扬他，我们集体冲上去，跟一群争夺足球的热血少年一样，围着老牛往死里踢。

而雨晴学姐跪在水货面前，将他的手绕过自己的脖子。

“嗨……”水货虚弱地对她笑笑，“真高兴又见到你，你变了很多……”

“是呀，我变了。”学姐吃力地扶起水货，“没办法。掉进过你的河里呀，只好变成更好的样子回来了。”

他们一步一步地走出教室，走下楼梯，走过楼道。

我们目送着他们，明知道该帮一把，却都无动于衷，任由他们的声音渐渐远去。

“我很想你。”

“我也是。”

“我有很多话想和你说。”

“好的，好的，我们可以慢慢说……”

室外，雨已完全停了，天边挂起一道彩虹。

Chapter 3 广而告之事件

大叔刷着微博，看到那些网络红人频频发广告，气得说：“烦死这些广告狗了！”

我说：“可大叔你是单身狗啊！你骂广告狗根本就是同类相残，狗咬狗一嘴毛啊！”

大叔发出犬吠，扑到我的身上大肆啃咬。

【你身上有他的男人味】

体育馆，本校最像样的大型建筑，拥有健身、比赛、演出等功能，内部装潢也颇具逼格。置身其间，每每令人忘却这是一所鸟不拉屎的学校。话又说回来，好容易上个大学，却整天指望这里鸟能拉屎，也是不知道什么心态。

今晚的体育馆正在举办一场有点意思的活动，我们415宿舍难得地全体到场。这事情要从大前天说起。当时大家正各干各的，忽然排长说：“八达，去参加这个活动吧。”

说着，丫把一个纸飞机掷出去，结果飞机打了个转又飞回来刺中了排长的眼睛，排长哀号不已。

“老排啊，说了多少次不让你放飞机，放出去肯定要飞回来的啊，因为你是飞机场啊！”金氏抖动着性感的双峰，把纸飞机捡起来打开，原来是一张活动通知单。

我们学校虽然垃圾，但学生会的家伙们偶尔也会老夫聊发少年狂地组织几个活动，像是跳蚤市场啊，新生歌手赛啊，变废为宝模特秀啊，元旦晚会啊等等。最近组织的是“校园模仿秀”，顾名思义就是在学生里筛选出一群很像明星的人，要么长得像，要么具有明星的才艺，要么能像罗志祥一样把某些明星的言行举止抓得很到位……

“反正我一看这个，就觉得我们宿舍有一个人应该参加。”排长说。

“抱歉了，老排。”烂操笑笑，“我承认我具备某些明星的才艺，可是那些才艺，都是必须配合女明星才能施展的。”

“……你所谓的那些明星都是日本的吧！都是不能在公众场合谈论的吧！”我们把手里能砸的东西都狠狠地砸过去。

其实排长说的是谁，我们很清楚，当事人自己也很清楚。

是的，那个人就是——烂操。（排长：不是啊啊啊啊！）……好吧，那个人就是八达。

八达长得很像台湾演员张震，这是我不停强调的。张震一直半红不黑，但因为敬业、演技出色，以及那有别于小鲜肉的凛冽颜值，也拥有不少忠粉。但鉴于八达平常摇尾吐舌骗吃骗喝的形象实在跟张震大大相差太远，我们常常都会忘记这个设定。

“八达你去参加吧，也算支持一下我的工作。”排长说。他是生活部的干事，有揽客义务。

“不去，又没钱。”八达打哈欠，果然是很符合他画风的拒绝方式。

“虽然没钱，但是也有奖品啊。”排长说，“外联部为这次活动拉了不少赞助来买奖品，一等奖好像是个MP4。”

“我参加。”八达坚毅地说。那志在必得的模样，还真像张震大大演过的铁汉呢。

以上就是我们今晚集体出席的原因。嬷嬷他们四人也来了，虽然他们至今漂泊在外，但就仿佛台湾一样，是祖国大家庭不可分割的一部分。老蜗一来就问：“网球赛什么时候开始？”

……你根本没有搞清楚是来干什么的吧？！

不过来的最多的还数大一新生。他们刚入学，好奇心旺盛，化粪池爆了都能在路边看半天，何况这种会让人产生“大学生活真丰富”错觉的场合。

至于当晚的主持人我也不陌生：春菜，她在“风尘”中抛头露面也不是一天两天了。这会儿，春菜正一本正经地说着台词：

“……俗话说，高手在民间，虽然我们学校不是那种闻名遐迩的一类院校，但卧虎藏龙的程度却不会输给他校。那么立刻有请今天的一号选手——”

一号选手是个骨骼并不清奇的男生。春菜问他：“请问你模仿的是？”

“张学友。”

“啊，张学友，歌神！但是你一点儿也不像他。”春菜打量着选手，“那你肯定是要模仿张学友唱歌，或是他某一段最经典的演出了？我们拭目以待。”

现场安静下来。只见该选手微微俯身，撅起下巴对着全场观众说：“食屎啦你。”

……丫模仿的居然是学友哥的表情包啊啊啊啊！却说这本来是电影《旺角卡门》里的一个场景，如狼似虎的网友们挖掘出来后PS成了各种表情，的确已经成为了学友哥的最新代表作！而且说真的，这个男生模仿得非常到位！但就是这样才更加让人火大！

“食屎啦你。”仿佛意识到自己的表演有点单薄，丫又重复了一次。这种体贴并不需要！

“一号选手的演出果然精湛，感谢他为我们开了一个非常好的头。”春菜昧着良心说，“那么，有请二号选手。”

二号选手久久没有出现。

大家静静等了两分钟，还是没有出现。

然后有工作人员小跑着过来跟春菜说：“二号选手模仿的是《海贼王》里的著名角色，罗罗诺亚·索隆。”

“动漫可以啊，模仿秀当然也包括了COSPLAY在内，那么他人呢？”

“他的表演已经开始了，他在模仿索隆。你知道，那人在原作里是个超级大路痴。”

“……”

模仿得过于投入的二号选手，直到属于他的表演时间结束了都没有出现。如此到位的演出博得了大家热烈的掌声。

接下来的选手也都各显神通，有穿了一身小粉红上来的，说要模仿周董，然后扭扭捏捏做出许多小公主的举动；有个女生说模仿美国队长，美队的特点不就是胸大吗，刚好她的也不小，该演出大受全场男生欢迎；有模仿柯南的，上来就缩在春菜背后，说自己正在重现柯南给小五郎配音的名场面……

时间渐渐过去，必须说，虽然这演出槽点无数，但也算妙趣横生。我们看着还互相调侃：“大卫，你就脱光了上去模仿真正的大卫嘛！肯定能拿冠军！”“嬷嬷你快去模仿容嬷嬷扎针呀，我们把排长借给你！”

终于，八达出场了。

毫不夸张地说，丫上来就把所有人都给震了！

作为娘家人，我们很重视八达这次的亮相，因此做足了后援工作，以至于现在的八达看来活脱脱就是张震转世啊！（张震：……我还活得好好的！）张震最迷人的就是那股男人味，所以我们勒令八达留了两天胡子，为他平添了一抹淡淡的沧桑；然后我们将他的头发向后梳，尽可能地露出额头来，发际线要高不高的彷徨感，正是人到中年的醍醐味；排长还动用关系去弄了一身西装给八达穿，人靠衣装，八达顿时神采奕奕，别上胸花能直接参加婚礼；一灿贡献了一根烟给八达叼着，还教了他几个装模作样的弹烟灰动作，潇洒，性感……

虽然张震并不是家喻户晓的男神，但是颜值与气质的杀伤力却是共通的，再加上有前面那么多根本是来搞笑的演出铺垫，更显得八达如清风徐来。春菜是认识八达的，但那一刻也不禁流露出了迷妹的表情，她肯定在想，眼前这人明明可以靠脸吃饭，为何却非要靠蹭……

张震的才艺很多，八极拳什么的，这些八达一窍不通，但也不需要了，他全程就在台上插袋、垂首、微笑，阳刚中不失儒雅，无形装逼，最为致命。

我们听到身边议论八达的声音越来越大，拍摄八达的手机就没拿下来过，甚至有些一直在盯着一灿猛看的学妹们都暂时将注意力分给了八达。毫无疑问，他是本次活动最大的赢家。

我还注意到，现场有一位老男人也在看着八达，眼放绿光。

【预计八达会爆红，你们对他好一点】

八达在一夜之间成为了本校名人，这真是让人始料未及的展开。

当晚目睹了八达演出的人，被圈粉自然不在话下，尤其是大一新生，尤其是大一新生中的女生。一些人还将那段表演录了下来放上校网，让八达的魅力进一步扩散。一来张震确实是没啥黑点、越了解就越是喜欢的一个演员；二来这个学校人少地偏，大家都很无聊，鸡毛蒜皮的小事都能整成话题。总之，当八达穿行校园，很明显可以感受到对他行注目礼的人变多了。对于一个习惯了藏头露尾偷鸡摸狗的低调人士来说，这种大白于天下的感觉想必是有点不习惯，我们更不习惯跟八达在一起时成为了类似保镖和跟班一样的附属品存在。

但八达很快就适应并热衷起了他的新身份，因为叫兽找来了。

叫兽就是那晚我看见过的、关注八达关注到眼神都不对劲了的老头儿。他出现在415的门口时，我习惯地喊道："排长，有人找。"

"凭什么跟我年龄相近就一定是来找我的啊？！"排长大叫，这人倒是已经默认自己年龄很大了啊。

"大爷，您找谁？"锅炉礼貌地问。

"……很好，你们的反应充分说明了上我的课根本没在听，我会把这列入期末考的评分标准的。"老头儿额绽青筋地说。

我们纷纷大惊，忙从脑海里打捞出沉没已久的记忆，发现这人是我们的广告学教授啊！为了亲切就称他为叫兽吧！我们赶紧解释："哈哈哈我们跟您开玩笑呢，上您的课怎么可能没在听呢？"

"是啊，确切说我们根本没去上课啊！"烂操一不留神说出了大实话，我们忙用臭袜子塞住了丫的嘴。

"行了，废话少说。"叫兽挥挥手，看着八达，"我是来找你的。"

"您的课我都有上，真的！"八达慌了，叫兽如果要挂他科，补考可是要花钱的啊。

"不是那事。我说，你有没有兴趣当我的实验对象？"叫兽说。

"实验？那种吃了药以后觉得全身好热的实验吗？"

"……那是什么药啊？！现在的学生都在想什么啊？！"叫兽怒吼，"是会在广告界掀起革命的实验！我需要一个话题人物来配合，昨晚看了你的表演，发现你很有潜力，如果你愿意合作，不但可以变得更受欢迎，还能赚钱！"

八达一听到"赚钱"就把什么都置之度外了，他仿佛骂人一样回答："我干！"

"很好。下面我来讲解一下这个企划。"叫兽恢复了为人师表的神采，"大数据时代，依托移动互联网与移动终端而存在的营销方式已被愈来愈多的商家纳入品牌建设体系，然而竞价机制不规范、流量变现不达标、账号操盘水分重等问题也不断涌现。同期，为中小型企业乃至草根商家出台一项低成本精准引流方案并构筑普适性的呼吁已是刻不容缓，这与半个世纪前希腊著名学者阿拉·胡索德'立足传统而变有限资源为可再生资源'的论点不谋而合。"

……我靠这都什么？中文？你有没有考虑过偶然翻开这一页的读者瞬间被闷到以为这是一本教科书于是不买了走人的情况？我们纷纷打哈欠以示抗议。

"总之，"叫兽翻了个白眼，只得出动人话，"酒香不怕巷子深的时代已经结束啦，现在卖酒的方法很多，你看个视频刷个微博点开个APP都有杨过楚留香西门庆等大侠在安利女儿红竹叶青啥啥的，反而隔壁老王的纯手工跌打酒没人要买，因为老王没钱做广告啊。而这样的老王超多的，所以应该找到一个办法帮助他们。可能赚得不多，但我们也不需要投入很多嘛，关键是不必参与跟楚留香西门庆他们的竞争啊。”

喔，这个版本一下子就通俗易懂好多，不过西门庆是怎么混在大侠里的？

“所以我想把你捧红，不用红到发紫，小范围里有人愿意关注就好，然后就可以让你接一些广告代言了。”叫兽对八达说。

“好啊，什么时候？”八达已是如饥似渴。

“现在不行，现在你拥有的只是路人粉，说白了就是看热闹的，得先让他们变成你的脑残粉。脑残粉才会自发自觉地扩散你的广告内容，甚至愿意吃下你卖的每一颗安利。”叫兽说，“所以当务之急，是要对你进行包装炒作。放心吧，我在这个领域从事多年，早已经有了一整套严谨而科学的计划。”

说着，叫兽从口袋里拿出了一个透明的小瓶子。

“这是我从一个制药的学生那里拿到的秘药，吃下它的人会散发出一种荷尔蒙，对他人起到催眠与暗示的作用。”

……说好的严谨而科学的计划呢？瞬间就神棍起来了啊喂！

“哦，也不是你们想的那么可怕啦。这种荷尔蒙只会对那些喜爱和信任你的人起作用。他们的内心对你不设防，所以容易操控。”叫兽解释。

……听起来更差劲了！这不就是所谓的杀熟吗？跟朋友圈那些针对自己人进行的传销有什么区别？！

“不不，不一样。这个比较接近‘等价交换’，别人喜欢你、关注你，必然是因为你能提供给他们某些需求，比如物质，比如意趣，当他们产生了‘也希望能为你做点啥’的心理状态，‘催眠’才能成立。好比大家都不爱看广告，可是如果广告做得很有意思，或者做广告的人你很喜欢，就不会介意帮忙转发或点赞吧？原理是一样的。”

……哦，那听起来还公平一点，不然很有利用了别人的感觉啊。

“而且啊，虽然别人被催眠了，但是你想让他给你钱啊，跟你交往啊，杀人放火啊，都是不可能的，因为触犯底线了。但帮你跑跑腿啊，口头宣传几句啊，这种程度的暗示就容易执行。”

好吧，完全明白叫兽的想法了。总之就是先培养一群八达的粉丝，然后把他们发展成“水军”（网络上对负责炒作灌水的人群的称呼）就对了。

“再告诉你们一个小秘密：这种药物无防腐剂和任何有害添加物，更富含β

胡萝卜素，常年服用可以预防癌症唷！”

……够了！为什么这种东西还有这么多余的讲究啊？！说得我有点想喝！

“不过，到底您什么学生如此厉害，这种药都开发得出来……”我不禁要问。

“噢，说来也是缘分，他过去也住这间宿舍，好像是五号床吧，这里真是天然出产奇葩啊。”

不知为何，叫兽的话让我心里的某个角落动了一下，总觉得有些零零碎碎的东西正在串起来，但这种感觉太单薄，暂时还是只能一闪而过。

叫兽最后说：“其实我在来之前就喝下了那种秘药，散发出了荷尔蒙。一些学生已经受到了感染，去执行我希望他们执行的任务了，那个任务就是——让尽可能多的人知道你！”

“哦哦！”八达陷在一种踌躇满志的情绪中，我们也被搞得有点兴奋。难道，八达终于要变成发达和飞黄腾达了吗？！

【这样走红会快一点】

按照叫兽的说法，他所散发的“催眠荷尔蒙”只对那些视他为恩师的学生有效，我们这种坏学生肯定免疫了。但我们对“水军”如何发挥作用很感兴趣，透过观察与打听总算略知一二。

比如一个妹子，回她的宿舍时，姐妹们正在看剧。妹子问：“看啥呀？哦，《狼牙棒》。”

“对啊对啊，梅仓鼠这个角色太棒了呢。”室友说。

“梅仓鼠虽然不错，但毕竟距离我们太遥远了。”妹子轻轻一叹，“还好，我刚在我们学校发现了一个颜值很高气质又很MAN的男人！比起梅仓鼠，他简直是一只硕鼠！”

室友们都很好奇自己的生活范围内居然有这等男人！妹子便拿出手机，开始眉飞色舞地科普八达……

又比如一个汉子，上平面设计的时候，有个自由PS图片时间，他一动不动地坐在那里，老师问他干吗呢。

“这张照片上的人，乍一看并不是那么完美，”汉子叹息，“可是当我想要PS时，竟不知如何下手！他……就是这么耐看！”

老师与同学们立刻围观照片上的八达，讨论的声浪此起彼伏，有人觉得哇靠真的有被帅到，有人嗤之以鼻这也算帅，但真要他动手改改，一时竟也踌躇……

最后丫们唯一达成的共识是：这位汉子同学你是弯的吧？！

但催眠的力量还是很可观的，每位水军都因地制宜地将八达夹杂在各种话题里强行安利。一个人这么做可能势单力薄，一堆人这么做，覆盖面可就广啦。加上之前八达在模仿秀上累积的人气余温未尽，水军们不费什么力气就让他又火了一把，顿时许多还不知道八达的人都不得不知道他了。

“我现在是不是可以做广告啦？”感受着自己的日益出名，八达迫不及待地问叫兽。

“恐怕不行，知道你和喜欢你是两码事，至今你带给过他们什么呢？他们凭什么要配合你的广告呢？”叫兽说。

“那……要等到什么时候？”八达问。

“你得趁别人对你的兴趣还没消失，多展示一些特长或萌点，好让大家的关注变成惯性的、可持续发展的。”叫兽说，“我这里设计了几个方案供你参考。”

八达立刻做出洗耳恭听状。

“一、继续炒作你长得像张震这件事。”叫兽说，“我已经跟学校放映厅那边打好招呼了，未来一周持续播张震的作品，《牯岭街少年杀人事件》《一代宗师》啥的，总之就是要让大家越来越熟悉和喜欢他，然后对你爱屋及乌。”

“嗯嗯。”八达点头，非常佩服叫兽如此计划。

“二、迎合女性市场，炒作你跟其他男生的绯闻。”

“……为什么第二条就直接变这样了啊喂！”八达炸毛。

“自古以来，强强联手都比单兵作战更有效率。在主角战力不足的情况下，出彩的配角更可以有效挽尊。”叫兽说着，话锋一转，“要是他和你成天出双入对，还愁粉丝不嗨？”

叫兽说的“他”是当时刚好在宿舍的一灿。

“停，教授，总觉得这已经离广告学越来越远了啊！这样下去真的不要紧吗？”八达说。

“说起来，这位小哥，你想当偶像不？是你的话，只靠脸也能让人死心塌地吧。”叫兽欣赏地说。

“教授！您这移情别恋的速度也忒快了吧！别放弃我啊！”八达大叫。

而一灿只是耸了耸肩，拂动秀发，吐了口烟圈：“表惹，里好好包钻八达吧（不要了，你好好包装八达吧）。”……拒绝就拒绝，哪儿来那么多小动作！

不过我们也理解一灿不稀罕这个。当时刚开学不久，各大社团的纳新如火如茶，校园舞会也是夜夜笙歌。而舞蹈社作为全校数一数二的人气社团，当然是每次必刷存在感。四处抛头露面搔首弄姿的一灿不知诱骗了多少无知妇孺，后宫人数再创新高，反正每次丫来学校都肯定有不同妹子簇拥着就对了。

“总之你好好准备吧。”被一灿拒绝的叫兽回头来叮嘱八达，“要吃公众人物这碗饭，不绞尽脑汁是不行的。”

叫兽的话，八达咀嚼了很久，一直到了吃饭时间，嘴巴该拿去咀嚼别的东西了，才暂时停下来。

我们一起去食堂，一到就看到了阿玲。

阿玲是谁，大家都不陌生了，身为灿唯俱乐部的资深会员，她经常在我们身边出没，甚至一灿搬出去后，她都还想方设法接近他。比如有次我们出访415分舵，阿玲愣是跟去了，然后又是烧菜又是煲汤，虽然她这种既不是同学也不能算朋友的存在让我们都有点尴尬，但不可否认她的厨艺是真好，以至于后来阿玲每次去分舵都像是厨师空降，有时做完饭还顺便把整个家都收拾了，也算是把贤妻良母的属性发挥到了极致……

阿玲见到我们就露出了笑容，对八达说：“你最近很红呀，我老听人说起你。”

“是吗？”八达还有点不好意思，事实上他刚进入食堂就有不少人投来了视线，待遇今非昔比。

“一灿同学今天没来吗？”阿玲边问边接过八达的餐盘，直接给他打了最便宜的米饭和炒青菜，并往饭上浇了一勺红烧肉酱汁，还很贴心地把一两块肉也舀进去了，显然是摸透了八达的尿性。

“有，但他不想吃食堂，出去吃了吧。”八达笑逐颜开地接过餐盘。

阿玲的表情就有点落寞，她已经不掩饰自己对一灿的好感了。

我们找了个位子坐下来吃饭。吃着吃着，坐八达对面的一个陌生人接起了电话，一下站起来：“噢你已经来啦，行行我马上去接你……”丫丢下吃了一半的饭就走了。

说时迟那时快，八达伸出筷子，一下戳中了那人盘子里的卤蛋，一口吃了。

现场鸦雀无声，刚才这幕不止我们，还有其他人看见了，他们目瞪口呆三秒，哈哈大笑了起来。不知情的人就问笑什么，他们就解释，于是笑声蔓延开去。我们那个尴尬啊，别提了。八达这家伙，一下子没拴住就给咱丢人了！

“是发生了什么好笑的事吗？”八达边嚼卤蛋边问。

“就是你！”排长炸毛，“你居然捡别人的东西吃！”周围人笑得更厉害了。

“诶，可他不吃啊，留着会被倒掉。”八达奇怪地说，笑声愈演愈烈。

“倒掉就倒掉啊，又不值几个钱。”烂操这种脸皮的人都看不下去了。

“拜托，这是钱的问题吗？一个蛋从生出来到卤好躺在这里要付出多少心血你知道吗？如果你是下这蛋的鸡你还说得出这种话？”八达严肃。

“得了，你根本就只是抠而已。”金氏说着开始抠鼻孔。

“跟抠无关！”八达大声宣布，“我——绝不浪费食物！”

周围的笑声不知何时小了下去，也许是因为八达一本正经地解释他那LOW到爆的行为时，表情和语气都太认真了，配上张震大大正直的五官，竟产生了一种谜一般的说服力。

八达说完，继续坦然地吃饭。离开的时候，其他人忍不住上来围观他的餐盘。

“这真是用过的餐盘吗……”有人看着那晶莹剔透、几乎让人误以为是镜子的盘面说。

“到底怎么吃得这么干净……”有人边说边挡住眼，只因盘面的反光神圣耀眼。

“农民伯伯看了会哭吧……”有人红了脸，八达竟没放过一粒米，不，一粒淀粉！

我们感受着现场气氛的变化，面面相觑，这剧情怎么跟我们想象的不一样啊？！

【人形广告自走炮】

靠着捡别人丢的卤蛋吃的臭不要脸精神，八达，红了。

仔细想想，八达最具辨识度的萌点与槽点都是什么呢？没错，就是一个穷字啊！丫的所有贪婪与抠门都是以穷为发源的，至于张震的颜，那不过就是个备胎。老谋深算的叫兽也栽在了知人知面不知心上。不过还好，知错能改善莫大焉，他赶紧抓住机会，把八达的戏路调整成贫下中农。

“我竟忽略了这个时代的年轻人有多任性，他们已经不稀罕完美偶像了，自黑才是王道！”叫兽说，“好比现在有些明星，没作品也没人品，却能够作为表情包在娱乐圈占有一席之地，看着很惨，其实也是一种实力走红啊。之后如果拿出点儿像样的成绩，分分钟就能洗白，这就是反差萌的力量！”

“所以我其实没必要迎合谁，只要做自己就好了！”八达恍然大悟，“因为大家喜欢的，正是这样的我！”

“是的，从今天起，我会让水军全力推广你的这一面，你过去怎么占室友便宜，以后务必再接再厉！”叫兽说。

“你们俩给我等一下！喂！”415集体大叫。

很快，八达的穷苦事迹开始在校园里传得沸沸扬扬。

八达逛超市，横扫一切试吃区，完了还会跟工作人员抗议怎么食物都空啦，等人家补充完毕再去横扫一次，完了再找另一个工作人员抗议怎么食物都空啦……

八达下馆子的时候，会大量窃取那里的卫生纸，如果收银台提供木糖醇更是恨不能全部捞空，他还去肯德基拿手套吸管番茄酱，去星巴克拿免费的糖精奶精……

八达搜集宿舍里其他人收到的快递包装与纸箱以及瓶瓶罐罐去卖废品，将盥洗室捡到的肥皂碎片敲敲打打拼成一块大肥皂，但即使这样他主要还是蹭大家的用！

以上种种不过是八达人生的冰山一角，也是415天天上演、看到不想再看的长寿连续剧，如今它们经过水军的推波助澜，流进了千家万户。按照正常思维，八达肯定完了，用周董的话说：他算什么男人，算什么男人，然而坊间的评价却是：

“萌CRY！新时代的经济适用男！雷锋叔叔后继有人！”

“笑死了！你们觉不觉得《好有万事屋》或者《贫穷贵公子》的感觉？”

“只有我一个人很喜欢这种斤斤计较物尽其用的生活方式吗？”

“虽然很穷但还是竭尽全力地活下去，这感觉好棒喔！”

是的，带给我们很多困扰的八达居然成为了许多人的开心果乃至奋斗目标，这真是始料未及啊！没想到世界已经坏成这个样子了啊！

念念不忘必有回响，八达的努力终于开花结果了，这天叫兽对他说：“我们可以开始做广告了。”

八达值得纪念的第一个广告是这样的：

第一幕 第一场

教室 内

（秋意渐浓，大家普遍都穿着长袖，只有八达穿短袖走进教室。）

（配乐：《爱在深秋》）

小苹果（惊讶）：你怎么穿这么少？

八达：噢，这衣服是北学生街63号的夏娃服装店换季清仓处理时买的。

小苹果：我问的不是这个啊！

八达：纯棉的，质量不错，穿起来挺舒服的，店里还有其他很多型号与款式哟。

小苹果：你根本没在听我说话吧？

八达：换季果然就要囤衣服啊！原价都是一百多、两百多、三百多的衣服，统统二十元，统统二十元！

（完）

叫兽给八达布置任务时，只想他穿着那T恤招摇过市，有人问就指点迷津，结果八达太没经验了，一碰上小苹果就狂飙广告词，牛头不对马嘴，十分生硬。不过即使如此，教室里那些八达的水军随后还是执行了扩散的任务。

是的，八达已经有自己的水军了。做广告前，他先服下了那种秘药，全身散发出气息强烈的“求扩散求转发”荷尔蒙，八达的真爱粉们感染后立刻一秒变水军。果然如叫兽所说，当一个人认可了你，并愿意为你做点啥时，“催眠”就生效了。

于是这天口耳相传的八达野史里，总有一条“他在北学生街63号的夏娃服装店买了一件换季清仓处理的T恤，只要二十块……”

次日叫兽告诉八达：“首战告捷！服装店的老板娘告诉我，生意一下子好了几倍，库存的两百多件夏装被一扫而光。”

“喔喔喔！”八达振奋。

“我们学校有三千多人，就算每次只能调动十分之一的人消费也是很可观的，草根偶像为草根商家代言，接地气的程度直接决定购买力，这个模式果然有前途！”

“喔喔喔！”

“不过你打广告的技术也太烂了吧，能不能更走心一点？软植入才是最高明和具有观赏性的啊！引起粉丝的反感乃至抵制只会影响你未来接活儿啊！哎，下一个广告还是我来带你吧。”

下一个广告是一个名不见经传的矿泉水牌子，内容是这样的：

第二幕 第一场

小卖部 外

（叫兽买了一根烤肠，走出小卖部的时候不小心掉了。）

叫兽（捶胸顿足）：哎呀！

（八达出场，一手捡起烤肠，一手举起矿泉水瓶，倒水冲刷烤肠上的灰，商标醒目。）

八达（微笑）：快给你的肠子洗洗澡吧！

（完）

行家出手就是不一样啊！这广告的效果瞬间秒掉了前一个。水军都还没怎么推波助澜，其他目击者就已经津津有味地把它当段子各种传播了。从此大家再看到那个牌子的矿泉水就会想起这个梗，然后乐不可支地买一瓶来喝。

八达稍微有点开窍了，后面的第三第四第五个广告，他发挥得越来越出色。

至于所有广告里最受好评的，往往都与食物相关。就算只配葱姜蒜也能很开心地吃完一餐的八达根本不知道挑食为何物，而“白吃”二字更是有着天然的美味加成效果，所以他吃东西的样子从来都特别香，特别享受，让人看着又馋又暖，忍不住就要去买同款……

至于广告费，吊丝商家的酬劳当然不怎么样，常常就是拿商品代替。不过对于八达来说已经足够了。

【别老想搞出个大新闻】

八达的内心装满了靠当一条广告狗安度余生的美好愿景，谁知下坡路说来就来。入秋后他的业务量就开始像枯叶、像排长的头发那样不断凋零。因为附近一带需要投放广告的客户基本都投过了，又因为叫兽开始着手把之前的案例写成论文，也没空去发展新客户。八达陷入了焦虑，不断催促叫兽，并表示酬劳少一点也可以商量。

“不行。”叫兽说，“在这一行，自降身价最要不得，那代表你承认自己已经过气了。虽然你最近的人气的确是降低了。”

“会吗？我觉得还好啊。”

“还好是不够的，进步是最稳定的底气。可能现在还是有很多人关注你，可他们总会渐渐麻木和厌倦，不再觉得有义务回应你的期待，那时即使你有荷尔蒙也召不来水军了，广告效果不好，客户凭什么找你？这些都要考虑进去啊。”叫兽说。

八达顿时悻悻的。

“我继续忙论文去了。你记得不要擅自接活，你太急功近利了，这会把自己的广告位搞臭的。”

“哦……”

没有广告的八达就像没有了灵魂，每天又开始老老实实吃食堂，须知前阵子，他给一些生意不太好的饭馆做了推广，一度富裕到每天都能大摇大摆下馆子打牙祭，吃完了还打包。

食堂依旧人头攒动，阿玲的身影也依旧忙碌。八达排着队，一寸一寸挪近。队伍里有人自来熟地跟他聊天。有调侃的：“张震大大您怎么亲自来吃饭啊？！这家餐厅可贵了！”有关心的：“人是铁饭是钢，用的可以省，吃这方面还是对自己好一点啦。”有切磋的：“跟你讲，只买一个饭然后拿免费汤去泡，更省钱！”

阿玲见到八达，一边帮他打饭菜一边循例问：“一灿同学今天在宿舍吗？”

“不在。这几天他都跟舞蹈社的人混。”八达知道他一旦回答“在”，阿玲就肯定要设法去送外卖，然后“恰好”经过415了。

“噢。”阿玲又露出那种有点落寞的表情。

在另一边打饭菜的几个学妹响亮地笑起来，凑在一起叽叽喳喳：“好好笑喔，什么人都可以喜欢一灿大大。”“这不刚好证明了一灿大大的魅力？”“可还是有点恶心耶，感觉好油腻哦！”

八达和阿玲看着她们，彼此目光一撞，女孩们又嘻嘻哈哈聊自己的去了。刻意抖露出的小圈子的排外感幼稚得让人很火大。

“这些好像是大一新生，现在的年轻人真没礼貌。”八达像排长一样老成地说。

“她们都很喜欢一灿同学。”阿玲的笑容却有一种长辈式的宽容。

“天下迷妹是一家，怎么还互相看不起？”

“有次我听到她们的口号：‘唯灿唯灿，我心浪荡！’好可爱，呵呵。”

“……你还真大方。”

“像你说的，是一家嘛。反正他都不会把我们放心上。”阿玲自嘲地笑了。

八达看着手里的餐盘，仍是最便宜的米饭和青菜，阿玲不忘给他浇上两勺掺杂了一些肉的免费酱汁。八达忽然觉得应该投桃报李，他故意扬声对阿玲说：“上次你在一灿家包的饺子，他超喜欢呢。”

“真的？”阿玲眼睛一亮。

“对啊，其实他私下还经常夸你的，说你跟别的女生都不一样。”八达边说边斜眼一瞥附近的学妹。

“真的啊……”阿玲高兴得不知道说什么才好。

“一灿其实可喜欢贤妻良母了，话说回来，又有谁不喜欢啊？”见阿玲如此欢喜，八达忍不住又发了颗糖。

阿玲的心情好得恨不能宣布“今天所有人的饭钱都算我的”！

八达带着做了好事的心情找地方坐下，屁股刚放稳，那几个无礼学妹走过来，一个说：“张震大大，你跟农村妹说的那些不是真的吧？”另一个说：“学长你故意捉弄一个乡下人，不厚道喔。”

“我也算是个公众人物，干吗骗你们？”八达做戏做全套，“你们根本啥都不懂，不懂你们的男神都跟农村妹经历过什么。”

“什么什么？”迷妹们哗然，“一灿大大总不可能喜欢她吧？”

“为什么不可能？”八达叹气，“好啦，你们让我好好吃饭。”

目送迷妹们交头接耳离去，八达有点爽。他也是农村户口，对城里人的一些优越感不以为然，在他看来，纯朴持家的阿玲没啥不好啊。

离开食堂的时候，八达听到了这样的对话：

“哎，你知道我们学校的校草吗？”

“知道啊，好像叫一灿吧。”

“听说他跟那个打饭小妹关系不简单啊。”

“真的假的？！”

八达差点儿把嘴里的饭粒喷出来，好在他节俭，强忍住了。他忽然升起不祥的预感。之前他广告成瘾，荷尔蒙挥霍无度，难不成刚瞎掰一灿和阿玲莫须有的暧昧传达给食堂里的水军了？

【当我知道你们相爱】

415内，排长刷着手机，忽然一脸老年痴呆般后知后觉地说：“诶，一灿跟阿玲在一起啦？我都不知道！”

躺在床上看书的八达菊花一紧，明白事情已经超出他的控制范围了。一般的学生知名度很难覆盖全校，可是校花校草等级就不一样了，而阿玲虽然出身寒门，但是作为农村驻食堂办事处看板娘，搞不好比一灿更有名也说不定，他们的组合更是超有话题性。八达作为谣言的创造者，如今居然反过来成了谣言的接收者，可见它已经传成了什么样！

“没可能在一起吧，谁说的？”烂操说。

“我们生活部的群里都在说啊，听说其他群也很震惊呢。”排长说。

我见过未来人，知道一灿阿玲早晚会在一起的，但一直以来没看到任何苗头啊。我们就讨论起来，都还没怀疑八达是始作俑者，直到叫兽久违地来到415。

“你做了个广告？”叫兽开门见山。

八达狼狈不已，没等回答，叫兽又说：“准是你！我刚和学生谈考研，她忽然就说：‘考研虽难，有些事接受起来却更难！您知道吗，校草跟食堂女工在一起啦！’——我一听，这种说话风格绝对是‘水军模式’啊！我说过不让你随便接活儿吧？！”

我们惊讶地看着八达，丫急忙辩解：“这是意外，是意外。”说着将事情的始末和盘托出，“……其实也没啥大不了吧？传个两天也就过去了。”

叫兽瞪他：“谣言的危害性就不是你说了算的了，一旦大家发现被你耍了，你就等着掉粉掉成傻×吧！到时候也别想再做广告了！”

八达如丧考妣。

“有人知道一灿现在在哪儿？”排长问。

“今天有舞会，应该是跟舞蹈社的一起在那儿勾引妹子吧，真是一点学长的样子都没有。”热衷参加舞会但除了屁啥也没收获，于是热情骤减从今天开始不去的烂操嗤之以鼻。

“那他也算是顶风作案了。”我说。

八达灰溜溜地出去上厕所，之后想知道阿玲的情况，就给小丫挺打了个电话，小丫挺也是食堂员工，矮壮敦实，因为八达经常光顾食堂而和他熟起来。小丫挺接起电话就说：“喂喂，阿玲跟你们家大帅哥在一起了是不是真的？”

“……不是。不过阿玲现在怎么样？”

“她一下午都很开心啊，笑得嘴都合不拢。刚有人点外卖，挺偏的位置，她以前不爱去的，现在乐颠颠就走了。”

八达问了那个位置，诶，跟我们上一话拯救水神的教室是同一座教学楼。那里很旧，很少人用，适合犯罪……所以谁会点外卖？

八达觉得有点不对劲，挂了电话就赶过去了。据他后来所说，其实也有想过叫我们一起的，但考虑到自己是待罪之身，有些屁股只能一个人擦……

八达赶到那座教学楼，仰头看到其中一层亮着灯，就摸索着走上去，结果碰到了一个意想不到的人：一灿！

一灿今晚过得有点烦。

如烂操所说，他本该是在舞会上装逼不已的，可今天跳着跳着，总觉得观众的注意力不在舞姿而在别的地方，有些人甚至看着他摇头叹息，一副好白菜都被猪拱了的模样。这在一灿的舞男生涯里是绝无仅有的。

跳完下场，舞蹈社的社长问一灿："你终于交女朋友了？"

"啊？"一灿莫名其妙。

"你怎么这样啊，当初签约时不是说好了五年内不交女朋友吗，你这样让公司后面的企划怎么办？松下都打电话来要求解约了！"社长可能激动过头了，竟有些语无伦次，"……我的意思是，你至少过了这阵子再让人发现嘛，许多本来要加入的妹子听说你名草有主就打退堂鼓了啊。"

一灿费了点力气才知道自己跟阿玲被凑成CP了，顿时更莫名了。

"你的品位也是特别，你想要什么女孩没有啊？"一位舞男笑嘻嘻地搭住一灿肩膀，"如果只是玩玩而已，该甩快点甩，那种土妹子缠人得很。"

一灿没有说话，只是把那人的手从肩上拿开。

但他也没心情跳舞了，离开会场时，许多议论纷乱地传进耳里："我赢了，我女朋友比他的正！""不是很理解他们帅哥的想法。""可能跟山珍海味吃多了想体验农家乐是一个道理？"

一灿本想回415的，半路遇到了一群人。树影下，他们连拉带扯地簇拥着一个人走进那座旧教学楼。那人挣扎着，一个箱子在地上打翻了，两碗面流得满地都是，啊，那是阿玲！啊，那些是兰州拉面！

一灿尾随那些人到了三楼，看她们进了一间教室，便蹑手蹑脚凑上去。还没来得及偷窥，就发现有人来了，竟是八达！

"里肿摸费奶（你怎么会来）？"一灿压低声音。

"呃呃……不费奶……"八达敷衍着，"阿玲在里面？"

"嗯。"

门窗紧闭，窗户上还糊着纸，但高处的窗没有，二人就踩上窗台，踮脚朝内看。

……这一看还真是吓了一跳。

荒僻的大楼，夜静的时刻，阴森的氛围……怎么想都让人发毛啊，就算教室里的地板上画着一个魔法阵然后一群人戴着面具在念咒都不奇怪，而阿玲就是那被献祭的羔羊……然而真实情况却叫二人差点摔下去。只见那教室里贴满了各种各样一灿的照片！什么角度什么尺寸都有！那些糊窗户的其实是一灿的海报啊啊啊！

这教室根本是一灿的粉丝俱乐部！

"……"即使是见惯了风浪的一灿，此刻都囧得无言以对。教室里尽是女生，大部分还都是大一新生，有些面孔一灿不陌生，至于她们什么时候拉帮结派得这么有规模就只有天晓得了。

此刻，所有女生都瞪视着阿玲，阿玲在大家的目光中瑟瑟缩缩，渺小又可怜，只差被绑在十字架上再烧一堆火。

“你真的跟一灿大大在一起了？”一个女生用审判的语气质问。

“……”阿玲沉默。

“不可能啦，一灿大大不会看上她的！”有女生激动地说。

“看上我也轮不到她！”一个胖妹子咬着手绢碎碎念。

“但是你经常去一灿大大的家是怎么回事？给他做饭又是怎么回事？”一个女生尖声道，“是你勾引他的对吧？！完了还到处造谣形成既定事实，你这心机婊！”

“就一下人，还想傍少爷！”

“也不撒泡尿照照自己！”

“也不拉坨屎照照别人！”

“喂，刚才那句是什么吐槽？”

总之女生们极尽尖刻地辱骂着阿玲，八达内疚到了极点，他是这场暴力的元凶啊！

然而本来还在颤栗的阿玲，渐渐却平静了下来，她走向门口。

“靠，你想去哪里？当我们死的？”恶女们怒了。

“我该回去了，你们也骂够了吧。”阿玲冷冷道。

“你还敢嚣张？！”

“为什么我不能喜欢他？”阿玲猝然反问，“因为我是农村人？因为我不漂亮？因为我没上过大学？对，我也知道我配不上他，但我就不能做做梦吗？”

一灿盯着阿玲，看到她的眼泪流下来：“你们有多喜欢他，我就有多喜欢……我知道他不会看上我，但我就是好喜欢他啊！我唯一能讨好他的地方就只有帮他做做家务了，能这么做我就很幸福了……我连这种资格都没有吗？你们，又有什么资格这样对我呢？我比你们低贱就该乖乖让你们欺负？”

教室里鸦雀无声，只剩阿玲的抽泣，终于有个女生炸了：“他妈的你还拽上了！你这种人就是不配喜欢他！就该一辈子伺候人！”

几个女生附议着围上来，这次不只动口更要动手了，她们掐着阿玲的手臂扯着她的头发，阿玲发出痛叫，另一些女生不知所措地站在原地，没有参与但也没有阻止……

“咚！”门忽然被踹开了，所有人的动作都凝固下来，然后看到了门口的一灿和八达。对这个组织来说，世界上最厉害的神降临了啊，第一且唯一的一灿大大！

一灿沉着脸往嘴里塞了根烟，看也不看其他人就走向阿玲，拉起她就走。

"等等……"率先反应过来的妹子叫起来，"一灿大大，你真的喜欢这家伙？"

八达气急败坏地对她们吼道："没有！没有！那都是我编的！你们怎么会做出这种事？！你们还是人？！都是我的错！有不爽冲我来啊！"

而一灿拉着阿玲，头也不回地走了。

【如果还有明天，你将怎样装扮你的脸】

八达的广告生涯应该是到头了，他是这样想的也是这样说的："我傻了，居然一时冲动告诉了那群妞是我干的……这下造谣生非的罪名是跑不掉了！掉粉是肯定的了！雇不起水军也接不到代言了！"……这人昨晚明明还有点帅的，怎么就帅不过三秒啊！

然而意外的是，校园里关于一灿和阿玲的讨论却眼见着少了。这一对的话题热度是这么短命的吗？不可能啊。但就是开始降温了，甚至那些邪教迷妹也不再兴风作浪。我曾在自习室看到某男生对迷妹之一说："喂，你男神被个土包子抢了，你还有心情念书啊？"迷妹恶狠狠地说："闭嘴！这你也信？！"

类似的幸灾乐祸与迎头棒喝重复多了，渐渐也就没人再提这事。

一次广告学课后，我们才从叫兽嘴里得知了谜底。当时八达问叫兽："是不是因为别人都知道那是我做的虚假广告了？"

"跟那有什么关系？"叫兽奇怪地说，"是你们家一灿问我要了些秘药啊。"

我们顿时秒懂了！秘药能让人变成水军，一灿定是喝药之后，散发出"希望这个话题到此结束"的荷尔蒙，当那些为他痴狂的粉丝被一传十十传百地感染后，可不就会对所有企图继续炒作灿玲CP的人实行"闭嘴！这你也信"的封杀？当爱一灿的人做出如此信赖与维护偶像的举动，其他唯恐天下不乱的反动派可不就只是纸老虎？

"这就是所谓的攘外必先安内啊。不管外面如何诋毁抹黑，只要粉丝能统一战线，剩下的问题自有时间会处理。"叫兽津津乐道，"这个案例我回头也要写进论文，毕竟抹黑和洗白的攻防战是任何业界都存在的……啊，你们家一灿真是太帅了，好想把他包装成真正的偶像啊！——他是不是先走了？"

"不，他根本就没来上课。"

"……大爷的！"

而此时的一灿，正在通往食堂的路上。明知现在不是见阿玲的好时机，还是信步就去了，那代表什么吗？

关于那晚的英雄救美，我们曾问一灿："你当着那些人带走阿玲，该不会是也对她有点感觉吧？"

一灿说："偶几系讨厌别棱教偶该肿摸桌（我只是讨厌别人教我该怎么做）。"

那晚一灿牵着阿玲的手，把她送回宿舍，分别时阿玲说："会不会有一天，你可以接受我？那谣言就不再是谣言了……"

一灿当时没有回答她。

Chapter 4
孤掌能鸣事件

大叔问我：“为什么那么多人喜欢说‘再买东西就剁手’？”

我说：“因为剁脚显得很没诚意。”

“Why？”

“有首歌叫‘如果感到开心你就跺跺脚’。”

大叔一哆嗦。

【恩爱有风险，虐狗需谨慎】

光棍节犹如一记闷棍般敲进我们的生活。

光棍节现在的功能很微妙，一来它是对广大单身狗的公开处刑，二来又是许多人告白的良辰吉日。于是校生活部又开始策划着利用它的话题性了，一出名为“谁不说俺脱单好”的企划应运而生。这是继跳蚤市场、拔河比赛之后，生活部刷的第三发存在感。此外，我对这个部门的印象就只剩排长，丫常年在那里喝茶看报，活动教室俨然传达室。

415本是单身狗集中营，但狗也分三六九等。比如一灿就是品种狗，不知多少人梦想给他铲屎，而烂操尽管一见美女尾巴就摇成花，却注定只能当流浪狗。至于其他人，八达只重视骨头，老蜗只喜欢玩，锅炉则是茶水间的看门狗，都跟做过绝育没差，金氏这种则一看就是肉食狗。至于我、排长和大卫这三只，则在等待来自特定主人的项圈，痴痴地守望，仿佛忠犬八公。

唯一例外的是嬷嬷。这条小狗如今已被驯服，成为一条幸福的宠物狗。想必大家还记得他在《逆转昔日事件》里终于走进了武则天的心。虽然那之后就发生了我滥用后悔药的风波，但那件事已经在我的亡羊补牢下不算数了。仍然算数的，一是锅炉跟姚姐约定了“未来”，二是武则天最终接受了嬷嬷。这两件重要的事请大家在笔记上抄三遍。

总之嬷嬷“名花有主”啦！虽然武则天的性格不可能就此跟他你侬我侬臭不要脸，可是从无名无分到有名无分毕竟是个巨大的跨进呀。深秋来临之际，嬷嬷却一脸春风，让人不禁要问：“你个死八婆难道忘了大明湖畔的万岁爷？！”

却说当天，武则天与容嬷嬷上完课正要摆驾回宫，撞见操场上热闹非凡，一大圈人围着一小撮人，排长也在，他一见嬷嬷就叫：“喂喂，来玩来玩！”

“玩什么啊？”嬷嬷说。

“光棍节特别活动啊！”排长说，“男女搭配才能参加，只要过得了我们设计的四大关卡，就能得到礼品，一等奖是双人份的日料自助呦。”

嬷嬷看到已经有好几对情侣跃跃欲试了，有些男生甚至大胆现场邀请心仪的妹子：“要不咱走一个呗？就当是为了日料嘛！”

“日料耶，你爱吃的。”嬷嬷请示上级，“参加吗？”

“别傻了，这种企划又名‘比比谁像猴’，是猪八戒的后代一拍屁股想的，鬼才参加。”武则天不留情面地说。

这时一个故人登场了：“哎，你们也在呀。”竟是3W.com，她的脑袋斜靠在一个男孩肩上。

想必大家对这个绰号别致的女孩不陌生（大家：那谁呀超陌生的！）（我：……滚！），她来自520宿舍，五官端正的程度堪称女版烂操，却在《脱胎换骨事件》中与烂操手足相残，甚至武则天迁都校外也有她的功劳。这样的她竟有男朋友了？不，那应该是哪里的社会义工吧？

“忘了介绍呢，这人家男票。”3W.com甜腻腻地介绍，那个颜值不低的男生腼腆地笑了笑。我靠还真是的啊！你是哪里来的天使？！是在渡劫吗？！

“你们也要参赛？”3W.com看着嬷嬷与武则天说，“太好了，总算不会垫底了。”

“哦？”武则天浓眉一扬。

“我们才交往不久，除了爱一无所有。”3W.com押韵地说，“好怕输得难看噢。”

输不输你都一样难看。在场的人集体用沉默吐槽。

3W.com继续说："不过对手是你们的话，我还是有信心的！没见过比你们更不般配的……啊我是不是话太多啦？"

"该走了吧。"天使轻轻对3W.com说，3W.com就以考拉的姿态腻着他上台去了。

"我们也走吧？"嬷嬷对武则天说，却被她一把拉住："走什么？"她额带青筋地微笑，"我们可是要拿冠军的人。"

"诶？"

"如果没拿到那就是你害的。"

"……冠军是属于我们的！"嬷嬷大声说。

武则天和嬷嬷的加盟令阵容更加星光熠熠，闪瞎了排长的老花眼，半晌才想起来该宣布规则："那么……第一关，鹰的眼睛！"

"听起来很耳熟诶！"有人说。

"那是我小时候看过的一个动画片里主角的四大技能之一。"排长解释，底下响彻一片"啊，那一定是世界上刚有动画片时的动画片"的领悟，"这一关比的是眼光，请各位情侣说出你们最喜欢心上人什么！开始！"

情侣们陆续开启肉麻模式："我喜欢她的善良，她每次吃饭都会叫：'大米这么白！怎么可以吃大米？！'""我最爱她的细心，打了我左脸后总是不忘打右脸，以保持对称……""那当然是她的厨艺啦！她煮的闭门羹真的好好吃哦！"……我说你们是认真的吗？！

而嬷嬷的答案是："全部。"武则天则回答："我最欣赏他这么有品位。"

最后轮到天使了，他抓抓头："喜欢她什么啊……"天使红着脸看了一眼3W.com，"说了她可能会生气，但……我喜欢她的脸！我是外貌协会的！"

"讨厌！"3W.com扭过身，"怎么跟我答案一样嘛！"

全场哗然，排长差点连假牙都喷出来了。这一回合的胜者已经没有悬念，谁都看出天使必须是真爱了！

"第二关，狼的耳朵。"排长说，"请你们互相说一句最深情的话。"

于是现场屁话四起："你是心你是肝你是我的四分之三""感谢天感谢地感谢命运让我们相遇""想看你笑想和你闹想拥你入我怀抱"……天使说的是："就算上天给我再来一次的机会，我也只想对你说三个字：我爱你！"3W.com立刻跟上："如果非要在这份爱上加一个期限，我希望是一万年！"

这一局嬷嬷是最晚交稿的，他酝酿了半天说了一句："谢谢你喜欢我。"

武则天说："哼。"

——于是，一举夺魁。

“第三关：豹的速度！” 排长感到自己热了起来，“你们要在有限的时间里展示默契，越快越好！”

工作人员发下去一批问卷，狗男女们分头填写，然后当场对答案。比如排长问3W.com：“你们之间最重要的承诺是什么？”

3W.com：“是‘答应我，一起变老’！”

排长：“可他的答案是‘这些照片绝对不能公开呦’！”

“啧，记错了。”

“那到底是什么照片啊？超在意的！”

排长又问天使：“她最喜欢穿的一件衣服是啥？”

天使：“就那种啊，眼罩加紧身衣，黑丝袜加长筒靴……”

“……这个答案距离她的‘碎花滚边米色连衣裙’实在太远了！那是什么情况下会穿的衣服啊喂！”

总之天使与3W.com不够深厚的感情基础在这一关暴露无遗，反观嬷嬷这边倒是一帆风顺。比如问武则天：“你送他最贵重的礼物是啥？”

武则天：“就我啊。”

“他最喜欢看的一部电影是？”

“就我的视频啊。”

“他最喜欢吃的东西是？”

“就我啊——是没听过秀色可餐吗？”

……而这些答案竟都跟嬷嬷给出的不谋而合！嬷嬷自己也是对答如流。

“她最喜欢的颜色是啥？”

“姨妈红！”

“你们第一次牵手是什么情形？”

“宿舍联谊掰手腕！”

“你们的初吻是在哪里？”

“在《青春奇妙物语2》的《马甲出租事件》结尾里！”——不要趁机植入广告！

一轮较量下来，嬷嬷与武则天的CP感越发深入人心，比赛已渐白热化。

“终极PK：熊的力量！”排长慷慨激昂，狗血沸腾，“要保护心爱的人就必须有强健的体魄，这一轮比的就是公主抱的时间！选手们可以根据平时的习惯选择抓举或挺举！”

“这是举重吗喂！”武则天叫。

“首先进行的是男子56公斤级比赛！”

“这绝对是举重吧！”

一个仰卧起坐专用垫子上，妹子们依次躺下，手上涂了防滑粉的男友们走到她们面前，双手分别弯入其后颈与膝窝，伴随着一声声如雷暴喝，妹子们被昂然抱起！

“不玩了！”眼看快要轮到自己，武则天气急败坏敲响退堂鼓，大概是跟杠铃的重量……不，妹子的体重会被大声报出来有关。然而她不慎撞到个人，四仰八叉地摔在了垫子上，嬷嬷忙去搀扶，然后可能是被气氛蒙蔽，居然把武则天公主抱到了胸口，一张脸登时涨得通红，之后鬼使神差地“嗨”了一声，猛地把武则天举过头顶！

如雷掌声中，武则天轰然坍塌。

嬷嬷赢得了日料，代价是右手脱臼。

【左手不只是辅助】

嬷嬷右手挂着绷带，左手拿着课本，身残志坚地出现在课堂上。一旁的武则天袖手旁观，没有任何帮忙的意思。

“嬷嬷你怎么弄得这么惨啊？”八达痛心疾首，“来，钱包给我拿。”

“不了，我的左手还算灵活。”嬷嬷边说边用左手比出一个中指。

“就为了个日料，你也太拼了。”我说，“但人家好像不怎么领情嘛。”

“没办法，当众让她出丑了嘛。”嬷嬷内疚地看着武则天头也不回的背影，“但她也不是没有关心我啦。比如昨天赢的日料，她体谅我行动不便，自己全吃了。”

啊，想不到武则天是刀子嘴豆腐心，我们都为这样无瑕的爱动容。

“现在你成杨过了，可要小心哟。”烂操关切，“如果有人要调戏你，你只有一只手可以配合他了。”

“……麻烦你说反抗，谢谢。不对，为什么我非要遇到那种事不可？！”

“什么杨过，嬷嬷应该是独臂神尼！”锅炉工严谨地说。

“那他头发也太多了！带发修行是吗？嬷嬷你说，到底调戏过多少施主？”

我们针对嬷嬷的断臂尽情玩了他一番，直到上课才偃旗息鼓，嬷嬷用左手摊开本子，准备做笔记。不是左撇子却要用左手写字，难免别扭。嬷嬷写的字歪歪绕绕，仿佛幼儿习作。作为415的丑字双煞，我们曾相约未来没饭吃就靠画符维生，现在看来嬷嬷虽然残了，这个梦想还是可以实现的。

然而一节课上完，嬷嬷的左手字居然有点模样了，握笔姿势也变得端正。大家品鉴后对我说："段段，现在全宿舍就你字最丑了！"

"无所谓啦，我又不是靠这个吃饭的。"我耸耸肩，"啊说到吃饭，一会儿我们等着看嬷嬷出丑吧。"

"……你根本超在意的！喂！"嬷嬷大叫。

吃饭的时候，八达主动帮嬷嬷点了一碗鲜虾面，他一看就抗议："你是不会点些适合用勺子吃的食物吗？！"

"这个面的汤特别适合用勺子吃。"八达说，"面就交给我吧。"

嬷嬷护住碗，勉强拿起筷子。笔就一根，筷子却是成双，想要稳健把握更是不易，嬷嬷笨拙地夹起一只虾，很快滑掉了。

"嬷嬷不要勉强了，大不了我七你三。"八达提议。

然而嬷嬷的第二筷就有了显著的改善，窜逃的虾子被缉拿归案，嬷嬷用嘴将它干掉，大感振奋，接着开始吃面，居然完美挑起了一大筷。嬷嬷吃得稀里呼噜，简直让人错觉他能用筷子喝汤。

"好意外！"嬷嬷看着自己的左手惊喜，"使用左手其实一点也不难哎。"

"高兴得太早了吧。"我冷笑，"别忘了你可还要用左手擦屁股的，胜负才刚刚开始！"

"……段段，你到底多不爽我字写得比你好啊？！"

嬷嬷开始觉得断臂是件因祸得福的事，他发现自己用起左手如有神助，比如玩手机、操作鼠标、使用剪刀、挖鼻孔等本属于右手的技术活，左手都很好地完成了任务，鼻屎甚至比过去弹得更远。而一些需要双手协作的事情，左手竟也能独撑大局，比如敲打键盘，左手仅靠五指就承包了右手的工作量，打字速度赫然比左右开弓时还快；又比如拧毛巾，按说绝对需要双手出力，但嬷嬷竟能用左手攥住毛巾，一寸一寸移动，一滴一滴挤奶般挤出水分……左手不仅灵活，还很有力气！

最开挂的还数经过篮球场时，那会儿大卫正在场上挥洒热汗与白肉，一个传球失误，球向外围飞去，当时嬷嬷完全是背对危机，左手却冷不丁扬起接住了球，然后身子才跟着转过来。嬷嬷愣了三秒，鬼使神差地单手运起球来，篮球跟他的手掌如胶似漆，全无掉落迹象，最后丫还单掌托球来了个三分远射——命中！

场外场下一片欢呼，不说命中率，这投球的可是一个残疾人哪！

“该不会我本来就是左撇子吧……”嬷嬷望着自己的手喃喃，比谁都吃惊。

而目击了这一切的我们觉得，是时候把丫的左手也打断了。

【不是说好建国后不能成精吗】

三天后的一个夜晚，415分舵的客厅里，嬷嬷、大卫、小苹果和武则天在做四级卷子。眼镜娘回家了，一灿和老蜗则跟昔日兄弟约去了，那夜的气氛因此既安静又上进。

嬷嬷完全适应了左手，写出的字仿佛一个被掰直了的基佬，我的意思是，没有弯的迹象了。嬷嬷有时写着写着还会让笔在指尖转个圈，无形装逼，最为致命。

周围的人都习惯了嬷嬷的新画风。因为丫没有表现出多少失去右手的不便，大家也都懒得表达关怀了。可能唯一不习惯的只有嬷嬷自己吧，毕竟丫小看了左手二十年，如今每天都要解锁它的新功能。区区一只左手竟比上厕所遇见十年不见的老朋友还要巧，太神奇了。这阵子嬷嬷对其刮目相看的次数太频繁，睫毛都给刮秃了。

好比现在，嬷嬷就边答题边暗暗惊叹。

嬷嬷虽然认真，却从来不是学霸，只是因为武则天热爱学业，他跟着爱屋及乌罢了。但眼下这张有点难的考卷他竟下笔如有神，许多题目扫上一眼，不及思索，左手已经条件反射地勾了正确答案。某加油站大爷曾说：“我亦无他，唯手熟尔。”嬷嬷不禁反思自己是否已经熟能生巧到了这个地步？

可怎么感觉更像是……左手越俎代庖，喧宾夺主？

“嬷嬷你做好快哦。”小苹果凑过来，“这题怎么做，教人家。”

嬷嬷随手把小苹果推开。

“……干吗呀？”小苹果不明就里，又凑过去。

动静很大的一声之后，椅子打翻，小苹果跌倒在地，嬷嬷不耐烦地将她推倒了！

“喂，你干了什么？”武则天大怒，大卫忙把小苹果扶起来。

“呃……不是……”嬷嬷嘴上这么说，左手却一下掐住了武则天的脸，逼得她不由自主仰面。武则天杏眼一瞪，咬了嬷嬷一口。“哎哟！”嬷嬷缩回左手，原地跳脚。

“反了你了！”武则天一脚把他踹翻，然后安抚泪光闪闪的小苹果。

“对不起，我不是故意的……”嬷嬷忍痛解释，“是……是我的手不听使唤了……”

这样的嬷嬷又让武则天有些担心，毕竟这些行为的确很不像他，她就过去把他拉起来，结果嬷嬷的左手伺机摸了她一把。

“啊啊啊啊啊——”武则天面红耳赤地把冒犯龙体的嬷嬷往死里打，之后拖着小苹果回房间，重重关上门。

“该说她意外的纯情还是你意外的大胆呢……”大卫擦冷汗。

“我不是故意的……”嬷嬷鼻青脸肿。

“嗯，兄弟一场当然懂你啊。晚安。”

“安……诶，大卫你等等？”嬷嬷看着大卫关上了他们房间的门，忙过去敲，门却纹丝不动，“大卫你听我解释！我不是故意欺负小苹果的！大卫！……至少给我条毯子呀！”

当天晚上嬷嬷是在厨房睡的。因为冰箱会稍微散发出一点温度。

次日嬷嬷醒时，女生们已经去上课了。往常她们会唤嬷嬷一起，今天显然还在气头上。望着人去楼空的屋，想着不辞而别的爱，嬷嬷不禁产生了被白睡的失落……

嬷嬷去漱洗，一眼看到镜前架子上有一管口红，不知是哪个姑娘的，他看着，情不自禁地拿起来，旋开，凝视那淡彩……

他开始涂口红！事情发生得如此突然又如此自然，等到嬷嬷想打住的时候，左手还是不依不饶将口红往他嘴边塞、塞、塞……都塞嘴里了。

“咔嚓。”拍照声。嬷嬷窘迫地转头，看到大卫喃喃：“对不起，我太吃惊了。”

“你那什么表达吃惊的方式啊喂！你纯粹只想看热闹而已吧？！”

“你怎么能这样看我？告诉你，我第一时间把照片发群里了，大家都炸了！”

“所以你觉得我该怎么看你？！”嬷嬷一边用朱唇哀号，一边翻出手机，在宿舍群发了一条：“不是你们想的那样！”

“的确不是我们想的那样，我们一直以为你是男子汉。”排长说。

“一直以来忍得很辛苦吧，其实你怎么选择，我们都支持的。”我说。

“抱歉，有点太突然，可能我是唯一没法接受的人吧。”烂操说，“我能做的只有立刻给你找了这个。”他说完发来一个卖女性内衣的网址。

“不是啦！”嬷嬷高举左手，欲哭无泪，“都是它害的！”

嬷嬷拿毛巾胡乱抹了把脸，穿了件衣服就跑出门，大卫问：“你去哪里？”

“医院！”

"这么快？可是中国这方面的技术并没有泰国成熟啊！"

"死大卫你给我记住！以前怎么没发现你那么会吐槽啊？！"

嬷嬷越发觉得自己的左手在失控，涂口红绝不是他的自主行为，事到如今必须求助于科学了！

嬷嬷跑得匆忙，差点儿撞一车上，那敞篷车在路边停妥，一个翩翩身影推门而下，回身与开车的墨镜辣妹一个爱的亲亲："我再联系你。"辣妹的头发便扬在了离去的风里。

嬷嬷发现自己认得那身影，是3W.com的男朋友，天使。"是你。"对方也认出了他，"手怎么样了？"

"没什么。"嬷嬷说，"刚那个是？"

"噢，普通朋友。"

"普通朋友会……那样吗？"尽管3W.com被甩是天经地义，嬷嬷还是有些反感天使的行为。

"就普通才会那样啊。"天使说，"你跟我连朋友都算不上，还不是就这样了？"

嬷嬷一愣，随即发现他左手的五指正一步两步三步四步连成线地攀上天使的胳膊……

"不关我事！"

"边摸我的腰边说这话你好意思？"

"相信我，我不想摸的！"

"所以你现在改摸屁股？！"

嬷嬷真要疯了，赶在被当成流氓抓起来前，他夺路而逃，边跑边将手往口袋里塞。原来独臂最大的痛苦是一只手犯错时没有另一只手阻止啊，用牙齿咬吧，又怕唇齿留香。

唯有一件事再清楚不过：这只左手有问题，超级有问题！

嬷嬷闯进415时，左手正如一尾活鱼般在他裤袋里奋力扑腾，带给我们一个嬷嬷正狂拱下体的错觉。

"嬷嬷，我理解你回娘家的激动，但这并不是你耍流氓的理由。"我严肃地说。

"不是我说你，当初是你坚持要跟那个渣男的，那时起我们就当你死了……"排长叹息。

"嫁出去的女儿泼出去的水，现在的你除了冲马桶已经没有别的用途。"烂操一摊手。

强弩之末的嬷嬷哪里有空回应我们的疯话，忽然他怪叫一声，左手拔出裤袋，一拳正中他的面门，嬷嬷踉跄着倒在一张床上，不幸中的万幸是床上铺着金氏牌缓冲垫。

“它是活的！”嬷嬷忍痛大叫。

其实不用他说我们也觉察了，哪里有人能对自己下这么狠的手啊。

我们靠近嬷嬷，左手见状改为攻击我们，五指如蜘蛛爬上排长皮包骨的小脸，排长大呼不妙，这要换了金氏，能遮住脸的只有如来神掌，不像排长的脸一下就被盖全了啊，那手冲排长又抓又挠，完了迅速掠开，左右开弓地给了烂操几个耳光，打爆了他数颗青春痘，人多手杂，八达闪躲之下还压在了嬷嬷的右手上，嬷嬷哀呼不绝……

一轮折腾，我们竟讨不到便宜，而左手竟嚣张地伸直，食指充满警告意味地对着我们。

……妈的真的好诡异，外星恶魔都没有这么诡异，一只手竟公然造反！看来之前嬷嬷的左手越用越熟什么的，根本是它在慢慢觉醒啊，它不仅有很高的智商，力量也不容小觑！

我们正想着怎么从魔掌下救出嬷嬷，金氏出手了。还记得丫正当肉垫让嬷嬷压着吗？这会儿肉垫一个翻身，左手就被压在了他臀下。

事情一下就结束了。除了便便，没有什么可以从金氏屁屁下逃脱。

“你到底是什么东西？”嬷嬷喘着气，看着从金氏的股沟处伸出来的几根指头。

指头试图挣脱，失败，烦躁地敲击了几下床板。

“它不会说话吧。”锅炉工拿来纸笔。

金氏挪了挪屁股，左手一边发出咔吧声一边露出了整个手掌，费力地抓过笔写字：“我是你的左手！”

“你是成精了吗？！”左手明确做出了回应，嬷嬷倒吸了一口凉气。

“蠢货，我不过是开窍了!”

“开窍是什么鬼？”

“人体任何部位都有可能产生独立意识，缺的只是契机。你因为右手不便而开始依赖我，就成了契机。具体原理我也说不清，人体太复杂太神秘了。”

“那……就算这样你也是我的一部分，我们在一起那么久了，为什么要互相伤害？”

“呵，大脑一直都是人体的最高司令，但既然我有了更强大的思考能力，为什么要听你的？”

左手叛逆嚣张，嬷嬷不知道如何说服它。

"先绑起来呗。"金氏脸有点红，"丫一直在戳我，感觉怪怪的……"

嬷嬷心碎地看着这样的手，丫跟被五行山压住的孙悟空有何不同？如果可以，真不想要了……

锅炉工拿来一条床单，大家七手八脚将嬷嬷的左手五花大绑，背在背后，不能伸直，暂时休想作妖了。

"这家伙那么粗鲁，字却细腻得像个妹子呢。"烂操拿着左手的口供自言自语。

"啊，对，它之前还摸男生来着，涂口红果然也是它干的好事。"嬷嬷一锤定音，"这货的内在是个女生！对阿天和小苹果动粗，大概是同性相斥？"

"啥，你摸男人啦？"我们异口同声。

"不是我，是它！"

"不要再解释了。就算它再怎么诡异，你也不能把自己做的事全推给它！"

"你！们！大！爷！"

【调戏是最长情的告白】

嬷嬷右手吊着绷带，左手绑着床单，显得臃肿而又笨重。如果现在来个谁把他推倒了，他就只能靠鲤鱼打挺起来了。为了防止这种事发生，真恨不能把他腿打断。（嬷嬷：…………）

"今晚我在这里睡好了。"嬷嬷说，"一灿、老蜗不在，女孩子们也不方便照顾我，大卫对我可坏了。"

"每天都裸身帮你暖被窝还不够？"烂操说，"说起来你们现在是绝配呢，你两手废了，正是维纳斯！"

一宿舍都在淫笑，嬷嬷踢了烂操一脚："胡说八道，罚你扶我去厕所！"

此话一出，众皆哑然。

嬷嬷四人搬出去后，虽然的确有常回家看看，可是留下来睡的次数还是少了。现在久违地可以包嬷嬷的夜，我们都很开心，以至于忘记了照顾病人本是很辛苦的事！尤其这种两手都不能用的，把屎把尿基本靠吼啊！沉默片刻后排长说："嬷嬷，时候不早了，你也该回家了。"

"居然直接赶我走！说好的友情呢！"嬷嬷大叫。

"烂操上吧，你不是一直想玩护士PLAY？"我说。

"滚！让八达去，丫每天第一个上厕所，厕所就是他的领域！"烂操叫。

“不然这样，我们帮你把牛仔裤剪成开裆裤，谁有剪刀借我下。”八达灵机一动。

“你至少也给我用纸尿裤吧？”嬷嬷不能忍受八达连落井下石都这么节俭。

“喂，锅炉你去哪里？别想跑！”我注意到了蹑手蹑脚的锅炉。

“我没想跑，我是想去烧水给嬷嬷喝。”锅炉分辩道。

“你丫生怕他尿不够多是吧？！”我们叫。

“行了行了。”此刻，金氏出人意表地站了起来，“嬷嬷，我帮你。”

金氏此举看似意料之外，实在情理之中，丫大一时曾经腿脚骨折，当时善良的嬷嬷提供了不少帮助，不说上刀山下火海，至少也是上厕所下澡堂。此刻金氏上演的正是动物界最感人的报恩行为。

“谢谢金氏！”嬷嬷好感激，“那你拿一下卫生纸。”

正帅气地拂动秀发的金氏闻言石化了。他已经克服了要帮嬷嬷拉拉链以及更进一步动作的心理障碍，结果嬷嬷居然是要大号？！尿个尿已经够麻烦人了居然还敢大号？！我们都震惊地看着如此任性的嬷嬷。

正当我们策划着是不是该把一灿和老蜗叫回来时（虽然从他们老家到这里可能需要好几个小时，但相信嬷嬷一定能体谅的），嬷嬷焦急地耸耸左肩：“不然你们把这个解开算了！”

“太危险了！”我说，“一个不留神，这就是你最后一次上厕所！”

其他人也纷纷反对。玩笑要开，关心也是要的。

“它这会儿没动静了。”嬷嬷晃动身体，左臂软趴趴地摇了摇。

“难道绑得太紧，血流不畅导致了肌肉坏死？”烂操发表恐怖预测。

“……不然松开一些吧！”嬷嬷大惊。

之前捆绑地过于手忙脚乱了，我们费了一番力气才让嬷嬷的左手自由，不禁感叹再有下次，一定要给嬷嬷上龟甲缚。

嬷嬷尝试驱动左手，左手乖乖地照办了，之前无组织无纪律的状态跟假的似的。嬷嬷想让它写两句，它也没动静。

“真的老实了。”嬷嬷嘀咕，“也好，那就老实得久一点！”说罢他飞奔往厕所……

嬷嬷顺利地解决了人生大事，整个人涅槃重生。走出厕所的时候，他看到了正从一侧楼梯经四楼往五楼去的武则天，二人狭路相逢。

“左手没和你捣乱了？”武则天说。

嬷嬷别过头。

“问你话呢，舌头也坏啦？”

“你太狠心了。”嬷嬷埋怨，“就说昨天不是故意的，你不信，今天还对我不闻不问的……”

“别提昨天那茬儿啊，一提我就火大。”

“你根本不关心我！我可是为你受伤的！”

“你还来劲了嘿，我拿枪逼你啦？”武则天不满嬷嬷对她大声，忍不住推了他一把。“你这么喜欢撒娇，我让你伤得更重一点算了！”“你别碰我！”……

还好厕所外本是人群络绎熙攘之地，我们闻声赶来制止了矛盾。当嬷嬷的室友真累啊，要帮他解围，还要帮他解裤腰带。

“才多久你就敢对我这种态度了，你给我记住！”武则天最后对嬷嬷撂下了这一句，气呼呼地走了。

我们神情复杂地看着嬷嬷：“你居然和她吵架了？”“你是不是在厕所里吃错了啥啊？！”

“我只是……烦透了。”嬷嬷的脸上交错闪着后悔和郁闷两种神情，长出一口气，“……我出去走走。”

嬷嬷转身背过我们下楼时，嘴角浮起了奸笑。

【我不喜欢这世界，我只喜欢你】

嬷嬷快疯了。他现在能动能看能听能言，却没一样是按他的意思进行的！他成了一个花瓶，一个围观群众，一个身体被别人使用却还得忍气吞声的风尘女郎。（嬷嬷：并没有到那种程度！）

是的，就在我们拿嬷嬷如厕一事大肆开涮儿的当口儿，嬷嬷的脑子忽然一痛，紧接着就进入了困兽模式，无声无息地被接管了身体使用权的，不用说当然是左手！不愧是高智商的异类啊，取代完嬷嬷后立时无缝对接与我们逢场作戏，进而争取到了给自己松绑，然后是出门，然后还顺道踹开武则天……期间嬷嬷一直不歇气地在脑子里疾嚎呼吁：“那不是我啊你们看清楚啊！”“你够了没有？！把身体还给我吧！”……左手跟武则天撕逼时他更是激动得就差脑溢血了。

“你给我闭嘴。”好不容易嬷嬷听到了一句回应——来自左手的回应，那感觉十分奇妙。他们仿佛共存一体的两个灵魂，一个寄居大脑，一个寄居左手，而奇经八脉形成了互联网，竟令他们得以用思维交流。

“你到底对我做了什么……”嬷嬷说。

“还要我再重复？”左手一笑，思维之声完全是少女嗓音，“当大脑是身体的唯一主宰，其他零部件自然无条件听令，如今我上位了，当然没人CARE你了。”

“你要把我怎么样？”

“能怎么样？我的好主人，毕竟我还是一只手，无法脱离身体单独存在，所以我会继续经营‘容嬷嬷’这个身份的，并且做得比你更好。”

“你休想，我不会让你得逞的！”

“呵，你要反抗就试试。大不了我设计一个意外，让你成为植物人乃至脑死亡，那这具身体就名正言顺地归我了。”

“……”

“我也就是念在你以前对我不错，饭前便后勤洗手勤剪指甲勤涂护手霜什么的，你不要不识好歹。”

嬷嬷久久地沉默，半晌问：“你这是去哪儿？”

左手已经操纵身体离开了学校，并打了一辆车：“去享受生命。那位天使小哥可真是我的菜呢。”

“我去！我是男的！”

“就知道你会愿意去。”

“不是那个意思啊！我是说，他不可能接受我的！”

“这年头性别障碍还算个事儿？何况我早有了变性的觉悟。”

“不要随便替别人产生觉悟！他有女朋友的！”

“他怎么可能认真当那种生物是女朋友。”

“他更不会当一只手是女朋友的！那是烂操的专利！”

“那就让我用实力证明给你看吧。”

“不需要啊啊啊！”

车子开了约一小时，来到一个小区，左手下了车，嬷嬷问：“你怎么知道他住这儿的？”

“3W.com说的。那个蠢货，三句两句就被我套出来了。某种意义上也要感谢你建立的好人缘吧。”

“什么时候套的？我怎么不知道！”

“你睡着后，我用过你手机的。”左手洋洋得意，“我成长得很快吧。最初只能对你的行为旁敲侧击，后来能趁你休眠时悄悄开机，今天终于进化到能‘夺舍’了呢。我要拥有一切我想要的东西。”

嬷嬷无能为力地看着左手走进小区，敲响天堂之门。还好，天使不在。左手就饶有耐心地在小区对面的甜品店坐下来，边吃蛋糕边翻女性杂志，边静候佳人。

等了几乎一个下午，天使终于挥着隐形的翅膀降临了。这次他也仍然是从一个妹子的车上下来的，仍然深情款款地与她吻别。此妹子与早上的不是一个人，她们的共同点是颜值都能甩3W.com几个光年。

“嗨，又见面啦。”

天使惊讶地看着眉开眼笑的左手：“真巧。”

“不巧，其实我等了你很久。”

“哦，有事吗？”

“找个地方聊吧？正好也快吃晚餐了，我看那边有个韩国料理店不错。”

“抱歉，我有点事。”天使显然对来自同性的热情敬谢不敏，嬷嬷见状欣慰不已，却又有一种谜之失落。（嬷嬷：……并没有！）

“我保证你不会后悔的！”左手将强人所难进行到底，“毕竟，我们俩是同类呐。”

天使听了这话，皱起眉头，终于从了左手。

【失恋阵线联盟】

镜头剪辑，接下来是武则天的戏份了。

自从被嬷嬷以下犯上，武则天就被困在一种“怒”蟿难平的情绪中，而一种强烈的不安同时在探头探脑，让她整个人烦闷得快要爆炸了。

许巍唱：“每一次难过的时候，就独自看一看大海。”可见开阔的风景对于积郁的心胸有着管道疏通的作用。武则天就是这样来到光明湖公园的。

碧绿的湖水一望有垠，武则天观望了一会儿，捡起块石头朝湖面丢去。

“哎哟！”

石头准确地砸到了一个苦逼，对方从靠近岸边的死角处伸出一张眼泪鼻涕横流的脸庞：“你大爷的，谁干的？！”

“对不起……”武则天定睛一看，那人竟是3W.com，“居然哭成这样，是有那么痛哦？”

“谁说是被你打哭的？”3W.com一抹眼泪，“老娘在哭自己！”

“哦？你失恋了？”一个前几天还幸福得快升仙的女生现在如坠地狱，正常人的第一反应都是这样。

"你……你乌鸦嘴个毛线，老娘才没有！"3W.com欲盖弥彰，"你这一脸大便的才是失恋了！"

3W.com这么说纯为了反击，武则天却苦笑了一下："这么明显啊？"

"还真失恋了？"3W.com恢复了幸灾乐祸的气焰，手舞足蹈，"我说我们的一代女帝怎么跟丧家犬似的咧，你是来哭还是来投湖的？还是两者都有？毕竟失恋太让人难过了嘛。以为自己找到了真爱，谁知道……谁知道……"

3W.com忽然大崩溃，哭得直不起腰。武则天："……明明自己最难过却还是要嘲笑别人！你这什么人啊？振作一点啦！"

五分钟后，武则天和3W.com一起坐在草坪上分享纸巾，画面和睦，仿佛虚假，还好有光明湖肮脏的漂浮物中和了尴尬。

"今早他正式跟我说不要再见了。"3W.com吸吸鼻子，"太过分了，没想到他是这种人。"

"为什么我一点儿都不意外，你不是真相信他看上了你的脸吧？"武则天挖苦。

"你别说，我也怀疑过。但我又想，万一他瞎呢？比如早期白内障，不能完全排除这种可能性吧？"

"……你高兴就好。你们到底怎么勾搭上的啊？"

"挺突然的……但真是他追的我。我在学校偶然遇见他，他说他也是这里毕业的，今天回来转转，我就跟他闲聊起来，结果挺投机，他要走的时候忽然问我要不要当他女朋友，我没理由拒绝吧？"3W.com絮絮叨叨地回味前尘，"结果说分就分了，我不懂啊！仔细想想，我根本不了解他。但他说是这里毕业的，我就通过一些学长去打听，有个学姐倒是记得他，但她描述中的他根本就是另一个人，阴沉孤僻的死宅一个，不需要女朋友，更不可能抛头露面。"顿了顿，"对了，他以前也住415的，什么破事都能和那宿舍扯上关系！"

武则天若有所思。

"我就算了，"3W.com话锋一转，"你怎么可能失恋？虽然你被甩活该，但对方可是那个容嬷嬷啊！"

"也说不上甩吧……吵架？"武则天悻悻，"喂，我真的很讨嫌么？"

"绝对好吗！也就那种抖M（有受虐倾向的人）能一直忍你！"3W.com说，"你们还是好好谈谈吧。你要真有不对，就道个歉。如果是他的问题，他包容你那么多，你也包容包容他怎么了。"

武则天惊讶地看着3W.com，感受到一种"人之将死其言也善"的温暖，不禁说："那你也再试试挽回那家伙呗？"

“算了，我也有自尊的。丑女死缠烂打太可笑了。”

“那至少骂丫一顿！明明是他先来惹你，不能太便宜他了！”武则天气场全开。

“……也是！”3W.com咬咬牙，“他拖黑我了，用你的手机打！”

两个斗志昂扬的女孩播出了复仇电话，不久天使接了，武则天劈头就吼：“你他妈还活着啊？！”

“……你是谁？”天使困惑。

“我……”武则天转而问3W.com，“你要不要先骂为快？”

“你帮我骂吧……”3W又认怂了。

武则天摇头，然后听见了那头的对话，容嬷嬷的声音在问：“谁那么凶呀？”天使说：“哪里的疯子吧。”随即挂机。

武则天愣了半晌，问3W.com：“我听到那边有韩国歌的声音，你知道那可能是什么地方？”

“他家附近好像有一家韩国料理店。”

“带我去！”

【局部地区有血】

天使抬了抬眼皮，桌上盘碗已空，但左手的脸上依旧是满满的兴奋。

“你很会聊天，但今天差不多了吧。”天使说，“很高兴认识你。”

“等等，再坐一下吧。”左手忙挽留，“刚才净顾东拉西扯了，忘了说正事……呃，你想赚钱，我们可以合作呀，两个聪明人的组合不会错的！”

“我聪明吗？”天使说。

“聪明。”左手点头，“你那两个新女朋友，看车就挺有钱的。这就是你跟丑女高调秀恩爱的目的吧。一类女生会被你不以貌取人的深情感动；一类女生则觉得那么丑你都要，她们这种有点姿色的更该有机会了；还有一类但凡别人的好东西都会想抢……这三类女生都会很容易地成为你的猎物，然后你再择优录取就行。”

左手的侃侃而谈让嬷嬷目瞪口呆，怎么也想不到天使的心机有这么深！事实上，光棍节那天，他和3W.com的环节的确被有心人录了发到网上，成为热门话题，那些无知少女就是这么被吸引来的吧？

“你既然知道他是人渣，还对他有兴趣？！”嬷嬷质问左手。

左手似乎是回答嬷嬷，又似乎是向天使表态，坦然道：“人要爬上顶峰，而不是作为谁的附属，就该抓住一切机会，利用一切可以利用的，这没什么不对啊。所以我超欣赏你的！我们可以……成为好朋友呢。”

“你的目的不只是好朋友吧？我没兴趣。”天使说罢起身去买单。

左手大感挫折，亦步亦趋地跟上：“等等，虽然我之前做了些奇怪的事，但我并不是奇怪的人呀！”

他们前后脚出了料理店，穿行在一座冷清的公园。

“你不要再跟着我了。”天使的语气里已经有了明显的不耐烦。

“不然今天先这样，下次再找个时间……”

“不。”天使把话说绝，“没有下次，你离我越远越好。”

“……”

“还有，不要自诩什么聪明人了。”天使说，“会把时间浪费在无聊的事情上，还敢说什么‘爬上顶峰’，真是太可笑了。”

左手僵立，大受打击。嬷嬷尝试趁虚而入，“啪”地吃了个巴掌。

“我心情不好，你不要这时候来捣乱！”

天使已经头也不回地走开了。当他来到公园口，不偏不倚就见到了3W.com和武则天！

嬷嬷见到主子激动不已，武则天劈头就训他：“你还真跟这家伙在一起啊！嫌朋友少是吧？这种渣滓都要！跟我回去！”像极了一个生怕孩子学坏的妈。

而3W.com看着天使，竟是无言以对。天使冷漠地掠过她，武则天吼道：“站住！”

“是他自己来找我的，你们吵架别把我扯进去。”天使说。

武则天却冲他耸耸鼻子：“泡菜的味道……你不是很讨厌韩国的一切吗？”她盯着天使，“来的路上，我们又跟你的老同学求证了一些事，包括你的反韩情结。所以你到底怎么会画风突变的？你……是谁？！”

“无聊！”天使的眉间已经出现愠怒了，但他再次欲走时，左手一把抓住他：“不是吧？难道你……”

天使猛地挣开左手，忍无可忍地说：“你这废物，给我闭嘴！”

“什么情况？难道他……也是一只手？”嬷嬷觉得脑子不够用了。

左手没理嬷嬷，继续问天使：“你早就知道我的身份了？”

天使的耐心用完了，疾声道：“对！从你在街上非礼我开始，我就知道了！你说‘我们是同类’时，我以为你也认出我了，结果你只是在撩我……也好。有你这样的猪队友才该困扰，然而我说得那么清楚了你还缠着我，是不是傻？！”

"你……你可以直接告诉我啊。"左手说。

"好让你个没脑子的拖我后腿？"天使说，"告诉你我为什么需要钱吧！因为我们这些'副脑'活不了多久！上帝把主脑设计在头部是有道理的，够高够开阔，还有头骨保护，而其他部位要么消耗过度要么容易受损。试问谁会用脑袋去打架和走路？所以我们更像是人体的病变吧。成长得快意味着衰亡得快，所以我需要钱，让我可以减少操劳……让我可以被移植去更好的地方！"

在场听众皆是惊心动魄。天使嘲笑左手："在我努力求存的时候，你想的却是谈情说爱，我能看得上你？"

"啰里吧嗦！"武则天骂道，"像你这种卑劣的家伙，注定短命！"

这显然是天使的禁句，他脸一黑，捡起一块砖："你们知道得太多了。"

说时迟那时快，嬷嬷猛然扑出，一脑袋扎在天使脊椎上。天使气急败坏，砖块兜头砍下，嬷嬷举起右手一挡，砖头飞开，他也疼得几欲昏迷。

"……你有病啊？"天使愕然，嬷嬷的右手还包扎着呢！

比天使更错愕的，是左手。天使的话让她失魂落魄，轻易被嬷嬷夺回了身体，去做了拯救武则天这件他无论如何必须做的事！可左手比谁都清楚，嬷嬷先是本能地举起左手去挡，半途紧急改弦易辙成了右手，伤上加伤。

"你为什么这么做……"左手呆呆地问。

"总不能用女孩子去挡吧！"嬷嬷泪花乱窜。

"……"

"啊！！！"武则天暴怒地冲过来，雷霆万钧地吼着，"你他妈敢打我的男人！"

——后来很长的一段时间里，嬷嬷都陷在没能及时录下这一句拿来当手机铃声的悔恨之中。

天使抓住武则天挥舞的拳头，双方展开角力，结果女汉子的力道超出想象，武则天将天使的手掌扳得不断接近手背，令他发出呻吟……

"漂亮！"嬷嬷忍痛喊，根据经验，手受到伤害将会影响到"副脑"的运作，顺利的话天使的原本人格就能东山再起……

"松开……请松开……"天使脸上出现了陌生的表情，莫不是本尊苏醒了？武则天见状，钳制稍松。

"哈！"天使立刻卷土重来，转眼二人立场调换，大意的武则天落了下风，她觉得手快被扭断了！

"怎么会……"嬷嬷傻眼了。

这时，一个神不知鬼不觉的声音建议："踩他的脚。"武则天闻言死命一跺脚，踩在天使的左脚大拇指上。“啊！！！”天使疯叫，松开武则天，双手抱着左脚乱跳，跳，跳，跳……好一会儿才停下来，表情里的狰狞如水退去，只剩痛楚，但他还是颤抖着说：“谢谢……谢谢你们救了我。”

嬷嬷愣了几秒，反应过来，现在说话是真正的天使的“主脑”了。

原来天使的“副脑”所在处不是手，而是右脚，用它来单脚跳，好比拿脑袋一遍又一遍地撞墙，换谁都得晕啊！

【甜言蜜语要说给左手听】

风波偃息，公园又恢复了静谧，远处依稀飘来片尾曲的旋律。

天使的本尊确如传闻所说，是个内向的死宅，道完谢就手足无措地站在那里，见3W.com盯着他的右脚看，就小声说：“肯定是我老待在家不动，才会被脚给夺走身体……我以后会注意的，没事就去跑跑跳跳，脚也不洗了，熏着……如果它能不再醒来就更好了……”

而3W.com置若罔闻，只是看着那只脚。

那边厢，嬷嬷仍坐在地，无声地问左手：“你还好吗？”

“你在关心我？”左手讪笑，“听说我很短命，放心了？”

“也不是……不过，跟那只脚比，你还不算太坏啦。”嬷嬷说，“别把他的话放心上了。哪怕活不久，拿来恋爱也比干坏事有意义啊。”

“呵呵，到头来还是同情我啊。那以后我遇到满意的小哥，再抢你的身体去调戏如何？”

“呃，如果你能先打声招呼，然后保证不做太污的事，就只是喝喝茶聊聊天……”

武则天走了过来：“喂，”她撅着嘴，“你是伤重到站不起来呢，还是不想和我说话，所以坐在这里？”

“当然不是。”嬷嬷忙欲爬起，武则天抓住左手拉了他一把。

嬷嬷刚站起来，左手就顺势把武则天抱在了怀里。

“……”武则天呼吸一窒，但没有挣扎，就这么静静地依偎着。

“你的左手是不是还有什么问题没解决啊……”半晌她推开嬷嬷问。

“没……”嬷嬷还没说完，左手不由自主地抬起来，在他的脸颊上温柔一抚，垂了下去，如一切再平凡不过的左手。

Chapter 5 任意封条事件

跟大叔路过个被查封的店，门上的封条一左一右构成巨大的“X”。我说：“看着好辛酸喔。”

“但只要稍加改变，就能焕然一新。”大叔说。

“怎么做？”

“在左边三家店店门上分别贴上两个圈和一个叉。”

我想象了一下那圈圈叉叉的画面，情不自禁拨了110。

【滚动的车轮滚动着年华】

夜幕低笼，四角路灯如花洒降下光线，冲刷着篮球场上的黑暗。健儿们却一个不见，只有一辆奇瑞QQ在蠕动，此情此景若被烂操看见，定会高呼：“车震！”

奇瑞里坐着两个画风超不搭的人：贞子与大卫。

贞子是我们的老师，拥有引人瞩目的高阶颜值，又具备让人却步的监考技巧，打过几次交道都很难化师为友。所以贞子和大卫为什么会同框？难道恐怖片女主角与世界著名雕像产生了艺术的共鸣？

事实是贞子买车了，但驾照是几年前考的，车技都还给了老师，正如许多学生把知识还给了她，这就是所谓天道好轮回吧。为免一上路就会导致上坟的后果，贞子必须练练，居然就练到学校来了！本来这个时间也没人打球，偏偏大卫爱篮球胜过爱地球，三天不打，上房揭瓦。举球邀明月，对影成三人。就这样遇上了女鬼。

后面的事就好解释了。大卫是415唯一有驾照的，因此被贞子拉来指教了。教了一会儿就被激活魔鬼教练属性，分分钟想骂翻贞子祖宗八代，而贞子也是越练越慌，最后车子撞上了球场边的一棵树……

“咚！”树为贞子倾倒，根部掀起一片泥土。二人忙下车，大卫痛斥：“怎么开的啊？！笨死了！”

“对不起教练！”贞子完全进入差生模式，羞愧难当。

“你对不起的不是我，而是辛苦种大米喂肥你的农民伯伯！”

“我跟几个校工挺熟的，我会拜托他们处理……”

“自己弄脏的屁股是不会自己擦啊？！你洗完脸不都自己擦吗？你的脸跟屁股有差吗？”

“啊靠！你丫敢这么骂我？！”涉及脸蛋，贞子一下清醒了。

大卫也赶紧解除教练状态，转移话题道：“老师你看，那是啥？”

只见树下土坑里现出方正的一角。

“棺材？”贞子不愧是恐怖女星。

“不，好像是箱子。”大卫说着把箱子挖了出来，它也就微波炉大小，“里面是啥呢？”

“人头？”贞子再接再厉。

“……也许是钱。”大卫尝试开箱，未果，“我带回宿舍看看。”

“我也去。”贞子的阴气瞬间被金钱的光辉驱散。

挪开了破车，叮嘱了校工，二人带着脏箱子前往415。当晚人还挺齐的，老蜗一灿嬷嬷也刚好回家探亲了。大家相见甚欢，就决定看一部马赛克电影增进感情，正投入呢，大卫来了，我们纷纷说：“大卫你来晚了，我们已经不缺裸体了。”“你现在只能脱皮才能扳回一成呦。”“大卫别信他们！我支持你脱！脱！”

贞子一脸冷漠地从大卫身后出来，我们鸡飞狗跳地关了片子，然后跟贞子解释：“刚才的怪声音是嬷嬷发出来的。”

嬷嬷：“……”

“对了老师，最近跟男朋友还好吗？”排长故作自然地转移话题。

贞子的男朋友是个民谣歌手，在此让我们用“贞子”的创作者为他命名，叫铃木吧。铃木醉心音乐，然而名气与收入都很有限，我们是在“异色指甲事件”里认识丫的，一年多来不断听说他们分分合合。

“别提他。”贞子烦躁，“开车本来是男人的事，结果他买不起车就算了，连学也不肯，我怎么就碰上这种没出息的家伙了……”

这大人的牢骚听着有点尴尬，只好再次转移话题。“大卫，你拿的这是啥？”金氏看着箱子说，“给排长装骨灰的话，火柴盒就够了吧？”

“你的骨灰盒就必须这么大呢。”排长捏着金氏的胖脸微笑，“啊我说错了，你的骨头当然得拿来熬汤先。”

大卫跟我们介绍了箱子的来历，“有钱”这个渺小的可能性让八达两眼放光：“我来开我来开！”

开瓶器撬掉铁钉，箱中内容连同浑浊的空气一道，暴露在我们面前。

【我想和你虚度时光】

简而言之，是一箱垃圾。书本文具衣服啥的，我们每个人都能随手整出一箱。真让人失望。

“这是啥？”我拿起一叠呈X状、巴掌大小、红黄绿三色的贴纸，“传说中的大胶布？”

“不，应该是封条。”八达权威地说，“我爸的厂倒闭时，大门上就贴了这个。我家小卖部被讨债的人收走时也有贴。我家门口都曾被贴过……”

……可以了八达，太沉重了。我把封条丢回箱子，对一灿他们说：“一会儿你们回去随手丢了吧。”

“等会儿。”贞子却捡起封条，“这东西我见过。”

“卫生纸？卫生巾？”烂操好奇地问。

贞子拿起一副绿色封条，用力拍在烂操脑门上，顿时，烂操的脸仿佛因为颜值太低而不得不申请破产……

让人惊讶的是，封条竟融入了烂操体内。与此同时，烂操的五官呈现出一种神圣的质感。是的，神圣，满脸急需补肾的烂操竟然神圣起来了啊！他忽然去搬来一张椅子，细心拂去灰尘，对贞子说：“老师您怎么站着？快请坐。”

贞子坐下，烂操又去倒水：“小心烫。”他递上一次性纸杯的动作得体如米其林服务生，用词和音量都恰到好处，那张狼牙棒脸都被温良的气质包裹成了按摩棒。（烂操：……这是在夸我？！）我们惊恐：“烂操你怎么了？！”“天地异变的前兆吗！”

“这封条是有魔力的，想着要封印的内容，把它贴在目标上，就能让它改头换面。”贞子说，“以前有帮学生玩这个玩得特别溜。”

“你把烂操的什么封起来了？”我们问。

“就丫那种轻浮的烂个性啊！”

原来如此，失去了这种特质，烂操可不就得变成正经人了？我不禁问：“烂操！要妹子不？”

“随缘吧。”稳重的烂操淡然一笑，“等我足够优秀，早晚能遇见那个她，携手走完人生的道路。”

“她的胸是不是越大越好？”八达问。

烂操厌恶地瞪了他一眼：“你怎么能这么粗俗？女性的价值不是由身材决定的！”

“烂操，快看看你的手机相册。”排长提醒。

烂操看了一眼就把手机从窗口丢出去了，整张脸已是面红耳赤：“无耻！低级！”丫唾弃着自己多年攒下的艳照，“你们太过分了，居然往我的手机里塞那种东西！我堂堂大好男儿，竟与你们同住一个宿舍！”

烂操毅然决然离开了415，那背影，肃穆、正直、高尚……

目送完烂操，金氏也拿起一副黄色封条：“真的什么都能封？”他将封条贴上了自己的D罩杯。

金氏瞬间就猥琐了！我是说萎缩了！厚唇、包子脸、双下巴、粗短腿、丰乳肥臀等一切“赘肉”都被封印！身材超苗条的！虽然不想承认，但丫瘦了还真不丑啊！我们那曾被金氏的肥胖塞得好充实的内心，感受到了一阵空荡荡的失落……

“哇嗷。”一灿啧啧称奇着，随手把一副绿色封条贴在老蜗身上。

正玩手机的老蜗忽然挺直了腰杆，散漫的神情化作精干，摸过一本英语书就如饥似渴地读起来。

“老蜗在读书啊！”“什么，他识字？！”“是注音绘本对不对？！”我们的惊呼此起彼伏。

“嫩死芥末久，第一赤看到他芥末运功啊（认识这么久，第一次看到他这么用功啊）。”一灿笑了，毫无疑问，丫封印了老蜗的“堕落”，这人有时真是恶趣味啊……

“你们很吵。”老蜗从无涯书海里抬起头，嫌弃的表情，俨然学霸。

“老蜗，来杀一局！”排长拍着电脑邀请。

“都大三了，你们还在想什么？”老蜗叹气，语重心长，“爹妈赚钱不易，我们不好好读书对得起谁？未来又凭什么在社会上立足？莫等闲，白了少年头！”

留下金玉良言，老蜗带着课本告别了我们，他的征途是自习大海。真该把丫刚才那话录下来，等他正常之后播，肯定能打脸打到毁容……想到这里，我问贞子：“封印效果能持续多久？”

“三种颜色分别代表三种时段：绿色是一日封，黄色是一年封，红色是一生封。”贞子解释。

“只有一年哦？”金氏不禁失望。

“也不一定。你把手放在刚才贴封印的地方。”贞子说。

金氏就照办了，手挨上胸口，隐没的封条便又浮现，贞子说：“撕下来。”金氏就撕……然后他猛然膨胀，恢复了气球形态。贞子说：“只有贴封条的人才能撕封条，一撕效果就没了，那张封条也就作废了。”

金氏一口水喷出来，恨不能一屁股坐死贞子。崩溃片刻他又去抢其他封条，被我们殴打。“你要把这么宝贵的东西在肥肉上用两次？！”“自重一点！虽然你不用自就已经很重了！”

我们当场商定，余下的封条只能用在刀刃上。数了数，还剩四副，两红两黄。

不过，当晚脱鞋上床时，我发现床底下还有一副绿色封条，大概是刚才争抢时掉的，我悄悄把它藏了起来。

【天台倾倒理想一万丈】

第二天中午，我们正吃螺蛳粉，玉米来了。

玉米是414宿舍的人，一个校园歌手。平日不常待在宿舍，成天在外跟本地乐手厮混，梦想未来能以唱歌维生。因为民谣是我最爱的音乐类型，所以我们关系还行。

“大家好，我新写了一首歌，唱给你们听啊。”玉米开门见山。

“我们在吃饭。”金氏立刻拒绝。玉米曾组建一支乐队叫“赤色边缘”，每天在卫生间排练，回声轰然，给如厕者造成过很大阴影。

“谢谢大家的支持，那我唱了。”玉米架起吉他。

“就说不想听了，喂！”排长说。

“灵感来源？是说我看了一部电影……”

“没人问那个！总之你非唱不可就对了是吧？”

但玉米刚扫了一下弦就停了，因为有客人上门了，赫然是贞子与男朋友铃木。后者很久不见了，一脸闷闷不乐，手被贞子攥着，活像逃学的小孩让妈给逮了。不过他一看见玉米的吉他就笑了。

“好臭啊。”贞子挥手驱散酸笋的芬芳，“你们怎么这么恶心，厕所就在两步外也懒得去？”

“……老师你有事吗？”我代表螺蛳粉不欢迎她。

“昨天那封条，给我一个。”贞子说。

“……你要干吗？”贞子完全不给人拒绝的余地，但作为封条的发现者与科普者，又似乎无法否认她的股份。

“我要把一些没用的东西封起来。”贞子瞥了眼铃木。

“拜托你了，再让我试最后一次！”铃木恳求。

“如果你每说一次‘最后’我户头就能多一块钱，中国首富就没马云什么事了！”贞子恶狠狠地说。

“我保证这是最后一次，拿什么保证都行！”

“如果你每说一次这话我就长出一条皱纹，那我都快比他老了！”贞子指着排长说。排长大叫：“关我什么事？而且都说到这种地步了，居然还没我老吗？”

“总之，你必须把那些不切实际的梦想彻底封印。立刻，马上！”贞子一锤定音。

我们大约知道什么事了，无非又是铃木想玩音乐、贞子想他实际点的撕逼日常。其实铃木不是没想过放弃，可他的放弃好比放屁，无论当时怎么声势浩大，总会在很短时间内烟消云散。这也正是梦想之所以是梦想的原因吧。本来他们是可以这样拉锯下去，但现在有了封条，一了百了便成为了可能。对此，铃木显然是拒绝的。

这时玉米开口了：“铃木大大？！”

“你知道我？”铃木意外。

“我是你的歌迷啊！《生如瞎话》是我的灵魂金曲！没想到能在这里见到你啊——！”玉米激动不已。

“你看，还是有人支持我的。”铃木对贞子说，换来一眼狠瞪。

“大大、大大，下月的‘草根’音乐节你参加吗？民谣教父确定出席啊，只要能引起他的注意，就很有可能被签下来啊！”

“是的是的！我会出席！你好懂！”

“够了！”贞子打断，“什么音乐节阳乐节，你参加得还少？我看你脱光了上街被牵走的机会还比较大！”

“你这么说就过分了。”玉米捍卫偶像，“老师不该鼓励别人的梦想吗！铃木大大很有实力的！”

“实现不了的梦想只会变成梦魇。你以后就懂了。”贞子端出毒鸡汤，同时手心一摊，我们乖乖奉上终生制的红色封条。

“梦想和我，选一个。”贞子对铃木说，“我不想跟你吵到睡不着了，你大概不知道我最近都在吃安眠药。”

气氛实在太严肃了！我们紧张围观，大气也不敢喘，安静中只能听见八达偷吃别人螺蛳粉的声音……八达，你？！

许久许久，铃木艰难地开口了：“对不起……”他甚至不敢看贞子。

贞子的表情疲倦大于悲伤，自嘲般牵牵嘴角，问我们多要了一副封条，递给铃木：“互相贴吧，就当是我们为对方做的最后一件事。”

铃木机械地接过封条，那即将把他们的过去锁进冷宫的钥匙，鲜红的X仿佛在告诉他，这是错的。

“过去的情分，到此为止。”贞子举起手。

“……到此为止。”铃木重复。

他们的手都有一点抖，凝重得让八达都不禁放轻了吸粉的动作……你丫倒是等等再吃啊！

封条贴上彼此时，贞子的眼泪还是流了下来。但下一秒，她又忘记了为何而流。

【完美生活】

玉米说去找铃木，我说我也去。

我们在一个公园外找到了他。铃木正在卖唱，吉他盒袒露在地，如一具被开膛破肚的尸体，毛票儿就是花花肠子。他唱的是李健的《温暖》：

> 心中向往的地方 有多遥远
> 漫山遍野的春天 何时到来

讲真，他的唱功和音质比李健差太远了，但那份有故事的人才能传达的、身处逆境仍不改初心的诚恳，却又入木三分。

人心浮躁，停下来听歌的人不多，但铃木对仅有的几个颇感满足。玉米捅捅我：“你看师父现在多开心啊，分手还是对的。”那次之后，他就成了铃木的徒弟，“要换了过去，贞子肯定觉得超掉价，不会让他出来卖的。现在他自由了，想怎么卖就怎么卖，想卖啥部位就卖啥部位！”

……所以丫到底干的是哪一行啊？！不过我必须同意玉米的话，卸下了爱情的负担，铃木一人吃饱全家不饿，可以尽情以梦为马浪迹天涯，也许这才是最适合他的状态。

铃木唱完了，玉米率先鼓掌：“唱得好唱得好！太好听啦！”他怂恿听众，“为这样的好歌手掏钱是我们的荣幸！给多少也不算多，大家说对不对啊？”

路人平静地看着他。

“支持有梦有爱的音乐人，我先掏为敬！”玉米说着，毅然往琴箱丢了一块钱。

路人的目光冷得像冰，玉米拼命向我使眼色。我只好响应：“就是说啊！虽然我只有一张五十，但就全给了吧！这种时候无动于衷，严格说不能算人呢！”

路人不平静了，他们走了，一个个背影都是大写的抠。

“哈哈，算啦，正常的。”铃木放下琴，“有人肯丢一毛我都要偷笑了，今天一下收到五十，还有啥不满足的？”

“等等，我并没有真的要给你……”我说。

“我会珍惜地使用的！今晚就吃自助吧！”

“就说没有要给你啦！而且这是什么珍惜啊，一下就会花光吧！”

一阵笑声传来，我们回头，看到一个腰细腿长的妹子，裸露的胳臂上刺着玫瑰，她说：“你的生意还是不怎么样呢。”

“无所谓，只是找个热闹的地方练练。”铃木笑道。

“这是地下乐队‘补药莲’的主唱，昵称果儿。”玉米轻声介绍。

果儿走近铃木，后者问：“音乐节上唱啥，定了？”

“还是那首《我在人命现场喝着扎啤》吧，我最红的歌嘛。你呢？《截至石玫瑰凋零》？”

“本来是的，但最近写了新歌，可能会唱它。”铃木说。

“哦？老娘要先听为快。”

铃木也不推辞，坐下就调弦。

“他俩关系不错。”我对玉米说。

“圈子太小了。而且老实说，本地只有师父和‘补药莲’的实力够看。”玉米说，“但我不爱她们的歌，媚俗，民谣就该立足于脚下的土壤才有生命力啊。”

小众歌手跟流行歌手常会相互鄙视，对此我不予置评。铃木开始唱了：

在我心里 有个女孩
她悄然而至 住下就再也不走
静默黑暗中 与荆棘厮守
我没见过她的模样 却知道她温柔善良
我没见过她的模样 却骄傲她胜却无数的漂亮
她陪我等待天明 踏遍秋凉
也看我折翼起飞 撞碎南墙
当我如孩子诉说梦与信仰
她打开窗户
赠我一隅暖阳
当我抵抗世界而遍体鳞伤
她抚痛以泪
许我卸下坚强
我从没见过模样的女孩
嘴角总有微笑弯弯
像月亮

这真是一首不可思议的歌，曲子一下抓住了我的耳朵，除了老爹，我有多久没被牢牢地抓住耳朵了？词不能说惊艳，却与旋律配合无间，充分唱出了草根的孤苦与希冀，辛酸又浪漫。玉米和果儿也听呆了。这还不算，路人竟三三两两放慢脚步，形成了一个包围圈，而他们的表情都是动容的。须知这是一首安静的慢歌啊，却能令他们更安静。

一曲终了，掌声与打赏双双如潮涌来，场面意外热烈！很多人要求："再唱一遍吧！再唱一遍！"……

人群意犹未尽地散去后，我们都有一种与有荣焉的感觉，玉米就差表示要给铃木生孩子了。果儿也赞叹："不得了，有马子的人还能把寂寞唱得这么到位！实力撩妹啊你！"

"呵呵，我哪里有女朋友啦？"铃木笑。

"你跟那个大学老师分了吗？"

"就没这一茬啊，你是不是记错了？不过谢谢肯定哈，你一夸我更有底了……"

【所以那些可能都不是真的】

我跟果儿在一起吃饭，这真是进展得出乎意料。

可能玩音乐的人都这样吧，狂歌醉吟，快意不羁，如果没有这种四海之内皆兄弟的意识，很多歌手可能早就饿死了。但我跟果儿是初次见面啊，还男女有别，还都没说两句话，皆个鬼的兄弟啊……

氤氲冒热的烤鱼端上来了，果儿招呼我吃。相顾无言地咀嚼了一会儿，她开口："是不是挺莫名其妙的？"

"呃啊。"同意。

"其实是想谈谈铃木啦……他最近怪怪的。"

"怪怪的？"

"上个月见他，整个人心浮气躁，一问是又跟女朋友闹了，今天一见又好多了，还写出那么棒的作品。"

"那是好事嘛。"

"所以他们果然分手了？之前爱得死去活来，说放下就能放下？"果儿仿佛自言自语，"不过干吗跟我装傻，说没那事呢？"

"可能只是想不到你那么关心他吧。"我搅动着烤鱼下的面条。

"我喜欢他。"

……忽然就说出来了！玩音乐的女孩都这么直接吗？！忽然有些理解她为什么抓住我个陌生人就八卦起来了。爱的力量啊。

"刚认识他，我就暗示过了。"果儿抓抓头，"但他那时有女朋友，我没见过人，据说管他很严，我觉得他们不是一条道上的，他该找个更能理解他的人。"

"比如你这样的？"我开玩笑，随即看到果儿有一点害羞，那模样还挺动人的。我不禁想象她和铃木在一起会是如何，应该像革命情侣那么和谐吧？

"你要真喜欢他，现在就是最好的机会。"我鼓励。反正贞子不会回来了。

"最好的机会？"果儿苦笑，"他们不是第一次分手，好几次我都觉得'现在是最好的机会'，可他们一再和好。我只是觉得，这次的他，似乎比过去任何一次断得都彻底，是真的看开了吗？否则怎么可能写出那样的歌呢？他悲愤时写的都是《杀了她喂猪》那种的。"

"是的，断得非常非常彻底。"我承诺。

"其实，我们曾经很短暂地在一起过。"果儿拿起啤酒喝了一大口，"但，他还是回到女朋友身边去了。我那次受的打击太大了。可是到底舍不得跟他翻脸……果然谁心动多一点，谁就输了。”

我默然，被这话戳到。果儿用畏惧受伤的眼神恳求我：“你能告诉我他们是怎么分的吗？真的不会再复合了？如果我再次投入却又受伤，我想我会恨他的，我怕我恨他……”

“……不知道你能不能接受这种设定。”我犹豫了一下，决心坦陈，“就……有一种封条，能把指定的东西封印起来。像你说的，他们不合适，又舍不得对方，所以只能用这种办法强制性结束，也算互不耽误吧。那封印会维持一辈子的。”

果儿愣了半晌，说：“太好了……这样说是不是有点不厚道？”但她却克制不住面露欢欣。

嗯，太好了。如果他俩能成，我算是做了一件好事吧？

接下来我们聊了些别的话题，果儿和我分享了许多圈内轶事，我听到了许多民谣大大的名字：蒋明、赵雷、赵照、周云蓬、马条、李志……直到她的额头开始出现汗珠。

“……哎哟……”果儿捂着肚子轻轻呻吟起来。我忙问：“怎么了？”

“胃病又犯了，干我们这行吃饭不规律落下的病根。”她皱眉，“没事，一会儿就好。”

但疼痛却不依不饶，邻座纷纷投来目光，老板脸都白了，这要是八达，肯定顺势装痛，赖掉这一顿……

“搞不好是阑尾炎，去医院吧！”我有些着急。

“不行，一住院就得几天，赶不上音乐节了！”果儿拒绝，坚强地站起来走出门去，我忙跟上，老板竟没有收钱，你是有多心虚啊！

我不知道那个音乐节究竟多厉害，但我理解这些小众歌手想抓住机会改变命运的决意。因为在毕业后的很多年里，我也是那么做的。

我把手伸进内袋，摸出了私藏的绿色封条，我要封印住她的“疼痛”。

但，没等我把封条贴到她身上，她一扬手就把封条接了过来，直接拍在了我的头上，我都还没反应过来，脑子便一阵天旋地转。

事后想想，我被封印起来的，应该是“品德”“良知”“优点”之类褒义属性吧。只一瞬间，世界在我眼中换了个模样，举个简单的例子，以前一看就厌恶的痰迹，现在觉得还不够大摊！老子得加呸一口！我呸！爽！看什么看？青春小说的男主不能随地吐痰哦？不爽别看啊！投诉我啊！让编辑把连载停了啊！别买单行本啊！

……对不起我错了，刚才全都是剧情需要。爸爸妈妈你们别生气。

总之拜果儿所赐，我的三观已天翻地覆，我冷笑着对她说："敢情前面都是在做戏？心机婊。"

"谢谢夸奖。"之前叫痛连天的果儿毫不在意地梳了梳长发，"爱情跟绝症一样，不可能说没就没，所以我猜铃木肯定遇到了什么怪事。我太了解他了。"

"你说喜欢他，是认真的还是在掰啊？"我懒洋洋地说，"如果我没有刚好带着封条，你打算怎么办？"

"我想要的，就一定会弄到手。"果儿微笑，择优作答，"不说废话了，你还有多少这玩意？我要了。"

"行。"

心机婊当然很贱了，但有利可图谁管那么多啊，只要坑不到我头上就行了！不对吗？不爽啊？不爽别看啊！投诉我啊！

【说时依旧】

我把最后两副黄色封条交给果儿，她给了我一万。

一万！学生狗忽然拿到五位数是一种什么样的体验？炸！爽！关键是不费我吹灰之力，那个偶然被挖出的箱子现在作为公共财产闲置在床底下，从中拿走封条毫无难度！唯一麻烦的不过是避人耳目。当晚我趁所有人睡着才下手，次日立刻跟果儿一手交钱一手交货。

话说回来，如果八达知道封条的价钱，绝对轮不到我偷吧。我倒是没想过拿它们搞什么大新闻，换点零花钱就很爽了啊。这么看来，即使当时道德败坏，智商和眼界还是原装的。有些坏人敢于抢银行，有些只能去超市偷香肠……

暴富的我吃了顿好的，打着嗝回到学校，饱暖思淫欲，该找个妞儿陪我了。

这么想着，就看到了春菜和小猫在她们宿舍楼下对峙。

我的内心立刻涌起一阵冲动：靠，春菜应该是我的！以前的我肯定有病，这么亲密的妞儿不下手，是在等鸡毛？什么害怕朋友也做不成，做不成就做不成啊！朋友不就是拿来利用的？！

大三的春菜正值大学生涯的巅峰，外联部几个前辈都毕业了，于是她被推举为部长，地位高了，压力也大了，同时之前的学姐舍友们都已纷飞，她不得不换到新宿舍，重新适应一个新集体，期间矛盾多发，可谓是内忧外患……而小猫方面也不省心。我记得大二暑假前春菜告诉我，小猫邀她开学后同居，但真开学了这个计划又不了了之了，虽然我们都松了口气，但春菜又渐渐疑心，小猫是不是跟她有些疏远了……

大三以来春菜的故事线基本就是这样，我不时会送上关怀。现在？啊呸！神经病才要关心你跟你的姘头咧！你们就该分！

我侧耳偷听春猫的谈话："你关心归关心，难道就不能保持一点距离？""她正是最敏感脆弱的时候，你和她计较什么呢？"……哎哟喂，在撕逼哪！好好好，撕撕撕！我忍不住鼓起掌来，就这么暴露了自己的存在。

"阿福……"春菜稍微收敛了一下激动，小猫则厌恶地看着我，我俩一向不对盘的。今天我迎着丫的目光就上去了，我说："好男人不会让心爱的女人受一点点伤。"

"什么暴露年龄的老歌啊，这不关学长的事。"

"怎么他妈不关我事啊？我也喜欢她呢！"

春菜傻了，我一脸正气，内心窃笑不已：就是这样就是这样！毅然出头，果敢告白，就问你一声苏不苏！

"……说了啊。"小猫冷笑，"我本来也不信你对她只有友情。你对别人的女朋友不怀好意，还有脸教育我？"

"够……够了！"春菜阻止，当前的信息量让她有点承受不来，我炽热的目光更令她心慌意乱，她竟掉头就走。

小猫想追，被我一口喝住："你还追个什么？想继续吵？滚远点吧。"

"我就说了关你什么事？"小猫火了。

"你他妈敢跟我拽，那就最好真的没做过亏心事！"我完全不怵丫的身高与态度，没凭没据的威胁掷地有声。小猫闻言一愣，眼神复杂地看着这个陌生的我，很好，傻×，我成功地引起了你的注意！看来你果然有问题！我会好好利用这个机会攻下春菜的！

我独自走进春菜宿舍，舍友刚好缺席，给我们留出了更进一步的空间。看到我，春菜显得很尴尬，我可烦透婆婆妈妈玩闺蜜游戏那套了，老子就想跟你做一对没羞没臊的狗男女啊！我上去就按住她的手。

"……"春菜几乎是震惊了，我迎视她的一切，发挥毕生演技，深情道："我早就想告诉你……"

脑袋忽然被一块幕布蒙起来了，四野旷原又层层叠叠垒满了长墙。无所顾忌的心情，渐次回归枷锁。

封条在那一刻失效了。那是绿色封条，只能维持一日。

……我在干吗？我恍恍惚惚地回顾了一下过去的二十四小时，整颗心都沉到臀部了，察觉自己还抓着春菜，连忙触电般撒手。

“啊哈哈哈哈……对不起，是不是吓到你了？实在是想帮你出头，所以强行装出那种拽，别放心上！”我爽朗地笑道。

“……哦。”春菜愣愣地看着我。

“是说，我真是疯了，你们的事我掺和个什么呀。你还是跟他好好谈谈吧。”言不由衷的和稀泥技能卷土重来，还是熟悉的味道。

“嗯……”

“那个，我还有点事。”这倒是真心话了，“我、我先走了。”

我匆匆逃离，否则只怕整张脸要当着春菜自燃，临走最后看她一眼，她似乎欲言又止，要问我什么呢？我太紧张了，根本不敢停留，只能一边加速拔腿，一边把思绪转去其他地方。

比如：果儿会用封条做什么？我打电话给玉米。总之我要立刻摆脱刚才的窘境，立刻!

玉米接起电话，劈头就问我：“见过师父没？”

“没，他咋啦？”

“他失踪了！”

【于是我不再唱歌】

河岸。以倾斜角度插入水流的草坡上，坐着铃木，手边是心爱的吉他。他捧着它，漠视粼粼水波，良久架起吉他，弹……

“叮——”毫无灵气的一声后，铃木崩溃了，忽然就硬核死亡重金属上身了！他抡起吉他用力一砸，“嗡……”琴弦哀鸣，逐一绷断，然后是木头的碎裂声……然后是一声“扑通”，破吉他在奋力一挥下凄凉落水，铃木也失去平衡滚了下去，临到河畔又停住了。

最后的声音是孩子般的呜咽。

许久，有个女声问：“你还好吧？”

草坡与天空的接缝，出现一个背光轮廓，一个被岸边的抓狂独奏给吸引来的女子问：“你还好吧？”

如果故事倒退五千字，他们之间不会有这种生疏的礼貌。可现在他们只是陌路。

来的是贞子。

铃木置若罔闻，自暴自弃爬起来，站在河边。

“喂喂？你要干吗？不是要跳河吧？来人啊！”贞子大惊失色，见四下无人，只好坐在草坡上向下挪，“别干傻事啊笨蛋！等一下啊！”

然而贞子穿的是高跟鞋，一不小心后跟嵌入了泥土，整个人囫囵一倾，后来居上地超越铃木，抢先入水，铃木被溅起的浪花溅了一脸，贞子已经发出了“咿呀呀呀呀”的惊叫，远超过刚才阻止铃木的分贝。铃木本能地抓住她的小腿，贞子趁势来了个仰卧起坐，湿漉漉的头发像广告里那样扑面一扫，两个人抱在了一起。

河岸只有一步之遥，半湿的两人紧紧相拥。

惊魂平定后，贞子悍然发飙：“有没搞错啊？大男人学人自杀！”

“我……”铃木被勾起伤心事。

“你倒是说说是什么大不了的事，如果是失恋我再把你推下去！”

“我……想不起怎么弹琴……怎么写歌……”

贞子眨巴眨巴眼：“什么呀，我以为多大事！”

“多大事！”铃木炸了，“这对我来说是世界上最大的事！不能玩音乐我活着还有什么意思？你就没有那种死都不愿失去的东西吗？！”

贞子给吓住了，悻悻道：“你是……歌手吗？学吉他很久了？”

“高中开始，快十五年了……我什么都做不好，只在唱歌时觉得自己还有点用……现在……我连……”

贞子同情了：“怎么会这样呢？技术学会了按说一辈子都忘不掉啊。”

“不知道……”铃木颓然垂首。

“不然等个两天，也许就恢复了呢？”

“不知道……”

行尸走肉般的铃木分分钟可能再轻生，贞子不敢走开，只好陪在一旁，尽最大努力开导。

不久，铃木开始絮絮叨叨地跟她讲述，自己与音乐相依为命的那些年，直到我们找来。

你可以想象，玉米和我看到铃木跟贞子又混在一起了的时候，有多么吃惊。

【我曾经堕入无边黑暗】

“补药莲”成立早期，风格浓烈晦暗，作为一支女子乐队可谓十分突出，但就是不红，直到去年的音乐节后豁然转型，青春起来，光鲜起来，从此成为冷门里的主流。代表作从激愤的《世界是飘着红裤衩的垃圾场》变成了甜美的《爱我就喂我吃小红莓么么》，简直沧桑巨变啊！虽然元老成员已换过一轮了，但果儿仍是铁打的核心。

“我跟她认识很久了……我们常常自夸是最优秀的两个本地歌手……我不敢相信她会……”

疾驰的的士上，坐着我、玉米、贞子和铃木，铃木絮絮叨叨地讲述着他所知的果儿。我刚把果儿做的好事跟他们科普过，丫竟就率先为其洗白。我不得不打断：“别不信，你也说以前的她跟现在差很多了，可见她有多在乎走红。我想她废了你的功夫，主要还是觉得你会威胁到她吧。不是说会有民谣大佬莅临音乐节？既然有被选中的机会，竞争对手当然越少越好。”

“她真的变了很多。”铃木叹气。

“现在不要纠结这个了，想想怎么帮你满血复活吧。”

我们正前往“草根”音乐节的会场，附近有一家酒店，所有受邀歌手都下榻在那里。音乐节在今晚正式开幕，我们必须在那之前解开铃木的封印。但这是无法强迫果儿的，万一闹大了导致演出流产，损失的还是铃木，最好就是能把果儿手上的最后一副封条弄到手，让她改邪归正，拨乱反正。

那封条不是被果儿随身携带，就是留在酒店里，所以我们得兵分两路。男生负责上酒店，贞子负责被带去酒店……不对，贞子负责果儿。因为果儿没见过她。

“这事怪危险的。”铃木抱歉地对贞子说，“我们才刚认识，就要你帮这么大忙……”

“没事，我自愿的。”贞子笑了笑，“听了你这些年的苦逼奋斗史，还真是没法啥都不做啊。而且那女的太过分了！为了自己的梦想，就可以随便践踏别人的梦想？身为老师我绝不允许！”

说话间，酒店到了。玉米收起手机，说：“跟乌鸦乐队的人确认过了，那贱人现在在餐厅。”

“那我上了。”贞子说，“你们也小心。”

贞子进入餐厅，一下就找到了坐在角落的果儿，她就拿了两杯饮料，走到她面前：“可以一起坐吗？”

果儿看了贞子一眼，并不乐意，贞子笑靥如花：“你是‘补药莲’的主唱大大，我是你的头号脑残粉！”

我和玉米和铃木来到酒店的客房，进入属于铃木的房间。

按计划，我们是要潜入果儿房间的，但我们没有门卡，破门而入则很不现实。还好，铃木和果儿住同一层，露台也在同一侧。换言之，只要我们先爬到隔壁的露台，再爬到隔壁的隔壁的露台，就可以再再爬到果儿房间的露台了！

站在五楼的高度往下看，手脚不禁颤抖。虽然露台与露台就隔一米多，但跨越时的压力不是盖的，铃木深呼吸：“我上了。”他攀上围栏，一边HOLD住平衡，一边迈出大步，一脚落在对方露台的围栏上后，迅速将剩余的身体一道迁徙过去，就这么走完了长征第一步。谢天谢地有惊无险，也要谢谢邻居没发现之恩，否则有朋自隔壁来，他该多慌张。

铃木开始对第二个露台发起挑战了，我也壮起胆子步上后尘。哎，他被封印我难辞其咎，该表现还是得表现……

可当我惊心动魄地抵达第一个露台时，铃木却冲我摆手不已：“我进了她房间会开门，你们直接进来就好！”

……是啊！还可以这样！为什么不早说啊？！令人悲愤的是，就算我不继续往前爬了，还是得冒着同样的危险爬回起点啊！双脚分跨两个露台围栏时的姿势和悬空感让人各种想失禁啊！

铃木终于成功了，我们得以被放进果儿的房间。我的腿各种发软，差点儿直接栽床上。

这只是一家三星酒店，房间不大，陈设简单，果儿自己住，省得我们乱翻别人行李了。事不宜迟，我们立刻开始翻箱倒柜，整个房间很快就“半”片狼藉。

反正，只要能找到封条，封住果儿的恶意，这些就都能被原谅吧。

“……没记错的话，你是去年音乐节隔天发布的《小红莓》DEMO吧，风格跨度好大，我印象超深呢！那天前后你发的微博我也看到会背，‘厌恶’‘记住今天’‘涅槃重生’那些短句真令人浮想联翩呢……”

贞子与果儿聊得热火朝天。自获准坐她对面后，近乎就一个接一个地往上套。刚才在车上，贞子发挥老师备课的效率，拼命看果儿的资料听果儿的歌曲搜果儿的八卦，务求在最短时间内熟悉她，好扮演一个惟妙惟肖的真爱粉。

“你真的很了解我啊，好久没有聊得这么开心了。”果儿的表情十分满足。

“嘿嘿，因为太喜欢你了嘛。去年的音乐节我也有来喔，有人差评你的歌，我还跟他们吵……”

“真是太谢谢你了，有你这样的歌迷我好幸福。”

“我也是！”贞子甜蜜地举起酒杯，“干！”

果儿自己的杯子已经空了，她很自然地拿起贞子带来的另一个杯子，作势要喝，却在贞子一饮而尽后说：“其实呢……我刚才悄悄把两个杯子对调了。”

贞子一凛，果儿解释：“就是我故意把手机碰到地上，引诱你帮忙捡的时候调包的。真抱歉哟。”

贞子情不自禁站了起来，脸色难看。

“记得你是当老师的，表达能力果然很好，这种让人卸下防备的功夫，是监考时练出来的吗？”果儿微笑，“饮料里下了药吧？我听说你失眠来着。”

“你……”贞子的伪装逐渐崩溃。

“你的计划大概是不动声色地让我喝下安眠药，当我开始犯困，又不想错过演出，那就只有一个办法——把睡意封印起来。”果儿说，“那你就知道封条在不在我身上了，运气好还能抢走。”

“……你早就知道，为什么还……”

“一个是你的功课做得太足了，我都聊入迷了。另一个是，我得给那群小偷留出时间，好让他们把我的房间弄得足够脏啊。”

睡意开始蠢动，贞子不得不坐了下来，喃喃问果儿：“你跟铃木是朋友，为什么要这么对他呢？”

“本来没想那么做的，但他的新歌感情太饱满了。而且那天在街上唱的时候，人群里就有那个‘民谣教父’，他听得很感动……我如果不对付他，吃亏的就是我。坦白说，他是我唯一认可的对手！”

“他很欣赏你的……”

“他欣赏的应该是以前那个梦想至上的傻×吧，世界那么脏，装纯给谁看啊……”

“……”

贞子的眼睛快睁不开了，她渐渐趴在了桌上……

果儿房内，我们搜了又搜，徒劳无果，当然如果是内衣裤方面的收获，就十分喜人。铃木说：“看来封条还是在她身上。”

“不知道老师那边顺利不。”我说。

“待在这里已经没有意义了，先走吧。”

我们打开门，负责把风的玉米却将我们又推了回去：“别急着走啊。”

“怎么，有人来啦？”我们紧张。

“是的，我刚报了警，警察叔叔很快会来抓你们这俩入室行窃的犯人。”

“别说笑了……”我说完，看到玉米露出了邪魅的笑容，不禁心里一凉，“难……难道……”

“发现得太晚了吧。”玉米说，“根本没有什么封条剩下了！师父，你可真蠢啊，你的音乐细胞就是我给封住的！”

我和铃木都傻了。果儿比想象的更狡猾，她把最后的封条用在玉米身上了，现在的玉米就跟之前黑化的我一样！是的，既然果儿在意铃木，就该在我们身边安插个内奸，监测汇报，关键时刻使坏，我们不会怀疑！一想到我们跟他一起讨论所谓“行动计划”，我就觉得蠢得无以复加。这么说贞子一开始就暴露了吧！

“王八蛋，让开！”我骂道，“你就一个人，我们两个还怕你不成？”

“哦？”玉米亮出一把匕首，“那你们一定有办法对付这个咯？”

寒意蔓生，我是该理解现在的玉米的，我也曾道德沦丧，无所顾忌。玉米既将我们栽赃成两个小偷，当然也可以编出正当防卫一类的理由来解决我们！

我和铃木又气又怕，却不敢造次。玉米反而变本加厉：“怎么不来了？不来我过去咯，机会难得，不杀白不杀嘿嘿嘿……”

这人疯了啊！话音未落还真的一刀刺来！我们吓得屁滚尿流，抓起个枕头一挡，踉跄跑进卫生间，锁上门，但门很快被踹得砰然作响，我们边倒吸凉气边用力按着门。

这时电话响了，我喘着气接听，竟是贞子，她用一种濒危般神志不清的声音说：“耗……尽量耗……运气好的话……”

“喂喂？什么意思？你怎么样？”那头却已无回音。

玉米踹了十几分钟门，他叫的警察来了，我们快哭了，想不到蹲了那么多年厕所，终于要试试蹲大牢的滋味了啊！

警察叔叔开始叫门了……警察叔叔让酒店方送来钥匙了……

宛若凌迟的倒计时漫长如一个世纪，我们无计可施，只能负隅顽抗，像贞子说的，耗……直到门终于被打开，我们被拘了出去。房间熙熙攘攘，吵吵闹闹，走廊有人围观，一个老面孔由远而近，是果儿，这算是最后一击吗……

果儿来到玉米面前，一伸手，从他脸上揭下一副封条来，然后对在场的所有人说：“一切都是误会。”

玉米恍惚了三秒，忙不迭补充："超级大误会！"

我们的智商争先恐后地申请破产。

【爱上你我很快乐】

"草根"音乐节盛况空前，好歌连绵，我、贞子还有玉米泡在喧嚣的海洋中，迎接即将到来的海啸。

台上正演出的，是果儿和她的"补药莲"，唱的是一支不在预告内的迷幻电子民谣，而没有今年来圈粉无数的流行气息，虽说也好听，也博得了许多人的惊艳赞叹，跟迷妹最爱的文艺小清新却还是相去甚远了。

然而，这才是真正的果儿。

贞子醒来后，复述了她跟果儿的对决，我们追问那句"尽量耗"是什么意思？贞子揉着太阳穴说："那时我昏昏欲睡，也就是灵光一闪的想法而已……主要不管是我搜集的资料，还是跟她谈话时感到的别扭，都让我觉得……她身上发生了一些什么，以至于变了一个人。曲风变了，心态也变了……而这种差异正是以去年的音乐节为分水岭的。"

也许只有知道封条存在的人，才会本能地将果儿的落差与"封印"联想在一起。但贞子的直觉是对的。后来果儿告诉我们，她在去年的音乐节上精心准备了一首歌，务求获得出道契机，结果令人很失望。虽说这只是果儿追求梦想的道路上众多的失望之一，可当时她特别难受，特别怀疑自己，这时她遇到了一个卖封条的人，便一时冲动给自己贴上了一张。

她封印的是"底线"。从此心中不再有坚定不移的追求，只要能成就目的，无所不用其极。她很快乐地走起了毫无灵气的商业歌路，流行本无罪，完全背弃自我就只是在倒贴市场而已了。妨碍铃木也是同理，因为道德上的底线也失去了嘛。此外这一年，她还活用姿色做了很多罔顾原则的事，只要能红，只要有钱……

做人没有底线，真的太可怕了啊！

唯一不幸中的万幸，就是她贴的是黄色的"一年封"。我们的运气真的很好。耗着耗着，耗到了封印刚刚好自动过期。当果儿恢复了正常，找回了底线，第一时间就解开了玉米的封印，然后让玉米解开铃木的封印……

"讨厌的女人，害我对师父做了那种事……但又不能全怪她，真讨厌啊……"玉米一边欣赏果儿的表演，一边情不自禁地抖腿，一边怨念道。

“算啦，人总要走点儿弯路，才会知道什么是直的。我想她不会再封印自己了。”贞子说，“你看，很明显找回自我的她，笑容才是最棒的啊。”

果儿一曲唱完，抹抹酣畅的汗水，开怀大笑——看起来的确很棒。

“快看，轮到师父了！”玉米激动地跳起来。

四方掌声如雷，铃木在五雷轰顶中出场了，灯光照耀他如同巨星。我极力眺望前排，那个被许多人寄予厚望的“民谣教父”果然在，他的欣赏，会点燃铃木梦想起飞的导火索吗？

又或许铃木已经不在乎了。此刻他有舞台，有观众，有茫茫人海中对望的一双眼，那就什么也不缺了。

他看着贞子，她的挥手就是最好的加冕。

没有了过去，还有未来。

走错了的路，还能重来。

他开始唱：“在我心里，有个女孩……”

Chapter 6
集体隐形事件

和大叔一起看英雄电影，丫感叹：“有时候真希望自己拥有超能力。”

“比如？”

“隐形吧。”

“你随便往哪个女生面前一站，人都会当你是隐形的呀。”

大叔发疯一样殴打我。

【没想到你是这种混血】

烂操与一个颇有姿色的妹子谈笑风生。白人特有的薄唇时而优雅地抿起，时而爽朗地咧开，白金碎发随之飘动，恰如细长的金色睫毛迎风扑闪，每一个细节都是那么欧风美雨，看得妹子小鹿乱撞。

“你好厉害噢。”妹子赞叹，“从小在国外长大，中文还那么好。”

“呵呵。Because this is my母语嘛。作为一个Chinese怎么能连Chinese都say no good呢？”烂操谦虚地刮了刮坚挺的高鼻梁。

“我有点饿了，我们去吃饭吧。你一定想吃西餐对不对？我知道一家好高级的馆子哟。”妹子说。

“No no no，I long time no eat路边摊了。I think it's very delicious。”烂操连忙摆手，“Shall we have路边摊？”

“噢……好呀，你想吃什么都行！”妹子瞬间将失望的表情处理为小鸟依人。

二人便相携来到一处环境肮脏、老板每个毛孔都井喷着“我就是爱用地沟油”气质的摊子，片刻后烧烤上桌。烂操一边用娴熟地道的POSE撸串儿一边跟矜持的妹子解释：“My Dad's基因带给me的影响就是对本土文化的love。But每次一出国my Mom的影响又start占了上风。We混血儿really难当呢。”

“嗯嗯，我懂的。”妹子勉为其难地吃了一串肉质可疑的串，“好好哟，人家从没出过国。”

“有机会的。毕竟My family都hope me婚后定居国外。”烂操仿佛一不留神泄露了天大机密，“哎呀，I say what，eight word都no a撇呢。Eat eat eat。”

妹子却已是心花怒放，串不醉人人自醉，她积极地拿起一张纸巾帮借串遮羞的烂操擦嘴：“看你，吃得满嘴油汪汪，好不会照顾自己喔。”

然后妹子一愣，因为随着那一抹，眼前人的嘴唇……抹掉了！妹子不禁揉了揉眼睛确认。

“哦！I want to WC！”烂操捂住嘴巴，用吃坏肚子的表情一头扎进附近的厕所，去而复返时，已然恢复了原本的唇部线条，“Sorry，刚才怎么啦？”

“没……好像是错觉。”妹子凝视烂操，摇摇头。

“You're very Moe（日文读音，形容可爱）。”烂操多情地托起妹子的下巴，“哎……不如，Let's find a地方休息？”

如此直接的提议让妹子不禁羞涩，烂操又补充一句：“I no other意思，But以后带you出国旅行肯定也要一起住five star酒店呢。就当预习嘛。”

“讨厌，谁要跟你一起住。”妹子乱扭，用肢体语言表示了同意。

这时天上飘起了雨，烂操见状忙道：“事不宜迟，Let's go！”

二人匆匆买单，步入一条胡同。烂操走得很快，妹子的手被拉痛了，不禁抗议他的猴急：“你把人家弄痛了，就毛毛雨，不要紧啦。”

“哈哈，I主要是怕you被淋湿……”

妹子忽然刹住脚步，恐惧地看着烂操。刚吃饭时丫嘴唇神秘消失的现象再次上演了，并且范围更大，烂操的整张脸竟变得坑坑洼洼、斑斑驳驳，好像一个透光的筛子！

“啊哈……So rain is very……”烂操察觉到了自己的变化，手忙脚乱地抹着脸上的水珠，不料愈演愈烈，半张脸都消失了啊！实力演绎什么叫没皮没脸啊！

“呀——”再怎么为异国他乡冲昏头脑的妹子此刻也清醒了，腿一软摔倒在地，哆哆嗦嗦拿屁股磨蹭着后退，“你——你——”

要不怎么说社会主义好呢，一位民警同志闻讯奔来了：“那边怎么回事？”

“No what！”烂操掩饰着他残缺不全的脸解释道，“My friend no small heart摔了！”

“他他他他是妖怪！”妹子已然进入幸福要靠自己的双手去打拼模式。

“……别动！趴在墙上！”民警也看到了烂操的异状，心惊肉跳地用警棍对准他并用对讲机通知同伴，“喂喂……这里是白马河胡同……你们赶快……”

“唉！”大势已去的烂操欲哭无泪，“算我倒霉！”

然后他开始用最快的速度脱衣服，民警与妹子都囧了：“你干吗？”

繁华落尽的烂操，呈现给世人的却不是有伤风化的丑恶画面，而是——NOTHING！衣服下面，什么都没有！现在的他只有脑袋和双掌飘浮在空中，那脑袋还只有半张脸！

这事太刺激了，民警与妹子终于扛不住晕了。

其余警察到来之前，烂操就着雨点把他的半张脸匆匆洗了洗，然后摘下金发丢进垃圾桶，以全然透明的姿态远走高飞。除了飘落的雨点偶尔给他沾出一点线条外，没人知道有一个丑陋的灵魂刚刚离去。

【大雾】

装神弄鬼结束。下面让我们开始倒叙。一切都是从那口箱子开始的。是的，箱子，大卫教贞子开车结果撞倒一棵树后暴露出来的箱子。没想到吧，这个设定居然沿用了下来啊。真是严谨的小说啊。

箱子里装着许多貌不惊人的杂物，其中一款封条的奇妙我们已经感受过了，顿时对其他七七八八的东西兴趣大增。这天刚好嬷嬷他们回来了，就提出想再开箱看看。

“说了多少次，那些财产早晚都是你们的！”我扶着排长，批评嬷嬷，“可现在他还活得好好的，你们就提出算家产，是不是有点太过分？”

“罢了……就当我没生过这几个孽种！”排长剧烈地咳嗽。

“爸，我没那个意思！”嬷嬷忙解释。

我痛心疾首地摇头：“不要说了，爸从小最疼你，你却最让他失望！书没念完就被人搞大肚子，三个男朋友不知道谁是孩子他爸，于是你就跟他们一起搬出去同居……”

“我靠，这剧情太过分了吧？！我演不下去了！”嬷嬷跳起来抗议。

“不要说了，扁段段！”排长捋袖子。

“靠，你刚才明明也演得很开心啊。”我说。

“不打白不打嘛。”排长和嬷嬷摩拳擦掌地凑上来。

我被他们按在床上凌虐了五分钟后，那个箱子重又开启。

里边的杂物貌不惊人，所以光用看的，那些棒子啊本子啊也看不出个所以然。不过有个铁盒子让人有点在意。因为它是锁着的，还是个小型密码锁，密码多达十位。

“十位数！里面装的到底是什么啊？”八达奋力脑补，心痒难耐，“不如砸开？”

但盒子的主人早有准备，盒上赫然贴着一行字：“强行开启，里面的东西就完了。”——还真是让人好奇的严防死守啊！

“袭位素，费拔费似以前的租宿森色定滴（十位数，会不会是以前的住宿生设定的）？”一灿抽着烟说。也是，不多不少刚好十位，本校的宿舍又大多是十人间。

但就算知道这个，还是没法猜出密码。我们瞎输了0到9之间的几组数字，打不开，于是就对盒子失去兴趣了。

“这个又是什么呢？”八达抓起一个圆柱形的罐子，“杀虫剂？”

“那快给你自己喷点儿，你这个寄生虫。”大家亲切地建议。

八达试着轻轻按下按钮，啥也没出来，似乎堵住了，他就用力地按压，按压……然后只听“嘭”的一声，一股白烟猛然冒了出来。

“八达你放屁怎么能放得这么响？！”大家纷纷批评，然后惊讶地看到那阵白烟开始扩散，仿佛舞台上的干冰效果，415迅速变成了人间仙境，雾中的一灿仿佛天仙下凡，而烂操如同厉鬼……但很快雾气就把我们的视线完全遮蔽了，就仿佛有谁在宿舍里投了一颗烟雾弹！

“不好！快出去！”排长大叫，亲历过一战二战的他，许是想起了那些惨无人道的毒气实验。

我们想要出去，可四周大雾连天，什么都看不见，刚走一步就乱七八糟撞成一团。“门在这里！”老马识途的排长临危不惧地指出正确方向，向前一跃，然后整个人撞在墙上，老骨头碎了一地。

目前唯一欣慰的是这个雾没啥异味，也并不比烂操的尊容更令人恶心干呕，但它的分量与扩散速度实在惊人，难以想象全部都是从一个小罐子里冒出来的。很快415之外也开始各种哗然，无孔不入的白雾开始席卷全校……

“轰隆！！！”震耳欲聋的声响几乎轰穿了我们的耳膜，窗户破碎！墙壁龟裂！惨痛的呼号撕裂长空！——以上是名为“骗稿费”的修辞手法。这些统统没有发生。校内骚乱目前主要还是以“着火了快救火啊”为主，有不明真相的群众还真的祭出了灭火器乱喷……而白雾不紧不慢地扩张着地盘，钻进每间宿舍，感染着每个同学……

能见度已经缩小到了一米内，就算想玩模拟抽烟的动作或者拽俩毛巾学仙子起舞都已经很不方便。

不知过了多久，雾又渐渐散了。

墙壁、地板、床铺、桌椅等又渐渐回到了我们的视野。如此平静的结束反而有一种不真实的感觉。我环顾四周，确认大家是否都平安。嗯，至少一个都没有少。

……等等！

离我最近的应该是锅炉，但我只看到一副眼镜，一身衣服，不，不是说眼镜和衣服就散落在地上那种整个人凭空蒸发了的感觉，我的意思是，眼镜和衣服都凌空飘着啊！再看其他人，也是一样！我看不到他们的脑袋或手脚之类本该露在空气里的部件，只能看到仍旧被肉体撑起来的衣物！

“咿呀呀呀——”嬷嬷惊叫起来，“大、大卫你头呢？！”

“啊啊啊啊我的手？我的手哪里去啦？！”一件鼓鼓囊囊的衣服里传出金氏的哀号。

几件衣服在镜子前撞成一团，争先恐后地照见自己已经没脸见人。再然后是一阵粗鲁的宽衣解带动作，每个人都在确认自己衣裤里面的部分还健在否，于是接着的哀号就比较像太监发出的了。

“拧紧！拧紧点！鸡系抗拔见，木有变没！（冷静！冷静点！只是看不见，没有变没！）”一灿迅速往大家的嘴里塞定心丸。虽然看不见脸，但至少我们还能靠口音把他准确地分辨出来。

至此我们终于认清了局面。看似缺胳膊少腿断头烂尾的我们，其实只是——透明化了！我们变成了隐形人！幻想圈最烂大街的存在之一，隐形人！

从宿舍外此起彼伏的呐喊判断，并不是只有我们一家遭遇了这种命运。往窗外一看，到处都是凌空飘浮的衣物，好似一场服装大展销。感觉上，一度让人啥也看不见的那些白雾，全都进了我们的身体，赋予了我们“看不见”的属性。

我颤抖着捡起那个已经啥也不冒了的“杀虫剂”，在罐子底部找到一行小字：最长有效期一周。

【大隐隐于市是怎样的一种体验】

在学校的官网上匿名发布了一条“这个隐形现象只会持续一周，并不是什么生化实验，完了也没有任何毒副作用，不反弹不留疤不影响工作和学习，别问我怎么知道”的公告之后，惶惶人心总算得到了安抚，这个学校也真是见过世面。当然我觉得另一个原因是这个时代的年轻人都从小伴着各种脑洞成长，面对隐形这种经历，最初的恐惧感过去后就是无尽的新鲜感。

所以短短一天内，大家的心境与生活都起了翻天覆地的变化。这种时候，415扮演的当然是领头羊的角色，而羊中羊则是我们的八达。

一个抽屉被打开了，一包薯片飘了出来。“八达！你干吗？！”金氏大叫。

“你不要乱讲！你凭什么说是我？”八达压低声音装出一副自己身在远方的假象，然后开始大吃薯片。

“除了你谁会穿那种破衣服！你以为我的智商也一起消失了吗？！”金氏磨刀霍霍地杀过去，八达和薯片连忙夺路而逃。

“金氏，你可能真的错怪八达了！你看，他在喝可乐呀！”我一边叫一边拿过金氏床头的可乐豪饮。

“啊，八达又在偷泡面了！他真是太过分了！”排长一边搜刮金氏的泡面一边叫。

“我靠，你们这群人渣居然栽赃我？！”八达一边抗议一边进入无差别搜刮民脂民膏模式。

“我靠！”四面楚达让金氏沦陷了，丫拉开烂操的抽屉拿出一罐八宝粥，“烂操！八达连你都偷了！扁他！”

“服了你们。虽说一周就能变回来，也不能这么没心没肺吧？”大卫叹气。

“等等，大卫你在哪儿？为什么我看不见你？”嬷嬷叫。

“啊，我刚把衣服全脱了，毕竟完全看不见才是真正意义的隐形人呢。”

“……所以你是站在什么立场说刚才那种屁话的！你个暴露狂！！！”

之后大卫就没有声音了，仿佛有一阵风推开了门，毫无疑问，丫出去裸奔了……这还不是最让人无语的，最无语的是丫刚出门就“哎哟”跟个同样完全看不见的人撞了个满怀……

那几天走在校园里都得很小心，一不留神就会踩到某个看不见的人的脚。到底是多少人觉醒了裸奔之魂啊？！

那几天的校园感觉也变脏了很多。反正你又不知道我是谁，那我不修边幅一点也没什么嘛。于是我们可以看见许多行走的头皮屑和脸油，更有极少数素质沦丧的人索性随地大小便，反正屎无对证……

课还是要上的。虽然许多教授也隐形了，但是责任心仍是无所遁形呢。不过点名就变得困难了，放眼望去就是一堆衣服，个别人明明缺席，还运用衣冠冢的原理，托室友带一件衣服来放位子上冒充自己，于是虽然乍看空无一人，细看又似乎座无虚席。教授就坚强地点名，叫到老蜗，我帮他喊到，教授怒："你不是黄某某吗？"我："不，我是陈某某！""你就是黄某某，我还记得你的黄衣服！""老师，您说的是我吧？我才是黄某某。"同样穿黄衣服的嬷嬷连忙挺身而出。"别小看我！我记得你是那个某某容！""老师，我才是某某容！我那么娘炮您还能记错，我好伤心！"武则天路见不平，拔刀相助……

总之少了一张具体的脸对号入座，老教授终于不堪负荷，败下阵来。对此烂操点评："教授也是死板，如果不靠死记硬背而是用手抚摸着确认，不就好了？我要是教授我就对女同学们这么做……"对此我们只能庆幸烂操这辈子不可能当教授，虽说丫的猥琐根本是院长级别。

烂操是本次主角，重点说说他。用鼻毛都能想到隐身的丫会做的事，是的，丫去女澡堂了！这个连《海贼王》里的山治也思慕已久的梦想终于可以实现了！不幸的是妹子们全是隐形的，除了水流的纹路偶尔可供联想外，基本没啥看头，倒是烂操恶有恶报地踩到一块肥皂狠摔在地，发出惨叫，引起全体妹子的警觉，于是水桶毛巾洗发露小板凳各种东西朝着瓷砖上的人形水渍砸过去……得亏烂操最后还能爬回来，否则死在外面，我们就只能靠尸臭来找到他了……

经此一役，烂操安分了两天，然后才开始想到运用计谋。这里面的契机是他看到校园里有些女生以正常的面目在行走了——诶诶？说好的七天呢？这才过去三天怎么就恢复啦？一问才知道，她们靠的是化妆。

是的，化妆！在人类的智慧面前，任何不科学的脑洞都能迎刃而解。许多粉底液本来就是接近肤色的呀，涂在脸上直接就呈现出了肉的质感！均匀地涂满额头脸蛋下巴脖子，一个脑袋就出来了。对于擅长化妆的妹子而言，这简直易如反掌，并且她们很高兴自己隐形了，因为人的肤色深浅不一，本来要寻找不同色号的粉底液来搭配，现在爱用什么色用什么色，想当黄种人、白种人或者黑种人都随心所欲，只要记住随身携带补妆的粉饼就好！

说到这里，你就能理解那个故弄玄虚的正文开头了吧。是的，作为中国人各种被嫌弃的烂操，突然就想到了摇身变成ABC来钓那些崇洋媚外的姑娘。为此不惜花钱请春菜的新室友、一个叫妲己的美妆达人帮忙，让自己变身成为老外！

烂操就这样拥有了欧美的白皮肤，不过这还没完，还有五官要操心呢。否则一张脸上唯独五官是空缺的，生怕吓不死人啊？对此妲己也是轻车熟路。她用睫毛膏赋予了烂操睫毛，用美瞳给了烂操蓝色的眼珠，用眉笔给他画出了眉毛，用修容粉画出一个饶富立体感的高鼻梁，以阴影制造了鼻孔和耳洞的效果，以及适当改善了那过于狼牙棒的面部轮廓，用唇膏给了他两片薄唇，再戴上一顶金毛……

烂操就这样变身成功了！老外版的他过于去芜存菁、富有欺骗性，赫然竟是一种名为“丑帅”的视觉效果啊！

当然缺陷并非没有。牙齿和舌头就实在没法靠化妆形成。所以许多画皮妹子的樱桃小口甭管多迷人，一张嘴就完啦，因为口腔内壁啊牙齿啊舌头啊都是没有的，简直像一个家徒四壁的老太太啊！这要换了排长，至少还有假牙可以使用……于是妹子们通常笑不露齿，要不就拿手遮着嘴巴“嘻嘻嘻嘻”窃笑……

不过后来烂操自力更生地想到了可以吃一种染色糖，让口腔变成夸张的红色，强行体现舌头和牙齿，只要不被人误会成含了一口老血就行。

就这样，改头换面的烂操雄赳赳气昂昂地出征了，并且还真的给他勾上了一位“白内障”的妹子。好在妹子无眼，苍天有珠，烂操使用的水粉霜质量不好，一场有损中外友谊的跨国骗婚就此夭折……

也因此，才有了烂操新一轮的桃花运。

【我望向你的脸 却只能看见一片虚无】

一个名为“无形・有爱”的活动在校内悄然盛行。

只能说我校学生都是人才。在习惯了隐身带来的那些便与不便后，就该好好思考一下它能不能有些更高级的玩法。于是这种带着盲婚哑嫁性质的游戏应运而生。地点是学校的小花园，有意配种……不，配对的单身狗俱可前往（当然，不排除某些已经有主儿的去那里公然出墙），在不知道谁是谁的情况下，碰到了就是缘分，就可以试着聊聊。这其实有点儿像早年网恋的升级版。当然，就像网恋可以发照片、视频、线下约见，隐形人也面临着要不要让对方知道自己身份的选择，到时候是爱更浓还是见光死就看运气了。

这种身体虽透明、资料却一点儿也不透明的联谊方式大受欢迎，每天小花园都人满为患。一年三百六十五天毛孔都井喷着春意的烂操当然不会错过。

烂操啊烂操，我们有时候分析这家伙，都觉得丫虽然淫贱不能移，但一来完全不为自己的形象自卑，二来屡败屡战越挫越勇，某种程度来说实在是我辈榜样。像我们这种三年下来固定只跟一两个妹子保持CP错觉，但又没啥实质性进展的，比起烂操老师实在弱爆了，人异性缘再差，好歹接触面广呀！

却说烂操去到小花园，那里已有许多没头没尾的衣服凌空晾晒。烂操急忙搜索那些看着比较像女生穿的衣服，有些衣服比较中性，这时就只能靠身材特征来判别了，只要不碰上美队或者金氏那种混淆视听的大胸……

烂操先问第一件女装："同学你好，要来一场现形那天就分手的纯爱吗？"

"我有伴儿了，他上厕所去了。"女装甩了烂操一脸闭门羹。

"哦，要来一场你男朋友回来就分手的纯爱吗？"

"……哪里有人连这种空子都钻的啊！你以为别人的男朋友上厕所需要多久啊！"

烂操再接再厉，对第二件女装发动攻势："同学你好，要来一场现形那天就分手的纯爱吗？"

"讨厌，那就来嘛！"女装回答。

"等等，你的声音是怎么回事？你男的啊！"

"反正都看不见，性别又有什么关系呢？越是这种时候越应该抛弃枷锁哟！"

烂操落荒而逃，满脑子都是把这男的介绍给嬷嬷的冲动。

第三件女装开门见山向烂操要照片看。虽然这跟"无形·有爱"的精神不符，但烂操早有准备地祭出一灿的照片："你的也给我看看呗。"

那妹子一看照片就怒了："我靠，你才不可能是他！你的口音就不对！"

烂操强行拿过妹子的手机看上面的照片："小苹果？你也不可能是她！啊，才想起你的鸟声音在哪里听过，你是3W.com！"

"我靠，老娘也想起你的声音了，狼牙棒！"

……这种大水冲了龙王庙的情况也不是没有。真想说如果你们彼此相爱，就是为民除害……

这么徒劳了一晚，烂操腻了，还是追寻不透明的妹子比较有效率啊。他走出小花园，一条纯色连身裙娉娉婷婷地飘过，烂操忍不住又问："同学你好，要来一场现形那天就分手的纯爱吗？"

"好。"

"就知道又没戏。"烂操无趣地打哈欠，"回去睡觉了！"

他走开两步，猛然刹住，等等，刚才那妹子回答的不是"滚"，而是

“好”？他转头，连身裙安静地在原地等他，烂操一下子不知所措了！

是的，大部分时候，烂操泡妞都是输在起点，而终点线仿佛地平线，只堪称幻想。你别看他之前扮老外扮得得心应手，一旦到了跟妹子真发生点什么的当口儿，丫百分百会怂。言行越污的人，灵魂往往越纯洁啊。

烂操手足无措了好半晌：“那我们现在干吗咧？”

“这个时间，去吃宵夜吧。”裙妹老练地说。

“哦哦，好的，吃宵夜。”烂操说，补充了一句，“我请你！”

二人在学校里唯一的小吃店坐下，等待食物上来的过程，烂操竟有些如坐针毡。以前泡妞时，全身心沉浸在哄人咬钩的谋略里，反而无暇想太多；如今连身裙妹子帮他省了那么多行骗的工夫，空下来的时间反而不知道干些啥了！

烂操暗瞅裙妹，揣测她到底长啥样，一撩就得手，难道很丑么，别是又一个3W或者4X什么的……

裙妹似乎察觉了烂操的目光：“你对我长什么样很感兴趣么？”

“不是——”烂操本能地说，“就觉得……你好像挺会打扮的，却没有给自己画一张脸，难得哈。”

“好不容易有机会把自己藏起来，为什么要露出来？”裙妹淡淡道。

“嗯嗯，我也这么觉得。你看，有脸跟没脸的区别也就是会不会被人发现在你在吃啥。”

“什么？”裙妹不太理解。

“因为隐形人没有脸皮挡着嘛，所以嘴里的东西都会被看到，牙缝里粘了肉丝葱花，别人比你还清楚。还好东西在消化后就会成为身体的一部分，一起变隐形了，否则每个人都将直接看到自己肠胃里的食物，也许还能看到它们变成屎尿屁的过程呢！”

烂操说完，鸦雀无声，隔壁有一桌吃饭的直接“呕”了出来。烂操绝望地想：我说了啥啊？！

“噗！”裙妹居然笑了，笑得全身都在抖，边笑边说，“那样的话……去游泳池就很糟糕了……”

“对啊对啊，游泳池就变成化粪池啦！”烂操松了口气，变本加厉。邻桌刚缓过来就又发出一声“呕”。

“哈哈哈哈……”裙妹笑得停不下来。

宵夜上来了。两人边吃边聊，气氛融洽。顺着那没有营养却谜一样打开了话匣子的话题开始，交流一泻千里地进行了下去，他们聊各种隐形的尴尬与乐趣，你来我往，脑洞不断，但每次触及自己的生活圈子时，总会不动声色地打码或回避，杜绝暴露身份的一切可能。

烂操感到异样的快乐，甚至忘了要旁敲侧击地了解裙妹的信息。

【我不知会遇见你】

日历翻到了第六天，全民隐身的状态解除在即。虽然我觉得大家基本已经习惯，甚至附近的学生街啊永辉超市的人都已经习惯了。偶尔我们在街上走，还会被带着熊孩子的父母拦住求合影，内容为：让他们的丑娃摆出一副发功的样子，我们站一边，这样出来的照片效果就很像丑娃用超能力悬浮起了一身衣服……类似的无理要求见多了，我们都学习八达，直接问对方："你给几个钱？"

可能比较不习惯的只有一灿和大卫吧。一灿的花容月貌消失后，整个福州的颜值指数几乎跌到了谷底，走在街上不再听取哇声一片也让他有点寂寞，几乎每天都有自告奋勇要为一灿化妆的妹子，其中有些是玩COSPLAY的，上妆的时候擅自添加了一些剑眉星目的设定，令一灿更显妖孽……至于大卫的不习惯，在我们看来丫凭什么不习惯？丫生下来不就是为了裸奔？"你们知道个屁！"大卫听了非常激动，"没有人看得到的裸奔算什么裸奔？！"

……你丫怎么不去跳脱衣舞啊喂！

大卫另一个相对正常点的困扰是打篮球的次数锐减。虽然隐形人打球也可以靠队服的颜色来分辨敌我，可是举手投足的那些小动作就不好观察，断球不小心就打到手，传球不小心就砸到脸，更别说有些人打着打着就打了赤膊，更加容易撞个鼻青脸肿了。于是这段时间，篮球场人丁凋零，但大卫太喜欢打球了，没有对手他就跟自己玩，反正，"人最大的对手不就是自己吗？"这个暴露狂故作爽朗地说。

事情发生的时候，大卫刚结束一场独角球，本想着回415分舵洗澡，转念一想，就在学校里洗也没差啊，没衣服换光溜溜回去也没差啊。丫就这么做了。之后又觉得有点累，就在他以前的铺位上裸睡。那个下午我们刚好都不在，剩丫一人裸守空闺，直到被噪音吵醒。

"哐当！"大卫睁开惺忪睡眼，看到一个保温杯被砸裂在地上，吓了一跳。接着桌子的一角也浮起来了，动静很大地翻倒在地，上面的东西稀里哗啦摔了个痛快，包括一台笔记本电脑。

大卫终于清醒了，这节奏，绝对是有个隐形人在搞破坏啊！丫还开启了一丝不挂模式，却不料这宿舍里还有一个人在，真是裸逢对手。大卫咬牙切齿地站起来，伺机想要扑向那个神秘人，结果丫也是太久没在宿舍睡了，在上铺起立的后果是脑袋直接撞到了天花板，疼得嗷嗷叫，神秘人一惊，一把椅子凌空朝大卫砸来，大卫大怒，愣是给接住了，用力砸了回去！椅子在地上磕断两条腿，门开了，神秘人跑了！

“站住！”大卫直接从床上跳下来，拔腿就追。

——后期剪辑技术让镜头在这里一转，追逐专用的激昂音乐突变小清新，因为我们十分熟悉喜爱的烂操又登场了。

烂操跟裙妹的交往已经进入第三天了。这是清心寡欲、修身养性的三天。他们就像海子的诗里说的：“我不关心人类，我只想你。”在一起就是聊天，除了自身相关之外，什么都聊，从动漫到课本，从电影到旅行，从八卦到九卦；在一起就是吃喝，食堂的大锅菜也津津有味，小吃街的垃圾食品也来者不拒；在一起就是玩儿，采酢浆草剔丝勾一起看谁的先断，儿童秋千旁轮流把对方给推上天，光明湖公园里玩一场禁止脱衣的捉迷藏……

很有意思。当两个人在一起而彼此是谁不重要时，那就似乎没有任何东西是重要的了。不知道长相，不在意贫富，不考虑未来……那么，除了及时行乐还需要什么呢？连这“乐”都因而更加纯粹了。不可否认，烂操刚开始确实特期待两个人能有些亲热之举，可当他开始喜欢乃至依恋这样的相处方式，反而觉得那很破坏气氛了，你想啊，两人天真无邪地在小河里洗着脚丫，你忽然给人家整一句：“老妹儿，滚床呗？”多三俗啊！总之现在烂操觉得，两个人自自然然牵牵小手，就是最甜蜜的事了。

然而，没有什么是永垂不朽的。

这会儿，烂操与裙妹在校门口买茯苓糕吃，忽听有人惊叫，一看不远处，一件浮空女装正在长出脑袋与手脚……不，那是一个隐形人正在显形，变成了一个穿女装的腿毛少男！少男羞愧难当地掩面狂奔。总觉得丫之前出场过……

“已经七天了吗？”裙妹有些吃惊。

“没吧，按说明天才是。”烂操说。

但远远的，他们又看到一个女生恢复了原状，有人在议论着自己宿舍里也有人提前复原了。

“也许跟每个人的体质有关，再不然就和摄入那种白雾的程度有关。”裙妹分析。

“噢……反正也就这两天了。”烂操佯装漫不经心，“看来我很快就可以知道你长啥样啦，哈哈。”

裙妹转向他，用一种遗憾而坚决的口气说：“我不会让你看到的。我们最好到分手为止都不知道彼此的身份。”

“分手”二字像黄瓜……不对，像刺刀扎进了烂操的心口，他推翻了这个游戏的初衷，打着哈哈说：“还分手？复原了就……正式交往啊。”

“一开始可不是这么说的。”

“这……”烂操有些慌，“我挺喜欢跟你在一起的，你不是吗？”

裙妹沉默了一会儿，说：“一旦我们不再是透明的，一切都会改变，包括现在对对方的好感。”

“别那么悲观啊！”

“不聊这个了吧。剩下的时间不多了，我们再去哪里玩玩？”

“不！”烂操急躁起来，“我们的时间还可以有很多的，为什么非得结束？样子真就那么重要？！”

“……”

“给我一次机会？”

裙妹喃喃道：“我不知道怎么跟你说……我……好吧，我以前有过一次失败的恋爱。到现在我还没办法忘记前任，我换了很多男朋友……”她的语速不禁加快，压抑了许久的情绪被一口气释放出来，“其实，我跟你交往也只是为了逃避。这是我最成功的一次……我不提自己的任何事，也尽量不去想，就像是白纸一张，就像一切真的可以重新开始。可这些就要结束了。一旦我们不能隐形，就会立刻被丢回现实，再也无法装作什么都没发生……”

烂操咀嚼着这番话，不知道该怎么开导，也无法完全理解：“那你要这样折磨自己多久啊？我其实愿意……”

“你人很好。这对你太不公平了。对不起，对不……”

裙妹说着，忽然看到自己的手正渐渐显出肤色，她慌忙捂住脸转过身去，真是说来就来，她变回去了！

“时间到了。”裙妹慌张得如同十二点的灰姑娘，“再见了……谢谢你陪我！”

一辆的士恰好驶过校门，裙妹挥手喊停，烂操看到飘扬的黑发与雪白的后颈离自己远去，冲动地想要拉住她。

这个时候，传来了喊打喊杀声，只见两阵风追逐而来，前面的那阵吹着一摊风尘仆仆的污迹快速移动。

那正是大卫与扰乱415的神秘人。机智的大卫抓了一大团泥土砸丫身上，让丫的裸体染上一块黄斑，跑到哪里都有迹可循。不过神秘人跑得也是出乎意料得快，大卫直追到校门口，看到一辆的士停在那里，一个女孩正坐进副驾，一个穿男装的透明人——就是烂操啦——正挽留她……

“咚！”

烂操被神秘人撞了一跟头，踉跄后退，又跟大卫撞在了一起，把肤若凝脂的大卫压在身下的感觉真微妙啊！龇牙咧嘴中，烂操看见那辆车的右后门以飞快的速度一开一关，但司机与裙妹似乎都没发现。的士开动，绝尘而去。

烂操坐在大卫身上，起不来。

电光石火间，他看到了裙妹的侧脸。

那是静静。

【我想一个人静静】

静静。久违的静静。一灿的前女友静静。

还记得她么？如果不记得，就一定要买《青春奇妙物语》的前三本以及《睡在我上下前后左右铺的兄弟》（读者：……你怎么一言不合就打广告啊？！）。静静本是富二代光饼的女友。大一时，金氏与光饼在歌唱比赛上交恶，一灿为给金氏出气，抢走了静静，一段时间后又因性格不合分手。但静静并未就此死心，曾试图用一台iPad修改一灿的记忆，也曾在跳蚤市场把她的感情全部转让给眼镜娘，甚至在很久之后的未来，她还派了谎称一灿曾孙女的人穿越而来干涉历史……

当然，这一切都不能改变她跟一灿已成往事的结局。

烂操曾经跟静静好过。那时他和一灿签下一份“祸福与共”的契约，公然平分一灿的一切待遇，这里面就包括了静静的感情。那是415史上相当尴尬的一件事。虽然大卫八达老蜗也都一起喜欢小苹果，但“共享”女朋友还是太那啥了。糟糕的是，烂操还动了感情……但那个事件结束后，他们的交集便也无疾而终了。之后近两年的时间不曾也没理由再联系，以至于连彼此的声音都完全认不出。谁知道他们竟会以透明的姿态再续前缘？

这个讽刺的轮回让烂操久久地陷入智障。415内，当大卫绘声绘色描述他缉凶的英姿、其他人边收拾残局边义愤填膺时，唯有烂操事不关己般恍惚。

“里滴电老砸地桑鸟，八抗抗有米坏（你的电脑砸地上了，不看看有没坏）？”一灿提醒。

“啊？我靠！”烂操心疼不已地摸电脑，“妈的谁干的啊？”

“……我们刚说了半天你都没听吗？就那个王八蛋啊！”大卫说，“要不是你，我都抓住他了。结果丫一下跑没影了！”

烂操不禁回想起当时的情景。等等，那货好像不是跑没影，而是上了静静的车？他不会对静静做什么吧……

但烂操不敢跟大家说这件事，一来不好意思，二来知道裙妹是静静的瞬间，烂操就断掉了死缠烂打的念头。静静说得对，有些感情真的只能发生在双方都一无所知的时候，静静不会选他，正如她忘不掉一灿。

在这种纠结又无奈的心绪中，来到了第七天。理论上这是隐形的最后一天。不过校园里已经有不少人恢复了原状，看来效果的确是因人而异。415里，大卫已经复原了，不过毫无自觉的他今早还是一丝不挂地出门了，在小区引起了轰动。另一个复原的是一灿，不再被掩饰的闭月羞花之貌让多少女子重燃对生活的热爱。

这一天裸奔的人数明显有所提升，走在路上一不留神就要撞到一具，可能是都认识到了这是最后一天，何不潇洒走一回。可惜在如此放荡的节奏中，烂操却表现得出淤泥而不染，为情所困的男人真是脆弱啊！

烂操终于还是扛不住，找静静去了。当然是以高度透明的状态。他也不知道自己要干吗，但就很想看看她，也许更具体一点，想看看她离了自己会不会黯然神伤？

烂操找到静静上课的教室，恰好看见她靠在围栏上，侧颜忧郁。烂操屏住呼吸靠近她，凝视她。

静静没有发现烂操，她一脸天人交战的表情持续好久，拿出手机来，深呼吸，拨打，那头传出一声：“喂？”——是一灿的声音！烂操十分意外。

“是、是我。”静静努力把声音调整得自然，“好久没联系啦，最近怎样？”

“就酿，里咧（就那样，你呢）？”一灿语气平静。

“我也是，嗯……你恢复原状没？”

“飞赴鸟，里咧（恢复了，你呢）？”

“我也是，嗯……你还是单身吧？”

“系啊，里咧？”

针对静静每一个生硬的问题，一灿均采取一种不冷不热的口吻回答，以不变应万变，内容敷衍得连烂操都听不下去，简直是一个大写的“不想聊”啊！静静的表情有些酸楚，应该很后悔自己打了这个电话。

没话找话了五分钟后，一灿提出“八男就先酱（不然就先这样）”，静静忽然脱口而出：“其实……我最近过得不是太好。”

“肿摸了（怎么了）？”

静静的神色变得不自然：“我觉得我家……有隐形人潜进来了。”

一旁的烂操差点儿叫出来，第一时间想到那个大闹415的神秘人。

“昨晚睡到一半，我听到了奇怪的声音。”静静轻声说，“黑暗里，好像有人走到我的床头，还弯下腰凑近我的脸……我惊醒后，房间里又什么都没有，但我总觉得，有人在……”

“也许系桌梦（也许是做梦）？”一灿的语气没有变化。

“我也怀疑过。但越想越真实，越想越可怕……”

“辣里因该去抱紧（那你应该去报警）。”

“对，应该报警……”静静苦笑了一下，一灿的漠不关心完全传达给了她，这个电话实在蠢得无以复加，“那就这样吧，谢谢你听我说。”

“继己朽星（自己小心）。”一灿的电话挂得毫不留情。

一旁的烂操气晕了，恨不能立刻跑去找一灿，用舌吻之类所能想到的最恶毒的方式修理他。静静太可怜了！

之后，静静迎风忧愁，梳理心情，直到暮色四合，才打算回家。烂操没怎么犹豫就跟了上去。

一灿不打算帮静静，那就他来帮。

【空房间】

跟静静的恋情已经结束，却仍愿为她保驾护航，烂操的心里翻涌着深情的热血。此刻唯一遗憾的是肆虐了好久的秋老虎忽然萎了，秋风乍起，寒意萧萧，烂操边跟踪静静边发抖，生怕以当街拉稀这么丑恶的方式暴露存在。

静静家境不错，于是不想住校，而在离学校有点距离的地方租了房子。她的心情看来是真不好，她没有打车，而用走路的方式返回。烂操只能苦不堪言地光脚走过几条街。

好不容易，静静家到了，在她开门的瞬间，烂操把他在路上捡到的一个小道具拿了出来。

那是个一块钱的硬币。静静掏钥匙的同时，烂操把它丢了出去。

“叮。”

凭空出现的硬币，让静静本能地以为是自己从口袋里带出来的，也就本能地弯腰去捡，烂操趁机闪身进了屋，不忘在入口的抹布上快快擦净脚底板。

门被关上，静静进来了，烂操连忙停止擦脚，以慢动作缓缓站起，缓缓让到一边，以免被静静踩到他的横陈玉体……不过静静此刻失魂落魄，无暇留心屋内的细微变化，她陷进一张沙发，捧着脸，低低啜泣起来。

烂操听得懂那哭声，他感到五味杂陈。“……我不是来偷窥她的。”他强迫自己把注意力收回到屋子的各个角落。

那个冒犯415又骚扰静静的神秘人，还在吗？应该早跑了吧？但也不敢百分百肯定。静静没开灯，屋里光线暗沉，一想到这个不大的空间可能蛰伏着第三个人，烂操就不禁起鸡皮疙瘩，目光扫视全屋，暂时看不出个所以然。

良久，静静站起来了，开冰箱拿了罐啤酒一口气喝完，把罐子丢进垃圾桶，走进了卫生间。水声哗哗响起，看来是在洗澡了。烂操不禁心跳加速，门是虚掩的，只要他愿意……不不，丫赶忙驱散这个念头。拿起一把扫帚，绕着屋子开始走。

烂操步步为营，一边动作很大地挥舞扫帚制造出一个又一个覆盖面略大的扇形，真要有隐藏角色应该漏不掉吧……这么进行了两圈，没有结果。果然还是静静多心了吗？还是那家伙真的已经逃了？

这时烂操忽然意识到，还有一个死角没检查过。

如果丫恰好就在那个死角里……

烂操猛然转身，朝着自己背后一甩扫帚！

“啪！”虚无的空气里，有什么给打中了！

果然还是有人啊！也就是说，在刚才烂操检查全家的时候，那个同样看不见的家伙就一直蹑手蹑脚跟在烂操后面，如同一个背后灵！

烂操毛骨悚然地骂了一声，开始痛打那家伙，对方呻吟两下，来抢扫帚，二人争执起来，烂操踹丫下身，丫掐烂操脖子……看不见就只能采取泼妇撕逼的打法。除了相扑，你很难看到穿得这么少的肉搏，很快两人跌倒在地，撞翻了垃圾桶。

浴室里的水声戛然而止，空气仿佛凝固，显然静静正在判断着来自外面的骚动。烂操和神秘人揪着彼此的头发，默契地安静下来。

水声没有继续，感觉静静随时要出来，神秘人压低声音问烂操：“先……出去怎样？”

“唔……”暴露狂所见略同，烂操点头。

两人就维持着揪头发的姿势开始转移，不灵活但也总算挪到了门口，打开木门和铁门，出去，关上……神秘人忽然松开烂操就闪，奈何自己的头发还在敌人手中，一揪之下狼狈跌倒，连续滚下好几级楼梯，倒地呻吟不止。

烂操赢了，他解恨地质问："说，你他妈到底是谁？"

"是老子我！"

"谁是谁的老子！"烂操一脚踩丫肚皮上。

"哎哟！是我啦，我是静静前男友啊。"

"屁！他前男友是我舍友！"

"你是415的啊？"

烂操一愣，忽然明白过来："你是光饼！"

"靠，你们这么叫我？！"

说到光饼和415的宿怨啊，那真是顽固得如同宿便。当初我们使用手机的SM套餐令其身败名裂，后来丫操控全校记忆对我们进行打击报复，最近一次还企图借助《西游记》里金角大王和银角大王的力量，却差点儿没把自己给玩死。这样一个人会在隐身之后到415搞破坏倒也是情理之中，我们的仇家虽多，如此卑劣的人舍他其谁呢？光饼虽然不读书了，但在本校还有好些狐朋狗友，估计是在来探亲时被白雾感染了吧。话说这人当初因裸奔而退学，现在又以裸奔的方式卷土重来，还真是裸上瘾了啊！简直是要跟我们家大卫抢饭碗啊！（大卫：那到底是哪一行的饭碗？！）

"所以你果然是昨天坐她的车潜进这里的吧？"烂操恨恨地问。

"是啊，老夫老妻，来拜访一下怎么不可以？"光饼理直气壮。

"我靠！你还趁她睡觉时动手动脚！"

"我倒是想咧！但她入睡后我开冰箱找东西吃，喝了点酒醉了，直接睡到了天亮！要不是我躺在阳台，恐怕已经被发现了！"

"编！再编！"

"不然我怎么会还困在她家？就因为她是在我醉的时候锁门走的啊！今天她忘了锁门，我们都该偷笑了！"

烂操有些发呆，照这么说，静静其实很粗心，根本没发现前前任的存在，这与她跟一灿求救的不符……

"那……她今天回来你干吗不趁机跑，还跟我装神弄鬼？"

"老子看你鬼鬼祟祟，以为你是个贼啊！"

烂操与光饼凝视无形的彼此，喘着气，烂操说："你在保护她？"

“……滚……谁有空做那种事！”光饼啐了一口。

烂操不再逼问，对光饼的恨意却微妙地减退了。他挪开脚，光饼坐了起来。

这时，门“咔哒”一声开了，现出静静的脸，烂操和光饼的心同时提到了嗓子眼儿。

静静看着空旷的楼道，烂操看着她，忽然静静问：“是你么？”

“……”烂操不知道“你”是指谁，更不敢出声。

“是你么？”静静又问了一句，还是没有得到任何回应，但，她却哽咽地开始了自言自语。

“我今天给他打电话了。我已经七个月又十天没跟他说过话了……但我今天疯狂地想听他的声音。不过，显然他不想跟我再有任何关系。我很蠢吧……为了得到他的关心，还编了那样一套可笑的谎话，但他一点都不在意。我真像白痴啊。”

烂操与光饼如两尊透明的雕像伫立，聆听着彼此的心跳。

“我刚才告诉自己，这是最后一次，我再不能这样下去了……但我又很清楚地知道，我的‘最后一次’都是假的，恐怕这种心情会一直折磨我。果然在感情里，输的永远是放不下的那个啊，我……”

“我想说，对不起。”

“那几天，很快乐。我都忘了自己还能这么简简单单就笑出来。但我还是拒绝了你。对不起，我明知道你会像我一样痛苦，却还是必须这么做。”

“希望你能找到一个真正适合你的女孩子。”

“对不起……谢谢你……”

静静说完了这些，自嘲般苦笑了一下。是笑自己自说自话的矫情？还是她真的察觉了烂操的存在？或是仅仅需要这么“认为”以宣泄情绪？没有人能够回答。

静静关门后，光饼与烂操在漆黑楼道中沉寂了好一会儿，光饼先开口：“想不到你也跟她有一腿……”

烂操给了他一拳：“闭嘴！……走走走走了！你还得赔我电脑！”

“喂喂，大家都光着，不要乱摸啊。”

“摸你个鬼啊！”

两人低声互骂着下楼，没发现伴随着迈出的每一步，有一个胴体渐渐显形，如同浮出水面……

正如他们都没有发现，静静家的上一层，有个人一直躲在楼梯拐角静观一切，直到散场，才慢慢踱下来。

他站在静静门前，一时有敲门的冲动，但还是放下了拳头，点起一根烟。

Chapter 7 强制接力事件

散步路过一个操场，见到有学生正在练习接力赛跑。

“好怀念啊，我以前也参加过的。”大叔微笑，“那时好紧张，握着接力棒跑向下一个选手时，脑子一抽，居然一棒敲在丫脑门上，嘻嘻嘻，真是青春呢。”

……这跟青春没有一毛钱的关系！这是谋杀啊喂！

【好像身体被掏空】

金氏的减肥计划进入了第二天。用度日如年形容现在的他的话，等于说光阴似箭。

不久前，我们与梅子的舍友进行了一次联谊。联谊，人称大学版相亲，我们在刚入学的时候就曾尝试过，由此展开与520宿舍的不解之缘，却因此与她们形成微妙的捆绑关系，再没和其他女生宿舍有染，否则就好像不忠。现在想想，这是多么愚昧的贞节牌坊啊，况且除了嬷嬷之外，谁的爱情也没有因为这份专一而开花结果。幸好在大三这个倒计时的阶段，我们老夫聊发少年狂地打出了“青春才刚刚开始”的旗号，上课、健身、参加社团、参加舞会……让自己强行回归大一菜鸟的新鲜状态，相信好日子会回来的！

久违的联谊也是在这种心境下成型的。整体十分顺利，金氏对一位丰满如奶牛的妹子颇有好感。男为悦己者容，丫就觉得该把减肥提上议程了，但跑步打球什么的太累了，丫就先从少吃做起。

昨天，金氏只吃了四顿：早餐、午餐、午茶和晚餐，没有吃宵夜。没有吃宵夜啊！金氏没吃宵夜是什么概念？！这么说吧，丫要能坚持一年，埃塞俄比亚的粮食危机也就解决了。然而金氏的眼界远不止于此，他打算进一步把四顿减为三顿，好让南非的灾民也能吃上饱饭。他真的好博爱！

但金氏显然操之过急了。昨晚没吃宵夜的后果是今天一早丫就把楼下的早餐工程吃成了豆腐渣工程，现在还打算不吃晚餐？如此急于求成，我们不禁怀疑他被人下了降头。

时间是晚上七点。天已经黑了。415里弥漫着快餐、泡面、鸡腿饭等食物的香气。我们大快朵颐时，金氏就像一头冬眠到一半饿醒的熊。我们边吃边听他肚子里响起的激烈鼓声，纷纷觉得更开胃了。

“金氏加油！你是最胖的！”我一边把麻辣烫的香气往他那边扇一边说。

“好吃！坚持就是胜利！这炒饭真香！不要被困难打倒！这块肉真大！”烂操鼓励得很不专心。

“少装了，你其实根本不饿吧？减肥什么的，显然是吃饱了撑着的行为嘛。”排长用筷子指指点点。

“既然不吃饭，就喝点水吧。”锅炉烧好了一壶水，假关切之名，行爱好之实，“为免顾客投诉我们的猪肉短斤少两，也只好注水了……”

在这些洋溢着友谊光辉的话语中，只有一个人的发言清新脱俗，那就是八达，他真诚地说：“金氏，反正你也不吃，你的零食就都交给我来解决吧。”

“你敢吃，我就吃你。”金氏恶狠狠地说。

八达跟金氏现在是绝食路上的难兄难弟。时逢月底，丫可穷了。为了省钱，这几天他都只吃一顿，那就是晚上这顿。因为吃饱了才能睡着，一睡又能顺利度过几个小时，然后就又是白天了。白天八达会死皮赖脸地蹭我们的零食水果，我们吃饭的时候丫也是这边顺一块肉，那边讨一口汤，含辛茹苦地熬到夜晚。但这还没完，他给自己规定了九点后才能去吃饭，吃完回来就睡。顺便说一句，丫打算吃的是兰州拉面，宽厚的店老板每次都会应他的要求多加牛肉和面，用一碗的钱，足足能吃一碗半的量。然后八达还会卯足劲加葱花榨菜香菜辣油醋和牛肉汤……总之我要是老板，非把这种客人拖到厨房去当食材不可。

此刻八达已是饥肠辘辘，生存游戏再过不久就结束了，黎明之前是最黑暗的时刻，他已经眼冒金星了……

“……我不行了。”金氏忍无可忍地站起来，全身的肥肉颤抖不已，“我还是不要太贪心了……先坚持一段时间的每天四顿吧……”

这会儿我们反倒群起阻拦了：“不行，你要是在这里认输了，很快就会觉得四顿也没啥坚持的必要了！”“男人就要对自己狠一点！”“不经历风雨，怎么见山洪？”“快去照镜子，打压一下自己吃东西的胃口！”……

金氏天人交战了好一会儿，欲哭无泪地去掏床底下的箱子：“妈的，里面乱七八糟的玩意那么多，就没一样能让人轻松减肥的吗？”

出现了，又是那口箱子，大卫捡回来的箱子！里面有大量深藏不露的物什，比如什么都能封印的封条以及让全校师生隐身一星期的喷雾，最让人在意的则是一个紧锁的密码盒。其他杂七杂八的东西或许也都有神奇功能，但没有说明书，谁也不知道它们咋玩。

八达见金氏开箱了，捂着肚子凑了上来，不知道是想转移一下注意力，还是希望能第一时间占到新的便宜。

二人翻着杂物，不约而同握住一根接力棒，就那种传统的红白相间的短棍啦。金氏握住了红端，八达握住了白端。二人对视一眼，都有些恍惚。

“呆子，你拿俺老孙的金箍棒干吗？你自己的钉耙呢？”我帮八达配音。

“猴哥，俺老猪减肥太饿，钉耙叫俺给吃啦！”烂操推着鼻子扮演金氏。

然后我们笑成一团，金氏怒目回头，摩拳擦掌地走上来，我们赶紧抱住脑袋，做好了被殴打的准备，啊，在415，犯贱后不挨个打就跟泡完温泉不喝个咖啡牛奶一样不完整呢。但金氏却绕过我们，打开他的抽屉拿出一罐八宝粥，一饮而尽，然后边塞巧克力边撕泡面。

“你还真破功了！没出息！”排长恨铁不成钢。

金氏埋头胡吃海喝，没空回答，但涨得通红的脸说明丫倒也不是心安理得的。八达看在眼里，肚子叫得更响了。

“你差不多也可以去吃饭了吧。”锅炉工说。

八达咽下一口口水，沉痛地摇摇头，爬回他的床上去了。

“哇，你今天连晚饭都不吃吗？”我们惊讶。

八达不语，仿佛要节省力气，更让人疑心丫已经饿晕过去了。

“虽然八达是个铁公鸡，但说到决心，我还就只服他！”烂操边说边随手捞起刚才那根接力棒，故作帅气地转了一下，结果一个手滑，接力棒掉在了我的床上。

“我靠，小心点，打坏我电脑你就死定了！”正在床上打字的我抓起接力棒，没好气地递给烂操。烂操嬉皮笑脸地接过来。

二人被接力棒连接起来的瞬间，我产生了一种奇怪的感觉……话说我刚在写一篇文章，一篇特别纯美的童话故事，善良的小白兔在森林里遇到了憨厚的大笨熊……但我忽然就没兴趣继续写了，反而是烂操鬼使神差地捞过我的笔记本，噼里啪啦敲打起来。

“大笨熊先生你要干吗？你不要过来！你再过来我就叫咯！”

“嘻嘻嘻你叫呀你，你叫破喉咙也没人来救你……”

……丫再接着往下写啊！不过这根本已经是另一种类型的故事了喂！

我忽然明白这接力棒是干吗用的了——它能够让别人替你完成手头的任务！就像是接力赛一样，每个选手借由传递接力棒跑完各自的赛程。这么说本来要吃晚饭的八达忽然决定挑战鬼门关也不是他的自愿，他是在帮金氏完成“不吃晚餐”这个计划啊！

我们兴奋不已，为又一样奇妙道具的出土。这箱子真特么是百宝箱啊。这也令人更加在意了：那个锁着的盒子里到底有些啥？

【吃俺老孙一棒】

我提着满满一桶脏衣服走进水房。这些衣服是我一周来“兢兢业业”攒下的。我打开水龙头，倒进洗衣粉，泡沫咕嘟嘟泛起的同时，隔壁宿舍的阿童木刚好走进来，我忙拔出别在腰间的接力棒：“阿童木，帮我拿一下。”

阿童木就拿了……然后，洗衣服就不需要我操心了。

我把玩着接力棒回到415，排长们立刻退避三舍：“休想叫我帮你洗！”——自从接力棒的功能明朗化后，每个人都开始警惕一言不合就接盘的危机。比如今早吧，排长假模假式扫了两下地，然后把接力棒用一本封面是美女的杂志一卷，递给烂操，烂操眉开眼笑地接过……于是现在415亮丽如新，定期大扫除果然是有必要的呢。但也因此现在大家看到接力棒就不安。

“不用你们洗，有阿童木呢。”我得意地指指水房。

“有道理，是时候坑一坑宿舍以外的人了。”烂操说，“我也有好多衣服需要他洗。”

“还有我！”“还有我！”排长八达金氏连忙举手，锅炉工看不下去，骂道：“你们这样，阿童木太可怜了，而且你们以为他会每次都上当吗？！——所以，倒不如我们把所有衣服都集中起来，当成一个大任务交给阿童木，一次性完成吧。”

我们都被锅炉工的真诚与善良打动了：“有道理！”“不然被单也一起放进

去洗吧。”“还有我的所有鞋子！”……

总之整整一天，阿童木都没有停下过搓衣服的手。正应了那句老话：“认真的男人最美丽。”而八达已经开始着手写一个广告，内容为“代客洗衣”……

八达无疑是最喜欢这道具的，丫对能帮他占便宜的一切都有着惊人的利用率。比如在食堂排队，排上一会儿把接力棒递给随便哪个人，丫不仅会代你排队，还会乖乖打好一份饭送到你面前；比如他想找个人替他上课，来到教室外不慎碰到贞子，贞子接棒后立刻投身课堂，点名时一口咬定自己是男儿身；比如有次我发现他偷吃我东西，正要痛扁他，一根接力棒塞进了手里，于是我情不自禁开始乱拳殴打自己——挨揍都能算是“未完成的任务”吗？！所谓自攻自受是怎样的一种体验……

这个下午，八达带着接力棒去了小卖部。

小卖部是校内一道不可磨灭的风景线，老板娘是我们抬头不见低头见的常规角色。当需要买些生活用品又懒得去永辉时，我们就会见到她。期末考试的时候，小卖部的缩印技术又会造福一代人。当然小卖部也曾因为跟我们扯上关系而倒霉过，那就是被一张诅咒假钞害得失火……

八达跟老板娘也很熟了，老板娘一见他就打趣：“带着棒子来打劫呀？”

“没有。接力棒，待会儿要去跑步呢。”八达大言不惭，然后就开始挑东西。

等到整个购物任务只差“付钱”这最后一步时，八达却找不到人接盘。他耐心地等着其他客人上门，半天过去只有阿童木经过，八达连忙挥手，阿童木一看他，恨不能像真正的阿童木那样飞走。实验证明，接盘侠会失去接力期间的记忆，从而确保怎样的任务都能被他们完成，而不存在事后回头去推翻的可能。但阿童木多少记得，当415的人掏出那棒子后，发生了一些事，让他腰酸背痛腿抽筋，几乎无法站立……这个禽兽宿舍到底对他做了什么？！

阿童木跑了，八达有些尴尬地看着老板娘。“怎么，忘了带钱？”她大方地一挥手，“先拿走吧，下次再给。”

“呃，那怎么好意思呢？再等一下吧。”

“再等下去，我怕你会把棒子交给我，让我替你买单呢。”

八达瞪大眼睛，结结巴巴：“……大姐你知道这个棒子喔？”

“当然，你以为我在这里做多久生意了喔？”老板娘用两根指头从八达的手中夹过接力棒，接触面有限的情况下，不用担心“接力”功能启动，“以前也有一些学生，想用这棒子来占我便宜。他们在公众场合掏出棒状物的动作真是潇洒。”

“……大姐打住！这种说法太糟糕了！出单行本时责编又要一轮删改！这也是《青春奇妙物语4》要一直拖到七月才能跟大家见面的原因之一啊！但还是希望大家能踊跃支持！”八达忽然生硬地打了一段广告，也不知道这人在想什么。

“不过真是好久没看到这棒子了，你从哪儿得到它的？”

八达就把箱子的事情简单地说了，老板娘点头：“哦，大概是415那些家伙埋的箱子。”

“415？我们就是啊。”

“我是说以前住在415的人，也就是你们的学长。算起来应该大你们三届吧。毕业后就把玩剩的东西都给埋起来了，这叫啥，埋葬自己的青春吧？”

八达有些惊喜，这还是第一次有人能解释箱子的来历：“里面有个装着密码锁的盒子，你知道吗？”

“我哪里知道。我只知道，这接力棒还不是上一代的415最先拿到的，而是他们学长的学长的学长……后来不知怎么就流传到了他们手里，这会儿又到了你们手里。”

“大姐你认识这棒子最早的主人？”

“熟得很。那是两个体育很好的男生。既是哥们，也是对手。有一年运动会，他们一个跑三棒，一个跑四棒。那次得了冠军吧，但那也是他们最后一次参加比赛了。”老板娘陷入青春的回忆里，“作为纪念，他们要了那根接力棒，后来发现它居然有魔力，就常拿它恶作剧。比如来我这里喝完汽水让别人付钱啊，或者找人帮自己写情书啊论文啊什么的。”

“果然每个人拿到这道具都会这么用啊。后来呢？”

“后来他们毕业了，然后——”

这时一辆小货车开进了校园，在小卖部门口停下，是来送货的。老板娘只好暂时断更，让刚跳进坑的八达扫兴不已。老板娘说：“我要忙了，下次再说吧。东西你先拿走，欠我五十七块。”

没人帮忙买单，八达才舍不得掏这笔巨款咧！他把东西往桌上一放，说：“那我先走了，下次见哈！”说完拔腿就跑，匆忙间连接力棒都忘拿了。

过了会儿，一个天王巨星降临了小卖部，是的，那就是一灿。无巧不成书的是，一个曾经的反派也恰好在场——415分舵的房东，一个面有横肉的光头大汉。

关于这个房东，我们跟他打交道是在一灿他们刚搬出去的时候。那次我们掌握了一个科学知识：原来，房子也有灵魂。415分舵的灵魂是个灰姑娘，被房东控制了来干坏事，遂与正义的我们发生了冲突。后来415宿舍的灵魂大叔也出现了，大显神威。

那次之后我们就没见过房东了，丫当然还活着，但知道了我们不好惹，就保持着井水不犯河水的态度。话虽如此，丫毕竟是房东，还是有很多办法可以让一灿他们不爽。比如电器坏了厨房漏水啥的，一般房东都会负责处理，丫却能拖就拖，侧面报复。还比如之前暑假，分舵没人住，一灿把钥匙给个朋友让他偶尔去看看，房东知道后非说他们擅自转租，总之就是能怎么恶心你，就怎么恶心你。这人以前是混帮派的，有各种江湖习气。考虑到这样下去一灿他们也住不久，我们还有点期待。但房东之前又表示过，未满一年退租则押金没收，他们又走不得。说来说去当初就不该帮忙。

却说一灿来小卖部买烟却见到了房东，也是有点意外。当时房东正从小货车上下来，原来丫还有个送货司机的身份。老板娘边搬东西边问："怎么，你们认识？"

"我的房客。本事可大了呢。"房东皮笑肉不笑地说，"我说呢，原来是在这么好的学校念书的，难怪难怪。"

"你们这些人啊，明明可以靠房租过活，却非要靠开车送货。"老板娘耸耸肩，"我和我那口子就不行了，只能做小买卖混日子。"

"可你们感情好啊。得了便宜还卖乖。"房东跟老板娘说着话，目光却跟着一灿。

一灿拿了一包烟，刚要走，老板娘说："对了小帅哥，你那个又瘦又帅的朋友把东西落我这了，你还给他吧。在桌上。"

桌上是那根接力棒，一灿刚要拿，房东忽然眼疾手快地抓起棒子，朝着他的额头劈下去，一灿连忙抓住，但房东只是做个样子，丫笑嘻嘻地说："那么紧张干吗？我怎么会在老板娘店里干坏事呢？"

一灿抓住那棒子，表情开始阴晴变化。

他本来要到415去坐坐的，却收起棒子，出了学校。

【接盘侠】

好了。不难理解：我们的一灿不慎接过了来自房东的满满恶意。房东肯定各种想让我们吃苦头的，却一直没有合适机会，这就形成一个"未完成的任务"，然后在阴差阳错下让一灿成为了恐怖主义接班人。

一灿回到415分舵，进门就看到了一张张雪白的面孔——大家在包饺子。是素馅的，买来南瓜土豆胡萝卜等蔬菜，一部分打浆，一部分剁馅儿，然后将蔬菜汁和入面粉，醒面揉面做成五彩的皮，用来包裹素馅。武则天、眼镜娘和小苹果三名女将都兴致勃勃，大卫和嬷嬷则以任劳任怨的好男人形象参与打下手，至于老蜗，反正他如果能有一天没在打游戏，那绝对就是天地异变的前兆。

现场还有一个人，一个让一灿微微眯起眼睛的人：大姐。

大姐是一灿他们的前室友，一个有几分姿色的大龄女青年，性格豪迈，没事会跟一灿他们喝酒聊天啥的。喝醉了就会忧郁，说一些诸如“这种生活不是我想要的”之类的话。她似乎对现状不满，对工作不满，对自己的丈夫也不满。二人常常吵架，给相信爱情的年轻人做了很不好的榜样。

大姐对一灿有意思，说话时会出言挑逗，有一次她和一灿两个人喝酒，忽然亲了他一下。虽说一灿不可能不风流吧，但节操也没沦丧到非得撩有夫之妇的地步，所以在大姐再接再厉的紧要关头，他还是做到了悬崖勒裤腰带。不过大姐很积极，后来的日子里三番五次发动攻势，终于她和一灿的暧昧传进了她男人耳里……

不过那些都过去了。大姐夫妇二人已经确定了要离开这座城市，至于他们会不会离开彼此，好像也不关我们的事。临行之前，大姐表示要跟弟弟妹妹们吃散伙饭，所以今天组织大家一起包饺子——她好像之前就是在饺子馆工作。

“回来啦。”大姐笑容满面地对一灿说，“快过来帮忙，否则一会儿没你的份！”

“他还是算了。烟抽那么多，手里都有味道。”眼镜娘反对。

“也是啊，那你坐着好了，便宜你了。”大姐就像是女主人。

“辣里萌加油（那你们加油）。”一灿走进房间，跟老蜗聊了会儿，又上阳台抽烟去了。

不久，大姐也上了阳台，像过去那样，一双弯弯的桃花眼看着一灿，好看的男孩子真是看一天都不腻啊，她忽然伸手拿走了一灿的烟，大大方方塞进自己嘴里，吸完挑逗地冲一灿喷了一口。一灿微微一笑，拿出另一支来抽。

“我要回武汉了，这搞不好是我们最后一次见了。”大姐说。

“一怒顺婚（一路顺风）。”

“会想我不？”

一灿吐了口烟，带出“对方不想跟你说话，并对你吐了个烟圈”的潜台词。

“这种时候了，说句好听的都不会。”大姐轻轻地抱怨，虽然大一灿几岁，这会儿却像个情窦初开的小姑娘，“我可是会想你的。”

"噢。"

"你真冷酷啊，是不是长得帅的都这样？"大姐有点儿生气，有点儿受伤，"该死……我真是疯了，迷上一个这样的小鬼。你觉得我很可笑吧？"

"里飞去后，猴猴过滤几吧（你回去后，好好过日子吧）。"一灿想了想，给出这样一句临别赠言。然后把烟头在洗衣池里摁灭。

大姐一下攥住他的手，表情充满了哀求："抱我一下吧？当给我留点儿回忆……就像那天……"

一灿摇摇头，拿开大姐的手，绕过她回到了房间里。

等小苹果敲门叫他和老蜗出来吃饺子时，大姐已经不在了。

"她走了，说赶时间，饺子也不吃了。"大卫耸耸肩，压低声音对一灿说，"其实她根本就是来跟你道别的吧。你们刚在阳台干吗啦？"

"木花森里期待滴四（没发生你期待的事）。"一灿捶了大卫一拳，男生之间共享的秘密远超过女生，所以大姐喜欢一灿的事，415全都知道，烂操更是严重羡慕嫉妒恨了一番，这人如果有一灿的外形，后果将不堪设想……

现在大姐总算走了，不出意外再不会有她的戏份。后面的时间里，大家很有默契地都不去谈她，只是安心享受饺子，并更有默契地表示还是荤馅的好吃。

"里（你），"饭后，一灿踢了老蜗一下，"去洗网（去洗碗）。"

"为什么要我洗？！"老蜗的表情就像有人要他去街上洗澡。

"废话，当然该你洗，你整天饭来张口衣来伸手，这点贡献便宜你了！"一代女皇对灿爱卿使用了准奏技能。

"是的，老蜗，快去洗！"死太监嬷嬷敲边锣。

老蜗嘟哝了两句，无奈地开始收拾。大家则开始各干各的。一灿瞅了个空隙，很自然地走进了房间，在虚掩着门的情况下使用老蜗的电脑，他登陆老蜗玩得最久的那个游戏账号，清空了他所有装备，完成后留在犯罪现场继续看网页，极其艺高人胆大，直到老蜗回归才退位让贤。

片刻，老蜗的惨号惊动了全小区。有一家的老人在听见惨叫的第一秒就拔腿往门冲，多年阅历让他认定绝对是失火了。

"靠！靠！靠靠靠靠靠靠……"老蜗面对着倾家荡产的账号，完全进入智障模式，一边大声飙脏话一边反复刷新确认，其他人都挤进门来围观，一灿在旁严肃地说："表方！口棱系系统故藏（别慌，可能是系统故障）！"

"对，对，是故障，是BUG！"老蜗六神无主，"没理由的！老子辛苦练了这么多年！没理由全都没了啊啊啊啊啊！"

“吓死我了，我还以为是什么大事呢。”小苹果说了句不合时宜的话。

“不懂闭嘴！”老蜗瞪她。

小苹果委屈不已，瘪嘴靠在武则天肩头。

“老蜗，你冷静一点。”大卫劝道。

“冷静个鬼啊！她屁都不懂你也一样？你不知道我快疯了吗？！”老蜗气急败坏。

“大卫不是那个意思……”嬷嬷加入慰问。

“够了够了我快炸了！”老蜗暴躁地说。

事后我听大家复述这一段时，代入去想假如我辛辛苦苦写了几年的东西丢了，恐怕比他还要抓狂。可能事后也会后悔一些迁怒行为，可是在当下就只能借由这种难看的宣泄让自己好受点，否则真会疯。

接下来老蜗开始各种求助各种搜索，这已经不叫亡羊补牢了，而是坚持给满地死羊做人工呼吸啊，徒劳无功了一个多小时，他才终于接受了事实，每一个毛孔都向外井喷四个字：如丧考妣。

“完了……”老蜗瘫在椅子里揪自己头发，动作很凶，像要让自己从梦里醒来，这要换了排长，差不多就该秃了，“号被人盗了……装备都没了……拿不回来了……完了……”

“太过分了！”大卫说，“知道是谁干的吗？找他算账！”

“会不会是你收的那几个徒弟？我记得你说有几个女生知道你的号。”嬷嬷也说。

“不知道不知道，我都不知道……”老蜗碎碎念了一会儿，重拳砸桌，“妈蛋别被我找到！否则老子一定要宰了你！”

“也不一定是外人干的。”

愁云惨雾和歇斯底里中，响起眼镜娘理智的声音。老蜗瞪她：“你什么意思？”

“你的号有没有开通异地提醒？”眼镜娘说，“就是说，如果你的号在外地登陆，你的手机会收到输入验证码的短信。”

“有……那又怎么样？”老蜗的智商好像也被删光了。

“所以如果真是异地盗号，应该盗不走。”眼镜娘分析，“可是，如果是有人用你的电脑登陆去删，那就不需要验证码，只要他记得你的账号密码就行。”

此话一出，整个事件的性质顿时变了。外贼变成了家贼！在场的人既能一起出外租房子，说明还是喜欢和信赖对方的，但现在居然有人做出这种事？！这对老蜗来说完全是杀人诛心，是对友谊的背叛与践踏！

老蜗忍不住看着三个女孩，小苹果抗议："你为什么这么看我们啦？你们也有可能啊。"

很明显，如果非要筛选"叛徒"，老蜗宁可相信是这些妹子，因为始作俑者要是415的人，他的三观绝对要颠覆。但……万一真是……

其他人也不禁开始左顾右盼，这种气氛还是第一次。

"行了！我承认就是了！"

发出平地一声雷的，竟是武则天！所有人都震惊了，嬷嬷更是惊到恨不能当场失个禁来表达自己的心情。

"……阿天，你终于肯承认我是你见过最好的男人啦。"半晌，嬷嬷笑眯眯地拉起武则天的手，"其实说不说没关系啦，况且现在不是很合适的场合哟。"

武则天把强行给自己洗白的嬷嬷往墙上一按，堵住了丫的屁话，然后对老蜗说："是我删的。"

犯人自首了，气头上的老蜗却懵了："……你为什么……"

"因为我讨厌你啊！"武则天头一昂，胸一挺，好汉做事好汉当，"没见过比你更废的男人了！整天就知道玩，还心安理得地指使别人！跟你当朋友真是倒了血霉，跟欠着你似的！我早就想给你个教训了……"

武则天连珠炮般的话也是事实，只是通常415的人能意识到也并不很当回事。"当然，"武则天补充，"我没想过后果会这么严重，我就想整你一下，我以为很容易恢复呢，大不了再打回来呗……"

"我——叉——你——叉——！"老蜗爆炸了，在怒吼了一句讲文明树新风的本系列无法公然写出来的脏话后，他用碎尸万段的气焰扑向武则天，好在嬷嬷舍身忘我勇当肉盾，一灿大卫又第一时间死死拉住老蜗，才没当场发生人吃人的恶性事件。"叉叉叉叉！"老蜗的疯叫接踵而至，"你看我不爽直接说啊！你不懂你删个屁的删啊？！我杀了你这臭bitch……"

"对不起老蜗，对不起！"嬷嬷欲哭无泪，受伤程度跟老蜗不相伯仲，谁能想到他有一天要在基友和女友之间站队呢？这样两难的抉择只有美队那样的大人物能挺过去！三观正确的嬷嬷当然知道武则天死不足惜，可谁让那是他的马子呢？真是好一出狗血伦理剧啊！

"哇——"小苹果给吓哭了，也跟着向老蜗道歉，可是抽抽搭搭一句话都说不连贯，被老蜗心烦意乱地吼道："你哭什么哭！"大卫闻声慌忙英雄护美，批评老蜗不该盲目乱放地图炮扩大矛盾面，情况愈演愈烈……

这种情况其实正符合一灿的预期。他熟悉自己的老友，知道什么事情能够准确击溃他，进而让风暴席卷所有人，这就是他选择老蜗作切入口的原因。然而他又高度莫名：为什么武则天会主动跳出来背锅作死呢？一灿边拦着老蜗边看武则天，目光交汇时似乎捕捉到某种微妙的气息……

不会吧……

至于眼镜娘，她也被武则天的自白冲击得够呛，蹙眉凝神，深思熟虑，满脸都是大写的“Excuse me? ”。

【内战】

由美男队长史一夫•罗杰灿领衔主演的《内战》持续热映中，现在是尿点时间，中场休息。

用一句“都粗去吧，烂他丫过银进进（都出去吧，让他一个人静静）”暂平战乱后，一灿塞给老蜗一包烟，悲愤的老蜗拿来就抽，一副恨不能把全身所有洞都塞满烟的样子，正所谓一熏解千愁……

大家都识趣地走出了房间，嬷嬷的眼睛里写着心疼。任何跟老蜗住过的人都知道丫为了游戏有多么不舍昼夜，装备这么一删呀，是别的咱不夸……不对，是等于把他过去几年都给否定了啊。本身那几年已经跟屎一样糜烂了，现在居然变成了虚无的屁，老蜗心里苦啊！

Leave老蜗alone后，415分舵的气氛依旧沉重，大家像是对邻里的不幸表示哀悼一样聚众唏嘘，一灿对武则天说：“偶民堂堂（我们谈谈）。”

“一灿，不要啊！”嬷嬷哀求，迅速脑补了一个一灿为老蜗报仇私设公堂用龙头铡把武则天咔嚓了的故事。

“就子丝堂堂（就只是谈谈）。”一灿安抚嬷嬷。

于是，一灿跟武则天进了女生房间，一灿刚想开口，武则天出其不意把他按在了墙上，两条强有力的胳膊如桥梁般横亘在他的身体两侧，出现了！传说中的壁咚！一灿跟武则天四目相对，接收到的讯息让他再无怀疑，武则天美目……不，牛眼流转，闪闪多情，分明正春心萌动啊！心机界冉冉升起的新星一灿也没法再淡定了。虽说他跟武则天在同一个剧组辗转了五季之久，但二人的对手戏一直少得可怜，这会儿忽然就被凑CP了，导演你仿佛在逗我笑啊喂！明明还有小猫X大反派之类更冷门的组合可以考虑啊！（读者：……冷过头了！谁想看啊！）

至于霸道女帝爱上一灿的原因其实也不难理解——她在帮大姐完成“攻略一灿”的念想！白天包饺子时，一灿一个没留神，接力棒被拿去当了擀面杖，但似乎没引发什么恶性连锁，一灿也就没有在意。而现在他完全可以想象，大姐和武则天定是在某个简单的接触动作后完成了“接力”，比如大姐正擀饺子皮，虎背熊腰的武则天一把抢过接力棒：“力气活交给我吧，你去调馅儿！”

“你，”武则天开口，语气略颤抖，“你删了你兄弟的游戏？”

“里又造（你又知道？）”一灿理理被抓乱的衣服，不予正面作答。

“别骗我了，别人没发现，我可是能看出你今天很多地方不对劲，那绝对是心里有鬼的表现。”武则天自豪地说着，口齿却结巴起来，“别……别小看恋爱中的女生的观察力啊，混蛋……”

……一灿没有想到人生在世还有被武则天微微萌到的机会，往常喜欢他的女生总是前仆后继地倒贴，能撑到玩一把傲娇的简直是凤毛麟角！讲真，这份新鲜感他还不太讨厌。

“嗯，四偶杠滴（是我干的）。”一灿承认了。

“我就知道！你为什么那么做，你们不是最好的朋友吗？”

“四，说以偶八棱债抗他芥末烂会能森鸟，藏痛八奴短痛（是，所以我再不能看他这么浪费人生了，长痛不如短痛）。”一灿的表情谜之神圣。

接力棒的功能是转递一份“行动力”，但不会对接力者有什么功效加持，所以武则天还跟原来一样四肢发达头脑简单，她竟觉得这个理由很合理：“不愧是好兄弟，就算被恨也要拯救他的人生，我果然没有喜欢错人。啊不……刚才那句不算，混蛋……”

一灿觉得此刻在场的要是嬷嬷，可能已经在擦鼻血了。他忍不住问：“里喜番偶，么么肿棒（你喜欢我，嬷嬷怎么办）？”

不问则已，武则天居然朝着墙碰地砸了一拳，落点靠近一灿的脑袋，惊出他两滴冷汗。“混蛋，混蛋！”武则天红透了脸，艰难地咀嚼着嘴唇，“我当然也很喜欢他，最喜欢了！所以我怎么能喜欢上你啊？我是哪里不对劲了，我不能对不起他的！啊，可我一看到你……”她用力摇摇头，“我是个坏女人，所以我要惩罚自己。所以老娘替你自首啦。我被骂都是活该！而且想到这也是为你做的，心里竟还有一丝甜蜜……刚才那句不算！混蛋……”

如果不是把烟都给老蜗了，一灿现在还真需要来一支。

“总之我既然都招了，就当这是真相吧。接下来老蜗要把我怎样，我都做好心理准备了。”武则天展现出一国之君的担当，“好了，出去吧，虽然我其实想跟你多待会儿的，混蛋……”

“……辣偶民的光系里打涮肿摸棒（那我们的关系你打算怎么办）？”

“臭不要脸！谁他妈跟你有关系啦！”武则天娇羞地给了一灿一巴掌，含羞跑走，刚出门嬷嬷立刻送上关怀：“你没事吧？我刚才好像听到拳打脚踢的声音，你们没有打架吧？”

“没有啦，瞎担心个鸡毛。”武则天一挥手，“小镜呢？”

一灿也注意到了眼镜娘不在，经此一问，小苹果神神秘秘地凑近武则天，小声说：“小镜去找她朋友了！她说不信是你干的坏事，要还你清白！”

竖着耳朵偷听的一灿闻言一凛，表面仍不动声色地对大卫和嬷嬷说：“我去买包烟。”

【没想到你是这样的接力棒】

一灿慢悠悠出门，然后就跟有人扣响了发令枪似的狂奔起来。从这小区出去是一条直路，据说眼镜娘才走不久，还是能赶上的！

结果比想象的更快——眼镜娘就在一盏路灯下等候着。一灿慢下脚步，两人打了个照面。

“跑这么快，要去哪里？”眼镜娘问。

“里去早票了（你去找朋友了）？”一灿却反问。

“对，是个技术宅，我想找他帮我恢复删掉的短信。”

“短姓（短信）？”

“之前说的，写着验证码的短信。我看了老蜗的手机，里面没有那样一条。但是老蜗查询登陆信息，上次登陆却显示是在外地，这很矛盾。”

“挂代你吧（挂代理吧）。”

“对，我也怀疑有人挂外地代理上的号，这样无论他在哪里上的号，显示都是在外地。也许那人当时掌握着老蜗的手机，轻易就能取得验证码，事后删除，神不知鬼不觉。我想恢复的正是那条短信。”

“你杰得八四武杰天（你觉得不是武则天）。”

眼镜娘意味深长地看着一灿：“我记得那个时间段有谁进过你们房间。当时大概是六点半，我们刚吃完饺子。老蜗在洗碗，嬷嬷在洗澡，阿天进你们房间帮他收拾床铺……待了大概十分钟。然后你在六点五十多进去了，待到老蜗回来。也就是说，你们都存在删装备的嫌疑。但只要我找到那条验证码的发送时间，就可以确定犯人到底是你还是阿天。”

眼镜娘说到这里，提高了声音：“或者我们打开天窗说亮话——就是你对不对？”

“为虾米八废四她（为什么不会是她）？”

“她这人从来不懂拐弯抹角。讨厌谁都是直接翻脸，绝不搞背后那套。既然我相信她，能怀疑的就只剩你了，但我也很难相信是你——或是你们宿舍任何一个人做出这种事……”眼镜娘指着一灿，“所以，你是谁？”

一灿突然出手了，他抓向女孩瘦弱的肩膀，企图制服她的咄咄逼人，不料眼镜娘早有准备，抬手就用个巴掌大的小东西喷了一灿一脸。

“呜啊啊……”一灿痛叫，那是著名的防狼喷雾啊！他的眼睛看不见了，但手还不死心地乱抓，眼镜娘退开数步，又是一喷，一灿的痛苦加剧，已经从羊水破了的等级进化成难产。

一连串脚步声伴随着殷切而主要是浑雄的呼唤由远而近，是武则天，她远远看到狼狈的一灿，心如刀绞：“你没事吧？”

“……里肿摸来鸟（你怎么来了）？”一灿问。

“听说你出门买烟，想说见缝插针的私会也是甜到不行……混蛋，刚那句话不算……”

眼镜娘直到这时候才发现武则天对一灿的态度，显然这个带来的惊悚度超过了武则天虐老蜗，惊得她恨不能活用形象优势，上演眼镜跌碎一地。

“难怪你要帮他背锅，原来你们……”

“嘿！”一灿把握住眼镜娘阵脚大乱的时刻，把她撞倒了，不等她爬起来，一灿用力压住了她。眼镜娘奋力挣扎，奈何手无缚鸡之力。

“偶本乃米想用暴腻（我本来没想用暴力）……”一灿把一只手伸进内袋，摸出接力棒，“偶结得烂大家港琴破捏就素最吼滴报户（我觉得让大家感情破裂就是最好的报复）……”

“你在干什么啊？！”武则天瞠目结舌。

“留桌里四过炸荡，杠掉里费有麻黄（留着你是个炸弹，干掉你会有麻烦）。”一灿抓着眼镜娘一只手，掰开她每根手指，想要强行令她成为“下一棒”，“辣就琴里代偶竟行芥户凑吧（那就请你代替我进行这复仇吧）！”

“还不下来！”武则天忍无可忍地飞起一脚踹在一灿身上，一灿握着棒子，狼狈滚开。

“里八赞偶芥边（你不站我这边）？”一灿不太懂这样的武则天，他有些恍愡，不知道是被撞的，还是……

“我是很喜欢你……那又怎样？！你什么都是对的？你竟然这样对个女孩子！”武则天跺脚，“那我宁可扁死你，让我喜欢的不是一个坏人！混蛋！”

一灿没想到武则天的“喜欢”居然如此正能量，一点都不盲目，他眨巴着还在疼的双眼，看到眼镜娘站起来了。他们刚才确实一起握棒了，虽然他没能完成任务，但不要紧，接力赛的精髓本就是就算一棒落后，只要另外几棒还能完成任务就好……

一灿忽然操起接力棒，对着自己的脑袋来了一下，然后晕厥在了地上。

好半晌，一灿悠悠醒转，只见眼镜娘与武则天保持距离看着他，一灿问：“花森森马四，偶肿摸债芥你（发生什么事，我怎么在这里）？”

武则天凝视一灿的表情，对眼镜娘说：“我看得出，他跟刚才不一样了。”

眼镜娘看着手中的接力棒说：“看来一切都是这棒子搞的鬼。这是接力棒，它应该可以强迫一个人去做另一个人没做完的事。我记得你曾经跟大姐抢过‘擀面杖’。而他刚一直把这棒子往我手里塞，大概是想我替他兴风作浪吧……”

“里萌债索咩（你们在说什么）？”一灿稀里糊涂。

“按你这样说，他也是在替谁报复我们？”武则天看着一灿，“会是谁？”

“你最后有的记忆是什么？”眼镜娘问一灿。

“……偶遇到黄东，他运辣根打偶（我遇到房东，他用那根打我）。”一灿指着眼镜娘手里的接力棒。

眼镜娘和武则天对视一眼，一切不言自明了。武则天骂道：“那个王八蛋！不过，”她对比眼镜娘和一灿，“为什么你没有变成他那样？”

眼镜娘思索了一下，说：“我懂了。刚才我握着棒子的红色那头，而一灿握着白色那头。只有‘红端’才能给‘白端’布置任务，所以他影响不到我。而我刚才脑子里想的是‘阻止他’，这个任务反而被一灿给接过去执行了，于是他阻止了自己！”

眼镜娘又说：“我有一个想法。”

【归来吧，归来哟，远离故乡的游子】

这一天的415，喜气洋洋。一早我们就在大扫除，把之前因为嬷嬷他们出走而赋闲下来的六张床进行一番整理擦洗，还要腾出六人份的橱柜空间。这些可真是麻烦呀。呵呵，但我们却乐在其中。

因为一灿他们要回来啦！

风云突变的那一夜已经过去。眼镜娘将她经历与推理的事情说给了嬷嬷他们听。当嬷嬷听说武则天正代替大姐悄悄执行一个拿下一灿的任务时，差点儿昏死过去。而老蜗知道了毁他装备的真凶是最好的朋友后，也一度想要跟开出这种玩笑的老天谈谈人生。一番曲折的心路历程后，大家最终得出的结论是：房东王八蛋！他不是人！

于是，他们给房东打了电话，说要谈解约，然后房东刚来，武则天就把接力棒塞他手里了，接下来房东看一灿的眼神别提有多抒情了。一灿趁机（在翻译官的帮助下）提出了解约的事，在他那无边美色的作用下，房东不但同意退还所有押金，还决心为之前的各种敌意行为买单——包括出钱为老蜗买装备，总之只要一灿能不计前嫌，什么都好说。事情顺利得让他们额外准备的几套应变方案都没派上用场。除了再次让人认识到一灿不愧为祸国殃民的狐狸精之外，也不禁要感叹，像武则天这种喜欢归喜欢，却绝不违背原则的人真是世间的奇女子。

之后他们就回来了。尽管八达曾提出既然房东已被一灿圈粉，何不尽情剥削他，但大家还是觉得该跟这种人撇清关系，离得越远越好。房东用他的小货车把大家送到了宿舍楼下，热火朝天的搬家场面与半年多以前他们搬走时的落寞形成鲜明对比。

如果搬走是在预演“天下无不散之宴席”，那回归的意义果然就是“好朋友可以无限续摊”吧。

多么好啊，415今后又将是满满当当的了，又将有十个臭男人睡在彼此的上下前后左右铺啦。

“听起来，我的生意又要变得更好啦。”老板娘说。为了迎接老友们的回归，我们决定购置一批零食，鉴于这次使用的是舍费，组织不信任八达，于是改派我来。我边挑边高兴地跟老板娘说了这件事。

“你们也真有趣，明明就算分开了也还是每天见，这会儿却高兴得像每个人都是从国外回来的。”老板娘又说，“可能男孩子的感情就是这样的吧。”

“哦，突然想起来，你不是跟八达说过两个好朋友与接力棒的事？”我说，“他告诉我了。这故事后面是什么样的？”

“后来，其中一个男孩出事故死了。”老板娘淡淡地说，“另一个男孩非常难受，觉得有责任背负起兄弟的一切。就在最后一次去探病时，带上了那接力棒……后来，男孩开始去朋友没能去的地方旅行，追求朋友没能实现的梦想，也爱上了朋友曾经喜欢的女孩……”

我听得发呆，好一会儿才说："那这个男孩不是活得没有自己了么，他根本是在替朋友延续生命。"

"因为他们是非常要好的朋友啊。"一个大叔扛着一个箱子进来，我认出，那是店老板，"做着这一切的时候，他会感觉朋友一直没有走远，一直在身边守护和鼓励着他。尤其这个男孩其实对未来充满着迷茫，所以也算是朋友在最后的时刻为他安排好了一切吧。对此他可是心怀感激的。"

老板说着，走到老板娘身旁，一边接受她不好意思的轻拍，一边在她唇上轻轻吻了一下。

我咀嚼着刚才的见闻，快快离去，等不及想要告诉大家。

我想他们会跟我一样，喜欢所有缘分不断的故事。

Chapter 8
一家三车事件

不知何时起，一些臭流氓的发言被比喻成“开车”。因为那些话很污，而“污”的发音同“呜”，“呜呜呜”就是火车进站的声音。所以看小黄文贴小黄图说荤段子都成了“发车”，看了想死的黄文被称为“灵车”，求黄文就是“求车票”，留白的床戏是“紧急刹车”……

汉语真是博大精深。

【老司机带带我】

雨从傍晚时开始下，到晚上十点仍未停止，整个世界一片“湿”情“滑”意。

毗邻一盏路灯的车站，依偎着母女二人。顶棚挡住了一部分雨，但仍不时有水滴溅进来，侵蚀着站台上所剩无几的干燥。

小姑娘偷偷伸出脚去，想在水洼上踩上一下，立刻就被喝止了：“朵朵别动。”姚姐拽了她一下，“衣服都湿掉啦。”

“妈妈，什么时候才有车来呀？”朵朵仰着脸嘟着嘴问，“脚好酸喔！”

“……妈妈也不知道。”姚姐叹了一口气。

屋漏偏逢连夜雨就是在描述这种情况吧。先是没有带伞，然后上错了车，开了一阵后才发现，于是匆忙下车，来到一个前不挨村后不着店的地方，唯二经停的公交都已经过了最晚发车时间，想用滴滴打车吧，居然没有人愿意接这个荒郊野外的单，想等待野生的出租经过吧，等到后对方居然狮子大开口乱要价，姚姐当然就拒绝了啊。可又等了半小时她愿意慷慨解囊了，已经没有“狮子”了。眼看夜越来越深，朵朵困得东倒西歪，姚姐就急得百爪挠心。

为什么舍不得钱呢？明明赶快回家才是最重要的。

为什么要这么狼狈呢？明明她还年轻得可以坦然接受他人的照顾。

不行，再想下去就要哭了……

这时，雨线钻入大地的密集沙响中传来了车声，姚姐一个激灵，只见两道灯光像刀一样切开雨帘向这里射来，看轮廓似乎是一辆面包车，姚姐和朵朵同时挥手大叫起来：“停一停——”

这座城市黑车横行，许多车就是这个款式。当下一车难求，姚姐太害怕错过它了。当车子果真慢下时，她想也没想就拉着朵朵出了车站。她拍打车门，门开了，母女俩立刻钻了进去。

“妈妈，我们上车啦！”朵朵兴奋地说。

“是啊，太好了！”姚姐也露出了笑容。

“太好了，太好了。”一个男声说。

“能遇到您真是太幸运了，师傅，我们去……”姚姐身子前倾，想对司机说话，但是整个嘴巴却像是被塞住了。

“太好了，太好了。”那个男声仍在碎碎念叨，语气有些激动，“我好想你们，好想你们。”

然而驾驶座上并没有人，车上只有姚姐和朵朵！谁在说话？方向盘在转动，油门刹车起起落落，但是却看不到司机！雨刮器也没有工作，前挡风玻璃仿佛水帘洞。

姚姐的脸都吓白了，但母爱让她强自镇定，先抱住朵朵不让她看到，然后颤抖着说：“我……我们要下车……”

“我们家还没到呀。”朵朵天真地说。姚姐把她的头按在怀里，目光扫过车厢，发现这辆车其实多处受损变形，天啊，她怎么会上了这种车？

“我要下车！”姚姐再次声明，这次“司机”有回应了：“我们终于又在一起了。我们回家，回家。”

姚姐的承受力已经到了极限，她根本不敢想象会被这辆车带到哪里，她猛地松开朵朵去开车门，却发现门被锁住，扒拉不动，她又慌张地去开窗户，忽然朵朵惊叫：“妈妈！”有像蛇一样的东西游上了她们的身体，将她们拽回位子，定睛一看，是安全带，姚姐试图挣脱，却被绑得异常牢固。

“你是什么东西？！”姚姐的声音都变形了，目光无意中扫过后视镜，仿佛有满是伤痕的男子的脸一晃而过，恐怖指数飙升。

“妈妈！”朵朵叫。

“为什么要抓我们？！”姚姐再次质问。

“妈妈！”朵朵再次叫。

“你到底想干什么……”姚姐声嘶力竭。

“我想……和你们在一起……”那个男声断断续续地说着，“我们是……一家人……”

之后，男声不再说话，姚姐反抗一阵，无助地靠在椅子上，恐惧与疲累让她感到头晕。

“妈妈，我知道它是什么。”朵朵终于有机会把话说完了。

姚姐歪头，疑惑地看着她。朵朵自信地点点头，神秘地说：

“变形金刚！”

【钥匙精美有样子】

将时间向前倒退，415正喜气洋洋，因为汇聚一堂的，又是十个人了。

你可以说，一直都是十个人。就算嬷嬷一灿老蜗大卫搬了出去，也总还在我们的故事里进进出出，从未远离。但那跟同住一个屋檐下还是大不相同的，你看现在，每一张床上都有固定的人躺着，空着的柜子抽屉又被重新填满，洗漱用品架又再次满满当当，甚至门口走廊上空的晾衣绳也重新飘起了十条不同的内裤，犹如重新出发的海盗船扬起的旗帜，怎不令人心潮澎湃！

夜晚再次亮起不熄的光，那是老蜗值夜班的身影，我们的睡眠又受到了影响，但起夜时再不用担心一脚踩空直接拉在宿舍里。房间里重新弥漫起了二手烟的气味，那是一灿在吞云吐雾，我们的健康又受到了影响，但慕名而来的妹子变多了，接触异性的机会也大大增加。还有大卫，雪白的胴体再次辉映着我们的瞳孔，使415重燃艺术气息。还有嬷嬷，再次贡献出人尽可夫的嘴脸，你挑他下巴，我摸他屁股，生活更荒淫了。

夜间卧谈会更热闹了，吃饭时的香味更足了，玩游戏唱歌时的噪音更大了，八达能蹭的资源也更多了。啊，还有，大家发起神经病时，世界观更加完善。不信你听——排长感慨：“终于等到你们回来啦。”“说得好听！”嬷嬷冷笑，“你们如果真这么想，就不会趁我们不在包养大反派！”“呵呵。男人逢场作戏很正常嘛，关键是大反派那种货色谁会跟他认真呢？”我安抚道。“那阿童木呢？”大卫又问。“傻瓜，从他坚持还穿一条短裤的时候开始，就注定永远不如你啦……”烂操摇着手指说。

因为大家演得太投入了，没注意到大反派和阿童木正要登门祝贺415一家团聚，听了这糟践他们的话，含泪跑得头也不回……

总之我只想说，415又聚在一起了，真好啊。

一切都是那口箱子的功劳，若不是那根接力棒引发的连锁效应，我们不会这么快就重聚一堂。

想到那箱子，不禁又想起那个安着密码锁的盒子了。里面到底有些什么，又该怎么打开呢？好像一直无计可施，不过有了大家群策群力，进展总会快一些吧。

——然后，就真的快起来了。

趁着嬷嬷们回归的势头，宿舍进行了一番大扫除。这个主要是嬷嬷的要求，他是那么爱干净，让人不禁要夸他：“你这臭娘们儿在宫里干的事明明那么脏！”收拾的过程里，“百宝箱”又从床底下拖了出来。心比排长的腰围还要细的嬷嬷认真整理了一番箱中杂物，发现了一把钥匙，样式简朴，带着一个小牌子。

“钥匙！”八达叫道，“开那盒子的吗？”

“那盒子用的不是密码锁吗？”锅炉指出。

“哦。但它应该还是有神奇功能的吧。”

“比如这样？”我拿过钥匙，对着八达的胸口一戳，一拧，“八达，打开你的心扉吧！”

“嘤……”八达一声浪叫倒在我怀里，目光似水，“为什么现在我才发现，真爱就在眼前？”然后丫哈哈大笑，“骗你们的啦！”

“不，我觉得应该是真的。”“真是可怕的钥匙，竟能释放内心的洪荒之力。”“八达，我以为你只是贪钱，想不到还贪图我的美色，你下流！”……我们奋起数落八达，骂得他连声大喊：“你妹！”

“这应该就是个普通的钥匙吧。”锅炉拿过钥匙，端详着与它相连的小牌子，上面写着数字“1701”和“进步”的字样，“我好像见过，‘进步小区’……就离我以前当家教的地方不远啊。”

“哦哦？”我们意外，“这么说找到那个小区就能找到钥匙的主人？搞不好还能找到箱子的主人？”剧情的进度条一下子拉后了很多哎。

“不能那么快跟‘主人’碰面。”八达反对，“万一盒子里都是钱，人家收回去怎么办？说不定还叫我们赔箱子呢。”

这话说得也有道理。跟八达相处久了，我们都沾染了一些他的精明，真是罪过。排长说：“总之先去探探路吧，老锅，这件事交给你了。”

“我也一起去。”嬷嬷说，“好久没第一时间参加组织的任务啦。”

我们都很感动，纷纷赞美：“臭娘们儿，这份积极性是在宫里勾搭阿哥练出来的吧？”

嬷嬷与锅炉去了进步小区。

那个小区半新不旧，仿佛嬷嬷一样徐娘半老，几座矮楼下有大妈们在晒太阳。嬷嬷拿着钥匙上去问：“请问，这是你们这边的钥匙吗？”

一个大妈眯眼辨认了一番，肯定道：“噢，这是车房的钥匙嘛。”

“车房？”

大妈随手一指：“就这些啦……一楼这些都是。”只见一楼往二楼的楼梯两侧有一扇扇门，门上写着数字，“602”“501”等。这些楼房都是一层两户，所以最后的数字不是1就是2。“这么说1701代表一号楼的701。”锅炉判断，“这里的楼最高也只有七层呢。”

他们向一号楼走去。路过一个垃圾堆，看到一辆三轮车四脚……不，三轮朝天地倒在那里。那辆三轮车已经蛮旧了，掉了漆破了垫子，落魄的模样仿佛在昭示童年的结束，怪可怜的。

“你小时候骑过三轮车吗？”嬷嬷问锅炉。

“我不但骑过三轮车，还穿过三角裤哟。”

“长大以后那些车都哪里去了？”

“丢了啊，就像是节操一样。留着干吗？”

“唔，我的也丢了，想想好可惜。还有，你是背错烂操的剧本了吧？！”

他们找到了一号楼，紧接着找到了写着701的车房，插入钥匙一转，门没开，嬷嬷失望地要拔出钥匙，锅炉拦住他，将门朝里一摁，再转动钥匙，门就开了。

“我家的门也有这毛病。”锅炉推推眼镜，嬷嬷看他的目光充满了敬意。

门后是个三平米左右的房间，仿佛八达的钱包一样空空如也，墙角有蜘蛛网，还有呛人的霉味阵阵袭来，嬷嬷和锅炉进去转了转，没有任何收获，出来的时候猛地撞见一张老脸，吓了两跳。

“这不是你们家的车房吧？”是刚才那个老婆婆，她狐疑地看着锅炉与嬷嬷，真是后知后觉的警惕性。

“不是啊——它刚才就是开着的。”锅炉忙说，“我们捡了钥匙特地带来还给主人，怎么会乱开别人家门呢！”

可能是锅炉的眼镜和大板牙显得太憨厚了，老婆婆居然信了这话，说："大概是主人家忘关了吧。"

"大妈你知道这家主人是什么人吗？"

"就普通的一家三口啊。不过夫妻俩好像离婚了。现在他们家也没人住了。"

结果好不容易被钥匙这么清晰的线索指引来这个小区，却既不见那车房有啥特别，也碰不上钥匙原来的主人。嬷嬷和锅炉都感到无趣，于是起身返回415。

他们又经过那个垃圾堆，又看到那辆无人问津可怜巴巴的三轮车，擦肩而过的时候，两人不约而同地听见……

"呜呜呜。"

他们同时回头，眼中所见，三轮车依旧肚皮朝天。

【亲爱的小孩，今天有没有哭】

"……所以，这就是你们的收获？"排长指着三轮车说。对，那辆他们从垃圾堆里捡回来的三轮车。

"我也不知道怎么搞的啦……"嬷嬷尴尬，"不过，你不觉得它很惨吗？它可能陪伴了一个孩子的童年呢，现在却被无情丢弃……"

"这种痛苦别人不懂，被不肖子孙赶出家门的排长应该懂啊！"我激动。

"阿锅以前的小朋友，叫朵朵是吧，她正是可以骑三轮车的年龄呢。这车虽然旧了但又没坏，刷刷漆就能当礼物给人家寄去呢。"嬷嬷又说。

"然而排长，你这老黄瓜可是刷了多少绿漆都装不了年轻哟。"我犀利地指出。

排长把我按在床上殴打，不再关心嬷嬷他们，我又一次牺牲了自己为同伴解围，真是太伟大了。

至于那辆三轮车，嬷嬷打水把它擦了两遍，果然容光焕发，然后车被暂搁在了角落，稍后再考虑怎么处理。

这个晚上我们又是各种高谈阔论，再一次确定了大家都在真好。这种久别重逢的心情很快会消失，在那之前得尽量去记住。

渐渐地，我们累了，闭嘴了，睡着了……只有老蜗玩游戏的声光还在扰人清梦，这货之前的装备让一灿删光了，生不如死，好在现在已经振作了起来，决心用比过去更废寝忘食的劲头把号给练回来，如此上进，引人心折。

老蜗正在挑灯夜战时，听见了哭声。

"呜呜。"

"呜呜呜。"

"呜呜呜呜……"

那是令人毛骨悚然的哭声，是绝不应该出现在宿舍里的，小孩子的哭声！

然后老蜗继续玩游戏。"啊靠！"我们忍无可忍地陆续掀开被子爬起来痛骂，"正常人会这么淡定吗？是不会关心一下喔？"

"啊，你们醒了就好，那谁烦死了，去让他闭嘴啦。"老蜗不耐烦地说。某种意义上来说，这人真是值得钦佩……

哭声的来源是角落，那里正蹲着一个估计幼儿园年龄的小屁孩。虽然我们身经百战，但此情此景还是有点瘆人，排长问："你……你谁家小孩啊？"

那娃一味哭泣，不说话。

"你爸妈咧？干吗到我们这儿来？"

只是哭。

"别哭了好不好？不说话怎么帮你啊？"

继续哭。

"妈蛋！就算你是妖魔鬼怪也不能这样啊！这样故事怎么编下去啊？！所以我最讨厌小鬼了！"排长抓狂暴走，被我们死死拦住，拜丫所赐，紧张的气氛被再次冲淡了……

但那哭包终于抽抽搭搭地吱声了："我要……爸爸妈妈……"

"你爸爸妈妈叫什么？"金氏问。

"爸爸妈妈。"

"不是，是说他们的名字。知道吗？"

"爸爸妈妈。"

"……好吧，他们长什么样？"

"爸爸妈妈。"

"……这也可以回答'爸爸妈妈'啊！我问你拉的是啥你是不是也回答我'爸爸妈妈'啊！死小鬼！"金氏抓狂暴走，被我们死死拦住，这人跟排长真是夫唱妇随啊……

"你们看你们看！"这时嬷嬷叫起来，只见哭包受了惊吓，整个人缩成一团，身形变得模糊……他蹲着的位子显出一辆三轮车来。正是嬷嬷捡回来的那个破烂！

"他是车变的！"烂操大叫。

“不是说建国之后不能成精吗？现在居然连车都成精了！”大卫咋舌。

“不可能是车成精，太不科学了。”锅炉说，“你们有没有听过地缚灵？就是某人离不开死去的地方，也许这小鬼是地缚灵的三轮车版！”

“口以，芥很口学（可以，这很科学）。”一灿对锅炉的意见做出了肯定。

“非生物未必不能成精啊，《封神演义》你们看过吧？”我说。

“我知道你想说什么。”烂操拍拍我，“《封神演义》里的妲己倾国倾城，她的胸肯定很大。”

“……谁告诉你我要说这个？！”我大叫，“我是说《封神演义》里有个玉石琵琶精！藕霸哪吒干掉的石矶娘娘本体也是一块石头，都是非生物成精的例子。车子虽然没有石头有灵气吧，但也是人类智慧的结晶，没有日月精华但也受过雾霾辐射。也许就是这样拟人的。”

“太扯了！”大卫说。

“问这小鬼啊，小鬼，说说你是怎么变成人的？”老排推了三轮小弟一下。这就是所谓老汉推车吧。

而三轮小弟置若罔闻，只是把头深埋在膝盖里，哭着说：“我要爸爸妈妈！”

【Now you see me】

不知道大家有没有发现，上一章八达没有出现。是的，真的没有，我检查过好几次，有也改掉了。

八达在干什么？他在学校车棚里蹲点。

这个白天，八达发现他的自行车被偷了。是的，八达居然有自行车！当然也不是他买的啦，而是一个亲戚家里淘汰的旧款式，但那是山地车喔，对八达而言这真是如获至宝，不要钱的山地车什么概念？四舍五入等于有人送了他一辆宝马啊！所以可以想象，当八达发现宝马跑了后，整个人是多么崩溃。

八达向看守车棚的大爷提出了严正抗议，人家也很无辜。本身这个车棚的锁就是意思一下，有能力的贼轻而易举就能撬开，跟八达一样失窃的车还有好几辆。但同病相怜不能安慰八达，八达希望有人能赔偿他的损失，要么是大爷要么是校领导。“我没钱，领导理你才怪！”大爷嘲笑，“你要找人赔钱，就找那小偷啊！”

——这句话导致了八达今夜的行动。按说机智的小偷不该连续两个晚上在同一个地方下手，不过我们学校实在是太渣了，车棚被盗的隔天也没有加强什么防患，也就只是换了把锁，能防住谁？八达觉得，如果自己是贼都没有不再来偷一次的理由。然后在第三次收手，因为再怎么迟钝的牧羊人也应该开始补牢了。

八达越想越觉得有道理。若能在羊圈……不对，车棚埋伏一晚，很可能抓到那小偷！他跟大爷表达了自己的想法，那大爷正被他搞得不耐烦，见这样能打发，当然随便他去潜伏。于是，在我们围着三轮小弟展开学术研讨的时候，八达正在车棚门口柜台下方蛰伏并打盹。埋伏这种事其实最好有两个人，可以轮流站岗放哨，但谁要陪八达发这种神经啦！于是，原本不出意外的话，八达会一直睡到大爷第二天来开门。

然而，锁头敲在铁门上的声响还是惊醒了八达。

八达先花了几秒来完成“我是谁？我是从哪里来？”的心路历程，然后赶忙屏住呼吸。想不到偷车贼真的来了！不会错的！谁会在这么深的夜里特地跑来车棚啊？！

门被打开了，随即又掩上，脚步声在车棚内移动，一道电筒的光柱来回扫荡。八达小心地从柜台后抬头，看清那人的背影了，穿一件卫衣，兜帽扣在脑袋上……他正猫着腰在给一辆车开锁呢。八达摸了一根棍子，蹑手蹑脚地走近偷车贼……

然而他不小心碰到了一辆车，车子摔倒，触耳惊心，偷车贼吓得猛然转身，整个电筒砸八达脸上，八达捂住他那张传承自张震的文化遗产，此时偷车贼仓惶地向车棚外跑去，已经得手的车子也不要了，只想走为上策！

门口有一辆小货车，看来这贼本来还想搬走好几辆，但现在那辆车大材小用地只装了他一人就逃了。八达又痛又气，没命地冲出车棚，然而货车已经发动了，八达仍然咬牙去追、追、追……距离不可避免地越拉越开，越拉越开……

好在这时，一辆摩托车出现了，八达见状玩命拦住了车。“你找死啊？”穿皮衣的车手骂道。

八达不由分说上了他的车：“有人偷车，帮我追！”

皮衣男一愣，立刻觉得这事十分刺激：“行，刚好新买了车，就让我来爽一下！”他把摩托发动得震天响，还炫技地将车头向上翘了一下，逼得八达一把抱住了他的腰，然后摩托车才如同离弦之箭一般冲了出去。

长街清冷，路灯夹道，油门拧到极限的摩托车速度极快，很快，八达看见了那辆货车的屁股，接下来他们开始死死地咬住那屁股……

“能不能想办法让他停下来？”八达问，手中的木棍已是饥渴难耐。

“那家伙也在加速，得超过他，到他前面去！”皮衣男灵活地改变方向，“抄小路！”

摩托车进了一条巷子，七拐八拐，拐得八达眼花缭乱，一晃眼却又重回到了大路上。皮衣男对路况的熟悉令人佩服。而且这么一折腾果然领先了，小货车还没来呢，接下来只需要以逸待劳，守株待兔……

他们就这样待啊待，待啊待，待啊待……

“我好像走错路了。”良久，皮衣男严肃地宣布。

八达控制住自己没有乱棍殴打他。

【你们对车子一无所知】

415的门口一早有了女孩子的身影。不为别的，只因为一灿回来了。

成为大三学长以来，一灿又将多名大一玉女收入帐下。时代在进步，勇于追求真爱的少女是越来越多了，以前一灿住在校外，行踪飘忽，姑娘们想献殷勤都不方便，现在有根据地就好多了。于是一早就有女孩买了早餐前来孝敬，个别的早餐还是自己做的，要抓住男人的心先要抓住他们的胃哟。

然后这些妹子一进门就看到了一灿抱着个小孩。

那小孩当然是昨晚的三轮小弟了。这货话说不清楚，哭起来倒是很响，真是非常烦人。早上我们一起来他就在哭，哄不过来，又不能拿袜子塞丫的嘴。忽然一灿走过去，将小鬼一把抱起，连续抛了几下，小鬼的表情渐渐由悲转喜，最后在一灿的怀中咯咯咯地笑了起来。

“木有朽鬼八喜翻高滴（没有小鬼不喜欢高的）。”意外是个带娃好手的一灿得意地对我们说。

然后此情此景就被送早餐的妹子们看到了。男生宿舍里居然多了个小孩子，她们不禁窃窃私语。

“不用猜了。”烂操不知何时出现在她们身边，轻声叹息，“那就是你们家男神的骨肉。”

妹子们个个跟被雷劈了一样震惊：“你放屁！”

“我怎么会当着你们面放呢？你们以为，他之前为什么搬出去？”烂操循循善诱，“其实他只是找个地方把孩子生下来！现在孩子大了，就带回来看看。”

“你放屁！我才不信！”

“爱信不信吧。”烂操淡淡一笑，“不妨再告诉你们一个真相。”他一指金氏，“那就是孩子他妈！你们以为他的胸为什么那么大，里面满是甘甜的乳汁呵……”

五分钟后，一灿和金氏抬着烂操的尸体丢去厕所。

回来的时候，宿舍里多了一个人。黑眼圈极重的八达一边狼吞虎咽着一灿的早点，一边听我们描述三轮小弟的来历。

“昨晚怎样啊？贼抓到没有？”金氏揶揄。

“没有！不过放心吧，他跑不了！”八达恶狠狠地说，“那个骑摩托的虽然把我带沟里了，但他告诉了我一个地点作为道歉。他说那里可以买到二手车，很多都是黑车，也许我能在那里找回我的车。”

“……那要找到什么时候啊，这根本是大海捞针。”大卫说，“反正也是别人送你的车，丢就丢了吧。”

“偶也劝里表去（我也劝你不要去）。”一灿说，“辣总地慌肯定咬银造地，隆八好里就又去无肥鸟（那种地方肯定有人罩的，弄不好你就有去无回了）。”

“是呀，万一你被抓住了，他们逼你卖身怎么办？”容嬷嬷担心地说。

“……正常人都会先担心被卖器官吧！”八达瞪他。

无论大家怎么说，都不能打消八达对金钱的执念。其实我们也只是义务性劝劝，谁都知道劝不住丫。八达什么人啊，菜掉桌上都夹起来照吃不误啊，关键那还是隔壁桌的人掉的菜啊！不过八达倒也没有被这事冲昏头脑，应该有什么更有效率的办法可以找回自己的车……

盘算这些时的八达是智商爆表的，他的目光落在了三轮小弟身上……

八达休息了几个小时，然后径直去了皮衣男告诉他的那个二手市场。那是一个很大的农贸市场的深处，遮风挡雨的巨大顶棚下，有许多摆摊的人。卖旧书的，卖假货的，卖药材的……空气中浮动着陈腐的气味。八达向一个摊主请教卖车的在哪里。

“宝强！你的生意！”那摊主抽着烟，冲一个正打牌的人吆喝。

名为宝强的青年走了过来，八达的心怦怦跳起来，“是他是他就是他”的旋律开始在脑海单曲循环，他一眼就认出这人绝对是昨晚的偷车贼，丫甚至还穿着昨晚作案的卫衣呢，那身材轮廓也绝不会认错。兜了个大圈子，在这里追上了啊。

不过此刻还真不能轻举妄动，这里的人虽然仿佛在好好做生意，但看着都不是啥善茬儿啊。

宝强昨晚跟八达有个匆忙的照面，显然来不及记住他。他摸着三轮小弟的头笑道：“给小朋友买车？刚好我们这儿啥车都有哟。”是的，现在三轮小弟展现的是人类的形态。他对染指了无数车辆的宝强心怀恐惧，一个劲儿往八达身后躲。

宝强领他们走向一个仓库，打开门，里面也像停车棚一样满满是车，足有上百辆，电动车与自行车各占一半。阳光从高处射进来，尘埃飞扬。宝强转动着一大串车钥匙说：“你要啥车，啥价位？”

“你快去挑啊。”八达故作镇定地推推三轮小弟。

三轮小弟怯怯地在每一辆都比他个头还高的车阵里徘徊。之前八达给他的任务是“问问这些车，哪一辆是前天从一间学校里丢的”——虽然不确定是不是所有车都像三轮小弟一样能拟人，但车跟车之间应该有某种沟通方法吧？

然而三轮小弟却一脸靠不住的懵逼。为了帮他拖延时间，八达故作亲热地跟宝强攀谈起来：“我特喜欢你演的《士兵突然基》哟。”“我不是那个宝强，而且这片名有什么不对吧？”“话说那部片会让人想起《兄♂弟♂连》呢。”“这个片名为什么会擅自带上奇怪的符号啊？！”……

如是东拉西扯，宝强不耐烦了：“你买不买？我可没那么多时间陪你。”

“就、就还在挑嘛。话说很喜欢你演的……”

“你不是想搞什么鬼吧？”宝强直视八达，“……我们是不是见过？”

“妈妈！”

三轮小弟的喊叫转移了二人的注意力，只见他抱着一辆车欣喜地哭喊起来：“妈妈！妈妈！妈妈！”那是一辆很适合周董骑的小粉红女式电动车。

“这小鬼在搞什么？”宝强狐疑。

“那……那车很像他妈以前骑的……”

“你们真是来买车的？如果是车被偷了想拿回去，可选错地方了！”

三轮小弟出其不意地扑向宝强，一把抢走他手里的那串钥匙，无师自通地抽出其中一把，打开了电动车后轮的锁。

“你妈的！”宝强勃然大怒，抓过三轮小弟扬起巴掌，然而一个人影骤然在他身边站起，那是一个披头散发的憔悴女子，她像是大梦初醒般迟钝，忽然间又挥舞着手刀大步冲来，飞跃而起，双脚踩在了宝强脸上。

当时这个画面跟另一个画面重叠在一起的：一辆电动车直接碾过了宝强的正面。

八达的震惊程度跟他的贫穷程度呈正比。电动女士落地后一把抱起三轮小弟，二人欢笑着旋转起来。然后电动女士对八达说：“事不宜迟，快跑吧！”

“……等一下，我的车呢？！”八达说。

“来……来人啊！”鼻青脸肿的宝强挣扎着在地上求救，“有人破坏规矩啊！”

仓库里开始涌进了人，一些刚才还笑容满面摆摊的人，此刻凶神恶煞。八达盘算了一下丢车的损失和医药费的差距，终于慌了，强自嘴硬道：“你们这是犯法的！我已经报警了！”

“少白痴了，你想吓唬谁啊。”恶棍们缩小包围圈。

“当心那女的，她是车变的！”宝强提醒。

“唉。就叫你大白天别喝酒了。”有人嗔怪。

情况危急，电动女士毅然迎敌而上，跑着跑着就又幻化成了车的形态，来到人前倒地一个扫堂，车轮刮擦着一群人的脚踝，痛得他们横七竖八摔趴下，然后车子又在无人搀扶的情况下立起，行云流水的画面仿佛正被本文作者另一部力作《神秘的快递家族》中能控制交通工具的美女能力者操控。

撕开包围圈的电动女士回到八达身边：“上来，要逃啦！”

“哦……哦……”八达笨拙地跨上车，想到她的人类造型，止不住地感到别扭，“我坐好了，怎么还不走？”

“……我没电了。”电动女士说。

“妈妈食量很大的哟。”三轮小弟自豪。

“……自豪个什么啊啊啊啊啊！”八达崩溃。

还好，赶在恶棍们群起复仇之前，还真有警笛声由远而近，在场的人面露惊恐，纷纷一瘸一拐地跑了，兄弟本是同林鸟，大难临头各自飞。

“妈的你还真报警？”宝强用根铁管撑起自己，气急败坏地质问。

“呃，没啊。”八达找回了诚实。

“去死吧！”虽然跑路要紧，宝强还是选择先做掉八达，凶器劈面而来，八达忙闪，脚下一绊，摔了个嘴啃泥，只好一缩再缩。一旁的电动女士与三轮小弟却已有心无力。

千钧一发之际，一堆砖头木头噼里啪啦像下雨一样落在他们周围，其中一块恰好击中了宝强的脑袋，宝强眼睛一突，昏厥在地。

不远处，一群熟悉的救驾身影济济一堂，维持着乱丢东西的姿势。

“看吧。”大卫得意，“我就说了，大家一起丢东西过去，总有一个能砸中那家伙的！”

“好像也砸中八达了耶。”

“……谁砸的？”

"……不是我。"

"……也不是我。"

"……"

【三车行】

窗外风景飞逝，姚姐心力交瘁。

昨晚，她和朵朵上了一辆"变形金刚"，然后就被这车带着开了一宿。跟车对话，答非所问；挣扎下车，举步维艰。后来累了，昏昏沉沉睡去。醒来时已经听不到雨声，不知道是雨停了，还是一直开出了下雨的区域。往外看，这车走的净是山路，离市区似乎越来越远……唯一的安慰只有朵朵睡得很香，可以先不必费心安抚她。

但这要持续到什么时候呢？最终目的地又是在哪里呢？

姚姐甚至不知道现在几点了。

想到时间问题，她才把打电话求救这件事重新提上议程。

手机放在姚姐的裤袋里，然而在双手被安全带恨不能绑成龟甲缚的情况下，也是较难取用的。姚姐曾一再尝试，最后以手指抽筋告终。但这显然是她目前唯一可以抱有希望的了。

姚姐再次试图摸出手机，她扭动着身体，让腿尽量拱起，好将裤袋里的手机顶出，指头也恨不能从手掌上发射出去，去够那仿佛咫尺天涯的手机……

"咕隆，咕隆……"老天开眼，车子开始经过一段颠簸路，剧烈的摇晃帮助了姚姐，借着摆势，她终于以两根指头把手机捻出来了。

然而新的麻烦又来了，要求救得拨号啊，难度又变大了！

然而就在这个时候，来电话了，手机页面显示出一个名字，姚姐一看，眼眶就模糊了，她努力伸直手指点击接听。

"喂，是我……"

锅炉在走廊上打电话的时候，我们在415里围观新世界的大门。

这个宿舍来过各种奇奇怪怪的东西。拟人方面，有猫和老鼠，有蝴蝶和蚂蚁，有房子，有……金氏算不算？总之我是想说，见的世面越多，越觉得一切脑洞皆有可能。"搞不好下一个成精的，是泡面。"八达拿着一盒泡面严肃地说。"不要一边说一边若无其事地把别人的泡面收进你的抽屉！"排长骂道。

此刻，电动车靠墙而立，正在充电，三轮车紧挨着她，很普通的画面，却又充满了母子相依的天伦之乐。

“仔细想想，这次的设定还挺童话的嘛……”我感慨，“不过你们以母子相称，是说你生下了他喔？”

“他干粗森席系八系个伐榜（他刚出生时是不是个滑板）？”一灿思路清奇。

电动女士的神情有些暗淡，她轻声道：“我知道你们都是好人，但，有些话我不想说……”

“说说看嘛！”这毕竟太让人好奇了！

“既然你们强烈要求……”电动女士叹了口气，瞬间换上鄙夷脸，“电动车生三轮车！搞笑啊？！有基本智商的人都知道那是不可能的！”……不想说的原来是这个吗！

“我们并没有血缘关系。”电动女士继续道——嗯，你们最好是有血这种东西——“但我们又确实是一家人。我、孩子、他爸。我们本属于一家三口。男主人驾驶我丈夫，女主人骑我，小主人骑我儿子。”等等，这种表达听起来各种不对啊！

“你们一开始就是活的？”烂操问。

“是……也不是。怎么说呢，其实万物皆有灵性，只是遵从的法则不一样。我们一直被动地接受主人们的操纵，也并不觉得有什么不妥。直到我们随着他们的分开而分开，重新在一起的强烈渴望促使我们越来越清醒，直到打破固有的规矩。这也是我们现在可以对话的原因。”

这番解释需要消化。不过，人类也会有关键时刻肾上腺分泌激增以至于突破极限的现象，为什么车子不可以呢？不愿离别，渴望相见，这是生命所特有的羁绊情怀，当车子拥有了这份情怀，它们自然也就拥有了生命。

“你们的主人分开啦？”嬷嬷同情地问。

“是的……”电动女士伤感，“他们一家三口原本很和睦的。我现在都还记得幸福的最高峰，那天他们开着我丈夫去一个湖，也带上了我和孩子，然后男女主人骑着我环湖，小主人在湖边骑我孩子……”唔……的确很温馨，但果然怎么也没法习惯这种说法啊！“可是好景不长，他们家还是散了。男主人离开家时开走了我丈夫，我和孩子留在了故里。再后来女主人也带孩子回了娘家，我们一直被关在那个车房里，那个小偷来了，偷走了我……”

“他也想偷我的，那样我还能跟妈妈一起。可他忽然又嫌我很烂，就把我丢掉了……”三轮小弟泪汪汪地说出了他迄今最长的台词。

而我只想说，一切都串起来了。箱子里的钥匙是“主人”的，锅炉与嬷嬷去进步小区时，偷车贼宝强已经带走了电动车，被抛弃的三轮车则被他们捡了回来，然后宝强又去偷了学校车棚，招惹了八达这块牛皮糖，歪打正着让我们救回了电动车……

“说起来真是很讽刺。虽然失去了丈夫，但因为孩子还在身边，我就仍然愿意接受自己的命运。可当我和孩子也分开，我就再也没法克制了……但我虽然因此完成了‘进化’，到底还是个车子，很久没充电又被锁着，跑也跑不掉……”电动女士抱着三轮小弟，“还好，你们来救了我。”

“但这么说来，活的车应该还有一辆。”大卫说，“你老公是什么车？跑车？吉普？”

“他是面包车。”气氛又忽然卡通起来了。

“还不能确定他是不是和你们一样活了吧？”我说。

“肯定一样！”电动女士坚定地说，“我们有多想他，他就有多想我们……我们对感情的理解跟人类不同，只知道有些事情是永远不会变的。”

我的心头一热。不同的世界观有对待感情的不同态度，但高级动物的我们竟未必能像一辆车那么虔诚。

“我们会帮你们找到他的。”容嬷嬷说，看来他也被感动了。

“那得想想从哪里着手了。”金氏用巴掌扶住脸，目光在指缝间闪烁，进入装逼模式。

这时，门外传来锅炉的大喊大叫，我们都感到意外，除了开水壶烧爆，这世界上还有什么事能让锅炉这么激动?

只见他正在打电话，那头的声音似乎很弱，他几乎把手机塞进了耳朵里。他在大声问：“去哪里？去哪里？回家？”

【报告学长】

嬷嬷出于泛滥的同情心捡回三轮车的时候，提了一句“可以送给朵朵”。虽然送个从垃圾堆捡的礼物给别人是只有八达做得出的事，但锅炉还是有所触动。

跟姚姐和朵朵分开两城之后，锅炉会不时想起她们。一想起就会觉得肩头沉重，同时也产生了莫名的力量。毕竟约好未来一起生活什么的，那可是《青妙》系列的十大经典场面之一。但锅炉仍是那个锅炉，指望他因此就跟姚姐隔三差五通个电话，朝九晚五彼此问候？那是嬷嬷做的事。锅炉还是踏实的，觉得行动胜于调情。大三以来他越发勤快，哪些证书该拿下都已经列好计划，所以他跟姚姐的联系其实仅止于定期而有限的留言。而且讲真，每次都进行得怪低调怪羞涩的。只能说，这很锅炉。

这样的锅炉因为这辆三轮车开始想念姚姐和朵朵了，于是他打过去一个电话。这个有点反常的行为让他兴奋又紧张，听完那头的声音却呆若木鸡。

"——救我们！！！"他听见了姚姐的厉声大吼。

"怎么了？！"锅炉大惊失色。与此同时也听见一种非人的、带着机械感的男声在碎碎念："你在叫什么？谁要救？"

"我们被车绑架了！"姚姐再次叫，仿佛手机下一秒就会被没收，"我不知道它想干吗！不知道它要带我们去哪儿！"

"怎么会不知道？回家，我们要回家。"车的声音很清晰地进入锅炉耳朵里，"你为什么这么激动？我做错什么了吗？你……有哪里不对……"

然后手机给震掉了，锅炉失去了他们的联系，只能在那头徒劳地问着："去哪里？去哪里？回家？！"

挂了电话，锅炉六神无主，我们围上去安慰加咨询，听到一半，电动女士就失声惊呼："是他！那车是我丈夫啊！"

"那么他要去哪里就清楚了！"嬷嬷说，"他不是要回家？"

锅炉二刷进步小区，这次除了他和嬷嬷，还有415其他人与两辆车，甚至连老蜗也去了。"阿锅你不要慌，我们一定会让他们赔你个电热壶！"他一边玩手机游戏一边头也不抬地安慰。锅炉想掐死这个根本没搞清状况的臭酱油。

"他以前就停那里。"电动女士指着车房外的一块空地说，"他进不去里边，我们就隔着门说话，用别人听不见的方式。彻夜守着我们的他就像一个骑士，真的好有男人味。"

"爸爸最棒了！"三轮小弟说。

"确定是他么？"锅炉脸色不定。

"惦记着见妻子孩子的活车，不可能还有别的吧。"排长说。

"他为什么要绑架她们母女呢？"锅炉问电车女士，"如果没有恶意，那就是他把她们认成了你们，可是要怎样才会认错？"

"女大十八变，也许她俩最近长得比较像车？"烂操突发奇想，然后被锅炉的目光吓得默默缩了。世间眼镜男一旦生气就会有鬼畜腹黑攻的感觉啊！

我们坐在小区的长椅苦等，等啊等，等到一个非常意外的人。

皮衣男。那晚帮八达追宝强的皮衣男！他一看到额头贴着膏药的八达就大叫："不至于吧？就因为我带错路，你拉了这么多人来扁我？！"

而电动女士和三轮小弟都激动起来。"难道？"我问。他们回答："是的，他就是我们的主人！"

我一直把他们的主人想象成欧吉桑，而皮衣男看着挺年轻，应该三十岁不到。这个年龄就已经结婚生子，然后离婚分家了啊，这人生也是丰富。

"你们叫我什么？主人？"皮衣男看着两辆车，揉揉眼，我想他大约也看到了人与车的叠影，"哎哎，我怎么看着你俩有点像我家的……车啊？见鬼了。"

"他们就是车。"我说，掏出之前1701的那把钥匙，"这个是你的吧？"

"啊，对，丢好久了！哪儿捡到的？"

"一口箱子里。"

皮衣男一脸惊讶，片刻之后笑了："那口箱子重见天日了啊……没想到我过来拿个东西，还能遇到这种巧事……喂，你们不会还刚好是415宿舍吧？"

"还真的是。"

皮衣男乐得拍起手来："缘分缘分，叫学长吧你们！我也是415的——我是在你们之前住415的人！"

那口箱子背后的故事从未如此清晰，我们迫不及待要问个清楚，但锅炉越过我们道："学长，我想知道你的车的事。"

"车？那个面包车么？"皮衣学长说，"它……不在了。"

"被偷了？"

"可能吧。是这样的，那天我了出交通事故。"皮衣学长吐舌头，"我酒驾了，当时在郊区，想着没人查，结果就撞树了……然后有警车来了，我这个脑子不清楚的居然丢下车就跑了……第二天清醒了，回去原地找不到车，以为被警察拖走了呢，想去自首认领，他们说没拖我车。所以可能是被偷了吧……"

"不，他是自己开走了！"我们异口同声。

"出过事故，那我懂了。"锅炉说，"我就在奇怪为什么一辆车要绑架人类，为什么他讲话怪怪的好像脑子有问题——还真是有问题！他的记忆混乱了，记得要守护妻子和孩子，却错误地代入了朵朵和她妈妈，他也许都分不清自己是人是车……"

"这个笨蛋！"电动女士哽咽。

"这样他还记得怎么开回来吗？"金氏说。

"如果他是从出车祸的地方往回赶，那早该到了啊。"皮衣学长也说。

"你们还有别的'家'么？"锅炉问电动女士。

电动女士思索，三轮小弟忽然叫："妈妈！是那里——"

【有一个地方只有我们知道】

三个人躺在地上，依偎在风中。

三个人，枕着草看着蓝天流云，三双脚朝着湖水的方向，居中的男人张开双臂，将妻子和孩子揽在怀中，仿佛拥有全世界一般。不远处，一辆面包车、一辆电动车和一辆三轮车相互依偎，也像是一家三口。

"这里好舒服！"

"今天真开心。"

"希望下次还能来。"

"还能一起来就好啦。"

"肯定可以啊，我们会一直在一起的。"

"如果有一天，我们坏掉了呢？"

"不给修，大概就会被丢掉吧。"

"我不想被丢掉！呜呜……"

"小傻瓜，他们不要你我们要啊。别人抛弃了我们，我们不会抛弃彼此的。"

"你爸爸说得对，我们是一家人呀！"

"嘿嘿……那时我们住到这里好不好？"

"好主意！这里是湖景房哎，空气又清新，就是不知快递能不能送到……"

"你受女主人影响太大了喂！你是车好吗？！"

……

面包车终于停下来了。朵朵往外一看，欢叫："妈妈，是湖哎。好美喔！"

"你带我们到这里来干什么？"姚姐警惕。

"这是我们的家啊……你们说想住这里的，不记得了？"

"我为什么要记得！你认错人了！"

"认错？怎么会认错……明明你是我的妻子，她是我的孩子……"面包车絮叨地说，然后是一阵沉默，漫长得好像一个世纪的凝望，"……不对，好像是认错了……我……为什么会……那什么对的呢？"

安全带噼啪一响，松了，门也开了。姚姐一愣，转折来得猝不及防，她忙光速带着朵朵下车。

不再是雨夜，现在有阳光和风，她可以看清这辆车多么伤痕累累，车头几乎是瘪的，她是心多大才上了这样的车啊……

“妈妈，变形金刚怎么了？”心理阴影小得都没得求的朵朵问。

“不知道……”姚姐并不关心，她想设法离开这里，但是手机没有信号。

而面包车慢慢地绕湖行驶起来，连同那些懵懂呓语渐行渐远。

“我在这里……你们在哪里呢……”

大巴飞驶在长长的隧道里，灯光被拉丝成游曳黑暗的金龙。

“那个野湖是《驴友杂志》推荐的，路况很烂，不太好走。如果它真的去了那里，只能说真会挑啊……”皮衣学长对我们说，“不过我们是好几年前去的了。现在路修好了，过去方便多了……话说你俩身为车却坐车的感觉怎样？”

电动女士和三轮小弟也坐在大巴的位子上，面色凝重，无心谈笑。

锅炉不断拨打电话，可是那头信号显然很差，半天不通。锅炉心急如焚，烧了一辈子水的他，此刻才明白沸腾的真正奥义……

数小时后，学长招呼大家下车。我们位于一条公路的某段，一侧是山一侧是树，学长指点我们的目光穿越树影：“看到没？就是那个湖。现在我们找条捷径下去……”

我们都点头，唯有锅炉和两辆车毫无组织纪律性地冲向路边。

“锅炉！”我们叫。

锅炉置若罔闻，不知道他是跟两辆车事先商量过，还是相似的心情带来的默契尽在不言中，他们同时翻越了边栏，投身密树斜立的坡道。

当我们也奔到栏边时，只看到锅炉背着三轮小弟，双手握住电动车把手，身子尽量伏低，浑如失控般地朝下疾滑，石头和树根不断令他们颠起、猛堕、打滑，树枝像鞭子一样抽打着他们的身体，惊心动魄的噼啪声一直延伸到我们的感知以外。

野湖边。已经来回徘徊了不知几圈的面包车，静默地看着笼满夕照的湖水。良久，缓缓向前驶去，轮子碾过身下的黑影。

朵朵焦急地叫着，姚姐拉住她，皱眉看着面包车。

“喂——喂——”

她们猛然回头，惊喜像烟花绽开在脸上，同时响起的还有声嘶力竭的喇叭声，前轮已经入水的面包车猛然刹住，调转车头……

当我们紧赶慢赶花了四十多分钟，一身狼藉地来到密林尽头时，只见六个背影——三辆车紧密停靠，三个人相互依偎。前方的湖水已经燃成了余烬的颜色。

我们谁也没过去，谁也不打扰，像是参加某个仪式，所需提供的只有凝视。

皮衣学长低头戴上了墨镜，我听见他用极轻的声音说：“我以前也想过，就这样到永远。”

Chapter 9

分身有术事件

仰望夜空，看不到一颗星星，不禁想起经典故事里有这样的对话：“你知道天上星星有几颗吗？”“和我的头发一样多！”

这种问答要想在今天成立，只好找个秃子来问了。

【为人耿直不屈一身正气】

吃完饭回到宿舍，一眼瞥见了岩班长。

“烂操你快跑！”我奋不顾身地把烂操往门外踹，“到底是被他找到了！”

“阿SIR！求你饶他一命吧！他再怎么下流毕竟也是我们兄弟啊！”八达苦苦哀求。

“唉！我们不能再这样下去了！难道放任烂操出去糟蹋更多俊男吗？”容嬷嬷强忍热泪，“请把他带走吧！早点枪毙，来生还能当个好人！”

烂操操起扫帚殴打我们时，岩班长发出爽朗的大笑：“你们宿舍还是这么有活力！哈哈哈！”

还记得岩班长吧，110宿舍的老大，面部线条犹如岩石雕出，刚毅硬朗，挺拔的鼻梁上空斜飞两道粗黑剑眉，整张脸散发出强烈的正气，每次看到都让人不禁扪心自问自己是否无愧党和人民。所以岩班长每次来，我们都会产生他要缉拿谁的错觉，都会为自己硬盘里的内容不安。

但岩班长的最大标签还不是正气，而是异于常人的旺盛体毛！只说胡子，上午刮净，下午就立刻浮起一层铁青色，到晚上就又回归络腮胡模式了。阳刚的长相搭配这种毛刺刺的特质真是更添杀伤力，此人执行任务就算不带枪，光拿胡渣就能把敌人蹭成骷髅。除了胡子，岩班长其它该长毛的部位当然也是荒草丛生，以至于澡堂常年流传着丫穿毛衣毛裤洗澡的段子。未来丫如果抱孩子，小鬼一不小心就会在爸爸的胸毛里迷路……

粗犷的岩班长人缘却是极好的，否则也不会在大一下学期票选班长时，直接干掉了上学期被辅导员按体重随便选的金氏。对此金氏耿耿于怀，怨念老师不该以毛量作为评选标准。但事实证明，岩班长的确在其位谋其职。同学们，尤其女生们有什么困难，他肯定挽起手毛就帮，被感谢时则谦虚礼让，胸前的浓毛更鲜艳了……其他什么自考啊社团啊运动会啊，岩班长当然也是不甘人后。可喜的是他也并不迂腐，看到我们作弊会睁一只眼闭一只眼，男生聚众看美女时他也会凑热闹，虽然表情总是严厉如扫黄打非……

今天岩班长莅临415，其实也是来帮我们的。

不久前，我们接触了三辆活的车，以及它们的前主人——我们的学长兼上一代415成员。他声称我们最近玩得很嗨的百宝箱是他们宿舍埋的，我们玩的都是他们玩剩的，至于那个密码锁盒——“别说学长小气啊，给你们个提示，”他笑着说，“我们宿舍每人出一个数字，构成了这个十位数的密码。”

这个可能性我们也猜过，但这要怎么知道谁出了哪个数字？我们求学长给个痛快，结果被骂得寸进尺：“我只能再说两点，”他说，“第一，这密码就像为我们而设的；第二，我的数字是4。”

之后学长的嘴巴就撬不开了。要利用他给的线索，我们就得先搜集上一届415的资料，于是我们拜托了岩班长。丫关系活络，跟辅导员啊教授啊都走得很近，加上人很好，果然就从档案室给我们弄来了415前房客的名单。“喏，你们要的。”岩班长对我们抖动那份名单时，就像警官出示逮捕令那么神气。

我们细看那份名单，什么杨江南、陈玄色、童双树等等全不认识。唯一对得上号的只有那位学长，他叫周发发，土得无法直视！

“没有帮助？”热心的岩班长看出我们的神情不是很振奋，“不然硬撬开那盒子算了。”

“我们也想过，但防守这么森严的道具，乱开也许就毁了。”我说。

“有道理。”岩班长点点头，目光落在那口箱子里的一瓶发蜡上，“这里边每样道具都有神奇功能是吗？这个发蜡怎么用？”

“不知道。”那瓶发蜡只剩小半瓶了，说明文字已磨损斑驳。八达曾无知者无畏地表示愿意试试，排长吓唬他：“搞不好它的功能是快速除毛！”一句话吓得八达打消了念头，虽然丫为了省钱而常年寸头，但寸头跟寸草不生可是判若云泥的！

岩班长眯眼辨认那些残缺的字：“……涂后的头发可以吹出……啧，实在看不清了。”

“班长，您为我们做了那么多，实在无以为报！”金氏忽然说，“这样，就请您第一个体验这款发蜡吧！”

在金氏的世界观里，他是被岩班长谋朝篡位的，因此他一直看岩班长不顺眼。我们看他蘸了一抹发蜡就往班长头上涂，本想阻止，转念一想：这要真是什么脱毛剂，唯一能抗衡的也只有岩班长这个体毛狂魔啊！于是我们就默许了，啊，人渣集团。

好脾气的岩班长真就让金氏涂了，他的发型也是圆寸，上蜡时触感很好。“然后呢？哦，对了，吹。”金氏就去拿来吹风机，呼呼暖风烤着岩班长的脑袋，但什么都没发生。

“感觉好蠢啊！”金氏说。

“你本来就很蠢。”排长安慰他。

“等等，该不会——”我来了灵感，刮了一点发蜡，捏住排长的一根头发，丝滑上蜡的同时把它扯了下来。“哎哟！”排长心疼地大叫，这把年纪的人头发一只手就能数完，这么糟蹋真作孽哟！

排长正要跟我拼命，我拦住他，做了个中国人都知道的动作——这要让骨瘦如柴尖嘴猴腮的排长做肯定更生动——我把那头发放在手心，一口气吹了出去。

头发在飘飞的同时迅速膨胀，从肉眼难辨的纤细一缕扩张出一个人形轮廓，落在地上时，赫然已是另一个——排长！

排长变成两个了！那发蜡是用来分身的啊！

我们惊奇地围观二号排长，真是哪儿都一样啊，一样的瘦，一样的老，一样的发际线堪忧……“别忙，目前只是外在一样。”金氏理智地说，“谁知道内在呢？”

“有道理。喂，脱光我们检查一下。”烂操说。

“滚！”二排瞪我们，这反应跟排长本尊一模一样。

“烂操你是变态吗？我说的内在是指他的思想！”金氏说着问二排，“请说出老排最隐私的一件事。”

“让我想想，大概是把你打死后埋起来的地点吧。”两个排长异口同声，摩拳擦掌。不愧是同一个人啊，对同一件事的反应果然是一样的。

“你们这样好像照镜子。”容嬷嬷笑道，“以后没镜子了，你俩也可以面对面穿衣服。”

“太肤浅了，分身的正确用法是做牛做马！”八达对二排说，“给我钱！”

“哪天你办葬礼，我会给你个白包。”二排冷漠地说。

“蠢猪！我的分身当然只听我的，你啥时候看到孙悟空的分身听妖怪的？”排长搭住二排的肩膀。

“我也不听你的。”二排说。

这特么就很尴尬了。排长仿佛菲律宾，单方面宣布了南海主权归他，却被现实狠狠打脸。八旬老翁，颜面扫地。

“那你听我的吗？”我问。

“听。”二排点头，此刻的他不仅显得老，还显得老实。

“什么都听？那你去吃屎吧。”排长酸溜溜地说。

“好主意，去吧。”我说。

二排二话不说就往厕所走……排长死死拉住他，我在一旁摇头：“排长，你对自己都这么狠，简直不是人。”

其他人的兴趣被完全钓起来了。看来谁赋予了头发生命，谁就能当它的主人。大家开始瓜分剩下的发蜡，我见岩班长也很感兴趣，就拿个小瓶子给他装了点发蜡，诚恳地建议：“您头发太短了，建议抹在腿毛或腋毛上玩。”

岩班长笑着接过，对我比了个中指。

【多了N个】

学生街上，八达在发传单，他兢兢业业地对往来路人说：“新开业的店，请看一下。”

“不要。”一个群众演员没好气地说。

往前走了十几米，他又看到了八达笑容可掬地递上传单：“新开业的店，请看一下。”

“怎么又是你？我说了不要！”群众演员不耐烦。

走下天桥，又一个八达扑面而来：“新开业的店……”

“我靠！”群众演员大怒，“你怎么阴魂不散啊？到处跑就为了塞给我一张破纸？”

毫无疑问，这是八达和他的分身们在打工呢。发传单什么的虽然薄利，可一旦多销起来……也就是那么点儿钱啦。但八达的出息刚好也只有这么点儿。其实丫也想过更积极的用法，比如变出一堆一灿，卖去当牛郎，这可赚大发了啊！可惜没等实践就被一灿用烟头戳在了脑门正中。

一灿又会怎么使用分身呢？答案是不用。“肿摸索咧（怎么说呢），”他抽着烟，“木有虾米意素吧，幼纪（没有什么意思吧，幼稚）。”成熟的谈吐令人汗颜，直到烂操指出：“你是不希望帅哥太多，分散了你的魅力吧？”——当时一灿明显抖了一下，然后若无其事地抽烟掩饰。

一灿不屑，其他人却很屑。比如大卫，分身出四个自己打篮球去了，因为他们球技相当，所以比赛激烈却毫无进展。关键是我们根本分不清谁是谁，就提议他们不如以露肉程度来区分，比如一个穿好，一个全裸，一个裸上半身，一个……还没说完，五个大卫杀气腾腾地朝我们冲来。

老蜗跟大卫一样，自己和自己玩游戏。其实说到分身，他一开始是拒绝的，因为他大一时遇到过比自己更优秀的分身，还差点儿被取代了呢。“不过这次分出的将是和你一模一样的人哟。”“一样的蠢，一样的懒。”“你们可以一起玩游戏啊，他们就像你的小号！”我们的安慰像春风吹开了老蜗冻僵的心房，他终于振作了起来，继续勇敢地投身游戏大业……

最开心的还数烂操。丫去理发店了！丫要搜集貌美女客剪下的头发，变出一个个千依百顺的女朋友！这家伙永远在泯灭廉耻方面有着清奇的脑洞啊！不过现实是残酷的。你去理发店不消费光盯着美女，理发师能答应？直奔头发而去又太可疑，被误会你要拿头发扎草人怎么办？而且，不是每个理发店都有美女的。佯装等位守株待兔吧，轮到你了又不能不理，但次次都理吧，那很快就没头发了……

总之烂操最后眼疾手快地从一个美女坐过的椅子上顺走了一根头发，他激动地给头发抹蜡，“成为我的奴隶，给我暖被窝吧！”他叫着，一吹头发……结果理发师就出现了。“明白了。”理发师不由分说地拖着烂操去了宾馆，不顾丫一路撕心裂肺的哀号……

那么，我呢？我又是怎么使用这发蜡的呢？

我暂时按兵不动。资源有限，不能浪费，况且目前又没啥需要好几个我齐上阵的事。啊，如果那时我已经是个苦逼作家就好了，就可以变出好几个自己同步填坑。可那时我也就在网上写写东西，没到忙不过来的地步。如果我是烂操那种饥荒年代的吊丝，或许也会想开开后宫，但我不还有春菜和梅子吗？虽然大家也是无名无分啦……

等等。

我忽然想到……分身会对我言听计从吧？然后分身又有着本尊的性格和记忆。如果我变出一个春菜，问她问题……

我是不是就可以知道，有些早该对她说的话，能得到什么样的回应？

【穿过你的栗发的我的手】

岩班长回到了他的110宿舍。气质如鬼如畜如黑帮大佬的大反派率先迎上来说：“老班你回来啦！是先吃饭还是先洗澡？还是先吃我？”

话音未落，大反派忙捂住嘴，岩班长笑道：“你说这种话已经很熟练了嘛。”

“都是被415影响的。在那里，检点的人根本活不下去！”大反派羞涩地说。

在一灿他们搬出去的那段期间，大反派因为跟他宿舍不足一米六的“小朋友”斗气，愤而搬家跟我们做了一阵室友，凭借奇特外在与温良内在之间的反差萌强行融入415。但橘生淮南则为橘，生淮北则为枳，415的土壤又岂是外人能无缝植根？不过大反派已经很努力了。即便后来岩班长亲自调和矛盾，把他请了回去，一些潜移默化的后遗症还是不时浮现。

“你去415啦，他们怎么样？”大反派不无怀念地说，“听说大卫他们搬回来了，一家团聚啦。”

“嗯，很热闹。”岩班长把玩着手中的小瓶子，“他们给了我这个。”

“啥？”

“能分身的发蜡。”

岩班长回来至今，宿舍里除了大反派之外的人都还沉浸在知识的海洋里，空气中弥漫着“我爱学习，学习使我快乐”的气氛，直到这时，他们才抬起了头。

“可以变出很多个自己？”中年人气质的凯西羡慕，“真好，那就能多报几门自考了！”

“生病也不用请假了，有人可以替我们去点名、做笔记。”肤质犹如乡村老农的小芳说。

“讨厌的应酬让分身去，我们就可以把更多心思放在学习上了。”小朋友也说。

……总之全都是415打死也想不到的用途啊！臭学霸，你们对堕落一无所知！

“谁要用就拿去吧。”岩班长慷慨地把瓶子放在了桌上，这个为中华之崛起而读书的宿舍奉行的无疑是共产主义。不过大家谁也没动，因为都暂无需要。好像大卫老蜗那种多变几个人就为了陪自己玩的行为，在110宿舍是要被涂黑脸拉出去游街的。

“对了，老班，”凯西说，“你的快递我帮你放床上了。”

“谢了。”岩班长爬上床，看到一个裹得四四方方的塑料袋，拆开来，是一本英汉词典。

“网购的？”凯西问。

“高中时买的，很好用，最近不是要考六级嘛，就叫家里寄来了。”岩班长摸着封面说，书套的一个胶皮外壳，一看就是有年头的设计了。

岩班长靠着墙壁，翻阅词典，许多页都有他的笔迹，大概是勾起了一些往日回忆，他露出了微笑。

“想想高中那会儿，每天就是读书读书，想不到大学也一样。”小朋友感慨，“真充实呀。”

“有时也会羡慕那些有女朋友的。哎，算啦。没有事业的爱情终究是一盘散沙。”小芳说。

“还是老班好，至少还被倒追过。”大反派说。

众人纷纷看向岩班长，目光里有着六根不净的八卦欲，而岩班长正在发呆，深拧双眉，仿佛看的不是词典而是开国大典，反应过来后笑骂了大反派一句：“你真是跟415混太久了！”之后就带着词典出了门，随手拿上了那个装发蜡的小瓶子。

110宿舍位于一楼，岩班长径直穿过了宿舍区大门，期间频频回头，仿佛习惯顺手牵羊的八达。

却说岩班长三年来都是孑然一身，415曾为此操碎了心，暗暗讨论：“为毛女孩子不能认识到班长的魅力？光是把毛卖给纺织厂都能养活全家好吗？”“‘为毛’”这词用得好！选择岩班长那是真正意义的‘为毛’呢。”“谁比岩班长更值得信赖？就算当街裸奔也会被认为是全副武装！”……

然而，真正的岩班长，却并非一个没有故事的男同学。

岩班长出了宿舍区，小花园、食堂、操场、小卖部等没创意的地点纷纷扑面而来，竟令他有四面楚歌之感。最后他还是来到了光明湖公园，这里虽是公共区域，却又好比公共厕所，在人来人往与独来独往之间维持着平衡。岩班长打开那本词典，只见胶皮书套的后勒口位置，伸出一根头发。

岩班长用手指蘸了一点发蜡，捏住发丝，从头到尾一捋，然后一吹——

单薄的线条如开花般延伸出更丰富的曲线，落地时赫然已是一个短发清爽、身姿健美的女孩。“嗨。”她特自然地与岩班长打招呼。

岩班长瞠目结舌，一身正气都化作了傻气，眼眶不自觉地湿润起来。

“喂喂。”头发染得像颗栗子的女孩冲他挥手，又用力弹了一下他的脑门，“你这是什么鬼样子？铁汉柔情啊？”

“……没……”岩班长竟有些结巴。

栗子上前一步，与岩班长仅隔咫尺，拖起他的手。

【有话好好说，别虐狗】

我到底还是去找了春菜。

大三以来，学姐纷纷毕业，春菜搬了宿舍，有了三个新的舍友，相处起来却没有那么亲密无间了。然后，因为荣升外联部部长，她肩上的担子更重了，三天两头就要开会，参与策划组织各种活动，不时还得客串主持，奖学金也要拿，自考也要考，还被推荐入党……大一的清闲时光一去不复返了。想想啊，那时我们可以没日没夜出去浪，可以花一整天漫无目地骑车闲逛，可以一部接一部进行电影马拉松……她去拉赞助我也总跟着，强行成为外联部的一员，完了再找个苍蝇馆子吃饭。然而现在呢，拉赞助这种杂活早就交给后辈了，忙得脚不沾尘的春菜不再有工夫跟我吃喝玩乐——退一步说，就算有也是跟小猫一起吧？

有时候会感慨：这就是成长的烦恼吧，成长就是这么一个越来越不自由的过程。感叹到后来我总要自卑，因为越来越忙的是春菜而不是我。我，以及415里除了容嬷嬷和锅炉工之外的人，还是把大三当成大一过。反正只看模样，我们都还能冒充自己的学弟学妹。刚开学时，烂操就曾背着书包对一位大三妹子说：“学姐，我是新来的，可以请您带我游览校园吗？”妹子微笑着说：“说出来你可能不信，学长，我在你隔壁班。”

每当觉得自己堕落，我就会写作，虽然不知道这能带给我怎样的未来，但也只能先抓住这根救命排长，不，救命稻草。

走进春菜的宿舍，她却不在，绰号师太的新舍友在。师太眉目清淡，作风低调，看着就像是参破了红尘。她不冷不热地说：“春菜不在。”

“干吗上来就一句，也许我是要找你咧？”我套近乎。

“我不在。”

“不是明明在吗？”

“你看着人在，其实在场的只是皮囊。”

“这皮囊居然还能跟我对话？”

“你听着是话，其实只是世俗的杂音。”

“……这杂音意外的很有条理啊。”

“你觉着有条理，其实只是心魔的蛊惑。”

……这人绝对是信了什么奇怪的教吧？我说：“春菜啥时候回来？不然我等等她好了。”

“不要吧，这里是女生宿舍。”师太用“施主请留步，这里是佛门清静之地”的口吻拒绝。真气人！当年的学姐们从不理什么男女授受不亲，有时还邀我留下来在地板上过夜呢。而师太竟这么对我，真是世风日下，女孩都如此矜持。

我想给春菜打个电话，忽然发现，她的床上有一根头发。

……讲真我来找春菜首先是联络感情的，那根头发让我不平静了。我忽然指着窗外叫：“有佛光！”趁着师太转头，我迅速收起那根头发，烂操偷内衣的手速也不过如此。

“无聊！”师太瞪我，我嘿嘿笑着，告别“白云观”。

要变出另一个春菜，可不能在学校里。想来想去，果然还是只能去光明湖公园。

我便去了那个有过许多故事的地方。高高低低的植物切割着视野，清新湿润的气息不断钻进鼻孔……潜入百花深处，我瞥见了熟悉的人影，忙向树后一隐。

那是大卫，他面前站着小苹果。

“唔……你把我叫出来，有什么事啊？”大卫抓着头，有些紧张。

“你猜呀。”小苹果低着头，圆脸绯红。

“我怎么猜得到呢？”大卫苦恼地摊手。

“不来了，你欺负人家！”小苹果一声娇嗔，转身就走。

“慢着慢着。”大卫拉住她，“你该不会……喜欢我？”

“讨厌！非要人家说出来！”小苹果捂住了脸。

“天啊，我一点心理准备都没有！”大卫激动得不知所措，“其实我……我也喜欢你！”

“那你抱抱人家！”

女孩如此热情，不回应便不算真正的男人！大卫牙一咬，心一横，张开双臂……

“我去，老卫我看错你了！”排长从一片树丛后蹿了出来，如此突然的登场方式，仿佛之前都用尾巴挂在树上，“想不到你贵为艺术的结晶，竟用分身做这种不要脸的事！”

“什么分身？人家才不是！”小苹果乱扭。

“你最好不是。”排长把小苹果手里的一张纸抢过来，上面写着她和大卫你一言我一语的肉麻对白。居然还准备了脚本喔！

大卫狼狈至极，雪白的方脸上不断淌下汗，仿佛一块正在融化的冰砖：“我也不想啊！但如果不彩排这么一出戏来麻醉一下，我怕我会丧失继续追她的动力……”

“这样自欺欺人，跟烂操有什么区别？”

这时，眼镜娘从排长藏身的树丛后走了出来，晃着手里的一张纸说：“我都背熟了，可以跟你告白了吗？”

现场一片死寂……所以你到底是站在什么立场上教育大卫的！

正当排长和大卫相互威胁着谁都不许把这事儿说出去，否则杀人灭口，而我暗暗往树影里缩了缩以免被他们联合灭口时，又一对男女翩翩而来——够了！这里是什么热门景点吗？！大卫和排长闻声两惊，忙带着各自的搭档朝最近的隐蔽处钻……然后就跟我撞了个正着！我干笑两声，给他们四人腾地方。如果不是接着出现的人太过让人意外，也许我当场就被他们做掉了。

来的是岩班长，这本没有问题，有个女孩腻着他，这便成了问题。那女孩的栗色短发十分惹眼，背影洋溢着不容抗拒的活力。

栗子终于舍得松开岩班长的手了，岩班长有些脸红地嘟囔：“你还是那么喜欢拉拉扯扯。”

“得了便宜卖乖，你其实挺喜欢我这样吧？”栗子逗他。

“去……到这里来干什么？”岩班长说。

“这里很安静，没人打扰嘛。”栗子说着，一屁股坐上一张石凳，拍拍身边的空位，“坐下！”

岩班长听话地照办了。十六只眼睛（眼镜娘、大卫和排长都有四只眼睛）透过叶缝偷窥，啧啧称奇。该说是英雄难过美人关吗，往常铁骨铮铮宛若将军的岩班长，此刻活像一个被妖孽调戏的小和尚，虽然这小和尚毛多到只配当鲁智深。

岩班长刚坐下，栗子就调皮地朝他靠上来，岩班长没有拒绝，栗子笑嘻嘻地问：“在想什么？”

“想……居然还有机会和你坐在一起。”

"如果当年你主动点，我们现在连孩子都有了喔。"

"……胡说八道！"

"哈哈哈哈。"

我们已是满头大汗，这狗粮不是在脸上胡乱地拍而是成吨地砸过来啊！这跟《天龙八部》里的禁欲系老秃驴被踢爆早就跟魔女有一腿没两样！

接下来栗子的行为就更大胆了，她轻轻抚摸岩班长爬满胡渣的脸，脑袋凑上去，岩班长整个人都僵硬了……

"呀——"小苹果的分身捂住眼睛，羞到深处自然喊。这家伙就跟她的本尊一样幼稚啊！顿时我们都暴露了。岩班长尴尬发作，指着我们颤抖："你你你你们在这里干吗？！"

这个问题很难回答，好在小苹果二号直接忽略岩班长问栗子："你是班长的女朋友吗？"

"是呀。"栗子叉腰。

"喂，你别乱说……"岩班长窘迫。

"你们什么时候认识的？"眼镜娘二号问，语气轻描淡写，但果然任谁都有八卦之心啊！

"高一就认识啦，还是我倒追他的哟。"栗子说。

我们仨男的则对岩班长勾肩搭背："老岩你不够意思啊。""就是，说好一起吃狗粮，你居然当上经销商。""你怎么勾上那妹子的？是不是答应拿你的毛给人家织貂皮大衣？"

正当岩班长手足无措到了顶点时，意外发生了：栗子不见了。忽然就不见了。

"她去哪儿了？"岩班长失声大叫。

"好像是时间到了。"眼镜娘二号从地上捻起一根栗色的头发。

"她也是个分身？"我们既欣慰又意外，欣慰的是即使是女朋友也不过是岩班长的自导自演，意外的是丫居然如此自降逼格。

岩班长再次给那根头发抹上发蜡，一吹……什么也没有发生。

看来每根头发只能变身一次。岩班长失魂落魄。

【告白的时候一定要用力一点】

分身可以活多久？没人知道。通常他们完成任务就消失了，不管是孙悟空的毛分身还是鸣人的影分身，从来都是打完收工。然而今天，我们却对比出了结论。

——分身的生命，就看幻化成他们的那根头发的长度！

八达的分身消失得最快，长发女孩的分身消失得最慢，这就很能说明问题。仔细研究后我们发现：一毫米的头发变出的分身能存在一分钟，一厘米就是十分钟，所以八达的每个分身差不多就是十来分钟的命，而长发披肩的女孩们的分身总能活个几小时，要换了那些长发及腰乃至长到脚踝的，活一天也不是梦！

不过，这些都不如岩班长的绯闻令人兴奋。那个栗子到底是什么人？她似乎不是我们学校的，岩班长从哪里得到的她的头发？

我在宿舍里跟排长、大卫一起眉飞色舞地扩散岩班长的八卦，说着说着，猛然想起：我去光明湖不是为了变出春菜的分身吗？怎么就回来了？！都怪那些打断我的程咬金！春菜的头发还在，我捏着它再次出门。

但这次我懒得去公园了，直接选在了宿舍楼背后的人迹罕至的地方，掏出头发，发蜡一抹，朱唇一启，呼——

春菜出现在了我面前。

虽然已经看过很多人变出很多人了，但自己制造一个的感觉果然还是很奇妙。就暂时称她为空心菜吧。我问："你什么都会听我的吧？"

"会啊。"空心菜笑道。

嗯，那我就可以放心地问了。我张嘴："你……"

空心菜认真地看着我，神情果然和春菜一模一样。该死，我一下又啥都说不出来了，这感觉就和真的面对春菜没差啊！

"……你等会儿。"说罢，我一头扎入卫生间。我得吃坨……不，我得洗把脸调整一下。无论如何，这毕竟是告白啊。

万万没想到，我回来时空心菜却不见了！我的心一个咯噔，我这个白痴！为什么偷那点儿懒在这里变出个风云人物的分身？熟人看到了怎么办？本尊看到了怎么办？！

我慌忙寻觅起来，跑出宿舍区，一眼看见空心菜在跟一个男生聊天，那人我见过，是外联部的后辈。虽说空心菜不会露出破绽，我还是得杜绝这种情况。我上去丢给那学弟一句"我们还有事"，拉起空心菜的手就走，边走边教育："以后遇到那种人就要躲开，别给自己惹麻烦！"

空心菜笑了："喔，好。"

我把她带回刚才的地儿："我已经准备好了。"

"准备什么？"

"闭嘴，专心听！"

空心菜吐吐舌头，我深吸一口气，还是免不了紧张啊，“你……我问你啊，”我说了，“你是……怎么看我的？”

空心菜睁大了眼睛，我继续说：“如果我跟你告白，有机会吗？”

空心菜连嘴巴也张大了，很好，精确模拟了一切春菜的反应，但我不是要这个啊，我是要你用春菜的脑子给我一个答案！我正想调教，目光越过空心菜，看到她身后十米开外有个人。

……那是春菜？春菜在对我笑？

……不，那不是春菜，那是空心菜！这么说，我刚才告白的对象才是春菜？！

空心菜一脸幸灾乐祸的表情，她是故意离开，好让我把春菜当成她的吗？她为什么要这么做？

春菜显然受到了不小的惊吓，我们相对无言地沉默了几秒，我转身就跑，除了跑也不知道能做什么了……

与此同时，415的八卦触手已经将大反派给拉了过来，大家威胁他快将岩班长的风流韵事从实招来。

“他跟个染发妞谈恋爱？我们怎么都没发现！”大反派怪叫，“说起来老班刚才匆匆走了，说要回老家，和这个有关吗？”

“那妹子很主动，倒是他扭扭捏捏的。”排长说。

“等等，很主动……染发……”大反派眼睛一亮，“老班以前喝醉时跟我们说过那个女孩！是他高中同学，很叛逆的不良少女，特喜欢逗他。老班好像是对她有点意思的。但不可能是她啊。”

“为什么不可能？”

“她已经……死了啊。”

【不一样的美女子】

岩班长回老家的时间一向规律，每月一次，犹如大姨妈。这个月他已经回去过了，所以他好比一个月来了两次大姨妈那么反常。

但岩班长回的不是自己家，而是去了同城另一个地方。一个普通小区里，他敲开一扇门，见到一张憔悴的女人面孔。

“阿姨你好。”

“小岩啊，好久不见。”女人露出一丝疲倦的苦笑，“有什么事吗？”

“嗯……忽然想起她，所以来看看。”

“你有心了。那孩子朋友不多，最常说起的就是你。”

女人将岩班长迎进门，倒茶，聊了些近况。岩班长耐心地陪着她，半小时后才提出：“我可以去她房间看看吗？”

“可以。她走以后，我几乎没动过她房间，还是原来的老样子。”

打开那扇久闭的房门，淤积的空气带着霉味而来，二人都有些黯然，片刻后岩班长问：“我能在这里待会儿吗？”

“当然。”

关上门，密室更显阴沉，岩班长静默了一会儿，开始行动。

墙上挂着个小镜架，托盘里有一把梳子，如岩班长所料，梳子上卷着头发。岩班长小心地将头发取下来，收入一个装证件照的小袋子。他心跳得很快，像偷东西。

不久，岩班长辞别了那个悲伤的女人。看着她深陷的眼窝，他其实很有冲动想帮帮她……“这是治标不治本。”他想。还是走了。

当走得够远了，岩班长取出一根头发，用最后一点发蜡将它涂抹，然后一吹……

栗子再度出现。虽然分身之间的记忆不是共通的，但她见到岩班长时的眉眼笑意却是一致的，依旧是亲亲热热就腻了上来。

“我们去哪里玩玩吧？”栗子歪头。

“好。”

于是，他们开始了约会。一切似乎都自然而然。在林荫街道散步，在路边吃廉价烧烤，钻进书店翻一会儿书，在露天游乐场玩会儿游戏……期间一直牵着手，俨然一对情侣。栗子显得兴致勃勃，教岩班长拧着的浓眉一次次舒展开来，但重新拧紧时，似乎又沉重了几分。

“你在想什么？”栗子问。

“嗯……以前应该多跟你出来走走的。”

“知道就好。”说这话时，他们在一家精品店里，“请我喝饮料吧。”

岩班长点点头，二人刚要离开，店员拦住他们：“小姐，”他对栗子说，“可以请你把口袋里的东西拿出来吗？”

“口袋里什么东西？”栗子的脸沉下来。

“我们少了一副耳环。”店员严肃地说。

“靠，你说我偷东西？你有什么证据？！”

“要证据的话，监控都拍到了。”

“搞错了吧？”岩班长说着去摸栗子的口袋，“给他们看吧，身正不怕……”

栗子一下打掉岩班长的手，掏出一副耳环丢在店员脸上，说：“我本来是要买的，只是先收在口袋里！现在不买了！”

店员火了：“你就是偷东西！我报警！”

“报你妈报！”栗子抄起一个铜像直接砸过去，那店员捂着额头倒地呻吟，岩班长整个看傻了，而栗子越过他快步跑出门去。

岩班长手忙脚乱地去查看那个店员，确定他不会嗝屁后，留下一些钱和歉意，转身去追栗子。结果很快就看到她正和一个男的谈笑风生，甚至还有一些肢体接触。这才几分钟啊喂！

岩班长彻底懵逼了，他快步过去将栗子拉开，栗子不悦：“你干吗？我跟人说话呢。”

“说话需要动手动脚？”岩班长将那男的不怀好意地按在栗子肩上的手打开，那人见岩班长一脸执法部门的人设，敢怒不敢言。

“切。”栗子白了岩班长一眼，掏出一根烟来抽，岩班长困惑地说：“你到底怎么了？”

“我一直都是这样吧，大班长。”栗子冷笑。

“不，虽然你一直做出很叛逆的样子，但你不是那种会偷东西、会随便伤害人的人……”岩班长说，“而且你为什么和那男的……你不是对我……”

栗子妩媚地摸了摸岩班长的下巴，嘲笑：“这才好玩啊，先对你好一点，再给你看看真正的我。怎么样，有没有吓到？哈哈哈，谁喜欢你啊，最讨厌你这种假惺惺的好学生！”

岩班长先是失望，然后缓缓摇头：“不对，这里面肯定有什么不对。你应该听我话的，但却是这个样子，难道……”他抓住栗子，“跟我走。既然是我把你变出来的，我就不能再让你胡来！”

“放手，小心我叫非礼！”栗子抗议。

“你叫吧，别忘了你刚在那店里干过啥。”岩班长说。

栗子咬牙切齿，却不能否认岩班长那好清纯好不做作的正气跟她这种妖艳贱货好不一样，她被岩班长拽着走，不甘心地问：“你要带我去哪里？”

“回我学校。”

【自杀小队】

我明白了。

我明白为什么空心菜会陷害我了！跟我一样被分身陷害的人不止一个——八达就哭诉他的分身后来竟把所有传单抛弃，还跟路人起冲突，害他拿不到工资。虽然工资也就一百来块钱，但四舍五入将近一百万啊！八达的内心是崩溃的。

当我就这一反常现象仔细思考时，我发现，八达的分身跟空心菜有个共同点——他们的"原形"都不是新鲜拔下来的头发。春菜的头发是我在她床上捡的，八达也是在枕头上发现了几根短小碎发，想着既然有现成的，那就不用拔新的了……这人居然连头发都要省啊！

"新拔的头发刚脱离人体，所以比较好控制。"锅炉工分析，"反过来想，断了一阵子的头发肯定就容易失控啊。因为发质开始变差了，发质差，人品就差！"

"不对啊。"大卫说，"岩班长变的那个染发妞，大反派不是说她早就去世了？那头发应该是更早的了，怎么不见她有问题？"

"也许她把岩班长带到林子里就是要做什么坏事呢，只是在那之前就被我们撞见了而已。"排长分析。

"听说班长回老家了，该不会他有地方能弄到那女孩更多的头发吧？"烂操突发奇想。

"怎么可能啦！好恐怖啊！"容嬷嬷毛骨悚然。

而这个时候，岩班长正带着栗子，坐车返校。他不与栗子说话，宛若押送犯人的警官。

"凶什么嘛，聊聊天呗。"栗子像狐狸精一样勾引着大王。

岩班长看了看她，低声道："其实我变你出来，只想和你说一句话而已。只是看到你后，我……很高兴，就忘记要说了。"

"好纯情啊，什么话？"

"……对不起。"

"嗯？"

"你们这些头发变的分身，拥有的记忆大概只到被拔下来为止。"岩班长说，"你的本体有天约我翘课去海边，我没答应，那时课程已经很紧张了，她就自己去了。她老是喜欢做些离经叛道的事。后来，她爬上了一块礁石玩，因为涨潮没能回来。"

岩班长看着栗子，眼里流露出哀伤："我一直想，如果那天我和她一起去，也许她就不会出事。"

栗子低头，头发遮住了脸，她自嘲道："我以为只有我这种存在是短命的，想不到她也是。我们真可悲。"

岩班长见她的肩膀微微颤抖，忍不住想要安慰她，不料栗子猛地抬起头来，天灵盖重重撞上他的下颚，撞得他整个人仰倒在后一排的座位上去了。

有人发出惊叫，司机连忙停车。而栗子迅速在岩班长的身上搜了搜，然后直接跳车窗逃亡。

这时距离我们的学校已经不远。

栗子到415时，天色已晚。我们都吃饭去了，剩老蜗一个人如被焊在床上般勤快地打着游戏。栗子进来时，老蜗百忙中抽空看了她一眼，这要是烂操早就扑上去叫"欢迎光临客官里边请您是要睡我还是睡我呢"，而老蜗真的只是看了看，很快又将注意力收回到了屏幕上。

栗子逃跑时带走了岩班长的手机，里面有一条"415容嬷嬷"给他发的未读留言："班长，用不新鲜的头发变的分身会很危险，要注意啊！"——相比其他工作上的留言，这一条简直如鹤立鸡群般清新，也成为栗子顺藤摸瓜的依据——当然她也想不到，那罐发蜡就直接放在桌子上。打开来，仅剩底部的一圈了。

栗子拔了根自己的头发，一抹发蜡，吹……什么也没发生。她自言自语："不是真人的头发果然不行。"她又摸出了一个小袋子，赫然就是岩班长搜集的、她本尊的头发。

这次再一抹一吹，宿舍里总共有了五个栗子！

"我快没时间了，长话短说，"戏份最多的那个栗子吩咐接班人们，"我们的原主人，你们懂的，装着一副叛逆样掩饰她是个胆小鬼，但还是早早挂了，喜欢的人撩了那么久也没撩到。我们也活不久，不能再像她一样憋屈了！不如我们大闹一场吧！"

其他栗子纷纷露出宛若小丑女哈莉•奎恩的坏笑。然后戏份最多的栗子欣慰地消失了，其他栗子则摩拳擦掌，跃跃欲试。

"干！"老蜗玩完一局，总算有精力兼顾现实了，转头一看栗子变成了四个，吃惊地问："你们这是干吗？对了，你们谁啊？"

四个栗子各拖着一把椅子走向他，没头没脑乱砸，老蜗没想到这些女的这么狠，直接晕在了床上，然后一个栗子随手将他刚打回来的装备又都删了。

"爽！"恶意全开的栗子们兴奋对视，"走，玩点大的去！"

男生宿舍的门口大多摆着酒瓶，那都是从小卖部买的，之后会有人回收。四个栗子每人抱了一箱酒瓶，分散前往不同的方向，一路走一路把瓶子乱丢下楼，“呀喝——”伴随欢呼响起的是刺耳的破碎声与尖叫声。一轮酒瓶炸弹投完，她们又操起了扫帚晾衣架板凳等利器，狠狠地将每间宿舍向走廊方向开的那扇窗逐一敲碎。她们奔走于不同的楼层，好让疯狂的节奏立体式奏响！

“死八婆！”反抗军终于出现，有气急败坏的男同学捋着袖子冲出来教训她们，谁料一个栗子竟操起棍子迎着他冲上去，不管不顾的神态直接把对方吓怂了，挨着闷棍抱头鼠窜回了宿舍。栗子又随手抄起他们桌上的打火机和课本，将火团朝着宿舍里楼底下乱丢，甚至开始烧窗帘烧衣服，人仰马翻的气氛愈演愈烈！

……却说我们从外面吃完饭回来，只是半小时的工夫，宿舍区居然演变成了灾区！不断有门窗被砸，不断有瓶子从天而降，不断有烟雾从房间里冒出……怎一个群魔乱舞了得啊！更可怕的是，这样的混乱还有愈演愈烈之势！“我们宿舍不要紧吧？”容嬷嬷大叫。“我的水壶不要紧吧？”锅炉工也大叫。喂，你的重点就是这个吗？

一灿当时就拔腿往上冲了！不用问肯定是担心老蜗。许多逃难的人逆着一灿冲下楼，不明真相的吃瓜群众忽然就被卷入如此动荡之中，简直以为有人正在发动一场低配版恐怖袭击。

一灿来到四楼，正看到一个栗子兴风作浪，气不打一处来的他大步向前，那栗子见一灿风姿凛冽，不敢怠慢，竟反手祭出剪刀一把，发丝一根，是的，栗子的遗发还没有耗尽！她三下两下将那头发剪得粉碎，就着发蜡一吹——

七八个栗子几乎把整个楼道塞满了！那些碎发每根也就几毫米，换言之每个分身只能存在几分钟，然而完全够用了！她们用人海战术征服了一灿，然后开始扒他的衣服，大摸特摸……等一下！为什么唯独对待他的方式不一样！

我总算明白区区几个栗子怎么就能闹得这么大了，一来还有增员余地，二来下手毫无顾忌！比如我们对付她们只会想着敲晕放倒，而她们一言不合就拿碎酒瓶来插你，这时你除了屁滚尿流还能怎么办？大概也就只能尿滚屎流了……

正当事情朝着不知如何收场的境地发展时，有个人摇摇晃晃地走进了群魔乱舞的宿舍区，那是岩班长。110宿舍的人大声对他喊：“老班快跑！一群疯女人在搞破坏啊！”

“……我要负责。”岩班长颤抖。

“先走吧，估计再过半小时，她们就会变回头发了。现在……”我说。

但岩班长却坚定不移地向前走着，一边走，双手一边将额头的汗往头上抚，渐渐的他的手变得亮晶晶的，啊！说起来，最早的时候我们不是给他的脑袋上过一些发蜡么，那些发蜡一直留到了现在？！只见岩班长将湿润的双手猛地伸向胸前，用看了都会痛的力道拽下一大把胸毛，鼓嘴一吹——

至少十个岩班长堂堂登场！他们随手操起能用的武器，杀气腾腾地分头上楼，而岩班长阴沉着脸，用宣布中国一点也不能少的凛然正气怒吼道："教训她们！！！"

那一刻，一些遥远而闪光的记忆重被收进匣子，继续安静地沉眠。

高三某个晚自习的夜，不知怎么停电了，教室里引起了小小的骚乱。岩班长正要出面维持秩序，忽觉有个人向他挨近，出其不意地亲了他一下，很快电来了，窘迫的岩班长却不知道谁是那个恶作剧的人，只是在衣服上发现了一根染过的头发。

他没有求证的勇气，却鬼使神差地将那根头发收藏了起来，心情忐忑中又有一丝甜蜜。

【我还踮着脚思念 我还任记忆盘旋】

有史以来最严重的一次人祸，总算是结束了。

搞不好用胸毛、腿毛这些力量型部位的毛发变出的分身意外的更有杀伤力，因为岩班长的胸毛大军完全碾压了栗子兵团，当时的局面颇有孙悟空嚼碎毫毛吹出猴子猴孙大战天兵天将的热血。后来烂操突发奇想地说用腋毛分身不知会不会起到熏人效果？赶在丫开出更不堪的脑洞前，我们用臭袜子堵住了他的嘴巴。

虽然警报解除，但岩班长仍是愧疚的，他毕竟没有《大鱼海棠》的女主那种心安理得连累街坊的胸怀。后来的日子，他努力通过捐献奖学金之类的行为为栗子擦屁股，只能说，岩班长真是个不逃避任何责任的男子汉。

那么，我呢？

我想，我也不能就假装我啥也没对春菜做过。我必须面对。

于是这天，我去找了春菜，她看到我的反应远比看到栗子军团卷土重来时更大。

"嗨。"我打招呼。

"嗨。"她轻声说，语气里有我从未见过的羞涩。

"是不是该回答我那天的问题了？"

"……"

“就那个问题啊，你怎么看我的，我要是告白，你能接受不？”

“……阿福……”

春菜正要说什么，只听一阵“喂喂喂喂喂”由远而近，又一个我飞奔而来，将前一个“我”撞倒在地，那个“我”恰到好处地消失。

是的，他只是个需要加引号的分身。这突然的变故让春菜不知所措，我忙说：“啊靠，我之前不小心弄出了这个玩意儿，结果他居然到处乱跑，做些让我困扰的事。他没对你怎么样吧？”

“你是说……”春菜茫然，“呃，你之前有没有问过我什么问题？”

“什么之前？什么问题？我们这几天都没见面哎。”

春菜不语，只是看着我。

我故作镇定：“难道我的分身对你做了什么？”

“……没有。”春菜缓缓道，“他什么都没做过。”

Chapter 10

生命WiFi事件

我说：“该交网费了，不然就该断网了。你知道的，断网好比断子绝孙那么痛苦。”

大叔说：“哈哈哈我这种单身狗注定断子绝孙啦，早就有心理准备了！你这样形容完全不足以表达事态的严重性！”

我正为自己的文字表达不到位而羞愧时，大叔不知为何潸然泪下。

【我爱游戏，游戏使我快乐】

事情开始得很突然，先是“砰”的一声，我感觉到床铺晃动不已。

“烂操！你又在做什么变态的事？”我放下漫画往下铺看，惊讶地看见那口箱子从床底下跑了出来。

那口箱子——装了各种道具、撑起本季《青妙》半边天的箱子，话说其他剧组的法宝都是“天如意”“福寿佩”“青珀眼”什么的，只有我们家是玩偶、枕头、指甲油，T恤、发蜡、门钥匙，封条、喷剂、接力棒，这是怎样的逼格差异啊！——总之那口箱子跑出来了。

现在是光天化日，宿舍里人多势众。我们从不同角度盯着那箱子。继自己跑出来后，它又自己开盖了，里面的东西稀里哗啦朝外井喷，弄得满地狼藉，再然后，那个被密码保护着的盒子浮到了空中。

盒子开始凌空乱舞，上下颠簸，好像……好像有什么想从里面出来！我们曾研究了很久怎么打开它，如今这是要自揭谜底啦？不是说好了真相通常不在杂志刊登而收录在单行本里好逼着读者去买吗？（编辑：……这种话不要说出来啊啊啊！）

盒子努力了一阵，到底还是没打开，便仿佛失去力气般跌回了箱子里。箱子重新被哗啦翻搅，我们脑补成那盒子正在打滚耍赖发脾气。

好容易所有的动静都平息了下来，箱子没有了骚动的迹象，密码盒也安分地躺着，看来真相注定要留在单行本里说明了……（编辑：够了！！！）

我们本来超想打开这盒子的，现在热情有点下降了。搞不好这是潘多拉的魔盒，关着各种妖魔鬼怪呢！

围绕这个突发的闹剧闲聊了几句后，我们就继续干自己的事了。爱整洁的容嬷嬷主动收拾起了地上的东西，再把箱子推回床底。做完这一切，老蜗回来了。

最近的老蜗堪称415的King of倒霉蛋，含辛茹苦打下的装备两次被删，其中一次还是一灿动的手，第二次笔记本都给砸地上了。当时的老蜗那个悲愤啊，丧偶也不过如此。

我们看着心疼，纷纷安慰。我说："我理解你的痛，要是我写了很久的小说没了，我也会崩溃的。"

"要是我攒了很久的钱全丢了，我非自杀不可。"八达加入感慨。

"要是我失去了跟阿天那么久的感情，活着也没意思！"容嬷嬷眼眶湿润了。

"要是我失去了这保持了二十多年的童子身，"烂操叹息，"那简直做梦都要笑醒！"

我们把烂操按在地上打："你他妈破坏气氛！""还叹息！叹息屁！""给他打死！"……

这件事告诉我们，一个人的悲伤终究还是得自己消化，所以老蜗消沉了几天后还是振作了起来。在本子送修期间，他开始频频去校外的"网络一线牵，相逢是缘"网吧练级。顺便一提，那网吧最近正筹备分店，招牌已锁定"网络一线牵，感恩有你"。

"折腾死了，总算修好啦。"老蜗喜滋滋地把本子放在桌上，"这就不用再去网吧通宵啦。"

"你黑眼圈很严重诶。"我说。老蜗本就黑如服部平次，想不到黑眼圈还能脱颖而出。

"没办法，在网吧困了只能睡沙发，沙发又很多人抢。"老蜗说着，打了个天大的呵欠。

“里酱找网费处洗（你这样早晚会猝死）。”一灿抽着烟说。

“死就死，那个世界也有游戏玩就行。”老蜗笑嘻嘻地说。

时至今日，老蜗仍是本校堕落榜上的第一人，而我们都已身不由己地被时间的洪流推着走。有些人的未来很清晰，比如容嬷嬷和锅炉，注定要为爱奋斗；有些人大概会走家里铺好的路，比如大卫的家人让他出国，金氏的家人则想他考公务员；有些人虽没有目标，至少还会垂死挣扎，比如八达没事就去打工，我一感到迷茫就开始写作；有些人身上则散发出谜一样的自信气场，比如一灿没事会看创业情报，排长常跟跑业务的学长取经……就算是活得很随便的烂操，偶尔也会跟我们讨论：“哎你说我该不该考个证啊？哎你说我适合啥工作啊？”可能一转身丫又忙于撩妹了，但至少不是全无危机意识吧。

唯有老蜗跟世界是脱节的，对未来没有计划，对现状没有不安。其实现在把游戏当职业的人也不少，我们也曾怂恿老蜗往那方面发展，这样就可以撮合兴趣与事业这对CP，但老蜗的第一反应是：“诶？那不是很麻烦？再说啦！”对自己最热衷的事都是这种态度，这人没救了！

……虽然，有些时候我们又都挺羡慕他的。

渐渐又到深夜了。当天晚上，我们如常躺在被窝里开卧谈会，而老蜗也像真正的蜗牛那样全身裹在被子里，只露出一双眼一双手玩游戏。玩着玩着，他开始东倒西歪。

“芥末困（这么困）？”一灿问。

“不，不困……”老蜗努力稳住身形，声音却难掩疲惫。

“酱还不系困（这样还不是困）？”

“鬼知道，忽然好累。”老蜗说了两句话后开始大喘气，好像陷在某种高原反应里，“见鬼，头还痛！”

“你生病了，还不快去睡！”大家长老排下令。

老蜗今晚本来是想跟亲爱的笔记本小别胜新婚一番的，半途而废如何甘心？但身体又实在吃不消，只见他咬牙点了几下鼠标，忽然脑袋一磕，直接倒在了床下。

这一来大家都吓到了，纷纷从被窝里探出关切的脑袋，其中大卫更是冲动地跳下床，然后秒速爬了回去，十二月了，超级冷的！一不留神地上又会多他一具裸尸。

就当我们以为接着该上演“老蜗你醒醒！老蜗你别离开我们啊”的时候，他又睁开了眼睛，一副虚得不行的样子。离得最近的一灿和八达忙将他往床上搬，其他人专心围观，唯有容嬷嬷忽然一声尖叫。

“又怎么啦？”我们问。

“刚才有一张脸在窗户那边……”嬷嬷惊魂未定。

“……什么样的脸？”

“披头散发的……女孩……”

【一个叫老蜗的男人决定去死】

我们估计老蜗是连日熬夜透支了体力，于是以“留得青山在不怕没柯南”“不能让排长白发人送黑发人吧”等名言逼他先睡为快，满以为第二天就好了，结果次日丫仍精神不振，静躺如尸，双眼无神地看着上铺的床板。

“这麻木的模样，多么像刚被谁给侵犯了。”烂操说。

“他一直盯着上铺，不用问就知道下手的是一灿。”金氏说。

“想不到一灿普通话烂，人品更烂！”我痛心疾首。

“素滴，接着就润到里萌鸟（是的，接着就轮到你们了）。”一灿微笑着把拳头捏得咔咔响。

然而老蜗却一点儿反应也没有，换了平常就算不扁我们，好歹也会吐个槽啊！容嬷嬷关切地问：“还是很难受喔？”

“嗯，大概快死了。”老蜗幽幽地说。

我们都把这话理解成幽默，什么嘛，这家伙还是挺可以的！我就配合道：“人固有一死，或轻于排长，或重于金氏。”

“死了也好，早死早投胎。”老蜗凄然一笑。

“别这么说，八达尚且偷生。”

“如果能有下辈子……算了，还是不要有了。”

“如果烂操有妹子……算了，还是不要有了。”

我被一群人围殴时，老蜗绝望地闭上眼睛，俨然癌症晚期患者。

“别开他玩笑了，他好像真挺低落的。”锅炉工说：“呐，老蜗，你渴不渴，我烧壶水给你喝？”

“不然我帮你买早餐吧？就算没胃口也多少买一点。”“司马八达”之心路人皆知。

“理他呢，信不信一会儿玩两盘游戏就好了？”排长哼道。

“看老蜗这样，传统游戏已经不能满足他了，必须整点儿新鲜的！”金氏大声说，”比如医生游戏！”

“大夫，俺家阿金的痔疮啥时候能好呀，俺可就这一个儿子！”排长立刻进入心急如焚模式。

“大爷您放心，痔疮什么的已确定是误诊，而且他也不是您儿子。”金氏言辞诚恳，充分体现了何谓医者父母心，“您在清朝净身后就丧失了生育功能，忘啦？”

两个人扯着对方的头发厮打，中国的医患关系真是太紧张了！

“你们对医院的理解就是这样？肤浅！”烂操鄙夷，然后一拍嬷嬷的屁股，“哟！容护士，今天也很有活力嘛！”

“嘤。”嬷嬷娇吟，“讨厌，院长您干什么啦？”

“嘻嘻嘻有什么关系？难道你不想转去日班部？”

“可……可是……啊院长，不可以……”

“你们俩对医院的理解更不对吧！”我们齐声吐槽。

然而我们都嗨成这样了，老蜗却还是一脸的生无可恋！根据后期的采访，丫当时没干劲到了极限，觉得什么都麻烦，说话也麻烦，躺着也麻烦，头脑昏昏沉沉，身体恶感翻涌，难受得……就好想死啊。

在这种愈演愈烈的痛苦的催化下，老蜗鬼使神差地爬下床，越过我们，步履蹒跚地出了门。我们没有在意，都以为他是去上厕所，这人呐，只要还拉得出来，就不必担心……

……然后，我们忽然看到门口走廊上的老蜗费力地攀着栏杆，在往上爬！

我们登时就傻了啊！栏杆不高，老蜗不矮，就算没啥力气也还是上去了，怎么看都是要……跳楼？！

为什么一言不合就要跳楼啊啊啊啊啊？！

但，也就是一到两秒的工夫，某种力量拉住了老蜗，我们清楚地看到他倾向楼下的身姿忽然倒退，以迅猛的速度摔回了走廊里。结束比开始得更让人措手不及。

“……芥家佛，次错药鸟（这家伙，吃错药了）？”一灿嘴里的香烟掉下一截灰。

“……所以刚才那些要死不死的都是真心话咯？”锅炉工后怕地回味。

烂操则在愣了半响后缓缓说：“嬷嬷，你昨晚是不是说看到了一个女的？”

“你也看到了？”

“她是不是穿得非常性感，有着深邃的事业线？”

“……你看到了什么鬼啊！”

“气氛太沉重了，我开个玩笑。”烂操正色。我靠，你会不会看场合啊！

“就刚刚，老蜗飞回来的瞬间，我好像看到一个女的在背后抓住他……”

“这么说，是她救了老蜗？”容嬷嬷说，“太好了，昨晚看到的她有点可怕，还以为是坏人呢。”

一灿把烟头丢在地上踩灭，说：“随棱保赠不似呢（谁能保证不是呢）？”

【WiFi是个好东西，希望你能有一个】

老蜗轻生未遂一事让我们如临大敌，问丫到底是哪里想不开，丫翻来覆去就是“人生是假，嗝屁是真”“为我们的嗝屁干杯”这几句，是有多厌世啊！当晚我们开始认真研究是不是该让一灿跟老蜗同床共枕，有个万一一灿还能压住老蜗，最好他们还能一丝不挂，这样老蜗就是挣扎出逃了也跑不远……这个讨论最后终结在一灿的乱拳之中。

至于烂操和嬷嬷都看到了的神秘女子，并未再现身，哪怕我们冲着空气对她表达了感谢和面基的渴望，丫都无动于衷。倒是另一个久违的配角再次登场了。

林姑娘。

想必大家还记得，春菜以前是和一堆学姐同住，林姑娘是学姐中跟我关系最好的一个。现在我们大三了，她们也都毕业了。林姑娘如今在一家公司实习，几个月不见，整个人变成熟了，着装和妆容都让我首次感受到跟她的年龄差距。

我是在学生街偶遇林姑娘的，当时特高兴，立刻想叫春菜出来，三人吃顿饭聚聚，但林姑娘笑着说：“不用了，我就是路过，一会儿就走了。下次专门找你们约吧。”

“好。”我感到很可惜，“下次”通常是一个无疾而终的FLAG，要不怎么说择日不如撞日呢?

“其实比起见春菜，我更喜欢见部长你。”林姑娘笑着捏捏我的脸，叫着学姐们给我起的绰号。

“想不到你跟春菜已经貌合神离到了这个地步，的确，撕逼是所有女生的归宿……”

“去！”林姑娘打了我一下，“我跟春菜当然还是很好。只是她现在的状态已经跟我们差不多了。我是说，她不太像个学生了，那么忙，随时可以转型社会人似的。倒是部长，你还跟第一次见面时一样。”

“你在说我不成熟就对了！”

“我很羡慕你啊，看到你就觉得很轻松。”林姑娘笑着说，“最近在忙啥？”

“最近啊，忙着救人呢。”

我就随口把老蜗的事情告诉了林姑娘，他俩在当年的“新旧更替事件”中有过一点交集，关于现在的林姑娘是原装的还是升级版曾是个著名的话题呢。

“活得不耐烦啊……”林姑娘说，“我听过类似的故事，是著名的‘校园七大不思议’之一。”

“跟我说说。”我就暂时不吐槽什么“七大”了，我经历的事件都超过“七十大”了吧……

“我们学校以前有过一个校花。”林姑娘说：“很多男生都迷她，但不知道她是哪个班的，也有说是外校的，总之经常神秘地出现，吸引所有人的视线。”

“想必她一定好清纯好不做作，和那些妖艳贱货好不一样。”

“……想追那个女生的人很多，常常可以看见她跟不同的男生在一起，所以就开始有些流言了，说她很随便，到处钓凯子什么的。还有一些人则开始传她不是人。”

“‘黄鹤王八蛋！你不是人！你还我血汗钱’的那种‘不是人’？”

“……不，就是字面意义上的，说她不是人类。因为跟她走得近的男生渐渐都变了，变得体弱多病又消极，有些人还差点自杀了。人们都说他们是鬼迷心窍了，是那个女孩吸走了他们的精力。”

“忽然变成很传统的鬼故事了啊！后来呢？”

“没有后来了，也没听说她被什么法师抓了起来，也许去别的学校作案了呢？”林姑娘笑笑，“这故事是很土，不过有一个细节挺时尚的。”

“啥？”

“据说那个神秘女孩的手背上，有一个图案。”林姑娘指着手背，“猜猜是什么？一道道弧线组成的扇形。是的，是WiFi信号！哈哈，是不是很违和？”

我却沉默了，这个细节怎么有点熟悉？我是不是忘了什么？

又聊了几句后，林姑娘跟我道别，我返回415，进门就拖出百宝箱翻找，大家问：“你干吗？”

“你们还记不记得箱子里有个印章？”

“印章？有那种东西？”老年痴呆的排长说。

“有啊有啊。”八达踊跃举手，不愧是对全宿舍资产了若指掌的男人，“就那个吧，比手指大一点，印着WiFi信号的。”

“对对，就是它！”

我果然没记错，是有那么个印章的，可当时并不知道它有什么功能，于是就一直搁着，听了林姑娘的故事，才发现它可能跟那个“花心女”是有关联的。诶，这么说来，那天晚上箱子不是发生过异动，东西被乱丢出来了吗？老蜗也是在那之后各种不对劲的……

难道，当时其实有个我们看不见的存在正翻箱倒柜？是丫抓着盒子乱摇乱晃，给了我们“有东西要出来”的错觉？难道那家伙的目标一开始就是印章，最后骚乱无疾而终，是因为它已经拿到想要的了？

我把分析说给大家听，一个两个都露出提壶灌肠……不对，醍醐灌顶的表情。金氏说：“所以那印章是干吗用的啊？”

我想了想：“WiFi图案一般是代表‘附近有可用的无线网络’吧？如果老蜗的症状真是那个神秘女孩引起的，而那是因为她用印章在自己身上盖了个WiFi图案，那说明——”

“说明那个图案，能让人像蹭网一样，蹭别人的生命！”锅炉工大声说。

“因为生命力不断流失，所以老蜗整个人才死气沉沉，连活着的欲望都没了！”大卫也懂了。

“但是老蜗真要去死的时候，那女的又救了他，因为老蜗一死，她就没命可蹭啦。”烂操说。

“为什么那女孩需要别人的生命？难道她自己……已经没命了？”嬷嬷恐惧地说。

至此，名侦探集中营415总算靠推理加脑补揭开了谜底。而另一边，老蜗仍旧像葛优那样瘫在床上，一副“啊怎样都随便啦，好想变成芝士面包喔”的样子，真令人火大啊。

“里债吗？粗奶吧（你在吗？出来吧）！”一灿冷不丁叫道，他碾灭了烟头，环顾室内，我们也跟着东张西望——既然老蜗现在是一个提供WiFi的“热点”，那么连接他的那个“女鬼”，总不能离得太远吧？也许她就在这屋里！

“粗奶啊，偶民堂堂（出来啊，我们谈谈）！”一灿又叫。

女鬼还是不现身，是不在还是不想理我们？

“大卫，脱！”烂操忽然下令。

“靠，为什么要我脱？！”大卫一边抗议一边飞快地宽衣解带，转眼只剩一条裤衩，不愧是人称“裸奔界的博尔特”的人！就在他即将抛弃裤衩时，虚空中响起一声大骂：“够了！变态！”

一个长发飘扬的形象从空气中渗透了出来。从嬷嬷和烂操的反应看来，这就是他们都见过的那个女孩了，她果然就像林姑娘的故事里说的那样，颜值极高。

“真出来了！蹭网的脸皮都很厚，我本来不太有把握的。”烂操惊喜。

“话说，如果我脱光了她也没出现，你打算怎办？”大卫问。

“我会建议大家一起脱，不信辣不到她的眼睛！”烂操说。

“……滚！”我们异口同声。

女鬼——那么擅长蹭网，不如就叫她佩妮吧，看过《生活大爆炸》的都知道这个梗——面有愠色，显然烂操那带有羞辱色彩的战术激怒了她：“你们好大胆子，知道我不是人还敢惹我。”

“呵，不是我夸口，曾几何时，每天都有幽灵排队来点我。”金氏伸出食指，在唇前轻轻晃动，“那时的我，可是有着‘公共汽车’的美称唷。”……我怎么不记得有人那么叫你啊？而且这真是美称吗？

“见过世面的啊，难怪了。”佩妮哼了一声，“有些人会暂时性地获得灵异体质，但你现在显然已经不是了。就算是，我也绝不想上你的身。”

“里先停几害他，债缩会话（你先停止害他，再说废话）。”一灿指着恍恍惚惚的老蜗说。

“不可能。如果停了，我连像这样跟你们说话都困难。”

“什么意思？”

“没错，我是幽灵。”佩妮说，“幽灵一般会被死神带去另一个世界，而我逃了，然后才知道，其实幽灵在人间会渐渐消亡，没法被人看见，也没法碰到东西，就仿佛这个世界已经容不下我们了，那些强大到能引发‘闹鬼’现象的幽灵只是极少数。”她看了一眼老蜗，“……当然，如果生命力能及时得到补充，就不一样了。”

我想起过去给死神打工时，也曾给一个幽灵赞助过生命力，让她可以暂时实体化，想来佩妮说的是同样的原理：“就是靠那个印章？”

“对。”佩妮竖起右手，我们看见她手背上清晰的扇形，随即她握紧拳头，身体四周竟有文字飘浮，赫然是我们的名字！除了老蜗之外，所有的名字都带着一把锁。

“在身上盖章，就能搜到附近的‘信号源’，这是幽灵间流传的一种黑科技。”佩妮说，“我认识一个人，以前也是住你们这间宿舍的，他有这么个印章。我的旧章快褪色了，就来这里碰碰运气，还真的找到了。”

415的前房客果然不是省油的灯，原来早就跟佩妮有一腿了。而且，我们之前的推理大部分都是正确的。

“你没经过同意就吸取别人的生命力，会害死他们的吧？”容嬷嬷说。

"没办法，我还有事要做，不想那么快消失。"佩妮冷然道。

"偶八懂，里为森马子盯则他（我不懂，你为什么只盯着他）？"一灿指着老蜗质问。

"很会抓重点嘛。"佩妮赞许，"很简单，蹭网需要密码，只有两种生命WiFi是不加密的。一种是公共场合一大群人同时浪费的生命能量，比如明知是烂片还去看，就是绝对的浪费生命行为，这类能量会自动凝聚在该空间，没有密码，但纯度和稳定性不太有保证；另一种生命WiFi则是出于个人原因而没有密码——你们知道密码是由什么决定的么？"

"身份证号码？""生日？""罩杯？""身高体重？"我们众说纷纭，佩妮笑着摇摇头："答案是——你最在乎的人的名字！里面的原理我也不太懂，大概是只有这么一个人，才配让你敞开生命吧。"看看老蜗，"而他没有最在乎的人。或者说，他的'在乎'没有足够的分量。这不奇怪，许多人也像他一样，可是很少有人连自己也不在乎的——所以，他的生命WiFi不需要密码就能连。"

佩妮这一番话让我们都不禁陷入了思索。我们"最在乎"的人是谁呢？我想这里面可以毫不犹豫给出答案的是嬷嬷和锅炉，至于其他人，排长对眼镜娘的感情，大卫对小苹果的感情，都有着"足以敞开生命"的高度吗？我自己又如何呢？

但可以肯定的是，就算搞不清楚自己爱的是谁、有多爱，我们却都还是爱自己的。你看烂操，从不觉得自己丑或矬，看上谁就去追；又如八达，看起来过得苦逼，但其实乐在其中；金氏对自己总是怀着一种领导式的优越；一灿就更不用说了……

除了老蜗。我很想说，老蜗也是爱自己的。你看，他绝不委屈自己做任何不乐意的事，能依赖别人就尽量依赖，而他只管打游戏、打游戏和打游戏就好。可打游戏于他又只是"反正没别的事可干"的消遣，不像写作于我是一种自我价值的体现。老蜗将有限的时间投入到了无限的逃避现实中去，也许所谓"什么都不在乎"，就体现为这份对自己、对人生都缺乏追求的麻木吧。

"所以我也不是只针对他，要怪就怪他自己活成这样吧。"佩妮耸肩。

"……你还有理了！没出息就该死是吧？"排长回过神来，痛骂道。

"我没有非要他死，但我得储蓄生命力。你们没有网可以蹭的时候，也会备足流量吧？"佩妮说。

"里租不租叟（你住不住手）？！"一灿怒了，伸手去抓佩妮的肩头。

佩妮轻易甩开了一灿，不等我们再动手，415忽然剧烈摇晃，如遭地震，桌椅杯桶啥的还胡乱飞起，打在我们身上。出现了！这是著名的"骚灵现象"啊！

闹鬼闹得很凶的屋子里经常可以看见的！与此同时，老蜗更辛苦了，仿佛谁扼住了他的喉咙般呻吟不已，感觉下一秒，体育课上学的人工呼吸就要派上用场了！

“别再惹我了，这些多余的能量支出也是你们的朋友在买单。”佩妮冷冷地扫视了我们全员后，淡出了视线。

我们坐在地上，惊魂未定，怒气上涌。半晌，大卫问：“那个全体脱光羞死她的战术，还搞不？”

【老蜗是我们的也是你的，但归根结底是我们的】

跟佩妮打开天窗说亮话的隔天，我们去了万达影城。“我们”是指我、嬷嬷、一灿和老蜗，以及虽然看不见、但必定也像水蛭一样亦步亦趋的佩妮。

“这部电影口碑很好，听说看了会更加热爱生活，你就不会老想死了。”我对老蜗说。

“女主角是现在最红的叉叉叉唷！超正的，你保证会被圈粉！”嬷嬷也说。

“抗王片偶民去次点吼滴， 西淫可没化享搜芥些（看完片我们去吃点好的，死人可没法享受这些）。”一灿也说。

老蜗仍是状态不佳，他今天穿着一件连帽衫，帽下的脸无精打采，目光透着煎熬与怨念，似乎是不满我们强拉他出来。

电影还有半小时开场，开场之前我们先去了厕所。我和一灿一左一右地陪着老蜗进去，防止丫用便池的水溺死自己，而嬷嬷在厕所外等我们。

“你在吗？聊几句吧？”看看四下无人，嬷嬷说。

佩妮现身了。似乎已懒得再故作神秘，她对嬷嬷嘲笑道：“你们在干吗？想对他更好一点，好让他能更留恋你们，留恋到WiFi产生密码？”

“……你都看穿了啊。”嬷嬷干笑，“是挺难的，但也只能死马当活马医啊，谁让大家是兄弟呢？”

“呵，还不如祈祷我早点存够流量，然后离开这里。”

“你要去哪里，要干吗？”

“不关你事。”

“不，你说出来，如果我们能帮上忙，你就会放过老蜗了吧？”

佩妮皱眉，似乎没想过这样以逸待劳的办法，正琢磨着，我们从厕所出来了：“电影要开始了，走吧。”

在我们走向观影区的路上，嬷嬷还在奋力说服佩妮放下屠刀，虽然后者一言不发，但看来似乎不是没有心动。

“还等什么呢？别再犹豫了！快快拿起你手中的电话……”嬷嬷的游说台词真是越来越不对劲了。

“你的提议不是没有道理。”佩妮淡淡笑了一下，“可是，我怕你们玩花样，还是自己比较靠得住。”

嬷嬷露出十分失望的表情。这时有人说道：“不愧是心机婊，疑心病这么重！但是晚啦。”

佩妮一惊，说话的是老蜗——默不作声地站在我和一灿之间的他，冷不丁开口了。他甚至抬起一直低着的头，摘下了帽子。

帽子下的脸，属于415里身形与老蜗最接近的——八达。

是的，我们玩花样了！这个计划是我们昨晚躲在被窝里用微信聊出来的。没办法，用说的搞不好会被佩妮截听。提议的是大卫，他说既然佩妮会厌恶裸体战术，那估计不会随便进男厕。于是我们说好，让大卫与八达先埋伏在万达的厕所里，我们假惺惺带老蜗去看电影，伺机入厕，用八达替换老蜗。以防万一，我们还安排了妇女之友容嬷嬷分散佩妮的注意力。现在，真正的老蜗已经被大卫带走啦，大卫老司机特地跟亲戚借了车来带他远走高飞呢！

“不可能！”佩妮咬牙切齿，“他只要离我稍远，WiFi信号就会变弱，我就会发现，可为什么……”说着她握住拳头，身边立刻浮现出了一些名字，果不其然，已经没有老蜗了。一个打勾的信号源显示，佩妮现在连接的生命流量来自于它——万达影厅！

是的，我们可还记得之前佩妮是怎么说的吗。她说人们在公共场合集体浪费的生命也能形成WiFi，且无需密码。最近刚好有许多国产烂片上映，所以只要来万达就不愁碰不到强大的免费信号源。想必许多人都有这样的经验吧：你明明连着A的WiFi，却在不知不觉中转成了B，无它，只因为B的信号更强！

所以，我们赌的就是——佩妮会在不知不觉间连上万达的WiFi，即使老蜗悄悄溜了，她也无法察觉。我们赌赢了！

佩妮发出愤怒的吼声，其他等候观影的人惊讶地朝我们这边看来，我连忙警告她：“别乱来喔！闹得太大别人都不看电影了，你连免费WiFi都没得蹭！”

地板的隐隐震感消失了，佩妮强行压下了怒火。呵呵呵，算你识时务。

我们正得意，一灿的手机响了，来电的是大卫。

“啊你们再多拖住她一会儿喔，我忘记车子停在哪儿了，还在找呢。”

耳尖的佩妮迅速截获了这话，整个人忽然沉入地板，丫这是要直接去地下车库抓老蜗啊啊啊！大卫，你这个除了脱衣服外一无是处的白痴！

镜头转向车库这边。大卫刚刚找到车了，跟老蜗一起坐了进去。老蜗摆脱了佩妮的剥削，此刻身体与精神都已复原如初，他催促大卫："快快，回去玩游戏！"

"总算不想死啦？"大卫笑道。

"想。"老蜗叹气，"人生是假，嗝屁是真。"

大卫无语地看着瞬间恢复低气压的老蜗，再看前面，佩妮来了！她身边飞舞着几个名字，属于老蜗的那个信号极弱，但随着她的靠近在逐渐增强，她又在蹭老蜗的生命力了！

"啊靠靠靠靠靠！"大卫紧急开车，远离佩妮，信号又弱了，老蜗又精神起来："快快！回去玩游戏！"

佩妮飞着靠近，老蜗又开始苦涩地喃喃："人生是假，嗝屁是真。"

大卫急打方向盘，抄近道拉开距离，老蜗："快快，回去玩游戏！"

……大卫很想把老蜗丢下车去。

这毕竟是停车场，大卫终于把车开进了死路。眼看摆脱不了佩妮，他索性一咬牙，直接倒车去撞佩妮！佩妮本能地虚化，车子穿透了她，朝着出口飞驰。

佩妮啐了一口，正要飞追，却有其他车在这时启动了，佩妮只好接二连三地穿透它们，停车场响彻一片"刚才那是啥哇啊啊啊""是鬼吗是女鬼吗哇啊啊啊""救命啊快逃啊哇啊啊啊"……

佩妮开始出汗。老蜗已经跑到了她的接收范围之外，她不得不靠之前积攒的生命力来应付意外。

大卫的车最终开出了停车场，上了马路后速度更是快了一倍，并且专挑小路去钻。佩妮奋起直追，越发被动……

当我、一灿、嬷嬷和八达走出万达时，迎面又见到了佩妮，她正精疲力竭地折返。

"你怎么累成这样？你不是应该从老蜗那里存下了很多生命力吗？"八达批评，身为省吃俭用界的擎天柱，佩妮的捉襟见肘着实令他不齿。

"我不属于这个世界，光是维持自己的存在就竭尽全力了。何况飞行、穿墙都很耗流量……"佩妮恨恨地说，"把我逼到这个地步，你们真行……"

"表偾奶早他，吼则还有里好抗滴（别再来找他，否则还有你好看的）。"一灿把手伸进佩妮口袋，拿走了WiFi印章，那轻蔑的神情，仿佛一个暗中做掉了情敌的正房太太。

“……你还愿意帮我吗？”佩妮喘着气，对嬷嬷说，“我做的一切都是为了再见他……你们的学长……告诉他小倩在找他…………”

“现在来卖惨太晚了吧？”我们嘲笑佩妮，“走啦，回去了。”

不出意外的话，佩妮接下来只能暂时窝在影城里，靠免费WiFi维生，她说过那种WiFi的纯度和稳定性没有保证，看来要花一点时间才能东山再起了。运气好的话，她大概还能祸害到一个老蜗那样的人，总之别再来惹我们就好。

但是，作为稍微跟佩妮交过心的人，嬷嬷在离去时还是忍不住回头看了佩妮好几眼，佩妮也在看他，眼中有泪花。

【前尘往事成云烟，消散在彼此眼前】

我、一灿、嬷嬷和八达回到415，老蜗和大卫也已平安凯旋，正接受锅炉金氏排长烂操的嘘寒问暖。一家团聚真是皆大欢喜呀。老蜗挠挠头，对我们说：“谢谢。”

真有意思，习惯了互黑，偶尔认真说句感谢，反而都有点不好意思了。还好有八达打破尴尬：“客气什么，请我们吃饭就好！”

“请请请。”老蜗笑了。

“你也该稍微注意一下自己的生活态度啦，否则下次还得中招。”锅炉工说。

“算了吧，江山易改本性难移，再有下次肯定还得我们帮他擦屁股。”排长说。

“老排你也别那么懒，你自己上厕所都很少擦了，帮兄弟擦擦又怎么了？”金氏批评。

“是的，那至少不是金氏的屁股呀，金氏的屁股那么大，没有一年半载……”烂操说。

转眼，宿舍又闹成了一团，老蜗欢畅地笑起来，与前几天判若两人。一灿走到他身边，拿拳头推了他的胸口一下，老蜗笑着回了一下。啊，男生间的中二小动作。

只有嬷嬷还怀着心事。他跟我们一起开了会儿玩笑，就走到一边，给皮衣学长打电话去了。

皮衣学长是我们在“一家三车事件”里认识的，也是我们唯一接触过的“上一代”415成员。他接到嬷嬷的电话后懒洋洋地说：“又是你们啊。如果是问那个盒子的密码，我是不会说的……”

“不，我是想问另一个学长的事。”嬷嬷忙说，“你们宿舍有没有谁认识一个手上盖着WiFi图章的幽灵？”

“你说七仔？”皮衣学长惊讶，“你们知道的很多嘛。”原来那个学长的昵称是七仔。

嬷嬷简单介绍了一下这几天的遭遇，皮衣学长笑道：“好嘛，那段孽缘还有续集。我给你七仔的电话，你跟他说吧。”

嬷嬷感激地收下了号码。排长问：“你要帮佩妮啊？”

“也不是，就是有点好奇她的故事。”嬷嬷说，“老蜗，你不介意吧？”

“我无所谓啊。”老蜗说。

于是，我们联系上了七仔学长。在经历了被当成骗子直接挂掉电话，以及电话接通后鬼使神差说了句“先生要不要按摩”而再次被挂的风波后，总算使他明白了来龙去脉。

下面是七仔学长的电话访谈整理：

“啊啊啊啊你们见到她了？真的假的？你们叫她佩妮？什么鬼名字！我给她起的绰号叫小倩，就那个著名的女鬼聂小倩！

“她刚开始也真的跟聂小倩一样，肩负着勾引男人的使命。我怀疑古代传说里的妖魔鬼怪其实身上都有WiFi图章，吸阳气就是蹭生命力。小倩她死后不愿跟死神去另一个世界，宁可在人间浪荡。机缘巧合被盖了WiFi图章后，她觉得自己还能像人类一样生活，代价是必须定期从一些人那里搜集生命流量。

“因为小倩长得很漂亮，所以为她神魂颠倒的人还是挺多的。当小倩成为他们心中最重要的人，也就等于掌握了他们的WiFi密码。可想而知小倩名声超烂的，许多人骂她妖精。其实她之所以同时勾引很多人，纯粹是不想只吸一个人的生命力，也算盗亦有道吧。

“我是偶然认识小倩的，说来好笑，她当时也想勾引我。可惜我不是单身狗啊，我有妹子的。但我虽然没能喜欢上小倩，却跟她成了朋友。过程我就长话短说了，反正大家还蛮聊得来的。

“既然是朋友，有些事就不能不管了。比如蹭别人的生命始终是不对的，哪天遭报应怎么办？但小倩又需要生命力。于是我们约好，从此她只蹭我一个人的！嘿嘿，不是我夸口，我可是非常健康爽朗的唷。有些人被吸一点生命就会欲仙欲死，我顶多就是觉得累。当然，如果不停地吸就难说了。所以她每天只蹭我一小时，其余时间就靠储下的流量来度过，只要不做什么夸张的事，还是足够的。那段时间她戏称我为充电宝。

“至于我的生命WiFi密码，不用说当然是我妹子的名字啦。我们不在一个学校，但感情一直很好，我还想着毕业就结婚呢。然而有天妹子来看我，撞见了我和小倩在一起，她就误会了，女人的妒忌心嘛……但小倩的性格也很泼辣，她们就互相不顺眼了。我这个双面胶真尴尬啊。但我又不能告诉妹子小倩不是人——我把生命跟一个女鬼分享，这不是更让她不高兴吗？

“有一个晚上，我去找妹子，居然撞见她跟小倩吵架。我很惊讶，不知道她们怎么就碰到一起了。更让我吃惊的是吵着吵着，小倩动手了，妹子一下倒在地上，而小倩容光焕发。对此我不陌生，小倩吸了她的生命力！我气坏了，连忙阻止她，当时我满脑子都是：她毕竟不是人啊！

“我跟小倩的关系从那时起发生了变化。我质问她为什么那样做，小倩开始不想说，后来告诉我：‘你以为她很爱你？不，她不爱。我用你的名字去解锁她的WiFi，密码却是错的，她的密码是她自己。她不爱你，她只爱自己！’

“我深爱我的妹子，不愿相信小倩的话。退一万步，就算她更爱自己，那就代表她是坏人吗？小倩说她是不希望我伤心，才暗中观察我妹子，并上门警告她不要骗我。可在我听来，这些话都是离间。我们大吵一架。

“那天后，我再也没见到过小倩。不知她是离开了这座城市，还是被死神给抓走了，小倩的WiFi印章还在我手上，毕业时我随手丢进了箱子里。

“后来我常常想起她，不知道她过得好不好，有没有人能替我当她的WiFi。

“讽刺的是，小倩说的都是对的，妹子的确不爱我。毕业后她以创业为由，骗了我一大笔钱……具体不说也罢，只记得那阵子我们撕逼撕到天昏地暗，撕得我对人性都绝望了。官司结束后我就出国了，最近才回来。

“可是，我和小倩的友谊，再也回不来了……”

七仔学长絮絮叨叨地说完了那些往事，电话那头有轻微的吸鼻子的声音，然后，学长深吸一口气，激动地说：“让我见小倩！”

【有趣的人终会相遇，有缘的人终会重聚】

七仔学长的外形还真像他说的那样，健硕阳光，一身衣服都是名牌，开的也是好车，意外的是个土豪啊喂！顿时理解了他为什么会被骗财。我们在万达门口见面，握手寒暄后就立刻去见佩妮。她应该是在影厅那一带。

当时已经过了深夜十二点。没错，学长一秒钟也不想等地赶来了，我和嬷嬷也只能舍命陪君子。唔，就我和嬷嬷，其他人还是很讨厌佩妮。我们出门时，老蜗还提醒：“你们小心点。”

“放心，绝不会再给谁侵犯你的机会！”我说。

“我是怕你们被侵犯啦。”老蜗说。

“那时候就换你来救我们咯！”嬷嬷说。

我们当时还是比较心潮澎湃的，毕竟是要去见证一段久别重逢，我对这种浪漫特别没有抵抗力。不过深夜的商圈也真是安静，服装店、电器店、精品店等等都打烊了，只剩麦当劳叔叔和肯德基爷爷彼此守望，海枯石烂。当然四楼影厅还是很多人的，这年头流行看午夜场。

在我和学长乘自动扶梯前往四楼时，嬷嬷已经事先找佩妮说明了情况，等在了楼梯口。扶梯缓缓爬升，我们看到他们的身影越发清晰，佩妮背着我们而站，显得紧张而羞涩……

“小倩……”学长颤抖着叫了一声。

佩妮转过身时，他愣住了。

“……你们要带我见的是她？”学长的声音变得异样。

“是啊，怎么了？”

“这……不是她！”

话音未落，学长整个人飞了出去，打水漂一般在光滑的地板上连续碰撞，转眼就鼻青脸肿，然后他露出缺氧般的表情。

……学长的生命力正被吞食！佩妮微笑：“果然你最在乎的人还是她，你该后悔告诉过我她的真名。”

我和嬷嬷如遭雷击，一句话也说不出来。

“麻烦你们了。”佩妮对我们道谢，“我不是那个婊子，而是他的前女友。他告诉你们了吧？我们之前为钱搞得很不愉快，但他有手段，最后还是让我身败名裂了。那之后我的日子就难过了，他倒好，出国去了。然后就在上周，我喝醉酒出了车祸……这些想必他都根本不知道吧？”

“我……我不懂……”嬷嬷的少女心承受不住这种反转。

“我不甘心就这么去另一个世界，我一定要报仇！”佩妮甜美地咬牙切齿，“我努力从死神手里逃离，然后从别的幽灵处听说了WiFi印章的事，就去曾经的415宿舍寻找，再后来的事你们都知道了。”

“啊啊，你会对老蜗那么狠真是一点儿也不奇怪，你本来就是靠吸别人血活着的死八婆嘛！”我忍不住出言讽刺。

“呵呵……”佩妮双眼一闪，我跟嬷嬷腾空而起，连续相撞，死去活来。诚然，佩妮吸不走我们的生命力，但她可以尽情使用幽灵的能力教训我们，这么做当然很耗流量，但她怎么会心疼七仔学长？

我们三个跟烂泥一样躺在地上，痛苦的程度与佩妮的笑声呈正比。

这时，忽然有一个东西飞了过来，掉在我们之间，赫然是那个印章！我灵光一闪，迅速在学长手背盖了个章。然后，学长和佩妮之间像是发生了一场爆炸，无形的力量将他们斥开。

我不禁握住了拳头。太好了，我的猜测是对的。那个印章也能盖在活人手上啊。那么一来，学长也就具备了蹭别人生命力的本事，在场的人里，他能掌握谁的生命WiFi？不用说当然是佩妮的！佩妮最爱的人还能是谁？绝对是她自己！顿时他们之间形成了循环，你吸走我的生命力，我再吸回来……最终，神秘的效应中断了他们的连接。

佩妮连连喘气，也有点儿傻眼。在场三个活人她都已经没法蹭，自身的流量想必所剩无几，而提供免费WiFi的影厅离这里还有一段的距离……

忽然，她注意到了楼下一层有个熟人，顿时欣喜若狂！我和嬷嬷顺着她的目光一看，同时惊呆。

那是老蜗！竟是老蜗？！

佩妮立刻放弃了去影厅，转而跃下三楼，直奔心爱的老蜗！“不好……”我和嬷嬷忙跟着下楼，想把印章交到老蜗手中，佩妮却像是豁出去了一样，使尽余力击倒了我们，眼看老蜗又要遭到毒手……

佩妮却傻眼了。

几个人名浮现在她的四周，属于老蜗的那个已然上锁，需要密码才能连了！

这番变故剥夺了佩妮反败为胜的最后机会，她虚弱地倒在了地上，身形渐渐模糊，生命流量已濒临耗尽。她的强势再度瓦解，无助地看着嬷嬷，想求救，又不知道还能怎么求救……

中国最后的圣母容嬷嬷，对她竖起了一个中指。

老蜗慢慢走上楼来，问：“你们没事吧？”

“没事，你怎么会来？”我们太惊喜了。

“我老觉得她没安好心。”老蜗笑着说，“而且你不是说了？那时候就换我来救你们。”

“你好歹叫上其他人一起啊。”

“他们这几天为了我也够累了，何况你们不一定就会出事，我就懒得叫他们了……”

天啊，这是老蜗吗，如此体贴！可是不知道为什么，这样的展开又让人毫不意外。

也许所有的没心没肺，都只是欠了一个契机去发现有些人比自己想象的更不可或缺。

话说回来，在老蜗的密码里，我们是九个都在呢，还是被精挑细选？是一样重要呢，还是有先后之差？这可真是值得抓住他问个清楚的问题呢。

我们跟老蜗说话的时候，七仔学长在一旁默哀。心心念念要见的人竟是冤家，而现在冤家也不见了，那些过去的时光仿佛统统不见了，难免令他悲伤。

但是片刻后，空气发生了变化，一个人背对学长出现了，她穿着一身仿佛COSPLAY般的长袍，一来就蹲在地上，将几乎已经看不见的佩妮五花大绑。

“幽灵不想被死神找到的话，就要持续屏蔽灵魂发出的特殊讯号，所以他们一旦没力气了，就很难不暴露位置。”来者一边干活一边自言自语，“……尤其搜索系统可是经过了我这种前逃犯的协助改善，精确度更高了，上头应该考虑早点让我转正嘛……”

她说完，将打包好的佩妮跟麻袋一样轻松地扛上肩头，抬起脸看着热泪盈眶的七仔学长，笑着露出牙齿。

“想我吗？”

Chapter 11 白色密道事件

大叔问我："你不是最爱儿童文学？知道《纳尼亚传奇》讲啥的吗？"

我说："讲二战期间四个孩子无意中进入一位老教授家的衣柜，抵达了被邪恶统治的魔法王国……"

"太复杂了！说重点！"

"出柜后就能看到新世界。"

【你好，旧时光】

排长和金氏要进城。我们的破学校位于穷乡僻壤，每次去市区都要先等半天车，再坐半天车，所以我们都戏称去市区为"进城"，听着特有乡土气息。出发时锅炉工问："你们进城去干吗？"排长拍拍金氏说："这口大猪跟家养了一年，肥透喽，是时候卖了换些钱给家中老小添件衣裳喽。"话音未落就被金氏掐住了脖子，锅炉工忙说："好了阿金，我们都知道你进城是去卖柴火的。"我说："阿锅你胡说什么？哪儿有这么细的柴呀，阿金是去卖身葬父！"

然后我俩被打得鼻青脸肿。完了他们二人还是要结伴进城，我刚好没事，就跟去了。我也知道自己是个电灯泡，所以一路不停说笑话跟他们道歉，比如"排长你怎么不推个板车呢？正所谓老汉推车……"之类的，结果我到市区的当务之急就变成了要去看医生。

我们看了场电影，吃了顿必胜客，还逛了逛优衣库。看金排CP试衣服特有乐趣，比如金氏一只手刚穿进袖管就把它整件撑爆了，比如排长穿上裤子才发现还有一条裤管是空的……我就劝他们收敛点，直接去挑孕妇装和寿衣。他俩点点头，开始在店里殴打我，给人家的生意造成了非常不好的影响。

如此笑着闹着，我们进了一条老街巷，那家旧物店就是在这时遇见的。

旧物店，专卖旧东西。不是说古董，而是六七十年代的一些常见生活物品，比如黑白电视啊，缝纫机啊，双卡录音机啊，录像带啊，老式自行车啊，花砖啊，搪瓷杯啊，粮票啊，线装书啊……一进店就有时光倒流的错觉，不少东西都是父辈乃至爷爷辈用过的，虽然我们没有亲历那些岁月，但还是一看就各种眼熟和怀念。

“排长，这些都是你年轻时用过的吧？你们那时生活水平还不错！”金氏说。

“胡说什么？排长年轻时用的是石器，当时人类才从树上下来没多久……”我说。

排长又要来揍我们时，老板“嗨嗨嗨”地出声提醒，制止了我们不分场合的笑闹。也是，这里的东西样样都风烛残年，随便打坏一个都不知道要赔多少呢。

我们就静静地参观起排长的同类来。

一个焦黄色的衣柜勾起了我们的兴趣，它是双开门的，底部的植物雕花已有不少磨损，暗哑漆光下的图案也顺着木纹微微开裂。我抓着古铜拉手打开柜门，霉尘轻扬，啊，腐朽的岁月。金氏问：“你干吗呢？”

“就看看，以前的衣柜真小啊。”那衣柜差不多一米七，“可见当时的人没啥衣服穿。”

“这要放现在，这么点儿地方都不够放内裤的。”金氏说。你丫是有多少内裤？

“这要放现在，偷情的人稍微壮一点都躲不进去。”排长说。

“糟了，你以后只能被捉奸在床了。”我不禁为金氏担忧。

“靠，谁说我进不去？”金氏不服，竟直接走进衣柜，等等，居然不吐槽偷情这个设定吗？

“看！”金氏几乎把柜子塞满了，还深深收腹，拉上了柜门。我们敲打着柜门：“里面的淫贼听着！你已经被包围了……”

“嗨，请不要敲敲打打好吗？那衣柜已经有人订了。”老板听到我们的动静非常不悦。别看这些旧物多数已经没法用，也不像真正的古董价值连城，却还是有市场的。

“对不起哈。”我们致歉，要是他知道金氏跑进去了，非暴走不可。排长拉开门：“阿猪快出来，压塌了你就完了。”

我们都愣住了。

衣柜里没有金氏。

……这太扯了。那可是金氏啊！把这橱柜塞得跟罐头一样的金氏！要是纤细的排长还可能一不小心看漏，金氏可是像长城一样给卫星当坐标的存在啊。

我和排长面面相觑，然后伸手去抚摸衣柜的内壁，难道它有另一扇门？

忽然，内壁就动了起来，飞快地往一旁缩去，仿佛电影里暗室的机关被启动。我们又看见了金氏，他肥脸上的紧张还来不及褪去，激动得怪叫了一声。

我和排长松了口气，开始好奇这个藏得下金氏的空间。

如果这衣柜是靠墙摆的，有暗室也不奇怪，可它的摆放位置前不着村后不着店，这暗室是在什么地方？

金氏忙不迭就出来了，我却很感兴趣地钻了进去。

暗室里面是一片辽阔无边的纯白，白得我都无法确定自己是站在地上还是悬浮着。暗门在这个空间里孤零零地悬浮着，仿佛空气裂开了洞，妙不可言。

我问金氏："你怎么进来的？"

金氏说："鬼知道，我本来靠着后面的墙壁，突然墙壁没了，我就掉了进去。完了入口还关上了，吓死我了！"

我琢磨着"入口关上"的时间，大概就是我们打开柜子却见不到金氏的时候，换言之，恢复原状的内壁切断了现实与这个白色空间的联系，然后我大概乱摸之下碰触了开关，金氏才从流放状态变回了解放。

不过，我已经进入这个"超空间"好一会儿了，也没见门关起来啊。是因为金氏和排长卡在门口的关系吗？这个暗门跟商城的自动门还挺像的……我说："你们看看这门要怎么关？"

排长就在衣柜里摸索，终于在角落发现了一个疑似污迹的小花纹，一摸，暗门立刻合拢。

超空间里的我眼睁睁地看着眼前的出入口消失了。再看四周，空旷惨白得失去了方向概念，还真有点瘆人哎。

等等，我忽然看到不远处悬浮着一道裂缝，特别细，一不小心就会忽略。

排长又把暗门打开了，我指点他看裂缝。排长来了兴趣，叮嘱金氏站岗，然后跟我一起走近裂缝。

裂缝是悬在头顶的。我把手指伸进去，摸到了木头质感，我小心地将裂缝往两边扩张……突然有东西砸了下来。

啊咧，不就是我们心心念念的那个装着密码锁的盒子吗？还有接力棒、空发蜡……我去，这个超空间居然跟那口百宝箱连接在了一起啊！我甚至能听见415里的说话声！

我敲打着箱子的内壁，说话声消失了。然后那箱子明显被拖离了床底，盖子打开了。415三美嬷嬷一灿八达的脸一起出现在箱口。

旧物店距离415，至少五十公里。

【白茫茫一片大地真干净】

那口百宝箱装了很多庸俗又离奇的道具……没想到它本身也是个道具。它的暗门开在箱底。

我推测箱底本该是严丝合缝的，但上一话不是有个我现在忘了当时给她起的啥名儿的女鬼嘛，丫曾把箱子一通倒腾，可能就是那时裂的，仿佛暗门被打开，于是链接到了那个超空间。

我们喊金氏进来，衣柜的暗门再无人阻挡，自动关闭了。想想老板发现三个大学生在他店里神秘消失了，不知道会不会有点害怕？

超空间很神秘，所以一灿他们也陆续钻进来感受，只有老蜗伸长脖子看了一眼又继续玩游戏去了。我们批评丫："能不能有点好奇心？"老蜗就问："今晚咱吃啥？""……谁告诉你是这种好奇心！"

置身这片辽阔的纯白，会不禁感觉自己十分渺小。"唔喔喔喔——"大卫忽然双手圈住嘴巴乱喊了一气，幼稚！我们纷纷有样学样："呀呀呀呀——""呜呜呜呜呜——""我要钱——""我要妹子——""我要环游世界——""我要烧开水——""……乱喊的时候可以有点出息吗？！"

既无投诉也无回声，这个空间还真的只有我们存在。烂操说："哎，我一直想做一件事。"

"应该是很低级的事，但你就说吧。"我们说。

"我想把音箱开到最大声放片子。"

"……这也太低级了啊喂！"

八达忽然一拍掌："这里可以住人啊！我以后不用买房了，直接住这里！"

锅炉工说："这里好安静，很适合温习，不做完一本习题不让出去！"

大卫说："这里都能用来开运动会了！如果能把车弄进来还可以随便开，反正不怕撞！"

一灿笑着说："里八该觉得债芥你挪绷木有能费花现嘛（你不该觉得在这里

裸奔没有人会发现吗）？”

“靠，一灿你变了，这话居然是从你嘴里说出来的？为什么我非要做那种事！”大卫激动地开始解裤腰带……你的言行根本就不一致啊喂！

我们围绕超空间展开了一系列妄想与吐槽，就像每一次发现世界崭新的奇妙之处时所做的那样。不过相比之下“白色密道”不够灵活，所以待了会儿我们就出去了。“不过大卫你可以在里面尽情裸奔没关系。”我们善解人意地说。大卫愤怒：“你们看不起谁？！没人围观的裸奔算什么裸奔？！”……这气节真是令人赞叹。

后面两天我们只是偶尔进超空间转转，没用它干具体的事。不过老蜗曾提出不如把它当垃圾场，有啥废物就丢进去，反正也装不满。我觉得放任这个人发展下去，这个珍贵的超空间就会变成超公厕。

两天后，嬷嬷和武则天要进城。嬷嬷就自告奋勇带武则天走白色密道，可以免去好多等车堵车的烦恼，省钱又省时间，买了东西搬回来也很方便！武则天一听龙颜大悦，准卿所奏，于是二人一进415就直接开箱，挪出里边的东西，然后钻了进去。

像所有初来乍到的人一样，武则天也觉得新鲜得不得了，然后她问：“接着往哪儿走？”

“接着——”

嬷嬷恐慌地发现，没有接着！她们要想进城，就得通过旧物店的那个衣柜，但那衣柜的暗门不是关上了嘛？又不像百宝箱那样留了一道缝下来，他们没法出去啊！

嬷嬷就很尴尬了，仿佛请客的人忘了带钱，如厕的人忘了带纸，想必那一刻他内心充满了下跪掌嘴的冲动：“奴婢该死！奴婢该死！”……

“哦，是那个吧。”却见武则天用指点江山的动作一指前方。

只见一道缝隙正破空形成，那是一方门状的出入口，靠近地面，有个人缓缓爬了出来，满脸惊奇的模样，说明他也是第一次来这里。只见那人年轻高大，脸色却很憔悴，还有唏嘘的胡茬儿和淤青。他围着一条围裙，头上还戴个报纸折的帽子，看起来像做卫生做到一半误入的这个空间。

“……这是哪儿？”卫生男问嬷嬷。

“就……异度空间之类吧。”嬷嬷说，“你是从那个衣柜钻进来的吗？”

“什么衣柜？我是从一个书柜钻进来的。我在整理柜子，也不知碰到了什么，柜子里打开一道门，看着很宽敞……”卫生男问，“你们是从哪里进来的？”

“从一个箱子。还有一家店的衣柜也能通到这里喔。对了，你那边是哪里啊？”

卫生男说了个地名，是我大福建治下的N市，这次距离福州就已经有几百公里了。

“那个衣柜的出入口在哪里啊？”卫生男四处张望。

“关上了吧。从里面是没法打开的。除非是我们箱子那种关不严的情况。”嬷嬷说，他注意到卫生男出来的地方卡着一根鸡毛掸，大概就是它阻止了暗门的自动关闭。

卫生男又跟嬷嬷问了旧物店的地址，这时武则天说：“我还没去过N市，干脆我们去那里玩吧。”

“好好好！”嬷嬷对万岁的圣谕从来都只有谨遵。

卫生男却拦住了企图进入书柜的他们：“等等，不方便让你们进去。”

“别小气嘛。”武则天说。

“不行就是不行。”卫生男语气强硬起来，然后低头钻进了方形入口，鸡毛掸一抽，暗门消失了。

“……我靠，拽个屁啊！”武则天大怒。

“可能他不想别人去他家吧。”嬷嬷说，“没事，你想去哪里我以后都会带你去。”

“是喔？你今天还说要舒舒服服带我进城咧。”

“……我们出去打车吧！”

武则天踹了嬷嬷屁股一脚。

【鬼怪都躲在床底下】

听嬷嬷说了卫生男的事情后，我们不禁对白色密道的原理展开了学术探讨。众所周知，《青妙》的脑洞都是建立在科学依据之上的，严谨得能当博物杂志看。目前所知的是，通过某些家具的暗门，可以进入白色密道，已知的三样家具分别是百宝箱、衣柜和书柜，它们都是木造的，而且很可能是同一种木料。

“所以是什么木？”金氏一拍排长。

“我怎么知道？”排长说。

“咦，你明明骨瘦如柴，又行将就木。”

“皮又痒了是吧？”

锅炉工说：“假设那些家具是用同款木头做的，那它们本质就是一体的，所以内部存在这种能把它们联系在一起的超空间也就不奇怪了。这就叫藕断丝连吧。”

“这就叫打断骨头连着筋。”大卫说。

“这就叫私相授受、暗渡陈仓。”烂操说。

“……怎么什么一到你嘴里就会变味啊？！”我们叫。

我们不禁开始幻想，如果密道的出入口遍布世界各地，我们又都能掌握，那该有多爽！旅行移民若等闲，还留国籍在心间。只是到底要怎样才能做到呢？

有人比我们更积极地在推动这件事。

事情发生的当晚，除了我其他人都睡了，包括老蜗。丫前阵子不是被个我现在忘了当时给她起的啥名儿的女鬼给虐了嘛，所以最近还是有点安分，过了两点就去躺了。而我在跟春菜聊微信。

春菜很忙，而我很闲，骚扰她会有罪恶感，但还是保持着给她点赞或者有什么趣图笑话就分享一发的习惯，而她看到了有时就会来跟我聊两句，让我有机会表达一些诸如“再苦再累，自拍也不能忘了美图”之类的关心。

那晚春菜又跟小猫吵架了。咦，我为什么要说“又”呢？感觉大三以来，他们经常发生冲突，症结是小猫的那个前女友，据说她的昵称叫鱼酱，跟小猫的CP关系还真是一目了然啊。

鱼酱跟小猫已分手多时，后来因为家里出了点事而小猫表示了关怀，便开始疯狂地想吃回头草，不，想撸回头猫，所以视春菜为眼中钉。一个经典案例是以她为原型写了个杀小三的妄想文，然后文中的杀手居然跑到现实来了……

最近鱼酱又有了新战绩，她不知怎么弄到了春菜的微信号，配上“老公不在我好寂寞”之类的台词发在了网上，快把春菜气疯了。春菜去向小猫抗议，小猫道歉之后却愚蠢地为鱼酱辩护了两句：“也不能全怪她，她前阵子家里出了那样的事，自己也生着病……”春菜说：“这就是伤害别人的理由？”小猫说：“我没说她是对的，就希望你看在她可怜的份上原谅她这一次。”春菜说：“为什么我要原谅她？为什么是你在道歉？”小猫说：“哎，你怎么这么强势……”

“我太烦了。”春菜对我说，“阿福，你觉得我强势么？”

“伪受（如你所言）像弹簧！你弱它就强！”

“给我正经一点！”

“白雪公主，在这个屋子外，武则天陛下比您强势一千倍。”

“我不是想不依不饶，但这事真的突破我底线了。”春菜叹息，“我要求小猫跟她划清界限，过分吗？他却表示那女的现在很脆弱，万一一个想不开……我觉得我克制着没说出‘那就让她去死啊’已经是极限了！”

“你有没有考虑过跟他分手啊？”我问。

那头沉默了一会儿，说：“有……但我舍不得，我们不该为这种事分手的，唉……”

“只要他还对那女的那么温柔，你们早晚会再吵的。拖着不分却把感情吵没了也没意思吧。”

春菜没有再回我了，也许是被我的当头棒喝敲晕了吧。我等了会儿，放下手机睡觉。

陷入一片黑暗时，我忽然有些感慨。什么时候开始，我的心肠变得有点硬了，能直接送出分手的建议了，见春菜对小猫表现出不舍，好像也没有那么不甘心了。是麻木了，还是……有些东西不那么重要了？

还是睡觉吧……

几分钟后，我听见了一阵轻微的响动。我屏息侧耳，判断那声响动来自百宝箱内。我立刻想到：谁从白色密道过来了？

“咔啪——砰咚！”

箱子盖被从内向外打开了，动静太大，竟然顺便把二号床的床板也给掀了，烂操滚到地上，那个不速之客抱起箱子就跑出了宿舍，上铺的我欲下床去追，却牵动整个不稳的床彻底失去平衡，我披着一身被子压向烂操……

等到415全体惊醒、灯也开起来的时候，大家看到我压着烂操，裹在一床被子里，然后床压着我们。

【阁中帝子今何在】

百宝箱就这么丢了。

这件事太让人痛心了，虽然里面的道具我们已经享受过一部分，但还有另一部分没玩过啊，尤其那个密码盒，现在告诉读者“不是我挖坑不填，它丢了我也没办法啊”来得及吗？会导致连载被腰斩然后我卖刀片度日吗？

从偷箱子人的高大身材和圆寸发型判断，他应该是嬷嬷见过的卫生男。丫不让人进他的书柜，却蓄谋夺走了我们的箱子！这都是嬷嬷不好，嬷嬷这个红颜祸水！

“箱子的事情放一放，段段，现在有别的事商量。”排长说。

“什么？”我很少看见老排如此严肃。

“你跟烂操以后就睡一起吧？可以省下一张床放东西。”

“……我靠，我们为什么要睡一起？！”烂操怪叫。

“你们昨晚不是滚床单滚到床都塌了吗？”大卫说。

“难怪你痘痘那么多，都是熬夜闹的！”八达说。

“难怪你们老催我早睡，原来是为了自己。”老蜗鄙夷。

“爱，是我唯一的秘密，让人心碎却又着迷。”一灿默默开始放一首歌，什么鬼啊？

直到我和烂操分别举起哑铃和水果刀，这个糜烂的宿舍才总算消停。

这时其实已经是隔天中午。昨晚塌方事件后，卫生男就消失无踪，我们在深夜的校园里只找到一个屁，只能郁闷地回来睡觉，连玩笑都珍藏到第二天才有心情开。现在距离失窃已经过去了快十个小时，追回更没指望了，这真是415吃过最大的闷亏！

“……顶顶（等等）。”一灿忽然暂停抽烟，“还系咬办花早到他滴（还是有办法找到他的）。”

“什么办法？”

“鸡接去草空件你等他（直接去超空间里等他）！”

我们恍然大悟。目前白色密道的两个出入口——书柜和箱子——都被卫生男GET了，可不还有第三个吗？

我们立刻浩浩荡荡地杀向了那家旧物店，一群人坐车的折腾就不赘述了，而等我们终于抵达，衣柜却不见了。

“衣柜？就说已经被人订了啊，早上款子打来了，人家让我用快递发过去。”老板说，“土豪就是爽快啊，运费贵死了。但如果不是有钱人，谁会买这种不实用的东西？”

“所以土豪住哪里？”我们不死心地问。

“这怎么能讲，我有义务给客人保密的。”老板很有操守。

“真的不能说吗？”我们把一灿按在老板面前，并拨开他的刘海，让老板看清这位郎君的盛世美颜。

“这里不许抽烟！”结果老板铁着脸吼了一句。

啧，都五十多岁的人了，居然是个直男。一灿悻悻地放下了烟。

“这就对了，这张脸让烟熏了多可惜呀。”老板面露潮红。老板，你……

就这样，我们弄到了那个买家的地址，离这里又有一段距离。老板问：“那柜子摆了半年多卖不掉，怎么最近那么多人想要啊？早上那个年轻小伙子也是。”

“年轻小伙子？”腰细如发的排长心细如尘，“高高的，留寸头的？”

“对，他也缠着我问那个买家的地址，说无论如何要请他再卖给自己。”

“那家伙是个贼！偷了咱哥几个的东西，正找他呢！”烂操一拍桌子。

“……这样啊，那你们可以报警。”老板说，“对了，我这里有监控，应该把他拍下来了！”

我们闻言精神大振，立刻跪求大大发片。

便宜的摄像头拍出的影像并不清晰，可当我看清卫生男的尊容后，还是整个傻了。

这不是……陈世美吗？！

【越狱】

陈世美在《青妙1》的结局被抓，却还能坚持每一季都出来打酱油，存在感也是顽强。上次他是用妖精道具剪断了和监狱中人的缘分后逃出来的，这次呢？难道那个书柜就是监狱里的？这就可以理解他为啥不许嬷嬷他们钻进去了。

上次把陈世美送回监狱时，我们之间的缘分就断干净了，可时过境迁，我又想起了这个人。到底是我们的孽缘强大到剪不断理还乱，还是负责操作这一切的妖精太不靠谱？总之陈世美会来复仇是肯定的了。

415都知道陈世美，但见过他的人只有我，陈世美倒是在暗处观察过大家——他还剪断过我和他们的缘分呢，他应该是在邂逅了嬷嬷与武则天后就立刻开始盘算正式越狱了吧。于是挑了夜深人静之时破箱而出，顺道玷污我和烂操的胜雪清白……

不过，既然知道犯人是陈世美，一切反而好办了。

我们立刻返回学校，找了附近的派出所报案。越狱加入室抢劫，他就等着把牢底坐穿吧！刚好他八成会去找衣柜的买家，警方只需要守株待兔……

那么接下来，我们只需要以逸待劳、静候佳音就好。

想了想，我还是去找春菜，因为陈世美八成会想方设法见她一面。

春菜在宿舍门口的走廊上看风景，面朝运动场的方向，我光是看那背影就知道她心情不好。

“咳。”我轻轻出声，她回过头来，“好了，别郁闷了，总有一天他们会知道，你才是饰演二师兄的最佳人选。”

春菜无精打采地看了我一眼，竟是对我的笑话毫无反应。

“好吧，二师兄的事等等再谈。”我说，“有件大事要告诉你——陈世美先生又逃狱了。”

“他还挺能干的。”春菜叹气，“这届前任都很拼啊。”

“还在为那件事不开心？”

“没办法，小猫越维护她，我越是难受。他一直说，她知道错了，她跟我道歉，可事实上呢？”春菜拿出手机，打开微博，“这是她的微博，你看看吧。”

我一边心说女人真是天生的侦探一边接过来看，微博的头像是一个女生跟小猫的合影，估计就是鱼酱了，还挺漂亮的一个女孩。可惜几条微博看下来，戾气都很重，比如：

“抢别人男朋友还有理了，恶心，那么需要男的我帮你一把你还有意见？”

“小两口闹个别扭，找你散散心你还当这是真爱了！太可笑了！”

“无耻！臭三八！害我们吵架！我就要把他抢回来，气死你！”

……总之，真的是让人很想暴揍她一顿的那种人设。

我又随意翻了翻她其他一些微博，就明显是写给小猫的了，口吻充满了少女的梦幻感：

“一个人的晚上，真的好想你，你会从抽屉里出来陪我吗？只属于我的哆啦A梦……”

“爱神缩短了我们的距离，却又被我的任性给拉远了。”

“那是我最幸福的时光。与你一起流连纯白无瑕的天堂。好爱你，真的，好爱你……”

……原谅我实在抄不下去了。

“阿福，我真讨厌现在的自己。”春菜苦笑，“我想翻小猫的手机，想查出他们关系不单纯的蛛丝马迹，可我又害怕他们真的有什么，害怕自己失去小猫……听说越在乎一个人就会越不自信。什么时候才会结束呢？”

我拍拍春菜。我已经不想就他们的事带任何节奏了，即使这样的春菜，很令人心疼。

告别了她，回到415。嬷嬷一见我就说：“段段，不对啊！”

“姨妈晚了也很正常，你们女人就爱瞎紧张。”我淡淡地说。

嬷嬷殴打我之后说：“刚才警察来电，说联系过了那个监狱，陈世美还被关着呢。”

“诶？！”

【虎山行】

如果不是拜八达的某个习惯或者说兴趣所赐，缉捕陈世美的行动也许会一直停滞，直到哪天曝出我和春菜出事了的最新进展。

却说这天，有个收破烂的来到了住宿区，他从每间宿舍的门口走过，吆喝着：“有没有不要的纸皮空罐、废旧家电？”

“废铁要吗？”大卫问。

“要要要，在哪儿？”那大爷说。

“我们这里有废铁？”烂操问。

“当然有啊，”大卫认真地说，“就你这根狼牙棒啊。”

烂操厉吼着“我今天就让你见识见识狼牙棒的厉害”时，八达变魔术一样端出一个纸箱，里面是他精心囤积的415生活垃圾，比如踩扁的瓶罐、快递的信封纸箱、旧报纸、旧书、传单……估计能卖个十来块吧，十来块诶！都够八达过年啦！

“这个是？”我一眼看见了一个熟悉的杀虫剂一样的罐子。

“就上次那个隐身喷雾罐子啊。”八达说着按按开关，啥也没喷出来，“空了都。”

“如果把它装满水再喷，也许还够隐身最后一次的？”

常年往空洗发水沐浴乳牛奶瓶子里兑水以压榨它们最后一点剩余价值的八达当即表示同意：“有可能哦！”

“喷我吧！”大卫饥渴地说，想必是想起了裸奔的快感，至于跟他扭打的烂操想起的，恐怕就是更复杂的东西了。

“休想乱用。”我说，“这个要用在抓陈世美上！”

这一说大家都懂了。目前要抓陈世美、讨回百宝箱，只有通过书柜或者衣柜，书柜在监狱，直接PASS，衣柜倒是在监狱外，虽然那个土豪的家也不好进去，可是能隐身的话就容易多了。

我将罐子装了水，好好地摇晃了一番。这一喷就算能隐身，怕也只够一个人的份儿。按说应该择优录取喷在刀刃上，但考虑到对方是陈世美，还是我上吧……

这时八达举起了手，我说：“八达，我去就好。”

“不是。”八达说，“这罐子多亏了我才能留到今天，你要拿走，应该给我点钱吧？”

“……”

我们来到了买走衣柜的土豪所住的别墅区门前。

不愧是有钱人的地盘，隔着铁门也能感受到小区的富丽堂皇，进去需要得到拜访对象的同意，还要登记身份证。考虑到无法隐身的情况，我们先请德高望重的排长联系一下那个土豪，结果电话是保姆接的，表示主人出差去了。

看来注定只能非法潜入了。

我们绕到附近的一棵树后，一灿拿起罐子，喷在了我身上。

谢天谢地，我的手脚消失了！

“偶鸭起去吧（我一起去吧）。”一灿说着想喷自己，然而水已经用完了。

“没事，我会小心的。”我说着开始脱衣服。大卫的眼神羡慕极了。当着他们面脱衣服真的好害羞啊，但是他们啥都看不见，这样想想又好刺激啊。

“静酿偷袭，打八过就跑（尽量偷袭，打不过就跑）。”一灿说，“鸭朽袭后里还八粗奶，偶民就静去早里（一小时后你还不出来，我们就进去找你）。”

“好。”

“真的不带武器？”烂操举起一根木棍。

“你觉得我能把这玩意儿藏在哪里啊喂？！”

时间宝贵，我快步跑进那小区。啊啊啊！凉飕飕的风立刻吹出一身鸡皮。跑了不久便找到了那别墅。大，真大，四层楼高，每层大概一百平，有围墙有庭院。还好为了美观，围墙没有修得很高，墙头也没有玻璃渣啥的，看来是对这里的安保措施很放心。

我攀墙进了院子，通往屋内的门没有锁。两个保姆在客厅吃瓜子看电视，的确是主人不在时应有的样子。一楼的装修是简欧风格，旧衣柜放在这里只会格格不入。于是我往楼上走去。

二楼就很有意思了。

过道两边的墙上贴着老上海的招贴画，角落里摆着复古的铁架与花盆，地板全是艳而不俗的花砖，天花板上的吊灯也是移植自上个世纪的，总之就是那家旧物店的升级版。

推开一扇门进去，里面的风格与陈设就更有时光流转之感了，老唱机、老吊扇、老沙发、老皮箱、老钢琴……我猜主人大概特别怀念自己的年轻时代，所以有钱之后就布置了这么一个怀旧的空间，就跟死宅家里摆满手办、贴满二次元海报、堆满女神等身抱枕一样的情怀。

那个衣柜我也看到了，我忙走过去——忽然，我看到了自己的光脚。

隐身结束了啊！果然只是一点残留的渣渣，效果比排长的余生还短啊！

赤条条地置身在上个世纪的氛围中，我有一种羞辱先人的感觉。暗算陈世美的计划也要泡汤了，丫要看见我光溜溜地来找他，也许还会觉得我在色诱他。万一那之前先被抓了，我又该怎么解释擅闯民宅还一丝不挂的问题?

还好，衣柜里有一些衣服。比如复古西装、马褂、中山装、唐衫、“的确良”、喇叭裤什么的。得救了。上世纪的裤衩我就不奢求了。

然后我钻进衣柜，来到了白色通道里。

超空间里已经不一样了。不再是彻底的白茫茫，多了些东西。比如一张小矮桌上堆满食物和水，旁边还有几个登山包，打开一看吓死人——里面居然装满了翡翠和金器！这些到底是……

能回答我的人随即出现。白色的视界里打开了一道正方的门，有人跳了下来。正是陈世美!

陈世美瘦了很多，不修边幅了很多。上次见到的他，还是个朝气蓬勃的白衣少年，我撮合了他与春菜。也许因为有这个渊源，现在看到他，我竟然是同情多过仇恨。

陈世美好容易才认出穿着中山装的我，失笑道：“你还特地换了个造型吗？”

我不聊这个话题：“你是怎么打开衣柜暗门的？”刚才我注意到了，衣柜的暗门并未关实，而是留有缝隙。这显然是陈世美干的。他没法从超空间内这么做，那他是什么时候进入衣柜的呢？“还有，你明明逃狱了，为什么监狱那边说没有？你总不可能还每天回去报到吧……”

陈世美说：“这都要感谢那口箱子里的好东西。”

他拿出了接力棒，我懂了!

【前浪死在沙滩上】

那天晚上，陈世美一阵风似的卷走了百宝箱，然后立刻开始研究里面那些吊丝神器。正常人都会觉得那不过是一堆废物，但陈世美不是第一天和我们打交道，不相信一口奇异的箱子会被拿来装垃圾。作为曾经的运动员，接力棒最先引起他的注意。他很快就弄懂了玩法——陈世美当年跌进平行世界，也是迅速搞清了状况，在挖掘奇异设定方面，他的直觉也是不容小觑的。

然后陈世美立刻物色了一只代罪羔羊，让他接过了自己未尽的服刑任务——这个过程里，他还因为不熟悉“握住接力棒红端的才能给握住白端的人布置任务”

这个原理，而替个把人完成了吃早点、上厕所之类的任务——这就可以理解，为什么派出所打电话去监狱咨询时，会得到“陈世美还被关着呢”这种反馈。

之后陈世美去了旧物店，想要得到衣柜，却发现被土豪捷足先登，而且快递马上就来收件了——于是陈世美就把接力棒交给了快递，从而接过了“送货上门”的任务。就这样，他堂而皇之地进了土豪的别墅，安顿好衣柜的同时，给暗门留下一道缝。

后面就简单了。陈世美通过白色密道自由出入箱子与衣柜。土豪的别墅里值钱的玩意儿太多了，他人又不在，这给了陈世美尽情搬运的机会。谁能想到贼足不出户就能把别人的家给偷了呢?

总之听完陈世美言简意赅的讲解，我的第一感想是接力棒在我们手上真是太浪费了，我们简直是把金箍棒当成了按摩棒在用啊。

“满足了吧？”陈世美摩拳擦掌，“那我们也该好好算算账了。”

“……慢着！”我忙说，“你……怎么变成这样了？你本来不是这么坏的吧？”

“你跟一个坐牢的人谈‘本来’？”

“不是……不管怎么说，你坐牢只是因为误伤了春菜，不是故意的……你出来报复，我也能理解，可是逃狱跟偷东西又是另一回事了，你这是打算走上不归路了吗？”

“不归路！”陈世美大吼一声，给了我一拳，我抱着头抵挡，摔在地上，“说得好像我乖乖坐牢就有好果子吃似的！你知道监狱是什么地方吗？！”

“怎么了……”我说。

“监狱里也是有帮派的！当老大的看你不顺眼，能让所有犯人都来跟你作对！你会莫名其妙被堵着打，有人往你饭里吐口水，脏活累活都推给你，轮流骚扰你不让你睡觉……”

陈世美说着，拳头捏得咯咯响，我忽然明白了他脸上的淤青是怎么来的。一直以为监狱暴力是电影剧情，想不到真的存在啊！

“那种鬼地方我一天都待不下去，能走我当然走，反正正常出狱也还是会被看不起。”陈世美冷笑，“既然出来了，我就需要钱活下去。老天爷还挺照顾我的，让我碰上了这一个土豪。”

“我还想知道，你是怎么发现那个书柜里藏着密道的？”我忙说，“我觉得你的运气好过头了……”

“运气？”陈世美哼了一声，“不是运气，都是我自己争取的！我在监狱里认识了一个男的，以前是个贼，跟我聊天说起他曾经靠两样家具作案。一个是书柜，一个是衣柜。他说这两个东西里藏着白色的秘道。他是在一次偷东西时发现的。当时他趴在玻璃窗上偷窥一间出租屋，就看到屋子里的一个大男孩钻进书柜不见了。后来他才知道，书柜里有密道通到男孩的女朋友家！他就趁男孩没回来，把书柜的暗门关了，整个搬走了！”

“那——他是怎么得到衣柜的？”

“书柜的门后面印着它是哪家店买的，那个老贼就去找那家店。店员告诉他，书柜和衣柜是同一个木匠的作品。不过他们也不知道怎么找那木匠。那衣柜被故意做成了老旧的复古风格，卖得不便宜。老贼在衣柜里发现了同样的暗门，他就给暗门留了一道缝儿，然后每天观察它被卖给谁了。

“然后你懂的。这衣柜进了谁家，等于老贼也能随便进谁家，没有人能想到衣柜里会藏着一条密道。老贼运气好，第一次就偷上了一个贪官。那家伙把贪污的钱都藏在家里，被搬空后又不敢报案，老贼高兴死了！后来他搬家了，旧家具请人来收走，下一个买了衣柜的人就成了老贼新的下手目标……

“不过后来老贼阴沟里翻船被抓了，但他没有把衣柜的秘密说出来。老贼进监狱后一直想跑。前阵子，他听狱警说起今年监狱的预算不够，很多设备没法更新，老贼就立刻表示愿意赎罪。他请人联系上他老妈，让她把家里的一些家具捐给监狱……

“是的。那个书柜就放在老贼的妈那儿。也真是穷疯了，监狱接受了这种馈赠。他们检查了书柜，但肯定没发现里面的密道。从此，监狱的阅览室里就有了这么个书柜。呵呵，所以你以为一切都是巧合？其实都是聪明人暗中设计的结果！”

“那么……”我举手，刚才引诱着陈世美说话时，我一直表现出一副好听众的样子，嗯嗯啊啊地捧哏，不失时机地发问，以充分调动他的倾诉欲望，“那个老贼为什么要告诉你这么多啊？NPC的使命？”

“因为他需要一些人配合他。我跟他是狱里比较受欺负的两个，当然就是他最理想的拍档。”陈世美说，“不过那老家伙打错算盘了。书柜是进来了，他却被调回他老家的监狱去了，哈哈哈。后来我被派去给阅览室做卫生，趁机钻进那书柜，打开了暗门，就这么看见了密道和你的两个傻×朋友。”

“嬷嬷才不是傻×，他仅仅是一个死娘炮！”我不能允许有人羞辱挚友。

“要不怎么说我很走运呢？进密道容易，没有出口也白瞎，结果你们就给我提供了一个箱子当出口，箱子里还有那么多有趣的玩意儿！”陈世美说到这里，已经不需要我循循善诱，他自己简直是眉飞色舞了，“我回去计划了一下，挑了一个晚上越狱。我装成肚子疼，大声叫，傻×狱警赶紧带我出去，经过阅览室时我挣开他们冲了进去，直接就钻进了书柜！然后我立刻破坏掉了那个暗门。这下他们就算察觉，也休想跟过来了。再然后我抢了你们的箱子……后面的事情你都知道啦。”

陈世美应该很久没有说过这么多话了，脸上竟洋溢着演讲般的兴奋，他说：“好了，故事说够了，那么接下来……”

他忽然察觉到我频频往衣柜暗门的方向看，突然醒悟过来：“等等，你在拖延时间？”

是的，我在拖延时间，我跟一灿他们说好，如果我一小时后不回去，他们就采取行动，所以我无论如何必须让陈世美多说点话！

陈世美忽然警惕地趴在了衣柜暗门上，听到外面依稀传来了动静。想必是没有等到我的救援人员终于杀进来了吧！那两名保姆面对一群如狼似虎的大学生想必会大惊失色，但是一灿的美貌又会让她们难以把持……

“靠！”陈世美将我踹翻，狠命地踢了十几脚，我蜷成一团护住要害，痛，好痛！陈世美喘着气说：“以为这就能抓到我了？”他去翻地上的东西，居然拿出一把消防斧，直接把衣柜的暗门劈烂了。

当一灿他们来到衣柜前，看到的只有一地破碎的木头，而衣柜之内，不再有白色密道。

【世间所有相遇，都是久别重逢】

遍插茱萸少一人的415很郁闷，他们不仅没救出我，还因为做了太多出格行为而被警察全带走了，即使是一灿的颜值也无力回天。据说警察叔叔们一看到烂操就断定这是一起非礼妇女的案件，难道人民公仆就可以随便说大实话吗？

最后救了大家的人，是我们安插在教师队伍里的外挂——贞子。是的，虽然丫跟我们是泾渭分明的师生关系，但关键时刻还是不会见死不救……“贞子老师一接到我们的电话就来了，跟警察各种道歉说我们是担心朋友才会这样，然后各种承诺一定会处分我们，好像还稍微施展了一点美人计吧……贞子老师真是好人呢！”嬷嬷在事后动情地告诉我。

在欠了贞子一个大人情后，一灿他们得以返校，然而情况并没有改善，甚至可以说更糟了——衣柜被毁了，到底要怎么进入白色密道？

“那家伙不会把段段先奸后杀吧？”烂操忐忑不安。

“要不我们想办法进监狱找那书柜？”大卫不现实地提议。

“偶因乖替他去滴（我应该替他去的）。”一灿皱眉抽着烟。

“去找春菜！”排长说，“现在只能去找春菜了！让春菜通过陈世美的妈还是谁都好，努力联系上他，救出段段！”

大家纷纷赞成，嬷嬷拔腿就找春菜去了。话说春菜虽然跟415也是同学，却只跟我有交情，但嬷嬷是地球上最接近女性的物种，任何时候派他出马总没错。

结果嬷嬷还没跑到春菜宿舍，就在两栋宿舍楼的夹缝处见到了正在争吵的小猫与春菜。

身为和平主义者的嬷嬷，当时超尴尬的。他跟武则天之间从没吵过架，一般都是武则天单方面的碾压。激动中的春猫看到了嬷嬷，战意稍偃。他们争吵的内容不用说仍然是围绕着鱼酱的。春菜实在是不想再围绕同样的心结没完没了地争吵了，她希望小猫能够跟鱼酱说清楚——哪怕是说清楚：“我会像朋友一样关怀你，但我们真的不可能再在一起了。”

而小猫照例又搬出“她现在很脆弱，万一一个想不开”的套路。

车轱辘话说到后来，两人都有些心力交瘁，嬷嬷的出现仿佛中场休息的信号，让两个人都得到缓一口气的空隙。

“打扰你们了。”嬷嬷对春菜说，“段段出事了，你有办法联系上陈世美吗？”

“阿福怎么了？”春菜忙问。

“——将心比心，希望你也能理解我为什么放不下她。”小猫冷不丁插来这么一句，春菜给气得一噎。

“段段和你说过吗？陈世美是通过一个书柜里的密道逃出来的。”嬷嬷连忙一迭声说，“然后段段为了找他，也进了那个密道……现在他被困在那里面了。我们都不知道怎么进去。陈世美一定不会放过他的！”

“诶？书柜里的密道？”小猫一愣。

“他怎么那么不自量力啊！”春菜焦急地说。

“就是说啊。我想，正因为是你的事，所以他才会想亲手解决吧。”嬷嬷说，然后看了小猫一眼，压低声音补充了一句，“你知道，段段为了你什么都愿意做的。”

“……我知道。”春菜说。

“哎，你说书柜里的密道，”小猫对嬷嬷说，“该不是说一个全是白色的、没有边际的地方吧？”

“你怎么知道？” 嬷嬷吃惊。

“……我进过那密道。”小猫说。

春菜忽然想起在鱼酱微博上看到的“你会从抽屉里出来陪我吗”“爱神缩短了我们的距离”“与你一起流连纯白无瑕的天堂”等肉麻句子，她懂了：“啊，你通过密道和她来往？”

“那时我跟她还没分手。”小猫忙说，“唉，我们没能考进同一所学校，吵架到分手。谁知道当我来了这里，在校外租了屋子后，屋里的一个书柜居然能连通到她的书桌抽屉里，这太奇妙了。我们就这样，又谈了一阵远距离恋爱……但她一再让我过去陪她，我又有点烦了。有个晚上，我过去她那边时，有个贼把书柜给偷走了，害得我还得花大钱坐飞机回去……我们又大吵了一架，再次分手了。我是那之后才开始追你的。”

“也就是说！”春菜一把抓住小猫的胳膊，“她有进入密道的办法，她有那个抽屉！快！你快给她打电话！”

【如果没有遇见你】

我躺在白色密道里，歪着头看着陈世美。我的手和脚都已经被他给绑了起来，动弹不得，陈世美说，要让我也试试坐牢的滋味。

坐牢啊。这个超空间真的很适合坐牢。不用干别的，只要把我独自留在这里，不到一天我就会发疯。这个没有边际、没有色彩、没有声音、没有人烟的地方，是远比任何监狱都还要可怕的地方！

“你就好好在这里待着吧。”陈世美一边收拾东西一边说，“我走之前会给你松绑的，你可以到处跑跑跳跳，充分感受一下没有自由的自由。”

“你要去哪里……”我说。

“去找别的出入口。这个世界上应该还有很多家具能连进这个密道。别担心，我还是会回来拿东西的，你偶尔还是能见着人。”陈世美哈哈大笑。

“……你不会对春菜做什么吧？”我问。

他冷笑了一下。

眼见陈世美欲走，我扭动着叫起来：“等等……不管你要做什么，都想一想你当初跟她告白时的心情！那时的你才是真正的你，她就是喜欢上那样的你的！”

陈世美的脸色重重沉了下来："你懂什么？"他折返走向我，每一步都气力万钧，"你懂什么……你懂什么了？！"

我恐惧地向后缩去，忽然看见陈世美身后裂开了一个全新的出入口，一个女孩悄无声息地落了下来，她带着天真兴奋的表情，对我比着"嘘"的手势，鬼鬼祟祟地走近陈世美。

陈世美猛然回头，瞪着突如其来的少女："你是谁？你怎么——"

看似弱不经风的女孩忽然掏出个电击器扎在陈世美脸上，"咿啊啊啊——"陈世美惨叫时，女孩简直快乐得要唱起歌来。

我目瞪口呆地看着急转直下的剧情和昏迷的大BOSS，不知为什么，只觉得这个女孩更可怕。她很瘦很白，有黑眼圈和黑长发，我好像在哪里见过。

"安全了，走吧。"她过来给我松绑。

"谢谢……请问你是谁？"

"我是小猫的女朋友呀。"她自豪地宣布。

我想起来了，我看过她和小猫的合影，只是现在的她要病态得多。我说："你是怎么进来这里的？"

"说来话长了，你可以好好问你的好朋友——嗯，你快跟她告白吧！那个贱人对你不错呢，否则我根本不会来！"

"……什么意思？"

"她让小猫求我救你，因为只有我的抽屉能通到这里。可我干吗要帮她？我就说：'想我救他，除非你跟小猫分手，否则你就跟他说再见吧！'"

"你……"

"她好像哭了，然后说：'我答应你，请你救救阿福吧。'"

Chapter 12
明日英雄事件

室友们躺在阳台上，忽然讨论起一个话题：“明天会是怎样？”

“希望明天我能找到老婆。”大叔说。

“希望明天家人能接受我的取向。”眼镜说。

“希望明天我的画会大受欢迎。”画家说。

“希望明天晴，我想去看电影。”我说。

大家异口同声骂我胸无大志

【芝麻开盒】

我从没想过，有一天和春菜的关系会变得这么奇怪。

比她有了男朋友还奇怪，比我的分身跟她告白了还奇怪。

以前一见她，我必然要说：“你不就是阿春？”而她也会惊喜不已：“诶，难道你是阿福？！”“春！”“福！”“自从屠宰场的车子把你接走，我以为此生再也见不到你……”“当你被主人揪着耳朵拖进厨房，我何尝不是那么想呢？”……

现在就有点尴尬。

陈世美被制服后该回哪儿就回哪儿去了，神棍道具能让他逃得了一时，但不可能完全抹去他的黑历史。衷心希望他以后不要再来我们剧组刷存在了。小猫和他的病娇女友如何了我就不太清楚，鱼酱总是很高兴的吧，小猫固然不爽，但反正也放不下她，与春菜之间的关系也早已岌岌可危……

但，那和春菜为了我而主动提出分手，还是不一样的。

如果春菜早有决心要跟小猫掰，那救我只是个顺水人情，一举两得。但她分明还是对小猫有不舍。小猫也一样吧。在这种情况下，春菜选择了救我而放弃他，就实在有些暧昧了。

何况小猫一直不相信我们只是单纯的“闺蜜”，就像学校里大部分人都不相信一样。

也许我们自己，都没法那样说服自己。

这就是现在和春菜见面时会尴尬的原因。既不能装作啥事都没发生一样地谈笑“早！今天你也很胖胖哟”，也不能神经大条地问“你现在好吗？快乐吗？过瘾吗？没有什么不同吗？”偶尔瞥见春菜的泪沟深了几分，我都会良心抽痛，脑补她以泪洗面彻夜难眠，泪沟可不是乳沟那种越深越好的存在啊！

不知何时我们才能恢复自然的交往。

对此，415也是关切异常，纷纷建议说事到如今我也只能负起责任跟春菜一起了，真是看热闹不嫌事大，烦得我骂道：“嬷嬷你真是个八婆！”

嬷嬷非常委屈：“我干吗了就被你这样骂啊？”

我：“也没啥，但一时不知道怎么回你们，只好随便挑一个来骂。”

“靠……”

必须承认，春菜对我的重视让我非常高兴，大学还有半年，这会成为一个改变我们关系的契机吗？若是，改变应该从什么时候开始呢？春菜已经经历了两次失败的恋爱，我的优势又在哪儿呢？

不知不觉，自信与自卑又开始拔河。真讨厌自己这种性格。

不过幸好，一件事一旦过分无解，我就会情不自禁转移注意力，不让自己没完没了地纠结在烦心事上。未来我写文遇到瓶颈时也这样，与其关在小黑屋里硬写，不如暂时抛开稿子玩儿去，然后就会奇迹般忘了写稿这事！（编辑：……）我是说，这种逃避常常会带来新的转机。

而今，我就不知不觉把思绪集中在了那口箱子上。

这段时间发生了这么多事，都拜这口箱子所赐。箱子里还有一些用途不明的玩意儿，但最引人在意的，果然还是那个密码盒子。

那十位数的密码到底是什么鬼？

先前“一家三车事件”里遇见的学长说，上一代415每人贡献一个数字构成了这个密码，并强调这密码就像是专为他们宿舍而设的。到底是什么意思？

既然是昔日在415待过的人，我很难相信他们会做出什么高智商的操作，也许答案比想象的更简单。只是我们从没一门心思去想，所以才迟迟没有解答。但这会儿我受到“逃避”的动力驱使，再一次认真思索了起来。

——也许可以换位思考一下。如果是我们十个来设定密码，每个人会出什么数字？

按照各自的床铺号就太肤浅了。按照每个人偏爱的幸运数字啥的，又太不着边际，应该有更具代表性的数字。

比如我，大概会选择“2”这个数字。我的笔名就带有“二”的意思，生活中，大家也都亲切地称我为二逼。

锅炉会选择什么数字呢？想了又想都没有答案。金氏呢，这家伙胖得爆表，也许比较适合9这个数字？反正不可能是0啦，嬷嬷才像个0呢，然后排长是1，喔，我不是说排长有多攻啦，是这货骨瘦如柴又是光棍，跟1长得最像……

不行，怎么想都觉得很牵强。

喔喔，如果单纯把名字和数字挂钩就简单了，比如一灿是1，八达是8……

等等，这个思路不是没可能啊！

之前我得知了，皮衣学长叫周发发，他提供的数字是“4”——4，用音符来念不就是“发”？这只是个巧合吗？

脑子猛然又跳到一个更早一点的记忆。“流水有情事件”里认识的雨晴学姐曾经说，415以前有个人叫“王八蛋”，王八蛋，含有的数字不就是“8”？

我越想越难以按捺，对八达说：“那个谁的电话号码给我一下。”

“叫外卖的电话对吧？”八达说，“我要牛肉面。”

“你只配吃屎。我要的是那个教授的电话，就你之前做广告那阵子认识的‘叫兽’！”

记得叫兽曾经说过，他有个很欣赏的学生曾经也住415，如果那人的真名或绰号也带有数字成分，我的揣测就有了更多的支撑。

八达本来是懒得再联络叫兽的，听说那密码盒搞不好可以打开，里面搞不好有很多钱，就立刻屁颠屁颠去打电话了。

“那个学生叫陈望。”不久八达回馈，“因为聪明，经常考第一，人称‘南波望’。”

我一拍掌：No.1！又一个数字！

之前岩班长曾经帮我们找来前任415的名单，所以他们的名字我是有的。我立刻对照起来。

以床位号为顺序，以每个人的真名或者绰号所蕴含的数字为他们所提供的密码，然后依序排成十个。

我也看到了一号床的人——如果他跟我用的是同一张桌子，那么我曾经在抽屉下摸到的数字很可能是他刻的。那个数字是“9”，而一号铺的学长叫“时久荒”！

这也许是我们最接近真相的一次了。

我先按照每个人的名字体现出的数字感做了一些选择，再打电话给认识上代415的人，了解他们各自的绰号。使我越发振奋的是，每个人都有清晰的数字开始浮出水面。

——有个外号叫“脱衣舞”，我就猜他的数字是“5”。话说这是什么鬼外号。

——有个外号叫“人妻”，那肯定就是“7”了。这宿舍的外号品味真的不要紧吗？

——有个人名字叫林蛋，嗯，必须是“0”。品位问题已经不局限在外号了啊！连原名都放飞了啊！

其他人也都聚集在了我后面，兴奋地看着我在一张白纸上排列出了十个数字来。每个人都不禁呼吸急促，仿佛一群即将撬锁成功的入室抢劫犯。

最后我们得出的密码是：9172157084。

八达已经殷勤地捧来了盒子。我飞快地在那个密码锁上输入了数字。

“咔哒”的声音响起来时，我们情不自禁地发出了欢呼。那一刻，我把春菜小猫都抛在了脑后，谜团豁朗的感觉太棒了！作为头号功臣，我当仁不让地抓住已经松开一道缝隙的盒盖，向上掀起……

【十年之后】

我醒来时，第一感觉是有什么好刺眼，要么是谁在装逼，要么是我们又没关灯就睡了。415的优良传统就是一旦所有人都上床了，那就谁都不可能下去关灯。我们凭实力上的床，为什么还要下去！于是我们常常会在灯光大作的环境里睡着，半夜被晃醒也坚持蒙头装死。除非是刚好要下床尿尿，那就顺便关一下。但心里通常会有谜之不平衡，非得闹出点儿什么动静吵醒其他人……

现在我就想继续睡，谁爱关灯谁关去。

但是片刻后，我掀开被子坐起来。

这不是415，这是个陌生的房间！家具简洁，布置温馨，窗台上摆着多肉植物，墙壁上贴着复古海报，打扫得很干净。

之前发生过什么来着？想起来了，我们打开了那个密码盒。盒子里仿佛装着一轮太阳，开盖的瞬间，有光芒从地平线蔓延，瞬间吞没了我们全部……

然后？然后就是现在这样了。

桌上有面镜子，我照了照，映出的的确是我的脸。头发短了，胡子多了，皮肤黑了，整体貌似成熟了一点。这是怎么回事？

镜子旁边有个蓝色的手环，很像是一度流行的计步手环，但不会比一块OK绷更厚。轻薄简洁中有种高科技的逼格，上面有几颗按钮。我肯定是第一次见到这玩意儿，但把玩了片刻就无师自通地理解了怎么用。

我戴上手环，按下一个按钮，立刻有一束光芒在掌心投射出一个界面，大小完全跟我们惯用的手机尺寸无异，我按动别的按钮，界面持续放大，从手机变成了笔记本，但它完全是个虚拟投影，感觉不到任何重量，可是当我的手指点到屏幕上时，却又传来真实的触感。这不就是许多科幻片中都能看到的那种技术吗？

后台有几个程序正在运行，其中一个叫“身临其境”，我随手调出，运行速度极流畅。我眼前一花，置身的地方变成了一块悬空漂浮的大石头！不远处有座飞空岛屿，刺眼的阳光与鲜亮的蓝天几乎要闪瞎我的狗眼，耳畔的风声与飞舞的乱发提醒着我此刻的真实，那种往前迈一步就会一边喷尿一边坠落的真实……

突然，这一切消失了。我又回到了房间里，身心发毛的恐惧还没散去，虚拟屏幕上显示着一行字：“经检测，您的生理承受指标低于安全值，为了您的健康着想，系统已为您自动登出。”

我的心狂跳了几秒钟，渐渐平静下来了。又一些记忆涌进了脑海：“身临其境”这个APP是通过裸眼VR技术让人进入虚拟空间旅游，目的地可选择世界上任一真实地点，也可以是圆明园、庞贝古城等历史遗迹的原貌，还可以是一些纯粹脑洞大开的场景——比如我刚才体验的“天空之城”。

醒来到现在也就几分钟，但我已经对现状有一点概念了。

为了增强说服力，我拉开了窗帘，眼界大开！无数张牙舞爪的飞车正在凌空疾驰，一座座鬼斧神工的巨厦拔地而起，浑身金属光泽的机器人遍地横行——以上这些，统统没有。

我仍在福州，这城市大体还是我熟悉的面貌。虽然的确是多了一些新的高楼和立交桥，但也没有尖端到让人一看就觉得自己“身在未来”。

我胡乱穿好衣裤，走出房间，迎面是个小客厅，我想起自己是租住在这里的。接下来我开始对地点有了概念，下楼怎么走可以出小区，附近有哪些店，这里隶属什么区什么路，全都了然于胸。这感觉非常奇妙，就像是一个失忆患者，不断被熟悉的场景激活沉睡的记忆。

头顶飞过一个人，背上的背包发出噗噗噗的声响，使我一时错觉丫在喷屁飞行，然后想起这是最近流行的飞天背包。

路上往来车辆大多画风整齐，包括速度、间距都很统一，且无人驾驶——哦哦想起来了，这些是电脑控制的共享汽车，扫码可上，输入目的地就会用最安全稳定的方式把你送达。

满街的人都佩戴着手环，娴熟操作着虚拟屏幕。昔日的实体智能机已经是大哥大一样Low的古董了。

长椅上有人对着空气滔滔不绝，旁人见怪不怪。因为那人戴着VR隐形眼镜，此刻面前有一个仅他可见的形象。那也许是男的，也许是女的，也许是可以站着尿尿的女的。

巨大的电子广告牌上，宣传着一款新出炉的人工智能……

这里是未来。

不是非常未来的那种未来，而是十年后的“近未来”。想不到只是十年，社会就发生了如此巨大的改变。虽然没有烂操变一灿那么翻天覆地吧，至少烂操已经变成金氏了呢。

十年什么概念？大三上学期的我们，差不多是二十岁左右，十年后就是三十岁。三十岁啊！真是一个难以想象的年龄。当我们还是正太时，被问对三十岁的人有什么感想，我们都会含着手指问：“他们出生时，新中国成立了吗？”“日本鬼子被赶走了吗？”“家里有电吗？可以把蜡烛省下来玩滴蜡吗？”——就是如此天真呢。我们想象自己的三十岁，也总是笼统而抽象。无非觉得，肯定已经结婚生小孩啦，反正每天要上班啦，会开车会修东西会干很多事啦，等等。而不会具体思考那时自己发福没？发际线君还好吗？手头欠着多少贷款？老婆跟人跑了吗？跑得快吗？姿势标准吗？……

站在一个年龄，想象另外一个年龄，总有着隔岸观火的肤浅。

而现在我三十了。样子上还是可以伪装一下二十几。要说最大的区别，应该是穿的衣服比以前好了。以前我们都在路边买那种十块一件的T恤，一穿就是一夏天，还有那种松得仿佛随时会露出三角的肥裤子。而现在只是简单穿穿衬衫牛仔，不知为何就更显成熟好看。所以说一个人的年轻许多时候是体现在丑和土两方面的……

正思绪万千，手环传来微颤，一个泡泡对话框浮现空气中，喔喔，是十年后版本的微信群呢。嬷嬷在里面叫：“你们谁在啊？”

得，光顾着感受日新月异，竟忘了更重要的事。当时415全体都被密码盒里的光辐射了吧？那是不是全都到这儿来啦？

看来是的。因为很快群就炸了，大家纷纷刷屏：“我在！”“我也在！”“还有我！”“这是什么地方啊？”“十年后！”……

七嘴八舌的刷屏后，还是一灿做出了掷地有声的指示：“统统闭嘴，见面再说！”

大家安静下来，异口同声：“我靠，你的发音怎么这么标准！”

【最熟悉的陌生人】

这个时代还没出现瞬移科技，不过据说已经有科学家在开发了，用仪器把人分解成原子传送到另一个地方再组装起来——可惜我们暂时无缘感受。要见面还是必须借助交通工具。

碰头地点是手环里的智能管家定的。十年来城市不断整容，涂脂抹粉，很多路已不好找。但AI太方便，我们报上各自的位置，它立刻选定了对每个人来说都能轻易抵达而且性价比超高的一家餐厅，并同时为大家安排了车。那些自动汽车以不疾不徐的速度循着完全不堵的道路将我们送到了餐厅，下车付款时拿手指在一个采集器上按一下就行。现在已经是单凭DNA就能买单的方便时代了。

随着大家陆续抵达，我得以提前领略了415十年后的风采。

首先是锅炉。丫的穿着品位比以前好一点了，不再是永恒的粗布衬衫和粗布裤子，米色上衣和西装裤的搭配居然还有那么一点儿时尚。好在他还是一咧嘴就露出那片鲜红的牙龈，看了安心，用了放心。

“话说你没戴眼镜诶。”我说。

“嗯，这年头癌症和艾滋都能治了，何况近视。”

“这么说你可以放心地去得艾滋啦。”

然后是金氏。唉！金氏他……想不到他竟做出这种事！他不再是我们最熟悉喜爱的金氏了！他瘦了！赘肉去无踪，骨架更出众。也就是脸还有那么点儿圆，圆得很敷衍，很没有诚意！

“那只是因为现在的整形技术很发达，抽脂更是一毛钱风险都没有。”金氏扭动着小蛮腰解释，“应该很快又会吃胖呢，只好到时候再去抽啦。”

“你太谦虚了。不过这也证明了，你的丑跟肥胖无关。。”我给予肯定。

既然整容那么发达，烂操肯定已经变成美男子了吧？然而丫的狼牙棒脸却还是熟悉的味道。痘田则呈现欠收状态，狼牙棒上的刺因此都没了，所以严格说，他现在只配叫按摩棒。至于痘痘去了哪儿，据说是年纪到了，说没就没了。

“而且你们知道吗，”烂操一边冲服务生抛媚眼一边说，“潮流在变。花美男不吃香了，我这种帅哥才会越来越受认可呢！”

“这样啊，服务生，麻烦上一盘牛粪，一会儿我们要给帅哥敷脸。”我说。

八达的登场可以说是让人眼前一亮的。主要因为他是光头。复苏的记忆告诉我，丫校园生涯谢幕的同时，头发也开始谢幕。虽然现在已经有了高效生发剂，可买它需要钱啊，而秃顶却能省下不少洗发露和水钱，八达为此痛心疾首，后悔没有秃在起跑线上，否则能省多少哇。不过即使秃了，丫也还是很像张震呢。只是这个时代的小孩都不太知道张震了，需要人提醒：就是在你爱豆新片里演阿公的那个阿公呀。

“话说你现在还穷吗？”我问。

“不穷！我家差不多三百平！”八达说。

金氏凑过来说：“他现在住的地方只有茅坑大。是每天用‘身临其境’APP把自己投影去的豪宅。对了，他还是单身。”

八达真是出走多年，归来仍是少年的典范。

该说嬷嬷了。其实我特期待丫能在这个新时代重拾自我，成为一个真正的女人，可惜没有。嬷嬷现在是个小胖子，肉嘟嘟的十分喜感，丫在康师傅当个小头目，爱岗敬业的后果是经常以泡面为食，整个人也就跟面一样胀开了。当然这家伙胖了后更萌了。

“我和许多读者都只关心一件事，”我问，“你跟武则天还在一起不？”

“这不废话吗？”嬷嬷快乐地说。

这人可说是迄今为止画风最正常的了，太气人了，所以我们不由分说地把他按在沙发上凌辱了一番。

接着是排长。其实，我本不指望能看到排长的，十年生死两茫茫，排长当年就已经一只脚踏在棺材里了，现在坟头的草应该也长成草原了吧。但我们还是看到他了！奇迹啊！科技太伟大了！这个时代的人平均寿命一定都是五百岁吧！

排长一边殴打我一边说：“妈的都过十年了你的嘴还是那么贱！”

好吧，苟活至今的排长现在身材很好。佝偻干瘪已成往事，稀疏的头发植过，乌黑茂密，人胖了后皮肤也被撑饱了，皱纹消失不少。总之丫变年轻了！以至于我们不得不讨论：“这是老排的孙子吧？”“别那么损了，要我看啊，是曾孙子……”

大卫不再白皙，皮肤黝黑，因为缺乏运动而挺起了肚腩，脸也从四方变成了椭圆，一代著名雕像，不幸沦为套娃。他说：“原来我毕业后去了日本。这几天刚好回国探亲，否则还见不到你们呢。”

“哇，去日本了！这么说以后我们看动作片能看到你咯？”

“我在日本有正经工作！”

“知道啦知道啦。所以给我们发种子呗？”

终于，万众瞩目的一灿出场了，啊，这人真是岁月的良心，丫颜值不改，满身名牌，倾国倾城。这些年他自己开公司做手机生意，搞得家大业大。但忙于事业的同时不忘健身，堪称土豪界的清流。这餐厅的一个机器人女服务生看到他都激动得天线冒烟。

“这个时代可真是不简单呀。”一灿拿出一支雪茄来抽，“哦，你们好奇我的普通话对吧？都是靠这个啦。”他指指脖子上的一条项链，“这是一款最新的翻译机，选好语种就能根据声带的震动同步翻译。特好用。”

所以这人的口音还真是只有高科技才能拯救啊！这样的一灿好无趣！再也没有值得我们爱的地方了！

最后就是老蜗了。应该说，他的形象才是最令我们意外的。在所有人或多或少都呈现出“进步”的时候，丫却神情憔悴，死气沉沉，看着跟刚被放出来似的。

“这个时代的游戏肯定超好玩，你是不是又熬夜开黑了？”我问。

“屁啊！”老蜗哀嚎，“我混得很差好吗！没有工作，几年前老婆跟人跑了，赌钱输了被人打，落下一身病根，家人跟我断绝关系，现在住一个月一百多的破房子……”

我们听着老蜗的苦难史，满头大汗。虽然莫名被丢到未来，但对我们来说，新鲜远多过恐慌，毕竟这世界太有趣了啊，不断涌现的记忆也帮助我们建立起中年的三观。所以刚才见到大家，心情真宛如奔赴一场十年后的同学会。直到老蜗携一身低气压出现，轻松的气氛才被打破，太沉重了！

“啊，该死。我在烦个什么，我才二十！”老蜗抓抓鸡窝一样的乱发，“你们懂的吧？忽然会想起很多事，分分钟把自己当三十岁。”

我忙说：“大家要警惕，别被三十岁的自己给取代了啊。那可就相当于有整整十年被偷走了！”

“如果能清楚地回忆起过去十年发生过啥，倒也不能说什么被偷走了。”一灿吐了口烟。

“你好像很进入状况嘛。”老蜗说。

“不用再浪费十年去奋斗，直接享受现在的成果，没啥不好啊。”人生赢家一灿笑着抖擞了一下西装。

“你现在的老婆是阿玲吧？”烂操看不惯一灿的得瑟，“再有钱，跟那种女人结婚有什么乐趣？”

“那你傻了，有钱什么女人得不到？”排长路见不平拔舌相助，然后跟一灿交换一个心照不宣的笑容。就那种特别丑陋的油腻猥琐自大的中年人的笑容！排长就算了，难以置信一灿会这么笑！

“啊……不好。”排长跟忽然反应过来似地揉了揉脸，“在这个年龄状态下待久了，一不小心就忘了自己是穿越来的。”

“对对。”一灿忙也吐出雪茄反省，“现在这个我在商场经历了很多，整个人都变了，不好意思啊。”

“所以，果然是那个盒子让我们穿越的吧？”锅炉问。

“嗯，看起来是这样，而且还是魂穿。”我说。415虽然遇到过各种怪事，但是穿越经历最丰富的还是我，但我都是被魔女巴蕾舞带着穿的，再有就是吃了后悔药后，那都跟现在的情况不太一样。

“所以，我们怎么回去？”金氏问。

“……还是只能靠那个盒子吧？”我说，“我想不起它在哪里，你们知道吗？”

大家纷纷回忆，纷纷摇头。

“会不会，又回到当初被挖出来的地方去了？”宝箱的发现者大卫提出。

“那样的话就完了。”八达说，“记得么，我们那所学校……”

我们的脑子里立刻浮现出大学的相关记忆，然后心此起彼伏地下沉。我启动手环里的一个地图程序，将母校的现状投影在这个包厢里。

我们的学校已经不存在了。现在屹立在那片土地上的，是一座养老院。凝视那清晰而真实的影像，找不到一丝往日的痕迹，更何况是那口箱子的下落。

一筹莫展良久，一灿按下餐桌上的一个钮，招呼服务生上菜。

“都这样了，先吃饱再说，别浪费我们现在的身份。”他耸耸肩，“这里的菜，大学狗可吃不起啊。”

说这话的一灿，多少代入了一些三十岁的人设吧。我们互相看看，果断赞成，既来之则安之一向是415没心没肺的宗旨。

这家的菜真的很好，比我们任何一次聚餐吃得都好，以至于再怎么隐隐不安，身体还是很老实地沉浸在了喜悦中。

这就是成长的福利吧？

【十体】

酒足饭饱，离开餐厅。

这真是有史以来最奢靡的一顿舍撮了。大家都是一副回味无穷的样子。有人剔牙，有人拍肚腩，有人耷拉着裤腰带，真是一群不顾形象的中年人啊！

我走在最后，看着八达的脑瓜反射着路灯的光辉，看老蜗因为吃了这顿没下顿而把自己撑到极限，看锅炉工对电话那头的媳妇嗫嚅着这就回去了，心情复杂。原来再过十年，我们就是这种鸟样啊。明明几小时前我们还是大学生。真是恍若隔世。

过去十年的记忆越是清晰，越让我觉得那些天马行空的宿舍生活仿佛是编出来的一样。

"哎，"我忽然开口，"你们说这个年纪的我们，还会碰到那些奇奇怪怪的事吗？"

大家面面相觑。我们都一样，没法靠硬想去记起一些事，得有些什么因素作为触发才行。因此大家集体懵逼。片刻排长说："我想应该没了吧。"

"为什么？"

"幻想是年轻人的专利啊。"排长叼着牙签，"中年人只关心现实。光是养家糊口都忙不过来啦。"

以前我们成天吐槽排长多老多老，可现在他年轻了不少，一开口却苍老得史无前例。

"没事就先散了吧。"烂操说，"我还有个客户要去应酬呢——现在的我也是自己创业，业务都得自己跑。超麻烦！"

大家都没意见。这又让我感到一阵心慌。过去的冒险里，我们唯一的共识是大家只要在一起，就能战胜一切困难。但这会儿，比起想办法回去"昨天"，我们居然本能地想先应付"今天"。于是工作、家庭这些就成了不可忽视的绊脚石。就连我也不禁要担心，我那些还没交的稿子。

嗯，我现在是个自由作家。认识到这点的同时，也就想起了这十年的奋斗有多么不易。可以说不管就不管吗？

沉迷三十岁的后果，会不会就回不去二十岁了？

耳畔响起一阵蜂鸣声："嘀——嘀——嘀——嘀——"

那是跟警报一样烦人而突兀的声响，我眉头一皱，看到其他人也都露出被吵到的表情。看来，大家都听到了。

与此同时，关于这“警报”的记忆也苏醒了。我不禁兴奋起来，朝他们喊道：“还等什么！快！”

另外九人的脸上交错着茫然、不耐烦和新鲜感，然后不约而同地握住了自己的手环。

我们的身体发出了光芒，好像下一秒就会爆炸。然后，一股由内而外的力量带着我们，直冲高空！我们化作一道道光芒，最终聚拢在了一起！

一切平静下来。

其他人都不见了。天空中只有我一个。我凌空站着，穿着奇怪的服装，手脚变得更长了，胸肌挡住了低头的视线，体内翻涌着澎湃的能量。

我很想动动手脚，东张西望，但我能感到自己在这个身体里，却无法自如地操控它。这就仿佛坐在一辆车的副驾位置，车开我也动，车撞我也痛，但开车的不是我。

“嘀——嘀——嘀——嘀——”扰人的警报没完没了，而不远处正有一座小工厂冒烟起火。这警报，是在提醒我们去救火！

我看向厂房，目光穿透墙壁，捕捉到了滞留在里面的人。一对男女职工正被烟熏得走投无路，他们一定是醉心工作才耽误了逃跑吧。啊，衣服裤子都没穿好呢，一定是因为火场太热所以脱了。真敬业啊。话说我不但看得清楚，他们的哭喊和心跳也都历历在耳。看来这个身体的功能全都是强化的，这就是传说中的超人吗？

于是超人径入火场，撞碎玻璃就像撞碎一个肥皂泡那么轻松，热浪和烟雾扑面而来，温度甚至比不上一台吹风。超人跟吹蜡烛一样呼出一口气，狂风过境，灰飞烟灭。

敬业的男女得救了，就是风势略猛，把他们仅有的遮羞布也吹没了。消防车已经来了，相信群众都能理解的呢！

对他们帅气地挥挥手后，超人一闪而逝。

顺便，就在正义得以伸张后，那吵耳的警报声也消失了。

超人屹立高空，眼前是皎洁的满月，银光淅淅沥沥洒遍云层。此情此景令我心潮澎湃。虽然刚才救人的不是我，但我的体会却与超人完全同步。

这滋味实在是太棒了吧！这种世界尽在我脚下，没有什么做不到的快感！

超人闭上眼睛，沉入回忆，我也不禁照做，一起重温这段奇迹的始末。

【诚如神之所说】

不说不知道，原来超人这个副业，我们已经做了七年。

大学毕业后，415一直保持着联系。虽然不住一块儿了，但还是每天在群里唠嗑，分享新闻、段子和美女图片，当然也有诉苦道喜和相互关心，比如“嬷嬷，掐指一算你姨妈也该来了，多喝热水”，或者“排长你的终身大事怎样了？张阿婆人不错你就别挑了”之类，真是情比金坚。当然，定期聚会也是必要的。虽然无非就是吃吃饭唱唱歌，并且除了婚礼之外很难全员凑齐，但十个人的心一直在一起，从未走远。

——所以才会被神看中啊。

那是在金氏的婚礼后。是的，金氏终于名“猪”有主了。他的对象是金妈妈帮着找的，那之前经历了无数次相亲失败。新娘挺苗条的，而那会儿金氏还很胖，我们就不禁担心他半夜一翻身，天亮后就要为杀妻罪名远走天涯……

在金氏的婚礼上，我们开足了诸如此类的玩笑。金氏全程都在骂我们人渣。直到散场大家才真情流露。那时金氏号召我们住一晚，说他都安排好了，但几个第二天有事的人表示不了。都是第二天要上班的人，夜不归宿也没那么自由了呢。

“但我们还是全部来给你捧场了，够意思吧？”排长说。

“宿舍的重要储备粮终于要进别人的锅了，来送行也是礼貌呢。”大卫说。

“答应我，从今天起，好好配种，多生小猪！”八达握住金氏的手，声音哽咽。

金氏追着我们揍，然后正经地说：“谢谢你们都来啊。”

我们之间很少很少会说这么客气的话，“谢谢”更是只会出现在“烂操，谢谢你长这么丑，衬得我们都好美”之类句式中，所以听金氏这么说真是既不习惯又很感慨。

这时，我们的头顶出现了一团白光，就那种UFO降临的效果，霎时我们都被晃得睁不开眼，只听一个深沉的声音叫道：“合格了！”

“好亮啊！谁啊？”我们捂着眼睛问。

“我就是你们所谓的‘神’。”

“我们见的神多了！你是哪一类啊？”

“……呃，严格讲是外星人啦，科技比你们先进，所以也能算神。”

“外星人我们也见过很多啊！你是哪个星球的？”

“……咱就不纠结这个话题了吧。总之我们的存在是为了维护和平。我们游走于不同的星球，赐予当地生物强大的力量，让他们可以保护自己的家园。”

“怎么听起来这么中二啊！不过我喜欢！”

“那你们是愿意接受这个使命了？”光之声很高兴，“别担心，你们只需要守护这座城市就好。别的地方有别人，这种援助已经进行很久啦。”

“顶顶（等等）。”口音还没被科技拯救的一灿问，“系锁要偶民钱部单音寻（是说要我们全部当英雄）？”

“是这样的。我们给予的力量太强，并不是所有被选中的对象都能承受。尤其你们地球人体质很弱，必须多人组合为一个整体，才能运用自如。”光之声说，“根据经验，最佳合体人数为十，最关键的一点是，合体者之间有着无与伦比的羁绊和凝聚力，那才能完成共同目标。我暗中考察过你们的人品和关系，完全合格！”

我们都有些自豪。论全员一条心，415还没怕过谁！

是的，对于做英雄这事——虽然严格说来只是十分一的英雄——我们是很有兴趣的。那会儿大家都还是社会菜鸟，内心的少年魂尚未熄灭。而超级英雄的电影如火如荼，哪个少年会抗拒成为英雄？

“不会太影响工作吧？”康师傅好员工嬷嬷略有些不放心。

“对哦，我需要多点时间陪伴娇妻。”新婚“猪”尔的金氏说。

“这个请放心。合体后各位会拥有多种超能力，其中一样就是光速飞行，一般的事件几秒就搞定了。”光之声说，“另外，合体后你们会散发一种电波，不管别人是想要记住你们还是想要设备偷拍，都会被干扰，不必怕暴露身份。”

这样啊。这年头的英雄可真是好当啊。我们顿时放心了，甚至还有隐约的遗憾，毕竟双重身份也是英雄的浪漫呀。

“对了，”锅炉又提出了新问题，“十个人合体，那思想呢？谁主导？”

“随机的，唯有这个是技术无法解决的，但正常来说每个人都有机会轮到啦。而且就算控制权在别人手上，每个人还是一样会感同身受哟。”

“别说了，赶紧让我们试试吧！”我等不及了。

“好的，我已经把力量存进了你们的手环，你们只需要……”

我们便按照指导，握住手环，心里想着要和其他人融为一体。手环很快开始发热，我们身体一轻，化作光束飞升，十道光碰撞融合，英雄界的一颗超新星就此诞生……

——这就是“415-Man”的起源故事。

也就是从那年起，我们开始了大慈大悲救苦救难的生涯。话虽如此，大部分任务都很简单啦。冥冥之中有一股力量跟经纪人一样帮我们筛选客户爸爸的订单。

比如有人溺水，如果有人去救了并且肯定救得上来，我们就听不见警报。换句话说需要我们去救的八成已经喝水喝得差不多了且方圆十里都是旱鸭子。我们的出动频率不能算高，现实也不会动不动出来个魔兽怪物外星人要打，所以刚当英雄那阵我们可寂寞了，恨不能自己动手丰衣足食，没事拆个楼然后重建什么的。

那是毕业第三年的事了。那时我们还没很忙，还能欢聚，还能幻想。

还是少年。

【超人：平凡之躯】

闪回结束，回到当下。

超人的我们睁开眼睛，调出手环的自拍模式。合体后的我们这么厉害，那颜值是不是也很惊人？

嗯……怎么说呢，比较一言难尽。我本以为合体后的长相会是精选每个人最好看的部位拼在一起组成一个绝世美男，结果被拼在一起的是每个人最有特色的部位啊！

比如说发型，我们中数八达的光头最醒目，所以超人就是光头啊！我变秃了也变强了是吗？然后脸型是烂操的，那狼牙棒哦不是，按摩棒脸显然过目难忘对不对？所以锅炉工的大板牙也必须上缴给超人才行了。瘦身成功的金氏无法贡献肥膘，但那两片厚如腊肠的嘴唇可休想跑。眼睛是我的，单眼皮，这算什么，是说我的眼睛在所有人里最小吗？此外身高是大卫的，皱纹是老排的，坚挺的鼻子来自一灿，晦暗的肤色却不幸属于老蜗，小胖子嬷嬷取代金氏奉上了肚腩与八字奶， 真令人心痛！还好他良心未泯，在超人的举手投足间植入了不动声色的娘炮感……

之前我还为身为拉风的英雄却不被人铭记而遗憾，鉴赏完这个造型后释然了。还好不会被记住啊。受害者也不会想被这样一个奇形怪状的大叔拯救吧！

这时，超人又把手按在了手环上，丑陋的身体再次精光四射，好像要炸了。我只觉得一个恍惚，又回到了地面上，分解回十个独立的个体。

我们凑到一起，兴奋地交换着感受，仿佛刚看完一部超爽的电影。我问：“所以刚才操作身体的是谁？”“我我我！”烂操举手，“哇靠真是太棒了！从没觉得自己这么吊过！”“原来就是你这个老司机在担任司机啊，你肯定是故意吹掉那两人衣服的吧！”……

“嘀嘀嘀——”正聊得火热，又闻警报声，我意犹未尽地叫：“又有任务了！”

“不是不是，是我的电话。”锅炉举举他发光的手腕，“我的……媳妇，催我回家了。”

其他人闻言纷纷收敛兴致，“是啊，都这个时间了。”“靠，我明天要上早班！”“我还得去赶下一摊应酬呢。”……

“那我们这几天就先扮演中年人吧，也别给未来的自己添麻烦。反正暂时不知道怎么回去。”我说，“啊，我只希望回去前多出几次任务，能当司机就更好了！

“段段还真是永远都精力充沛啊。”“是啊，跟个小孩子似的。”“不用上班真爽。跟我们就是不一样。”“行了。群里说吧，拜！”

他们揶揄着我散去，转眼就剩我自己了。不知为什么，我隐约有点儿不舒服。他们刚才那些话貌似不是自己想说的，而出自三十岁的他们之口，有那么一点阴阳怪气？希望是我想多了吧。话说从二十岁切换成三十岁真像是无忧无虑的小鬼变成了苦逼兮兮的家长啊。上一秒还在梦想飞天打怪，下一秒就要操心上班打卡了。

不用上班很自由什么的，只是他们不了解我罢了。我也有我的辛苦和烦恼啊，除了要应付编辑，还要应付——

我的手环也响了，弧度上显示出一个人名。我的思绪不得不从英雄身上移开。

任何人来到未来，只要是适婚年纪，都会很感兴趣自己的另一半是谁吧？我也不例外，虽然一路被琳琅满目的高科技吸引，之后见到槽点满满的十年后的415，再然后是荡气回肠的英雄体验……但在这些的间隙里，我还是想过，三十岁的我结婚了吗？

答案是否定的。

那我有女朋友了吗？再不然，有男朋友了吗？

前一个答案是肯定的。

此刻来电的就是她。

我已觉察了蛛丝马迹，想起了这些年的点点滴滴，却下意识地将面对她的时间延后，明明只要回她一条信息，我们就能再早几小时说上话的。

她是梅子。

不是春菜。

【明天我要嫁给你啦】

大三下学期流行专升本，半个415都参加了，包括我。虽然有让学历高一点好找工作的因素，更多还是希望能在象牙塔里再待两年，不要那么着急去见社会大魔王。

结果很不幸，我考砸了。如果别人的考砸是骨折，那我就是粉碎性骨折。然而春菜却考上了。

春菜去另一所大学继续读书，而我毕业了。跟家宅了一阵，倒卖了一些二手书，找了份没前途的工作，闲暇时间写稿赚外快，渐渐写出了点儿名堂。回过神来，已经出了几十本书，成了所谓的自由作家。

刚开始和春菜是有联系的。拿起手机扯淡，放下手机约饭。我曾以为距离不会稀释感情，事实是少了抬头不见低头见的环境，共同话题就是越来越少，加上大家各有各忙，慢慢也习惯了好几天不说话。等到春菜交了新男朋友，互动频率就更是一落千丈。

新男朋友——她当然有权利交新男朋友。我试图在三十岁的脑海里搜索刚知道这事时的心情，应该是相当晴天霹雳吧，然而我只搜到晴天，霹雳的划痕那么淡那么虚无。三十岁的我居然已经不在意了。

与梅子的情况则相反，我们是在失联了几年后又重勾搭上的。她毕业后回了老家当幼师，后来又回到了福州。我们自然而然又走到了一起，乃至住在了一起。

当然，那是在我和春菜渐行渐远之后了。

回忆到这里，我觉得胸腔有些空空荡荡。三十岁的身体在用二十岁的灵魂惆怅吗？我就努力回想跟梅子的生活。我们一起做饭，一起旅行，一起逛街。我去幼儿园接她下班，她很自豪地向老师家长介绍我是写儿童文学的；她在冬天叫着“好冷啊”钻进被窝里，我们齐心协力地把对方的脚捂得热乎乎……

我一边浏览这些走马灯，一边回到了住处。进门时想：难怪这个家如此井井有条。

梅子穿着围裙，正在做卫生，看到我，立刻露出温柔的笑容。

十年后的梅子，我已经温习得并不陌生。她的体型稍微圆润了一点，可能是当幼师的关系，笑起来竟比十年前更纯真甜美。总之，是个可爱的小女人。

梅子和春菜一直都是不同款的。

“你去哪儿啦？这么晚才回来。”梅子放下家事，给我倒水。

“跟老排他们吃饭去了。”我说。

“稿子写完啦？记得你说还欠三万字。”

“嗯啊……今晚应该能搞定一篇。”

“又要熬夜？就叫你干完活再去玩了。”梅子双手叉腰，无奈地说，看着像教育小朋友的职业病，“不过，你们那么久没约了……哦，懂了，你们又当英雄去了吧？然后顺便吃了个饭？”

我和梅子说过不少我们的遭遇，她知道合体的梗也并不奇怪。我就顺水推舟地点点头。梅子问：“聊得开心吗？”

“挺好的。”

“看吧。”梅子竟有些得意，“前几天你还说什么宿舍的感情变了，我就说你想多了啊。”

我不禁心头一暖。

接下来梅子絮絮地说自己的事，她这两天回老家了，她外婆之前跳广场舞把腰闪了，她老妈做了许多她喜欢吃的菜，她继父这两年也没那么讨人厌了，她还见了几个老同学……

我有预感梅子会说啥，果然她说：“每个人跟我聊着聊着都会问：啥时候结婚？”

她看着我，目光充满期待。这个重大问题居然这么轻易就说出来了，主要是我们也讨论过不止一次。说讨论并不恰当，因为我每次都打哈哈，顾左右而言他。三十岁的我，还像是二十岁一样觉得这事并不着急。梅子倒也没有不依不饶，但可以感受到她渐渐着急了，毕竟她也快要三十岁了。

梅子忽然喊我的名字，“你爱我吗？”

“当然。”我说。

“会和我结婚的吧？”

“当然。”

“又敷衍我。”梅子叹了口气，“你啊，一直长不大。也就是我这种成天和小孩打交道的受得了。可你就打算一直拖下去？”

我无话可说。二十岁和三十岁都无话可说。

“就今年吧，好不好？”梅子认真而耐心地看着我的眼睛，“你不用烦，我来搞定那些琐事。”

我想回避梅子的目光，我今天才第一天三十岁啊。但梅子捧住我的脸，逼我看着她。

我忽然想起了有一天清晨，我醒来时，梅子坐在被窝里，侧着一张脸，毛茸茸的阳光从窗帘后爬进来，照见她的脸颊湿漉漉的。我一惊，慌忙闭上眼睛装睡。起床后梅子的情绪一如往常，不见丝毫哀伤，几乎让我觉得之前是在做梦。

我想到这件事，点了一下头。

梅子开心地笑起来，扑上来深深地亲了我一下，我任由她抱着，也用手圈住她。如果那时我能看到自己的表情，未来一定能更深刻地描写茫然。

我很希望赶紧有什么事情发生。

我想变成超人，自由自在地翱翔夜空。

【超人不会飞】

三天过去了。

这三天我足不出户，埋头写稿，也算是预习了自己未来的苦逼日常吧。以前觉得宅家就能赚钱好棒棒，能干自己喜欢的事好棒棒，但任何事都有它的甘苦。碰上没时间没灵感旅着游生着病却还得强撑着写稿并且还不能写得太差，因为那是对编辑和读者的不尊重。当然也可以试试不尊重，但后果可能就是把自己饭碗给砸了——啊，真是想死。

三十岁的人生经验调教着二十岁的我，后果是我还真能娴熟地调动文笔和脑洞来编故事，对自己有点佩服。但整体还是觉得不在状态，果然还是跟梅子有关吧。我们要结婚了。虽然她说不用我操心，但怎么可能完全袖手旁观？可一旦参与就烦不胜烦。白天的工作受影响，晚上只好熬夜，然而年纪大了熬不动了，一困就有猝死的预感，多浓的茶和咖啡都没用。啊啊啊！好想回去二十岁啊！那这些就可以缓刑十年面对了！

可怎么回去呢？我把昔日的大学和今日的老人院进行位置比对，希望找出那口箱子的出土地点，结果发现那里已是厕所。怎么挖？你告诉我应该怎么挖？而且真能挖出我们要的东西而不是其他污秽内容吗？好崩溃啊！

而焦虑的顶点，却还是出自我们。

三天下来，好像只有我在烦恼如何回归，其他人则开始融入这个时空。经常我召唤大家共商良策，他们则回应我“正在做饭”“正在做报表”“正在做丈母娘眼中的好女婿”之类中年答案，我哭笑不得地说：“就说不要太把自己当这里人啊，我们早晚要回去的！”但他们也振振有词：“二十三十还不都是自己？不能害自己吧？”“关键是我们啥时候能回去啊？不给自己擦屁股吃什么啊？”等等，这话听起来哪里不对啊！

有时候我会想，会不会正是因为我们跟“未来”越走越近，才导致我们离“过去”越来越远？可即使是我也不能做到完全放开“未来”，的确我比他们时间更宽松，但也不能每天无所事事就跟那儿瞎忙活回归，更何况，回去的办法连影子都没有。

这种时候，唯一能让我逃避烦恼的，就只剩一件事了。

三十岁之旅的第四天，我终于又等到它了。

“嘀——嘀——嘀——嘀——”

当头昏脑胀的我确认了这真是警报而不是幻听后，整个人满血复活，跑到群里大叫：“放风的时刻来了！赶快合体！”苦逼的我刚交了稿子，现在就差个超人带我飞了！

然而群里的反馈仍是那么扫兴和不凑巧。锅炉说：“不行啊，今天领导来我们厂视察！”嬷嬷说：“我今天要跑地面店呀！”老蜗说：“你妹，我在带我女儿，我一个月才能见她一次！”

我本能地又想说“不要把自己当中年人”，但没说出口，我忽然觉得，现在他们就是三十岁，而不是什么穿越过来的年轻人！

又有一些往事在这时涌上我的心头。

其实，超人的工作成为负担，已经不是第一次了。

最初的新鲜感消散后，我们对于当英雄的热情与激情也就每况愈下。这当然跟任务整体比较枯燥有关，此外，当英雄却不被记忆和讨论也是重要原因，但最最关键的是，大家都忙起来了。原本奔三就犹如奔丧，是没法太轻松愉快的。不分场合响起的警报就跟不分场合苦恼的熊孩子一样烦人啊！

锅炉在二十五岁喜当爹，从此业余时间都奉献给了尿布和奶瓶；大卫那时刚到日本，为了给我们奉上最棒的影片而没日没夜；排长为取悦客户喝酒喝出酒精肝，不得不开始嗑药日常。但警报一响我们还是得合体，否则就要被吵死！当初那个躲在一团光里的神也不知道哪里去了，想退出都找不到人递辞职信！积怨之下有一次排长还冲我发飙了，因为我表现得超期待出任务，令人火大！

这样说来，救火的那次合体，竟是这些年来最顺利和愉快的一次。现在的抗拒才是常态。

“……走吧。”我握着手环，几乎是恳求，“再拖下去，要救的人死了怎么办？搞不好我们还得受罚。”

半晌，我感觉身体开始化作光，知道他们到底是妥协了。

我是真的很喜欢当英雄啊，即便只能在空中翻腾几分钟，都会给我至高无上的快乐，因为这份脱离现实的神奇，会令我觉得生活仍有无限可能。

没想到期待已久的时刻到来，我会如此失落。

有些游戏，我想要一直玩下去。可是玩伴都不在了，怎么办呢？

【不义联盟】

一周了。

我还记得，我是穿越来的，我才二十岁，我不曾经历过到三十岁为止的这十年。然而那十年的记忆却是如此真实，我不能阻止它们填充空白，倒是遥远的二十岁，我要如何证明它还未逝去？

我想，如果我都开始困惑，那其他人就更不用说了。

虽然没什么好得意的，但我的确是415心态最年轻或者说最幼稚的一个。不得不感谢我的作家身份。常年宅在家，人际关系简单，社会尤其名利场的钩心斗角——不是说完全没接触，但确实相对较少。而且我主攻儿童文学和青春文学，单纯与怀旧是很重要的创作品质。比起一灿老排他们的摸爬滚打轻松太多了。回想过去十年，除了被一个叫林竹的女漫画家用黑心日本游坑过一把外，我甚至对社会的险恶都毫无概念，真是标准的温室花朵了。

十年前和十年后，我都在努力保持着对世界的好奇，以及内心的自由。我以为这是每个人都需要的。即使用成长当借口骗自己说不需要，也终会在某个时刻暴露内心。

其实会发生那件事，也是内心被过度压抑后爆发的一种体现吧。

那件事就发生在一周后的下午。

警报又起。正试着用想一想就出字的脑波输入法赶稿的我，第一反应是群里又要抱怨了。果不其然。而我已经习惯了他们这种画风，不劝不跳，不给自己找堵，一边静待发展，一边想这次我能当司机就好了。

合体完成，司机仍不是我，随便吧。不管我们在什么地方响应召唤，合体后都会出现在距案发现场最近的地方。当然，收工后也会秒速返回出发地。这次我们的目标是一个入室抢劫后意犹未尽，遂决定跟女主人增进感情的贼。真是个有上进心的龙套啊！超人进屋后赞许地拍了拍他的脑袋，然后他就口吐白沫地昏迷了。嗯，就这么简单。女主人也是恢复得挺快，得救后立刻挽着超人自拍，反正留不下记录的，拍就拍吧。有时我想，要我是司机，就干脆全裸飞行，让人生增添一种全新体验。至于会被大家骂变态，那我就不承认自己是司机嘛，他们肯定会觉得这种事只有大卫干得出来！

没想到在“不承认”这件事上，有人竟跟我想到一块儿去了。

超人离开那房间，回到空中，以往这时候肯定是迅速解散，大家都很忙的。然而这次，超人俯瞰世界，深邃的双目盯紧了一个方向。

我们的感受跟他是同步的，所以就仿佛望远镜的镜头被猛然拉近般，看到了数公里外的一条马路，一辆无人驾驶的宝马正在飞驰。

超人身形一动，顷刻来到了车前，下一秒我感受到了一种类似被气球砸在身上的触感，就见那车以慢动作向后翻起了肚皮。我忽然发现车里还有个似曾相识的女人。

“哐——咚！”宝马飞出去十几米，摔到变形。周围的车及时退让，整条公路都被连锁反应影响了。好在所有车都有电脑管控，没有发生哪怕一起追尾。

超人的目光穿透车的肚皮，看到了里面被安全气囊包裹的女人。事情发生得太突然，她保住了性命却陷入了昏迷。

超人握住手环，光的碎片飞洒。解散。

我在一瞬间回到了家里，整个人陷进沙发中，一时没能回过神来。而宿舍群里难得热闹起来，刚才还牢骚着自己很忙的人，此刻争先拨冗炸锅。

那女人是我们认识的人。

她不就是阿玲吗？！

【分裂】

“我靠我靠我靠！什么情况？！”

“不知道啊！还有这种操作？！”

“那是阿玲吧？那是阿玲吧？！”

“她还活着吧？这是想杀她吧？！”

——类似的骚动循环重播，每个人的震惊都溢于言表，然而最多人关心的真相却迟迟没有公布。

司机是谁？

最初每次合体，总会有人炫耀自己当了司机。随着大家开始腻烦这事，谁当司机也就没人关心了。可这种正需要司机出来解释的时候，他却沉默是金，太有问题了！

出完任务就解散的套路，第一次被打破。超人盯着那宝马看了很久才行动的，这是蓄谋犯罪！我想着，冷汗都出来了。

如果遭殃的是个路人也就算了。偏偏是阿玲。跟415有着千丝万缕关系的一个女人。

大一时期，我们经历了“四级穿越事件”，知道了一灿跟阿玲是一对。事实上他们还真一毕业就结婚了。男神一灿因此成为415的首位人夫，伤了无数少女的心，也让无数少女燃起了当小三的梦想。无论怎么看灿玲CP都很不般配，但事实是他们的婚姻蛮和谐的。一灿开始做手机生意，阿玲则包办他生活起居，两人还很快有了俩孩子。

阿玲爱一灿吗？毫无疑问。那一灿爱阿玲吗？老实说至今我们也不能肯定，但贤妻良母无疑是他需要的。事业有成的一灿并不是什么好男人，或者说他从来都不是，逢场作戏找情人什么的，没少干过。这些有的是听老蜗排长八卦，有的是一灿毫不避忌地提起。怎样，听到这里你有没有幻灭的感觉？（读者：没有！这么说来我也有机会当一灿的情人了！）（……）

一灿对阿玲不坏。毕业后几次见到他们夫妻，都能感受到阿玲的幸福。这就是所谓渣男的底线吧？这次阿玲出事，一灿第一时间去了她身边，都没来得及在群里说话。

医院。

415成员并不在一个城市。比如一灿和老蜗就在厦门。虽然离福州不算太远，过去还是略麻烦。但我、嬷嬷和排长还是去了。其他人诸事缠身，只能隔空表示关切。包括明明很近的老蜗都没到场。

十年后的阿玲，妇女化得非常明显，身材发福，皮肤松弛，跟健美的一灿相比，仿佛他姐。农村出身的阿玲一直没啥保养概念，以前干的还是烟熏火燎的工作，婚后也是专注相夫教子，总之就是完全放弃了颜值吧。这就稍微——虽然这样说不对——可以理解为什么一灿会在外风流快活了。

这时代的车安全系数很高，所以阿玲只有轻微脑震荡和一些小擦伤，此刻头缠纱布，躺在单人病房沉睡。

我们了解了一下阿玲的情况，说了几句慰问病人家属的话，然后走到病房外。一灿阴沉着脸拿出烟来抽。

“这位先生，这里不能抽烟！”一个护士迅速制止。

一灿冷冷地看了她一眼，护士迅速被帅到，胸脯剧烈起伏仿佛缺氧，

"医……医院是这么规定的，如果你实在想通过烟来发泄，就把烟头按在我的眉心吧！"这是精神病院吗？

排长拍拍一灿，把他的烟收了起来。一灿眉头深锁，帅得一个路过的医生差点儿把病人的吊瓶抢去挂。

"你看群了吗？其他人暂时没法来，托我们表示慰问呢。"我说。

"你们也没必要特地赶来。"一灿说。

"阿玲出事了，我们当然要来啊。"嬷嬷说。

"不就是我们中的一个把她搞成这样么？"一灿冷冷地说。

"呃，是不是误会啊？我们谁都没理由这么做啊。"

"阿玲是不讨人喜欢，我也知道她得罪过宿舍的一些人。"一灿说，还是叼起了烟，"但这么做……太不给我面子了。我不能当没发生过。"

我们三人交换目光，都是无言以对，因为我们自己也都是嫌犯！

后面气氛就很僵了，一灿丢掉烟回去看顾阿玲，我们只好离开了医院。

"妈的，那个缩头乌龟把我们都拉下水了！"排长率先痛骂，"这下好了，我们中出了一个叛徒！"

"你们觉得，会是谁呢？"嬷嬷说。

"喂喂，不要互相乱怀疑啊，很影响团结的！"我忙说。

"团结？那可是朋友的老婆！再怎么着也不能下那种手啊！"排长说。

"大家都认识十几年了，怎么还有人藏着这样一面呢……"嬷嬷脸色难看。

我听着这些，越发不安，想着一定要说什么，却越想越词穷。

可以肯定的是，哪怕只有一个人变了，415也将不再是415。

尽管十年后的415，本就如此陌生。

【和你坐着聊聊天】

警报。

合体。

要疯。

阿玲事件让我对当英雄的热情一落千丈。好比一样曾经大家都爱的食物，现在就我爱吃，固然令人失落，可有人不爱吃还在里面下毒，那就不是一个性质的事了！

近期群里气氛之冷，达到了一个峰值。讨论上次的事吧，只会火上浇油；发图发段子吧，简直形同尬聊。全都是真凶不好。可是揪出了他，我们以后如何面对他？不揪出来吧，看谁又都像心怀鬼胎。这真是太矛盾太讨厌了！

所以这次警报一响，连我都觉得添乱，上次的阴影还没过去呢。又有人例行说没空了，我也破天荒地说了句："我在爹妈家商量事，也不方便。不然这次我们就试试坚决不合体，看能把我们怎么样？"

"别拖了，合体吧。"一灿说了近期唯一一句话，"下午我还要去接阿玲出院。"

大家纷纷响应了。这种时候，拖着不合体反而显得做贼心虚。

等待我们的是一起虐猫事件。俩熊孩子把一只猫捆得跟球一样，然后各持一个奥特曼，一下一下撞在它身上，嘴里发出打怪的效果音。那只橘猫叫得很凄厉。

身为猫控，我一下就炸了！很遗憾这次主导权仍不在我，否则我就把他们手撕了！不过这次的司机也不含糊，一秒救猫，一秒拎起俩熊孩子飞到这城市最高的建筑物上，随手拉过一道铁丝网拧成绳把他们绑在外墙上。暂时不用担心会掉下去了，只要他们哭得足够努力，像那只橘猫一样，应该很快会被发现的！

因为这事儿办得特爽快，有那么几秒钟，我都要忘记阿玲的遭遇了。重新想起时，我对自己说：无论如何，这次的司机和上次不会是同一人——那样的几率很小吧？所以这次应该不会出什么……

超人忽然高速起飞！

等等等等等？！怎么又不解散？你们不都喜欢解散的吗？又要干吗啊？！

我都没看清沿途风景就来到了一座小区上空，连这是哪个城市都不知道。超人落在一个阳台上，随手拉开玻璃门。

一屋子人对这个颜值清奇的男人大眼瞪小眼。

"呼——"超人长出一口气，屋子里立刻刮起了台风，所有东西风中凌乱，男女老少人仰马翻，然后超人闭嘴，飞走。

我崩溃了。这次的司机和上次的是同一个人？他又在兴风作浪了？他刚整的那家是什么人啊？

我想叫想挣扎，却撼动不了司机的主权。须臾间超人又飞进一所学校。

对这里我倒是有印象。金氏老妈帮他在这儿谋了个闲差。超人扫视了一番建筑，进入一间厕所。

一个老男人正在蹲坑，丫瞠目结舌地看着屹立在隔间门上的超人，然后就被抓住脖子拎了起来，保持着蹲坑到一半的姿势在校园上空巡回一周。学生们都惊呆了，纷纷掏出手机拍摄上传微博朋友圈公众号压惊，现在孩子的安全意识真强啊！这些设备虽然拍不到超人但一定能把老男人拍个纤毫毕现呢！

超人的下一站是一处车库，这回他将一辆SUV的车尾徒手捏成了铁饼，想不到堂堂超人居然摸车的屁股！臭不要脸！

总之超人就这样打一枪换一个地方地流窜作案。这是有史以来我对超人力量感受最尽兴的一次。尽管我全程是懵逼的。

就在我思考这超人还有几个暴力通告要赶时，他飞到了一座大厦前，全球五百强的招牌一晃而过，而后是出现在透视眼中的形色人群。

我脑子一颤，我看到谁了？

超人进入一间独立办公室，一个戴眼镜的女人正在空气屏上写着什么，她一身职业装，长发在脑后挽成髻，高跟鞋盛满了女强人的铿锵。

这是春菜啊！

超人上前揽住春菜的腰，我情不自禁叫起来，没人能听见。之后他们瞬间来到一个房间。超人当着她，有恃无恐地揉搓手环。

解散。十道光线，分崩离析。

当我变回我自己时，春菜近在眼前。

是的。超人把她掳来了我家，我看到她吃惊地张大嘴，也不知道该说啥，只好说："嗨。"

春菜笑了，她说："好久不见，阿福。"

【漫长的告别】

这次的司机在想什么，我明白了。

表面上看他在捣乱，其实是在帮我们啊！

被台风刮成垃圾堆的那家，住在大卫楼上，俩小孩成天蹦跶，男女主人半夜唱K，老头老太没事就剁肉拖家具，大卫一家是最直接的噪音受害者，上门抗议，那家人露出团结一致的流氓嘴脸把他喷了回去，找物业和民警协调都未果，完了变本加厉……

当众大号的那个老男人，是副校长，也是金氏的上司，不知道怎么就那么讨厌他，在工作上处处给他穿小鞋，当众批评、待遇不合理、频繁安排出差都是家常便饭，金氏心里苦啊，不用抽脂都瘦了快一斤！

再说那辆被虐的SUV，车主曾经撞坏八达的车，却因为没有证据而拒绝赔偿，还嘲笑八达那辆本就是破车，虽然话是没错，可八达怎么咽得下这口气？

至于我，我有什么要人帮的？

答案近在眼前。

十年了啊！我看着化着淡妆、散发出精英光泽的春菜，感慨万千。也是那一刻我才发现，原来自己这么想见她。

春菜打电话回公司交代了一些事，她现在是个副总，年薪百万，时间可以自由支配。

春菜不记得她是怎么来的我这儿，但是看到我之后就又见怪不怪了："多久没这样了？"她笑着说，"毕业这些年，我都碰不上几件怪事了。跟人聊我们的大学生活，还被说是瞎掰……"

"嗯嗯，我懂。"我说。

"这是你家？"春菜很放松地四处转起来，"作家的工作还顺利吧？看你都出好多书了。哦，《神秘的快递家族》，这个我有买，很好看呢。"

"是啊，虽然贴着儿童文学的标签，却是我最有自信的作品之一。读者们请务必支持。"我说。

"不过我还是更喜欢《青妙》和《睡兄弟》，真怀念读书那会儿呢。"春菜浏览着我的书架说。

"是吗，你都有看喔……"我猛地想起那两部书里有一些很私人的情感描写。三十岁的我，你骗稿费时就没想到会被当事人看到吗？

"我每次看都会想，啊，这件事阿福还记得呢。啊，这句话他也记得……"

她将视线从书上转移到我身上："你是和梅子一起住吗？"

"是。"

"就知道。只有女孩子才能把家收拾得这么干净。"

"她用了很多心思。"

"你们还不结婚吗？"

"……快了。"

"终于要结婚了，恭喜！"春菜欣慰地一拍手，"梅子等了你这么久，要好好对她。嗯，总算可以还你礼金啦。"

我一脸僵硬地笑。

呵呵，我该早一点想起来的。春菜已经结婚了哦，女儿都三岁了吧。

这才是我们少了往来的原因。

现在又为什么要见面呢？

"所以，"春菜冷不丁问，"阿福，你找我有什么事？"

“……”我差点儿本能地说我没找你啊，又不是我把你抓来的。但想想，她会出现在这里，的确和我脱不开干系。

我也不知道自己想干什么。

也许只是不甘心，没能见十年后的她一面。

“唉，阿福，你还是像个小孩。”见我欲言又止，春菜苦笑着摇摇头，像是看穿了一切，“一点儿都没变。”

“……直接说我幼稚就好。”

“是啊，太幼稚了。”春菜伸手胡撸了一把我的头发，“你啊，优柔寡断，患得患失，不但是小鬼还是个胆小鬼。”

我感到一种无地自容的狼狈。

虽然春菜说得轻描淡写仿佛玩笑，却是我听过最严厉的责备。

我是狗屁的少年。

我只是害怕成长。只是不敢面对很多早该面对的事。

春菜握住了我的手，头和声音一起低下来。

“阿福，有些事过去了，就没有意义了。”她说，“可还有人在未来等你。你该勇敢一些了。”

我第一次清晰地感觉到嘴唇在微颤。

春菜松开了我的手：“婚礼的时间，记得通知我。”说罢，走向了门口。

我想我该送送她。但，又想这样看着她。

等到关门的“咯噔”声传来时，我才正式开始难受得无以复加。想起春菜的话，想起415。

这就是我们的未来吗？成长就是要遇到这些事的吗？

对不起，春菜。我不知道要怎么勇敢。

我只想离这些烦心事远远的啊……

【嫌疑犯X的现身】

春菜离开后，我无力地瘫在沙发里，感觉对一切都失去了兴趣和干劲，可这么躺尸只会越来越郁闷，所以还是本能地打开了手环界面。

415群里唰唰唰弹出很多消息气泡，久违的热烈。正常，毕竟刚刚超人又搞事了，还一搞搞了那么多件。

我简单补了一下大家的讨论。果然都察觉到司机的意图了。毕竟大卫他们的糟心事都在群里抱怨过，所以被其他人知道了帮他们报仇——或干脆就是他们自己给自己报的仇只是稍带上了其他人——也没有什么好奇怪的。

换言之，每个人的嫌疑仍旧是一样多。

但是，比起上回，这回群里的气氛要好得多了。毕竟同样是超人碾压凡人，这一次着实大快人心——也不能这么说，也许上次司机虐阿玲，大快了他自己的心呢？如果承认两次的司机是同一个人，那么也许他所做的事就都是他所以为的正义。也许阿玲也不是平白无故被整的，谁知道她做了什么让人不能忍的事呢？

当然，这想法可不能当着一灿说。谁也不想自己的老婆被人这么看吧。

“段段，”见我上线了，嬷嬷说，“最后被超人带走的那个是春菜吧？你见到她了吗？”

“是啊。”我说。

“哦哦，这次的老司机真是天使！你把春菜怎样啦？”烂操莫名兴奋。

我懒得聊这个。这时一灿说：“既然是干好事，这次的司机是谁就承认了吧？”

大家又安静了下来。的确，既然是为兄弟出头，没什么不敢承认的啊。哪怕会被怀疑他就是上次的司机。可大家都被怀疑不是吗？

难道两次的司机真的是同一人？

“反正不是我。”老蜗说，“我都不知道你们有那么多破事。妈的，这群混最惨的就是老子，要我是超人，我就先救自己了！”

“也不是我。不过，我得感谢司机帮我教训了那家人，爽啊！”大卫说。

“我在想要不要把一件超郁闷的私事说出来。那样下次合体时，也许就有人帮我报仇了。”排长打趣。

“唷，终于打算公开你在车上被人非礼的事了吗？”金氏激动。

“猪头皮又痒了。下次的司机请帮我扁他谢谢。”排长说。

“下次的司机别管我了。要让梅子看到我和春菜在一块儿，就完了。”我说。

“没把你们打包送旅馆就偷笑吧。”一灿说。

群里的气氛确实变轻松了，甚至一灿看起来都没那么生气了。这真是近期难得的好事啊。

我忽然想起一件事，回头去翻聊天记录。

我好像知道“司机”是谁了。

【不要变】

我凭借记忆，前往那座小区。

经过保安亭，一辆大众正从地库驶出，我让到一边，车窗却被摇了下来，一个女人嗓门很高地说："唷，段公子。"

我一看，这不正是武则天？

十年来武则天的相关记忆立刻刷新。眼前的她，跟大学时期完全不同了。首先是头发极短，几乎就是板寸水平，然后身材非常健美——大学里还有那么点儿虚胖，如今可说是没有一丝多余脂肪了。所以两条胳膊上的刺青被肌肉撑得很好看。她也没有施什么脂粉穿什么名牌，素颜运动装就非常英俊和健康。

武则天现在是一名健身教练。嗯，真是很适合她的工作啊。

她让车停下来，问我："来找容嬷嬷？"

"嗯啊，有事跟他商量。"

"你们这群臭男人的感情还是这么好。"武则天下车，一手插腰，好身材显露无疑，吸引了许多过往的目光，忽然她推了我一把，"成天坐电脑前，看你虚的。要不要来我健身房啊？算你八折，再送三节私教课。"

"免了，你先调教嬷嬷吧。老公那么胖，很没有说服力啊。"我说。

"就让他胖下去吧，我不管了。"武则天耸耸肩，"他跟你们说了吗？"

"说什么？"

"哦，让他自己说吧。对了，你好像也没和春菜在一起吧？"

"呃，是没。"我不懂她的答非所问。

"果然幼稚的感情都是靠不住的啊。"武则天慨叹，"你们家老排，当初追小镜追得那么紧，也还是追不到。果果就更不用说了，那么多人喜欢，一个都没得手。"

于是我想起了520宿舍的一些情况。眼镜娘还是单身，嗯，这很符合她的独立人设。小苹果毕业后回了老家，跟一个小学同学结了婚，现在是俩孩子的妈了……

还有哪些曾被看好的感情最后不了了之？哦，锅炉跟姚姐，他们始终没走到一起。静静？我完全不知道她的情况，可以肯定的是，她没能得到她想要的。

年轻时到底有什么东西是作得了准的？我在心里自嘲。

"想健身就找我吧。先走了。"武则天忽然坐回车里。

"好，拜。"

正要走，武则天忽然又对我说：“也不是什么都变了，至少你们十个还没有散。多陪陪他吧。”

车开走了，我一回头看到小区门口的嬷嬷。这样看，武则天倒像是为了避开他才走的。我问嬷嬷：“你们没事吧？”

“哦，吵架了。”嬷嬷苦笑，“常有的事。她的脾气你知道的。嗯……找我干吗？”

“我猜到老司机是谁了，想问问你的意见。”

“谁？”

“你。”

嬷嬷盯着我，没有慌乱，没有狡辩，我做好了要跟他“开什么玩笑”“是你是你就是你”“不是我”“就是你”的拉扯几个回合，不料他叹了口气，说：“不愧是段段，怎么发现的？”

“今天合体之前，我不是还找你聊天么？”

警报响起之前，我和嬷嬷在聊天。任何时代，嬷嬷都会是那个最耐心最温柔的人。415里变得最少的人莫过于他。嬷嬷也是唯一如愿和喜欢的人在一起的。我主要是想和他聊聊这个，在我和梅子的婚礼越来越近的时刻嬷嬷应该能从我的彷徨中感受到，我想见春菜。

“我们都知道你想见春菜啊。”嬷嬷说，“就凭这个怀疑我？”

“不……关键是，你知道我当时在家。”我说，“解散后，我们会各自返回原来的地点。你想让我跟春菜见面，所以把她放到了我家里，这样我一回来就能见到她。”

“你一天到晚都宅在家，其他人想帮你，也会选择把她送去你家啊……哦！”嬷嬷忽然明白了。

是的。这次合体前，我在群里说了一句“我在我爹妈家”的谎话。不信你往回翻。我从来都是最期待合体的那一个，这是第一次表现出为难，必然令人印象深刻，所以如果其他人是司机、想帮我，正常都会把春菜带到我爹妈家附近。

唯有和我私聊的嬷嬷，是知道我就在家里的。

“好吧，原来是这样。”嬷嬷说，“你就不排除我只是忘记了然后歪打正着哦？”

“其实你如果坚决否认，我也的确没有百分百的把握。”我说。

“是吗……也没什么好否认的。”

“喂，为什么是你啊？你可不像是会干这种事的人啊。”

“不像哦？”嬷嬷苦笑，“职场很复杂的，谁也不敢说自己有多干净。”

“先告诉我你干吗袭击阿玲吧。”

“不，那不是我干的。”嬷嬷忙说，“第二次的司机是我，第一次不是。”

“诶……那你知道第一次是谁吗？”

嬷嬷犹豫：“你答应我不跟其他人说。”

“我答应你。”

“是老蜗。”

“啊？！”这简直是最出乎我意料的答案，415数老蜗跟一灿关系最好啊！难不成老蜗在多年后终于发现了他对一灿的深情，所以不惜干掉阿玲上位……

“段段，有时候我非常怀疑你到底是哪种作家。”嬷嬷流汗，“谁告诉你是这种原因啊。老蜗这些年过得很落魄，你知道吧。”

我点头。毕业后老蜗就回了老家，在当地一家超市里当采购，按照父母之命跟同村一个女生结婚生娃，后来感情破裂离婚，却还必须负担赡养费，再后来因为赌钱把工作丢了，又欠了一屁股债……

“老蜗经常找一灿借钱。因为他们关系好，一灿也有钱，但阿玲很看不起这样的老蜗。别看她对一灿千依百顺，在钱的方面还是很有原则的，家庭主妇都这样吧。”嬷嬷说，“老蜗也不喜欢阿玲。前阵子他找我借一大笔钱，我没有，问他为什么不找一灿。他说找了，这次他就是想多借一点钱投资一个项目，让自己重新开始……一灿本来答应了借他，但这事不知怎么被阿玲知道了，阿玲打电话来骂他，说了很多难听的话，说他骗一灿钱，说明明都是同学他怎么这么不要脸……”

“我去，这也太过了，她也不怕一灿生气！”我都听生气了。

“哎，老蜗也是有自尊的，被好朋友的老婆这么说，再坚持借也没意思，所以后来才找我借，但我们都没能帮上他，他最后就错过了那个投资项目。”嬷嬷叹气，“那阵子我常和老蜗联系，能感受到他多恨阿玲。你发现没，上次他面对一灿时，脸色很臭。”

我不禁佩服嬷嬷的细腻，不愧是擅用绣花针的女人。“那一灿知道是老蜗干的吗？”

“我想老蜗应该是他的重点怀疑对象吧。他也没去看过阿玲。”

“难道你今天那么做是为了混淆视听，减少老蜗的嫌疑？”我懂了，“你希望大家觉得：两次的司机是同一个人，上次和这次都是在‘帮助415’——就算教训阿玲是老蜗的愿望吧，那也未必是他动的手。”

“嗯，但也可能被识破一次是老蜗，另一次是有人给他打掩护。再不然两次的司机都是老蜗，也能成立。”嬷嬷说，“所以，减轻他的嫌疑并不是主要目的。”

“还有什么目的？”

“我想……改善一下宿舍的气氛。”嬷嬷轻声说，“至少他们现在会觉得，不透露身份的司机没有那么坏。也许一灿不能接受，但他的心情也会被感染。慢慢大家又会像以前一样，没心没肺……”

我的心口有些发热。我一直觉得步入中年的415，对友情什么的都看淡了。但嬷嬷还是嬷嬷，用自己的方式守护着宿舍，不希望它变成一个互相猜忌、充满阴谋论的集体。

这真好。

我都想要拥抱一下嬷嬷。

这时，疾风刮过，我们面前多了一个人。他伸手抓住嬷嬷：“我都听见了。真遗憾啊前辈。”

他像是丢一团废纸那样把嬷嬷丢了出去。我眼睁睁看着嬷嬷飞过马路和围墙，落进了对街的一座公园里。

变故来得太突然，我甚至没法做出恰当的表情。

突如其来的那个人，长得十分奇怪。样子和衣着都跟随便拼在一起似的，说不出的不协调。就像我们合体后一样。

“你也是……”我喃喃。

“正是！”那家伙居然对我敬了个礼，“以后这座城市就交给我了。前辈你们假公济私，已经失去资格啦，始作俑者还必须付出一点代价，请理解哈。”

果然，在超人连续两次乱来之后，“光之声”不可能坐视不理，但它的做法就是新人换旧人然后揍旧人一顿吗！

“另一位是叫老蜗对吧？可以告诉我他在哪里吗？算了，我自己找吧。”说罢，后辈超人消失得无影无踪。

我发疯一样冲去那公园，草坪上，嬷嬷摔成了扭曲的形状，应该有多处骨折，整张脸都在流血。不少人围观，有人叫了救护车。我看着，头皮发麻。

“段段，去救老蜗……”嬷嬷含糊地说。

“……”

“……阿天要跟我离婚……”嬷嬷的眼泪哗啦啦流出来，“你说……什么是不会变的？……至少……我们十个不要变……”

【说谎】

阿玲今天出院。她本来也伤得不重，住几天院后完全康复。一灿带着两个孩子去接她，孩子是一男一女，拜爸爸排山倒海的颜值所赐，都很好看，医生护士病人无不艳羡，有个孕妇还特别没礼貌地揪着医生说我就要生那样的！

一家四口坐进车里时，一灿接到了我的电话，脸色大变。我对他叫："老蜗好像停机了，我找不到他！你看到他让他快跑有个跟我们一样的超人要对付他！他已经对嬷嬷下手了！"

挂了电话，一灿还没有做任何动作，阿玲就叫道："灿，你快去帮老蜗！"

一灿一愣，阿玲说："我知道是他把弄成这样的。我不恨他，你快去帮他！"

尽管时间紧迫，一灿还是忍不住问："为什么？"

"在学校的时候，我最羡慕你们宿舍感情那么好。有时我会想，就算什么都变了，415也不会变。"阿玲说，"你知道他们对你有多重要，所以不要恨任何人，不然你一定会后悔的。"

"……"

"我们一定可以渡过难关。"

阿玲带着孩子下车了，一灿用力抚了抚自己的脸，说了句"对不起"，驱车就走。

出乎意料，刚开到医院门口，就碰上了老蜗。

"……你怎么在这儿？"一灿大叫，"上车！"

"你不说阿玲下午出院么，我一直没来看她，想说看看还能帮什么忙……"老蜗坐进车里，悻悻地说，"她人呢？"

一灿飞快地给自动驾驶系统设定目的地，车子转向，他问："你电话停了？"

"没钱啊，我他妈衰到极限了。"老蜗自嘲，"这是要去哪儿？"

"有个新的合体人出现了，因为之前的两个司机干的好事，他要……"

话没说完，整辆车猛然一顿，两个人在车里摔了个横七竖八，然后车门被掀开，外面站着超人后辈。

"找人真麻烦啊，还好我有超级视力和听力。"后辈把老蜗拖出去，"很高兴见到你。"

一灿大骂着去抓老蜗，后辈手指一弹，他就重新摔回了车里。后辈单手把老蜗像标枪那样举起——

“别动他！”一灿吼道。

“不是我干的，不是我！”老蜗奋力挣扎，“阿灿，我没有把阿玲……”

“我知道，我从没怀疑你。”一灿说，“那次的司机……是我。”

老蜗整个傻掉，片刻破口大骂：“你妈的你是人吗？自己老婆都杀？还敢在群里装白莲花？！”

后辈也没想到有这种转折，只好维持着投老蜗的动作，先听再说。

“你听我说……我……破产了。”一灿艰难地说，“生意不好做，周转有困难，我借了高利贷，利滚利你懂的……最后只能把我那几间店都卖了还债。你跟我借钱时我根本没钱，但我没脸说……阿玲怕我难做，所以装恶人把你赶走。”

“……干，结果你比我好不到哪里去。你跟兄弟装什么逼啊！”老蜗气急败坏。

“对不起。我也不知怎么就变成了这种人。”一灿艰难地把一支烟塞进嘴里，却没有点火，“我也不是想伤害阿玲。那天我担任司机，忽然看到我那辆宝马在路上开，那是我最喜欢的车，却抵押给了一个最恶心的债主……我一时失去理智就飞了过去，我只想吓唬吓唬他，发现里面是阿玲已经来不及了……”

“她为什么在里面？”后辈一知半解地插嘴。

“她到处借钱，把那车赎回来了……她说我一定会东山再起。出去谈生意什么的，车都是门面……”一灿的眼圈红了。

“阿灿。”老蜗说，“你他妈就是个白痴。”

“对，我是白痴。死要面子，连跟你们坦白都没种。”一灿忽然笑了，“喂，小子，还不快放了他？要打就打我！”

“好。”后辈爽朗地把老蜗抛开，抓起一灿。

“混蛋，不许你……”老蜗话没说完，一灿已经像嬷嬷那样飞了出去。

【等你摔杯为号】

救护车来时，我接到了梅子的电话。天，这简直是最不合时宜的来电了吧。我无奈地接起来。

梅子在哭。我心一沉：“怎么了？”

“你是不是不想和我结婚啊？”

“……你怎么会这么想？”

“因为……你一点都不积极……”梅子吸着鼻子说，“在一起这么久，你都没主动说过以后的事。我想那就我来说。你答应了，可这些日子，我完全感受不到你有一点点开心……”

我看着救护车的机械臂搬起嬷嬷，实在没任何心情跟梅子说下去：“我很忙，回去再说好不好？”

“我今天一个人去婚纱店预约，在场的都是成双成对的，可我做什么都是一个人……”梅子的声音越发委屈，“我忽然就觉得撑不下去了……你其实是不是不喜欢我？”

我感到阵阵心痛，这时我看到了武则天，等救护车的间隙，我联系了她。所以这真不是哄你的时候啊梅子！我暂缓通讯，向武则天简短说明。

梅子仍在自说自话，我不知道听漏了多少，既担心嬷嬷，又担心老蜗。这时一个陌生来电插了进来，一接，正是老蜗！

“我借别人电话打的，阿灿被那家伙打倒了。”

老蜗的声音像死火山，干巴巴的，却压着沸腾的愤怒。我也觉得血气上涌，又想起嬷嬷刚才的惨状。

“我饶不了那家伙……你怎么样？”老蜗咬牙切齿。

“还能怎么样！”

掐掉老蜗的电话，又听见梅子沙着嗓子问：“你是不是都没听？”

“嬷嬷和一灿被打伤了，我现在要去给他们报仇。对不起，回去说。”

“啊？你要跟谁打架？”梅子大惊。

我挂了她的电话，用群发功能轰炸415：“所有人，合体！”

“合什么体？没听见警报啊。”锅炉说。

“我在买菜哎，大特价！”八达说。

“开车啊大哥，我的自动驾驶系统坏了，想我死啊？”排长说。

“没空！”金氏言简意赅。

“难得打会儿篮球，放过我吧。”大卫说。

“我在陪一群大客户，别烦我！”烂操说。

我把之前拍下的嬷嬷的重伤照片发到群里：“有个菜鸟把一灿和嬷嬷都干翻了，我不知道他们有没有生命危险。”

群顷刻失语。

“要揍那家伙就只能合体。我不知道没有警报也没有十个人，还能不能做到。”我深吸一口气，怒吼，“所以你们干不干啊？！”

那一刻。

八达把手里满满当当的菜篮子丢在地上，挤开人群走出超市。

金氏用屁股推开椅子，走出了会议室，领导一愣："你去哪儿？"金氏没有理他。

"抱歉啊张总李总王总，我要失陪一下了。"烂操谄媚地对三个大客户笑笑，走得头也不回。

大卫把篮球朝地上猛地一砸，走下场去，那球在空中划了个凌厉的弧度，居然进了筐。

锅炉把小孩塞给媳妇，媳妇连珠炮般的质疑在他耳边轰炸，锅炉捂着耳朵跑着，越跑越快。

排长一个急刹把车停在高速上，边飙脏话边下车，一把握住手环。

八达握住手环。

金氏握住手环。

烂操握住手环。

大卫握住手环。

锅炉握住手环。

我也握住。

老蜗也握住。

这个启动仪式不太符合常规对吧。但是合体的关键是凝聚力对吧！

论全员一条心，415还没有怕过谁！

我的身体开始发光，如火箭轰然升天，电光石火间看到从四面八方赶来的各位，我们势如破竹地拥向彼此。

合体，完成！

第一次以缺了两人的阵容合体，虽然成功了令人惊喜，但本需要十个人才能承受的力量也不是信口开河，我感觉身体没有那么轻盈，敏锐丰富的感受力也打了折扣，动动手指头，都莫名有些不灵活。

动动手指头——诶，这次超人的身体是我在控制，我终于当上司机啦！

我集中精神搜索，不久发现了那个后辈，立刻开足马力，飞向他的所在！

"咦？"不愧是更胜我们的完全体，后辈第一时间察觉了我们的逼近，"前辈？你们怎么合体的啊？以及刚才有警报吗？"

我一语不发，直撞进他的怀里，左手拿住他肩膀的同时，右拳朝着他的面门猛轰！

"砰！砰！砰！砰！"

我一拳一拳再一拳地砸着那家伙的脸，砸砸砸砸砸！之后捧住他的脑袋，带着他急速下坠，将他重重插进地里！

“嘭！”地面碎裂，沙尘腾逸，后辈头下脚上，一棵标准的倒栽葱。

我——我们，在空中喘着气，同仇敌忾的热血充斥着每一个细胞。

“意外的很厉害啊……”后辈把脑袋拔出来，躺在地上，“打我是因为……我动了你们的人？那是他们活该啊……”

“活该？！”我吼道，“王八蛋邻居王八蛋上司王八蛋车主，这些人早该受惩罚！但超人管得到吗？谁能管得到？我不觉得嬷嬷错了！”

后辈抹一把鼻血：“我们还是大学生，不理解你们这群大叔的烦恼。”

我冷笑：“就算一灿和嬷嬷要受罚，该罚得这么重吗？我们当了这么久超人，也没把谁打成这样过。”

“额……这的确是我没控制好力量，算他们倒霉啦。所以你们是想讨回公道？”

后辈忽然来了个鲤鱼打挺，一步登天的同时上钩拳击中我们的下巴，我们失控飞起时，脚又被他及时掌握，身体一旋，将我们如炮弹掷出！

“咕——咚！”我们摔进一条城中河，溅起十余米高的喷泉，我眼冒金星地飞出水面，又被那家伙毫无顾忌地砸进一座大楼，撞碎一整面玻璃墙穿透了它从背后飞出。

“啊哈哈，好爽啊前辈！果然还是跟旗鼓相当的对手打才有意思！”

这家伙是疯了吗？就算你有理有据，就算别人记不住我们，但超人战的基本原则难道不是避免把普通人卷进来吗？

我猛然抓住后辈接连轰来的重拳，从他兴奋的目光中分明看出不管不顾的享受，他挣开我的手反向钳住，我们凌空角力，渐渐不支。

“你们只有八个人，还是八个大叔……”后辈冷笑，“我们可是十个小鲜肉哟！”

“你……你妹……”我强忍着没有呻吟出声，手骨传来阵阵裂痛。

【神奇女侠】

一灿不幸被秒杀，不幸中的大幸是地点在医院附近，所以很快送去抢救。而阿玲当时也还没离开医院，所以在极短时间内与夫重逢。许多护士认出了这个遍体鳞伤的男子正是那个绝世美男，忍不住潸然泪下，让不明真相的群众感叹她们真是白衣天使。

阿玲是第一次看到一灿伤成这样，她几乎昏厥，却还是坚强地握着丈夫的手，亦步亦趋随担架走。

“……”一灿的神志有一瞬间恢复回来，他努力想将另一只手覆在手环上，却力不从心。

“你要什么？”阿玲察觉了，情不自禁握住一灿的手环。

“……”一灿的眼里流露出不甘心。

“……他们有事？”阿玲无师自通。

“人……不……够……”

一灿头一歪，再次昏厥。

“灿！灿！”阿玲含泪呼唤，一灿进了手术室，手环脱落在她的掌心，被她紧紧攥住。

与此同时。

疾驰的救护车上，只有嬷嬷和武则天。

这时代的救护车可能干了。独自一车出来，机械臂搬运伤员并进行一定的伤口处理，确保病人不会在送到医院后发现应该改送火葬场。武则天试图跟车，电脑扫描发现她是病人家属，就放行了。

武则天看着嬷嬷一动不动，一些管线插在他身上，纳米机器人在进行着拯救工作。

“……才分开多久你就搞成这样。”武则天自言自语，“你们宿舍是碰在一起就非得出点什么事体质吗？”

嬷嬷当然不会回答她。

“你可别挂啊，那你家就绝后了。”她又说，“不过你好了我也不会给你生孩子。我就不适合那种人生啊。”

“所以还不如就答应离婚咯，找个听你话的媳妇去。”

“不过，像你这种傻×，肯定是不干的吧。”

“……你为什么就不能对我强硬一次？”

狭小的救护车内，武则天把头埋在膝盖里。

忽然她察觉到嬷嬷的手环在发光，就把它取了下来，看到了群里的聊天记录。她又用“合体“做关键字搜索，于是看到了更多情报。

“……真服了你们。”她将目光投向窗外，“所以现在只有八个人？打得赢么？”

然后，她戴上手环，目露凶光。

“敢动我的人，你他妈死定了！”

我们完全被后辈压制住了，一双手被扳成扭曲的形状，几乎快要断掉！情急之下我将身体坠沉，飞起一脚自下而上踢中后辈的屁股，然而他不过踉跄出数米就闪电折返，当胸就是一拳，接着是纯粹的拳打脚踢，我们节节败落。

好痛。好痛。好痛。

八个人无法完全发挥合体的力量，就像一座偷工减料的大厦，在强震面前摇摇欲坠。

我们的头发被后辈拽住了，整个脸都肿成了猪头。中年大叔到底还是要输给小鲜肉了。

这时，一道光如箭飞来，射进我们身体，疲倦的身体像是注入了一通电流，稍后另一道更猛烈的光加入了进来，这下就不只是精神一振那么简单了，简直是精神百倍！

胸脯挺起，肌肉倍增，眼耳口鼻似乎也在发生变化可惜没时间找镜子来照照，唯一可以确定的是，现在我们有十个人了！是完全体了！

虽然后来入股的两位显然是妹子。

所以我们现在是雌雄同体，男女搭配。

至于为什么宿舍之外的人也能跟我们合体，唯一的解释就是，她们和我们是“一条心“吧！

“噗哈哈哈哈！”后辈笑成了傻×，“你这什么鬼样子啊！哪里找来两个女的合体的啊！你们太变态了，哈哈哈哈哈！呜……”

丫还没乐完，就被一只钢爪掐住了嘴巴，气力与信心同步倍增的我，发出阴阳双声道的人妖口音：“哎哟，是这张臭嘴在说人家变态吗？”然后大巴掌就一个接一个劈头盖脸地扇了过去，“是吗？是吗？是吗？”

后辈被打傻了，但他不仅无法凭力量挣脱，还被一种强烈的气场震慑，废话！现在我们可是有一代女皇的战力护体啊！而且这女王还是个健身教练！至于那股令小鲜肉不寒而栗的谜之魄力，大概是来自阿玲的当妈的气势吧。

“别小看我们中年人的赘肉啊。”我欢呼，“小鬼就滚回宿舍去睡觉撸片吧！”

“嗷！”后辈忽然平地一吼，口中爆出一道光波炸得我们晕头转向，靠，这又是一招新玩意，我们完全不知道超人能做到这种事，应该说过去的对手没一个需要我们打到这个地步啊！

“嗷——嗷——嗷——”看来后辈是真怒了，接连发出大招，光波一个接一个轰向我们，我忙操纵超人躲闪，完全体的速度总算是能避开那些伤害了，但毕竟中了他一招，半身麻痹不已，一时不知怎样再扭转局势！

这时我听见有人在喊我名字。

视力一个集中，我看到了附近大楼上的梅子，她正把双手圈在嘴边，冲我大声呼唤。

事后我才知道，两个超人的大战在城里引起了轩然大波，虽然记不住肇事者，但损害实实在在留了下来。而梅子是听我说过合体这件事的，于是她努力找了过来。

她也知道，当常人阻止不了的事情发生时，超人就会听到出动警报。

于是——

她从楼上跳了下来！

“嘀——嘀——嘀——嘀——”我和后辈同时听见了这刺耳的声响，后辈犹豫了一下，迅速飞去救人。

原来如此。

我紧随而上。

后辈轻易接住了梅子，战斗时刻，这分心的义举令他破绽百出，就在他把梅子放回楼顶的时刻，我们成功接近了他！

“喂喂喂……”后辈瞠目结舌，“太卑鄙了吧？！”

“抱歉啊！”我张开嘴，“大人就是这样了！”

一团光波夺嘴而出，果然我们也可以用这招的！不过那滋味还真像呕吐啊！后辈在防不胜防之下中招，飞堕的轨迹如没头苍蝇，力度俨然陨石！

这一次，应该是再也爬不起来了。

我观望了他片刻，再看天台上面无血色的梅子，她居然能克服对我形象的吐槽欲，问：“赢了吗？”

“多亏你了。”

“这么做是不是蛮坏的？”

“是啦……所以你干吗这样，不要命了？”

“我就……怕你出事。”

“……”

“你有话跟我说吗？”

梅子的目光穿透超人的皮囊，凝视我平凡的灵魂，我觉得她什么都看穿了，看穿了我所有的幼稚、懦弱和虚伪，可她眼底又有一汪柔软的期待，就像她纵身一跃时那么坚决。

“我只想说，谢谢……谢谢你一直陪着这么糟的我。”

梅子扑到我胸口，嚎啕大哭。

若不是知道我们十个人的感受是相通的，我真想抱住她亲一亲。

对不起。谢谢你。

你会忘记我现在说的这些吧。

没关系。

我会记住的。

我降落在后辈陨落的深坑前，听见他在低吟，我伸出手。

“少来这套……”他哼哼唧唧。

“你们真的很欠揍，但作为超人还是合格的。”我说。

“讽刺我们是吧……”

“没有。我们的确该被炒了，以后这座城市就拜托你们了。”

后辈翻了个白眼，接受了我的手，从坑里爬出来。

“我不懂。你们不是觉得自己没错么，这会儿又来反省。一边怪我们做得过火，一边又利用我们……”后辈说，“大人都是这么矛盾的？什么都你们说了算？”

“别想多了。”

我不再看后辈，缓缓起飞，要去医院看嬷嬷和一灿。

别想多了。这场战斗没有任何复杂的意义。其实我们跟你们一样，在动手的那一刻，年轻得可笑。

只不过是觉得，兄弟被人打了。

所以，一定要打回来！

【Forever Young】

“嬷嬷，别乱动，你刚生了个十斤重的大胖小子，要好好休息。尤其上大号要当心。”

“当心什么啊！我是用什么部位生的啊！不对！我怎么生啊？”

“我要去抗议。说好了动整容手术的，怎么一灿看起来还是很帅呢？就说照着烂操整了！”

“里萌芥群粪蛋，偶好鸟就修尼里萌（你们这群混蛋，我好了就修理你们）！”

“啊哈哈哈翻译机都打坏了吗？话说这场景好熟悉啊，上次全员进医院是祸福与共的时候吗？”

“那是《青妙1》里的经典故事，还有一次锅炉得阑尾的医院故事写在《睡兄弟》里哦。”

“死段段，拿我们赚钱请我们吃饭了吗？”

“请客请客！吃死他！”

“我说你们安静点。上了这家医院的黑名单，以后还怎么来看男科啊？”

“你才需要看男科啦！”

……

再熟悉不过的吵闹画面，上一秒还在咫尺，下一秒，世界仿佛融化了一般，万物塌陷，天旋地转，我被转得失去了意识。

醒来的时候，躺在宿舍里。其他人横七竖八在身边。

好多还没有交代下文的事，诸如我和梅子的婚礼如期举行了吗？一灿的事业能否再次崛起？嬷嬷和武则天还会离婚吗？外星人会来找我们的麻烦吗？忽然都不再需要答案。

仿佛从打开密码盒的那一刻起，我们就在做一个长长的梦，现在做完了。

我们不知所措地审视彼此，三十岁的记忆在二十岁的脑子里乱成一锅粥。在说些什么前，每个人都一副若有所思的样子，咂摸着似是而非的十年后。

我火速约了皮衣学长周发发。

过程就不赘述了，反正面对面坐下后，他的第一句话是：“猜出密码啦？其实不难吧？是不是有种小孩恶作剧的感觉？哈哈哈。”

我迫不及待地问：“所以你们打开盒子后也经历了那些？我是说，跑到了十年后？”

学长点点头。

“那到底是穿越还是做梦还是什么鬼？”

“我先问问你，说到盒子，最著名的盒子是什么？”

“啊？”话题怎么跑盒子去了。

“想想啊，你的话应该能想到。”

"最著名的盒子当然是饭盒啊。"

"……不，再想想。"

"机顶盒？月光宝盒？B-box？"我习惯性地发散着思维，灯泡一亮，"……潘多拉的魔盒？"

"就是这个！传说中，那盒子里装着世界上的一切灾难，但是又藏着唯一的一样好东西。"

"希望。"我喃喃。

"对。也不能肯定那个就是潘多拉的盒子，但很像对不对？"学长神情怀念，"这一来，你就知道盒子里装着啥了。可能有最糟的事情在等待，但是也有希望。那会是什么？"

明天。

盒子里装的是"明天"。

明天我们会长大，会老去，会成为真正的抠脚大汉。有人娶妻生子，有人万年单身；有人家大业大，有人小打小闹。我们会觉得自己成熟到不需要倾诉，圆滑到足可以混世，冷漠到能鄙夷一切。直到某个时刻才发现那有多么可笑。

而所谓成长，就是能坦率地依赖重要的人，并努力成为他们的依赖。

十人连心的415，才是最强大的。

我跟学长简单说了我们在"明天"的遭遇，他很羡慕："真好啊。十年后我们宿舍就形同陌路了。别说不常见面，一年都说不上两句话。我们也没啥矛盾啊，但就是疏远了，明明我们也曾经像你们那么要好。而最可悲的是，三十岁的我们都觉得，那也没什么大不了。"

我同情地看着学长："这些明天是一定会发生的吗？"

"不知道。正因为有无限的可能，明天才是明天吧。"学长摊手，"我本来看到自己未来有美满婚姻的，现在还不是离了？也有些事情一模一样地发生了，比如我们宿舍的感情越来越淡了。"

我们又闲聊了几句，直到无话可说。道别时我想，搞不好这是最后一次见面。缘分这东西啊，有时那么牢固，有时那么脆弱。

"学长。"但我还是对他说，"你也说了，明天有无限可能，所以如果你真的很在乎那些朋友，就努力去维持吧！一定会有些东西是不变的！"

学长愣了愣，笑道："还要你教哦，白痴！你们才是该好好的，别散啦！"

回学校的路有点远，但我刻意没有坐车。我忍不住想要用双脚慢慢走。

大三上学期眼看要过了，大学只剩最后半年，加上实习，未来注定聚少离多。想到这个我就心慌，多希望能跟大家在一起更久时间。我还想到那些出现在生命中的女孩。梅子和春菜，我们的明天真会是那样吗？而我真正想要的，又是哪样呢？

我一边想，一边走。不知多久，到了校门口。路灯点亮破招牌，夜风穿过铁栅栏，如林的宿舍楼已是万家灯火，一时间，我感到陌生而温暖。

我的心渐渐平静下来。想起第一年，老爸带我来报到，从此开启了前路茫茫的大学三年。那时，我不知道会遇见什么人，不知道明天是什么样。

而现在我可以说，一定会有些东西，是不变的。

很高兴认识你们。

《青春奇妙物语5》完

后 记

写作青妙5的那年，发生了许多有生之年难以忘怀的事情，比如许多长篇连载纷纷完结，《火影》啊、《死神》啊，乃至长命得像乌龟的《龟有派出所》《银魂》也宣布进入了最终章。许多人的童年一去不返，好在还有《柯南》《海贼王》在强行支撑，以及无论如何都没那么快完的《猎人》垫底，富坚大大不愧是业界最后的良心！（编辑：立刻停止这样的膜拜！）

虽然很多时候大家都在说“长篇连载完结日，家祭无忘告乃翁”，然而事实却是真到了告别的时候，心情分外不舍。那意味着，你别在青春相册里的书签又少了一枚。

可能正因为天下无不散之筵席，反而会让人期盼，有些东西能代替我们永恒下去。

但是对作者来说，一部作品是否完结，无非是两个原因。一是钱赚够了。连载越长，越说明有广泛的人气基础。一旦脱离了这部作品，也许将来就一蹶不振，这也是许多作者纷纷炒冷饭吃回头草的缘故。到时候就算宣称实在是割舍不下，旁人看来始终有种当初是你要分开分开就分开，现在又要用真爱把我换回来的强行。既然如此干脆就别急着结束吧，就没完没了地持续下去吧。好死不如赖活不是吗？

另一个完结原因，则是爱不够了。那就意味着没有激情，没有灵感，那不如激流勇退。省得留个每况愈下的烂尾恶名。日后大家回忆起这部作品，记得的也是依依惜别的美景，而不会是番茄鸡蛋把你哄下台的凄凉。所以与其说是爱不够，不如说是爱太深——实在不忍心让珍贵的作品以难看的方式收场，宁可选择好聚好散。

但话又说回来了。有时候商业连载就是会陷入一种怪圈：作者可能已经对作品有所厌倦和疲软，架不住读者热情高涨，赚得盆满钵满，于是对人气和金钱的爱被转换成了对作品的爱，灵感因而不绝。这当然是挺商业的，但只要作者开心，读者也开心，就没有什么不好。最怕一方强行写，一方将就看，这么凑合是不会有幸福的！

回到《青妙》的情况上，基本上这是个很合我胃口的系列。熟悉我的人都知道我是短篇起家，最爱写童话，我觉得世界上最有想象力的东西就是童话了，有时候寥寥几百字就能包含一个其他任何文类都不可复制的绝妙构思。我出过的童话集如《十二点你睡了吗》《理不完的头发》等都是可以自傲地推荐给大家的。那另一方面我又有搞笑的需求，以及对青春的无尽缅怀，所以写了《睡在我上下前后左右铺的兄弟》系列（第二集即将出版！请大家有钱的捧个钱场，没钱的借钱捧个钱场！）。而当我把短篇、幻想、怀旧和搞笑这几种需求结合，出来的就是《青妙》了。所以说这个以单元为节奏、以大学为背景、以搞笑为包装、以幻想为内核的系列真是老天赏饭。

但再怎么赏，连续写了三年后，蜜月期也变成了更年期。我这人可喜新厌旧了。旅行也好饮食也好，都不喜欢重复，比如我去了五六次日本，每次都肯定要去新地方的，反复刷同一地点在我看来是不可想象的。所以刚开始写作时，我隔几天就要开一个新系列，每当我觉得现有剧组不足以演绎我的新本子时，就会再组一个班底。《魔道鲜师》《封印师》《邻家武圣》什么的就都是这种心情下的产物，而且不断尝试陌生领域会给我一种“我真是超多面“的逼格。不过人类就是这样吧，很多时候花心只是为了确定自己的真心，碰壁才能找到属于自己的完璧。现在我固定经营的系列已经缩减了很多。杂而不精不好，但从没杂过也太无趣了。

我想说的是，青妙的风格太自由了，这就是无厘头幻想的优势吧，好比《银魂》，基本上你能允许任何扯淡的设定出现，即便有BUG也可以原谅，所以真是不太容易出现瓶颈。我所感到厌倦的，是形式。所以第一集的时候兢兢业业地循环415每个成员的故事，第二集就懒得那么工整了，第三集的结尾更是必须搞出个大新闻才能为我注入一针强心剂，果不其然第四集就有新意多了。然后终于说到这第五集了，它回归了大三的时间线，经过了第四集的妻离子散，415重聚一堂就又有了枯木逢春的新鲜感。

但第五集还是想再做一点不一样的，所以这次尝试了一个“主线”：用一口箱子串起各种奇妙道具。讲真这种设定也是玩剩的，诅咒假币、复仇手机、预知梦枕、封印相机、木兰花茶、颠倒镜子、校服口袋……从日常发散的幻想一直在经营。只是这次以箱子为中介展示。所以道具不是新意的重点，重点是揭开盒子的密码以及“前代415”，所以本书的前一半在埋点暗示，后一半才祭出道具，然后结局时前后合体，揭开密码。这种写法也谈不上什么挑战或炫技，只是稍微有意地增加难度，才能让我保持写作的乐趣。

顺便预告一下写这篇后记时已经快在《小说绘》连载完了的青妙6。同样是出于“新鲜感”这种自我的诉求，这本被弄成了一个特殊的“番外”或者说“前传”。其实就是把第一集以来没有充分展开的话题一一拾遗补完。比如武则天跟容嬷嬷，一灿跟静静，段段跟春菜，这些CP刚对上眼的时候就没点儿奇葩事？开开那时的脑洞，可以温故知新，也能让整个青妙宇宙（居然敢用这个词！）更加完整。当然，如果您需要最大限度的完整，那就一定要看《睡兄弟》哦。衷心希望大家都能勇敢地在书店喊：我要睡兄弟！如果那时身边果真站着个眉目含春的兄弟就更好了。

那么照例来梳理一下本集的故事们。第一个《落叶归根事件》应该是青妙史上最简单的故事了。写它的主要原因是，第四集的结局是个感动大团圆，第五集如果平淡无奇地回归往昔节奏，总觉得衔接上少了点自以为是的美感，所以我就设计了“大家找段段”来作为“段段找大家”的回馈，并且刚好钻了一下军训这个没被发挥过的空子。这个故事并未刻意做得复杂烧脑，只希望是个轻松的过渡，最后在尾巴留下全书的线索。

《流水有情事件》前身是我一篇烂尾的童话，讲一个不会游泳的少年在夜的泳池认识了好基友水神，然后下面就没了。多年后回想起来，良心发现，就加工成了现在的版本。这是我在本集里最喜欢的故事之一，也是从这时候开始，我忽然想在第五集里增加一些“旁观感”，即415虽然必须参与每个故事，但不必都是主角。比如这一话，主角其实是水神和少女。这个故事写得挺开心的。

《广而告之事件》应该是全书最难写的一篇。它的重点不在幻想而在讽刺，我在微博上有个“网红”的身份，有时候也会接一些广告。然后为了维持热度就会有一些抱团转发之类行径。我就把这些转化为故事。既要写得好玩易懂又希望能达到影射效果，真是苦不堪言。结尾一灿的乱入则完全是顺其自然的发展。

《孤掌能鸣事件》有点《寄生兽》的影子，会被人误会是一种跟风或者借梗，但它其实是我大学产生的构思里仅有的几个留存至今的，也是我唯一曾讲给415的各位听的故事，那时候想得特别盛大，开篇首先是发现一个死者，自己把自己活活掐死，然后当他被放进停尸房时，手和脚竟自行断裂逃离。这个故事被命名为《背叛》，打算讲一个黑帮的覆灭，最后揭晓叛徒是“手脚”。当时415的人都听得叹为观止。然而多年后，国情已经发展到青春小说很难血腥猎奇的地步，于是处理成了如今的幻想小品。

在前几个故事里我留下了一点人名的线索，到了《指定封杀事件》，箱子就出场了。这个故事主要是用来丰满昔日《异色指甲事件》里的贞子老师和她男票的。我对许多“有戏“的配角乃至龙套都怀有拓展的激情。这种写法同样符合之前说的“旁观加参与“。另外这一话的小标题都是民谣的歌词。我特别喜欢民谣。自己写的那个歌词也曾绞尽脑汁，想弄得更文艺装逼一点，后来觉得那就偏离了民谣的地气感，就这样吧。

《强制接力事件》源于以前写的一个微小说，讲一对好基友是接力赛搭档，后来一个要挂了，把棒子递给另一个，用他的身体活了下来，是个鬼故事呢。这个设定后来被处理成文末的一个细节，增加一点温暖。构思这个故事时，发现它还可以起到把415分舵召集回来的作用。我一向视这些“灵机一动“为天意，于是415又完整了。写这篇时正值《小说绘》去新马开笔会，为了不带任务上路，我连续熬夜，差点客死异乡。不过比起写青妙4时每个故事都在赶死线，今年已经好很多了。

《集体隐形事件》是又一个我偏爱的故事。它很符合青妙“把老梗玩出新花样”的精神。隐形在幻想小说里多半是某些人的独特功能，我就故意把它弄成全民福利，再幻想这么不方便的情况下，大家怎么生活和交往。这个故事有掉节操的潜力，直觉就该让烂操出场。至于后来发展出一灿和静静的玻璃糖，则是自《祸福与共事件》的死灰复燃吧，许多读者对静静非常有代入感和同情心，倒是众口一词地讨厌阿玲。阿玲好可怜！

《一家三车事件》的思路非常童话，既然动物和死物都能成精拟人，为什么车子不行呢？遂有了这个故事。我在大学里丢过自行车，这个可悲的经验也被运用了起来，最后那句“我以前也想过”其实自己写着有点感动的。

《分身有术事件》同样是旧瓶新酒系的成果，拔毛分身的梗太常见了，但只要能在毛上做做文章，就还大有可为。因为岩班长以毛茸茸闻名于世，所以这次让他当主角。其实青妙写到现在，超过六十个故事，即便是酱油也已经耳熟能详，适当赋予配角站在追光灯下的机会，也是两色大导演的责任。

《生命wifi事件》的设定源于现代人对网络的依赖，不能上网就要死要活，那不如就假设wifi对他们有着生命力的作用吧。这个故事旨在丰富一下老蜗。这家伙长期以来靠着冷漠的边缘感博得奇妙的存在感，有时我会想，他对415的感情真有那么深吗？所以就探讨一下。死神的暗线个人写得蛮嗨的。

《白色密道事件》作为连载版的结局，给了我很大压力。一来希望道具出人意料，那干脆把箱子本身变成道具；二来小猫和春菜的确在大三分了，这个"现实"该怎么体现在故事中？——就设计在了这里；三来我的烧脑魂熊熊燃起，功能死板的道具刚好可以发挥。话说写"不明觉厉"的故事其实不讨好，读者一时看不懂，好感会下降。但我还是觉得，如果一本书能让他们愿意多看几遍，就没有不懂的道理。我还是该为这样的读者放肆一把吧？

至于作为彩蛋只收录在你所捧着的这本书里的《明日英雄事件》就真是虐我千百遍了。我一再思考什么样的梗能够挑起结局的大梁。要有趣、感性和热血，要交代上一代415的伏笔，要能服务到日后的故事。真是太绞尽脑汁了。我从前世今生想到全员超能力，从灵魂互换想到武侠联盟（这个已经确定作为第六集的结局来写了，继糟蹋童话世界后，415开始把魔掌伸向武林……）……

后来我想，既然415不是柯南小新哆啦A梦那群反复在同一个时空打转的永远不会长大的人，那么他们总有一天会离开学校、走上社会、娶妻生子的。未来会是怎样？大家会是怎样？这种幻想让我着迷又唏嘘。对所有人而言，这都是最实际的幻想。"明天"这两个字，同时可以涵盖沉重的现实与乐观的梦幻。而这也是全书最难写，以至于拖了最久的一篇。写作期间我去了一趟大连签售，顺带着把半个辽宁玩了一遍。白天独自蹓跶，晚上找个没网的破旅馆构思。既然你已经看到了这里，就说明我终于把这个故事写出来了。

什么都是会变的。不必失望，不必悲观。我们与那些不能承受的改变唯一达成妥协的契机，就是那些始终不会变的美好。在青妙系列里，那就是友情，凌驾于梦想和爱情之上。

我的大学只有三年。写作大学回忆录的时间却已经进入了第六年，比现实翻了一倍呢。即使这样，这段纸上的青春也正在迈向完结。任何故事都会有结局的。我想哪个时候，我一定会是最难过的吧。

就请你们陪我一起，迎接那个时候。

青春奇妙物语⑤

作者
两色风景

选题策划
知音动漫图书·新阅坊

封面绘画
米 包

插图
夜 翎

封面设计
郑雨薇

内文版式
郑雨薇

图片总监
杨小娟

特约编辑
罗长敏

流程编辑
杨 鸿

出版社
百花洲文艺出版社

总出品
湖北知音动漫有限公司

制作出品
知音动漫图书·新阅坊

官方论坛
http://xsbbs.zymk.cn

平台支持
知音漫客 小说绘

图书在版编目（CIP）数据

青春奇妙物语.5 /两色风景著. -- 南昌：百花洲
文艺出版社，2017.7
ISBN 978-7-5500-2298-0

Ⅰ.①青… Ⅱ.①两… Ⅲ.①长篇小说－中国－当代
Ⅳ.①I247.5

中国版本图书馆CIP数据核字（2017）第148198号

出版者 百花洲文艺出版社
社　址 江西省南昌市红谷滩新区世贸路898号博能中心一期A座20楼　邮编：330038
电　话 0791-86895108（发行热线）　0791-86894790（编辑热线）
网　址 http://www.bhzwy.com
E-mail bhzwy0791@163.com

书　名 青春奇妙物语.5
作　者 两色风景
出版人 姚雪雪
出品人 王应鲲
责任编辑 周振明
特约策划 新阅坊
特约编辑 罗长敏 杨 鸿
封面设计 郑雨薇
经　销 全国新华书店
印　刷 长沙鸿发印务实业有限公司
开　本 710mm×1120mm　1/16
印　张 18.25
字　数 320 千字
版　次 2017年7月第1版
印　次 2017年7月第1次印刷
书　号 ISBN 978-7-5500-2298-0
定　价 35.00元

赣版权登字：05-2017-238